개
장
수

개장수

초 판 1쇄 2026년 03월 18일

지은이 오효진
펴낸이 류종렬

펴낸곳 미다스북스
본부장 임종익
편집장 이다경, 김가영
디자인 윤가희, 임인영, 윤영빈
책임진행 이예나, 안채원, 김은진, 국소리, 송가희

등록 2001년 3월 21일 제2001-000040호
주소 서울시 마포구 양화로 133 서교타워 711호, 808호
전화 02) 322-7802~3
팩스 02) 6007-1845
블로그 http://blog.naver.com/midasbooks
전자주소 midasbooks@hanmail.net
페이스북 https://www.facebook.com/midasbooks425
인스타그램 https://www.instagram.com/midasbooks

© 오효진, 미다스북스 2026, *Printed in Korea*.

ISBN 979-11-7355-747-7 03810

값 19,000원

미다스북스는 다음세대에게 필요한 지혜와 교양을 생각합니다.

오효진 소설집

개장수

미다스북스

추천사

오효진의 『개장수』는 선과 악을 단정 짓는 이야기가 아닙니다. 옳다고 믿었던 선택이 흔들리는 순간, 사람은 어떤 모습으로 드러나는지를 스스로 느낄 수 있게 하는 소설집입니다. 읽는 동안 여러 장면에서 쉽게 책장을 넘기지 못하고 잠시 멈춰 서게 되었습니다. 34년 동안 교단에서 사람을 마주해 온 작가는 멀리서 판단하지 않고, 삶의 가까운 자리에서 이야기를 풀어냅니다. 우리가 일상 속에서 무심히 지나쳤던 욕심과 자기합리화가 인물들의 말과 행동을 통해 자연스럽게 드러납니다. 이 책을 덮고 나면 타인을 평가하기보다, 나 자신의 선택을 먼저 돌아보게 됩니다. 매일의 삶 앞에서 '나는 어떻게 살고 있는가?'라는 질문을 피하지 않고 싶은 독자 분들께 이 소설집을 권해 드립니다.

– 김을호(사단법인 국민독서문화진흥회 책읽는나라운동본부 회장)

소설집 『개장수』는 작가가 살아오면서 만난 사람과 겪은 사건 등을 소설의 세계에서 재창조한 작품이다. 일부러 포장하려 하지 않으면서 자기 안에 웅숭그리던 말을 곰국 끓이듯 오래 우리다가 풍자로 잘 엮어냈다. 최선과 진심을 다하여 빚고 있다는 것을 작품 하나하나에서 느낄 수 있다. 재미있고 짠한 오효진 소설의 매력에 독자들과 함께 뛰어들자고 말씀드리고 싶다.

– 이학준(시인)

작가의 말

　얼마 전의 일이다. 내가 사는 지역에서 짬뽕이 맛있다고 소문난 중화요리 식당에서였다. 한쪽 벽면에 설치된 일 인석에 자리를 잡고 식사를 하는 중이었다. 나의 왼쪽 바로 옆에 사십 대쯤 되어 보이는 남자도 짬뽕을 먹고 있었다. 그런데 그는 면발을 씹으면서 이상한 소리를 중얼중얼 연속 내뱉었다. "끄억끄억 으으흑 아으으 흑흑…" 대략 이런 소리였다. 많은 손님들이 식사하며 대화하는 소리와 식당에서 틀어 놓은 음악 소리 때문에 그의 말소리를 정확하게 알아들을 수는 없었다. 그의 중얼거림은 계속되었다. 울면서 흐느끼는 소리 같았다. 그에게 무슨 슬픈 사연이 있어서 우는 듯하였다. 호기심이 생긴 나는 그의 말소리를 정확하게 듣기 위해 잠시 젓가락질을 멈췄다. 슬며시 고개를 돌려 그의 얼굴을 바라보았다. 그리고 나는 분명히 들었다. 그의 말소리에 들어 있는 음절 하나하나를 정확하게 들었다.

　"아이그으으… 즈으응 마아알… 마디아… 이따… 즈으응 마아알 마디이… 써어어… 아이그으으… 아으윽…"

　그는 경증(輕症) 장애인이었다. 어눌한 말투였지만 자신의 현재 감정을 표출하였다. 그도 짬뽕이 매우 맛있다고 느끼며 그 감정을 입으로 표출하고 있었던 것이다. 그의 흐느끼는 듯한 맛있다는 감정 표현을 통해 나는 깨달았다. 모든 인간들이 느끼는 감정은 비슷하다는 것을. 다만 그는 음성 언어로 직접 표출했고 나와 다른 손님들도 그와 같은 감정을 느끼면서도 겉으로 표출하지 않았을 뿐 결국 식당 안의 대부분 손님들은 비슷한 감정을 느끼고 있었던 것이다.

소설집 『개장수』는 내가 겪은 사건들과 사람들에 대한 감정을 문자 언어로 형상화하여 표출한 것이다. 열 개의 작품에는 각기 다른 열 개의 인간 감정이 드러나 있다. 허세, 상실감, 분노, 위선, 후회, 거짓말, 우월감, 자존심, 자발적 고통, 사랑과 연민 등의 감정이다. 이 감정들은 나의 감정이고, 작품 속 등장인물들의 감정이고, 작품을 읽는 독자들의 감정일 것이다.

그리고 작품에는 밝은 감정보다는 어두운 감정이 많이 내재돼 있다. 이러한 어둡고 불편한 감정과 약간의 결핍 상태가 오히려 인간을 솔직하고 겸허하게 만든다. 심각했던 상황들을 다시금 성찰하며 정화하는 여과기 역할을 한다고 믿는다. 살면서 겪은 불편했던 일들과 사람들과의 어두운 감정은 이런 여과 과정을 거친 후 인간을 더욱 성장시킨다. 그래서 지나간 사건과 사람들 중에서 아름답고 행복했던 순간보다는 슬프고 고뇌로 가득했던 것들이 오랫동안 나의 뇌리에 남았나 보다.

나는 소설 속의 인물들과 재회하면서 나와 등장인물들이 지닌 여러 감정이 나를 용서하고, 나를 화해시키고, 나를 정화하고, 나를 위로하고, 그리고 대상을 더욱 그리워하게끔 만들었다. 이러한 소설 속의 경험과 감정을 이제는 독자들과 공유하고자 한다. 독자들이 간접적으로나마 그 인물들을 만나게 된 인연에 감사하다. 그리고 독자들이 작품 속 인물들이 지닌 감정을 통해 카타르시스를 느낀다면 작가로서 최소한의 역할을 하였다고 안도하겠다.

나는 작품 속의 인물들을 사랑하지도 미워하지도 않는다. 그러나 그들이 나와 작은 인연이 되어 그동안 내 삶의 한 조각으로 자리하고 있었음을 소중하고 고맙게 생각한다. 그들은 소설 내용처럼 이미 죽은 사람, 지금 어디에 살고 있는지 모르는 사람, 아직도 나와 만나고 있는 사람 등 다양하다. 이제 작품을 통해 내가 그들을 다시 만나고 재창조하여 반갑다. 그들이 지금 어디에 있든지 행복을 빈다.

젊은 시절 나는 만남과 헤어짐이 허무하다는 것을 느꼈을 때 다짐했다. 만나는 동안이라도 상대에게 최선을 다해 잘해 주겠다고. 그리고 만남의 인연이 다하여 헤어지게 되면 추억만을 지니겠다고. 헤어져서 슬픈 마음은 딱 3일만 지니겠다고. 왜냐하면 곧 다른 사람들과 사물들이 나와의 소중한 인연을 기다리고 있기 때문에……. 그러나 나이가 좀 들어서 알게 되었다. 만남과 헤어짐이 허무한 것이 아니라 자연스러운 일이라는 것을. 그리고 그러한 인연들은 누군가가 만들어 나에게 준 것이 아니라 내가 만들었다는 것을. 내가 만든 작은 인연들 모두가 정말 소중하다는 것을…….

맹구우목(盲龜遇木). 매일 내가 만들고, 내가 만나는 소중한 인연들. 나는 오늘도 낯선 인연을 만나게 될 것이다. 그 인연을 외투 속의 호주머니에 잘 간직할 것이다. 어릴 때 소중한 장난감을 보관한 것처럼. 그리고 이 모든 인연들을 감사하게 여길 것이다.

삶은 순간순간이 축복이고 기적이다. 있는 그대로의 오늘이 곧 축복이다. 독자들도 오늘 어떤 존재들과 어떤 인연을 만나더라도 매 순간 축복이 가득하길 빈다. 소설집 『개장수』를 통해 독자들과 소중한 인연이 되었음을 감사드린다.

2026년 1월 장령산 기슭에서 오효진

진짜 사나이

내가 문식이 형을 처음 보게 된 것은 고등학교 2학년 여름 방학 때였다. 무더위로 도시의 모든 물상들이 지쳐버린 오후, 교회 친구 재식이네 집에서 바둑을 두며 한가한 시간을 보내고 있었다. 흑백 돌을 한 점씩 놓으며 교회 고등부 여름 수련회 장소에 대해 얘기하고 있을 때 방문이 덜컹 열렸다. 처음 본 얼굴이 성큼 방으로 들어왔다. 재식이 형인 듯하였다. 그는 나에게 거침없이 말했다.

"네가 상진이냐? 재식이한테서 네 얘기 들었다. 교회 친구라고 하던데……. 나는 재식이 형이다."

"아…… 네. 처음 뵙겠습니다, 형."

"응, 그래. 네가 바둑을 잘 둔다고 재식이가 칭찬하던데 나랑 지금 한 판 붙어 보자!"

그는 다짜고짜 나와 재식이가 두고 있던 바둑판을 흩뜨리고는 바둑판을 깨끗하게 비웠다. 그러고는 빈 바둑판을 두고 나랑 마주 앉았다. 아무리 친구 형이지만 다른 사람이 두고 있는 바둑판을 일방적으로 엎어버리는 그의 행동에 당혹감을 느끼면서 예의 없는 무식한 인간이라는 생각이 밀려왔다.

강문식. 그는 대학교 법학과 3학년으로 추억의 코미디언 땅딸이 이기동과 거의 싱크로율 95%였다. 작은 키에 체형은 태양인인 듯 머리는 큼직하고 목은 짧은 자라목이며 상체와 하체가 엄청 두꺼웠다. 특히 그의 큰 머리가 가장 인상 깊었다. 작은 키에 비해 머리는 여름철 수박 장수가 리어카에서 파는 큰 수박만 했다. 어림잡아 보통 사람의 두 배 정도는 되었다. 그의 체형이 큰 머리 때문에 가분수와 같아서 발육상 균형이 안 맞는 특이 체형으로 오해받을 수 있었다. 가능할 수만 있다면 그의 몸을 찰흙처럼 위, 아래 반을 접으면 초등학교 가을 운동회 때 사용되는 커다란 공굴리기 놀이의 소품이 되기에 충분했다.

그러나 코미디언 이기동의 커다란 눈과 밝은 얼굴 이미지와는 달리 강문식은 일자로 가늘게 찢어진 작은 눈과 거무튀튀한 얼굴 피부가 강하면서도 매서운 분위기를 주었다. 상대방을 압도하는 그의 얼굴 이미지 때문에 처음 그를 본 사람은 나와 비슷한 느낌을 받았으리라 자신할 만했다. 그 정도로 강문식은 강한 분위기를 주는 개성 있는 외모의 소유자였다.

문식이 형은 바둑을 두면서 처음 본 나에게 5년 전 자기의 고등학교 2학년 때의 에피소드를 스스럼없이 늘어놓았다. 아마 자기를 나에게 과시하려는 듯한 목적 같았다. 그는 오른쪽 손가락으로 바둑돌을 놓으면서도 눈빛은 이런하게 고교 시절을 회상하고 있는 듯하였다. 그의 영웅담은 그렇게 시작되었다.

강문식이 담임 허락 없이 점심시간에 교문 밖에 나갔다 온 것이 화근이었다. 한마디로 무단 외출을 하였다. 5교시 수업 시간이 끝날 때까지 교실에 들어오지 않은 그를 5교시 수업 담당 선생님이 담임에게 알린 것이다. 문식이 형은 7교시 수업이 끝난 뒤 그제야 슬금슬금 교실에 들어왔다. 화가 난 담임은 몽둥이를 들고 교실에서 그를 벼르며 기다리고 있었다. 갑자기 배가 아파서 시내 병원에 갔다 왔다는 거짓 변명도 들통나 결국 그는 교실에서 담임의 체벌 몽둥이 30대를 맞게 되었다.

두 팔을 교실 바닥에 대고 엉덩이를 든 그에게 담임은 있는 힘을 다하여 힘껏 몽둥이를 내리쳤다. 소리 자체가 공포의 분위기였다. 담임은 분풀이라도 하듯 씩씩거리며 거친 숨을 몰아쉬었다. 그는 양복 상의를 벗어 던지고 와이셔츠의 소매를 두 번 걷어 올리더니 넥타이와 시계까지 풀었다. 아주 강문식을 요절낼 요량으로 작정한 사람 같았다.

교실의 학생들은 이 살벌한 광경에 기가 죽었다. 담임의 흥분한 모습과 딱딱대는 몽둥이 소리가 현장을 지켜보고 있는 학생들에게 겁을 주기에 충분했다. 학생들은 만약 본인이 지금 강문식의 처지라면 몽둥이 한 대를 맞는 순간 교실 바닥에 엎어지며 푹 쓰러질 것만 같았다. 그런 감정이입을 느낄 정도로 담임의 체벌 몽둥이는 강문식의 엉덩이를 한 대씩 내리칠 때마다 인간이 지닌 모든 에너지를 쏟아붓는 듯한 중력을 느끼게 하였다. '딱' 소리가 5초마다 한 번씩 날 때마다 학생들은 반사적으로 눈을 찔끔 감았다. 육중한 소리가 주는 위력감에 학생들의 감각이 위축되어 있었다.

그러나 학생들을 진짜 놀라게 한 것은 다른 데 있었다. 강문식 때문이었다. 그는 몽둥이가 내리쳐도 거의 미동이 없었다. 처음 자세 그대로를 유지하고 전혀 흔들림이 없었다. 매가 거듭될수록 그런 강문식의 깡다구 있는 모습에 담임은 당혹감과 분노가 혼합되면서 더욱 씩씩거렸다. 담임의 얼굴에 땀이 흘러내렸다. 그러나 강문식은 여전히 꼼짝하지 않고 다음 매를 기다리고 있었다. 그는 마치 마네킹 같았다. 생명 없는 마네킹을 있는 힘껏 몽둥이로 내리치는 담임의 모습이 오히려 딱하게 보였다.

결국 약속된 30대의 몽둥이 체벌은 끝났다. 5분에 걸친 짧은 시간이 교실 안의 학생들에게는 50분 같았다. 강문식은 엎드렸던 자세에서 천천히 일어났다. 그의 얼굴은 붉게 핏기가 몰려 있었다. 그의 뺨에도 땀이 범벅되어 있었다. 그의 가느다란 눈에는 말로 형용할 수 없는 감정들이 복합적으로 드러났다. 분노, 인내, 고통, 여유, 당당함, 비웃음…….

담임은 앞으로 똑바로 생활하라는 충고를 강문식에게 던지고는 교실을 나갔다. 학생들만 남은 교실은 그 순간 '와' 하며 함성이 터져 나왔다. 30대라는 잔혹한 몽둥이세례를 꿈쩍하지 않고 꿋꿋이 버틴 동료를 경외하는 외침이었다. 마치 적에게 잡힌 포로가 고문당하고도 아군의 비밀을 끝까지 폭로하지 않은 전쟁의 영웅과 같은 분위기였다. 학생들은 자신들로서는 도저히 감당할 수 없는 일을 해낸 강문식에게 혀를 내두르면서 성원을 보낸 것이었다. 이날부터 강문식은 '진짜 사나이'라는 승리자의 전리품을 얻게 되었다.

"내가 그래서 '진짜 사나이'라구. 주변에서 인정한 진짜 사나이. 남자로서 그 정도 깡다구는 있어야 되는 거야. 흐흐흐……."

고등학교 때의 무용담을 마친 문식이 형은 남자의 진짜 멋진 모습이 무엇인가를 나에게 알려 주는 듯했다. 자신의 깐깐한 성격과 굵직한 체형은 상대방을 압도하는 듯한 눈빛과 더불어 자신이 진짜 사나이라는 자부심을 가지는 데 충분했다.

첫판을 나에게 진 문식이 형은 다시 한 판 더 두자며 바둑돌을 한 움큼 잡고 꼼지락거렸다. 처음 본 동생 친구에게 진짜 사나이 자랑을 늘어놓다가 바둑에서 진 것이 못내 그의 성에 안 찬 듯했다. 그러나 둘째 판도 대마를 잡으며 일방적으로 나의 승리가 확정되자 그의 눈빛이 번쩍거리며 공격적 기운을 드러냈다.

나는 그때 알았다. 문식이 형이 남에게 절대 지기를 싫어하는 성격이며, 자신의 패배를 스스로도 인정하지 않는 승부욕이 강한 인물이라는 것을 그의 태도를 통해 파악할 수 있었다. 셋째 판까지 내가 이길 경우 문식이 형이 어떤 모습으로 변할까라는 생각에 이르자 나는 부담을 느꼈다. 오기로 똘똘 뭉쳐 있는 그에게 밉상이 될 필요는 없었다.

셋째 판은 일부러 져 준다는 낌새를 못 차리게끔 하면서 나의 대마가 아슬아슬하게 상대방에게 잡히면서 폭삭 망하게 끝나도록 이끌어갔다. 한마디로 나의 연출로 셋째 판은 백여 수를 두다가 문식이 형이 크게 이기도록 결말을 맺었다. 두 판을 연거푸 지다가 셋째 판에서 크게 이긴 문식이 형의 얼굴이 그제야 조금 풀렸다. 아까와는 달리 미소를 띠면서 승리에 도취한 듯 여유를 부렸다.

"상진아! 이제서야 진짜 실력 나오는구먼. 그렇게 수를 못 읽으면서 앞선 두 판은 어떻게 이긴 거냐?"

승리자의 호언장담에 나는 얼른 못내 아쉽다는 표정을 지으며 변명처럼 말했다.

"아이구 참 이거, 내 실력 펑크 났네요. 앞선 두 판은 형이 실수하신 덕분에 내가 그냥 주워 먹은 거예요. 형의 바둑 스타일이 워낙 대륙적이라서 도저히 올챙이 같은 나의 스타일로는 못 따라가겠어요……."

문식이 형은 나의 저자세 발언에 한껏 고무가 되었는지 껄껄거리며 크게 웃었다. 그러면서 자신만만하게 넷째 판을 두자고 말했다. 나는 극구 사양하면서 형 실력과 비교가 안 되는 내 자신을 자책하는 듯했다.

"상진아! 그래도 현재 스코어 2:1로 네가 이겼잖아. 한 번 더 겨뤄 보자구. 이대로 끝나면 내가 너한테 진 거지. 스코어상 그렇잖냐. 그러면 내가 서운하지."

그는 결국 전체 스코어에서 나를 이겨야만 끝낸다는 이야기였다. 그의 의도를 간파한 나는 결국 못 이기는 척하면서 바둑판에 돌을 얹었다. 그리고 넷째 판도 극적으로 역전시키면서 문식이 형이 이기게끔 판을 끝냈다. 연속 두 판을 이긴 그는 만세를 부르며 호쾌하게 말했다.

"그럼 그렇지. 내 실력 어디 가냐? 이제야 내 실력 나오네! 하하하……."

그의 게임에 대한 본질을 간파한 내가 이번에는 거꾸로 패배자의 오기를 발동하듯이 도전적으로 말했다.

"형! 이왕 이렇게 된 거 마지막 한 판을 더 둬서 오늘의 승자를 결정해요. 이제 스코어가 2:2니까 결승전이라 생각하고 마지막 한 판 하시지요. 나도 왠지 이대로는 아쉽네요!"

나의 도전에 문식이 형은 기다렸다는 듯 크게 웃으며 밝은 표정으로 신나게 말했다.

"오케이, 오케이…… 자, 이제 결승전으로 실력을 확실히 따져 보자구! 오케이……."

바둑이 일방적으로 쉽게 이기면서 끝나면 이긴 측도 싱거운 게임으로 재미를 못 느낀다. 이기더라도 수세에 몰리다가 아슬아슬하게 역전승을 해야만 그 맛이 백배가 된다. 나는 마지막 판에서 이러한 극적인 승리의 맛을 문식이 형에게 선사하려고 철저한 계획을 세웠다. 초반부터 중반까지는 내가 약간 우세한 양상으로 판을 끌고 갔다. 끙끙거리며 수를 읽는 문식이 형은 왠지 바둑이 안 풀리는 듯 초조한 빛이 얼굴에 조금씩 드러났다. 중반 후반쯤에 돌입됐다. 바둑판은 검은색 돌과 흰색 돌이 이리저리 뒤엉켜 있는 혼전의 양상이었다. 자기 편의 돌들이 서로 이어지고 상대방 돌과는 엇갈리게 끊어지면서 다섯 군데에서 복합적인 전투 양상이 만들어졌다. 나는 이쪽저쪽 돌을 놓으며 전투가 진행되는 곳들을 더욱 혼전으로 몰고 가면서 상대방을 압박했다. 불안하고 초조해진 문식이 형은 어쩔 줄 몰라 하며 허둥거렸다. 그러나 이것은 모두 나의 작전이었다. 형에게 더 큰 기쁨을 주기 위한 큰 그림이 이제 절정을 맞는 순간이 온 것이다. 나는 수를 깊이 읽는 척하며 진지한 자세로 돌을 놓았다. 그것은 내가 일부러 상대방을 이기게 하기 위한 실책인 수였다. 그 실책의 한 수로 전세는 완전 뒤집어졌다. 복잡하게 얽혀 있던 다섯 군데 싸움터 중에서 나의 중마와 대마 세 군데가 상대방에게 잡혔다. 종반전에 막 들어서면서 문식이 형이 극적인 역전승을 하기 직전이었다. 나는 결국 몇 수를 더 두다가 돌을 던지며 깨끗이 항복을 했다. 그리고 못내 아깝다는 표정을 하며 바둑판만 내려다보았다. 이것도 나의 멋진 연극이었다.

극적인 승리를 거둔 문식이 형은 만세를 부르며 두 팔을 공중에서 이리 저리 흔들었다. 그는 정말 행복한 얼굴로 크게 웃었다. 웃는 동안 그의 작은 눈은 저절로 감겼는지 눈동자가 보이지 않았다.

"상진아! 이게 바로 바둑의 묘미인 거야. 역전승의 묘미……. 그리구 이런 깡다구와 끈기가 내 실력이라구. 이런 기질이 있어야 상대를 이기는 법이거든. 하하하……."

"형, 정말 대단하시네요. 막판에 역전시키는 묘수가 있을 줄 서도 미처 몰랐어요. 더구나 그걸 알고 판을 180도 바꾸는 형의 실력 정말 최곱니다."

아부성 발언을 하는 나의 말에 문식이 형은 고무가 됐는지 승리자의 여유를 부렸다.

"아, 그 끊은 돌? 그거 다 내가 미리 준비하고 있던 수야. 그걸 노리고 계속 이끌어 갔던 거지."

자신의 실력으로 마지막 판을 이겼다고 믿는 문식이 형은 나와의 바둑 다섯 판 대결에서 3:2 최종 승리자가 되었다. 문식이 형은 휘파람을 불며 방문을 열었다. 그는 방을 나가기 직전 머리를 돌려 나를 내려다보더니 친근감 넘치는 목소리로 말했다.

"상진아, 오늘 바둑 멋있는 명국이었다. 자주 놀러 와. 처음 본 네가 맘에 쏙 들었다."

고맙다는 나의 대답을 듣고 그는 씩씩하게 방을 나갔다.

문식이 형이 나가고 재식이한테서 들은 형의 바둑에 대한 에피소드는 나를 긴장시켰다. 그리고 내가 내리 세 판을 져 준 것이 얼마나 잘한 일인가를 알게 되었다. 만약 오늘 3:2 스코어로 끝나지 않았다면 나에게 어떤 봉변이 생겼을지 모를 일이었다. 내가 문식이 형의 성격을 빨리 파악하여 극적인 역전승으로 끝나게 한 것은 문식이 형과의 인간관계를 위해서라도 백번 잘

한 일이었다.

재식이한테서 들은 승부욕 강한 문식이 형의 바둑 에피소드는 3개월 전에 일어난 일이었다.

문식이 형이 대학교 친구 한 명을 집으로 데리고 온 적이 있었다. 봄날의 따뜻한 토요일 오후였다. 어디서 미리 술을 마셨는지 둘에게서 알코올 냄새가 풍겼다. 두 명의 청년들은 바둑판을 꺼내고 마주 앉았다. 아마 조금 전 술을 마시다가 바둑 얘기가 나왔고 서로의 실력을 겨뤄 보자고 했던 모양이었다. 그것은 그들의 대화에서 재식이는 금방 알아차릴 수 있었다. 문식이 형보다 친구가 더 고수인지 잘난 체하는 말을 상대에게 던지자 씩씩거리며 문식이 형이 응답을 하는 것이었다. 하수로 전락된 문식이 형이 친구를 고수로 도저히 인정할 수 없다는 얘기였다.

두 명은 서로 상대방을 자극하는 신경전의 대화를 몇 번 주고받으며 기선 제압 내지는 자존심 싸움을 벌였다. 흑돌과 백돌을 누가 잡느냐는 실랑이를 벌이다가 바둑은 시작되었다. 그런데 바둑이 진행되면서 친구인 고수는 허투루 말한 게 아니었다. 백돌을 쥔 친구는 80수도 두지 않은 상황에서 문식이 형의 대마를 잡으며 가볍게 게임을 끝냈다. 고수의 실력을 그대로 보여 주었다. 하수인 문식이 형을 초반부터 몰아붙여 싱겁게 끝낸 것이었다. 문식이 형은 힘 한번 제대로 써보지 못하고 상대방의 공격에 도망만 다니다가 지고 말았다. 하수에 대한 일말의 자비도 없이 무참하게 상대방을 짓밟은 형국이었다. 문식이 형은 얼굴이 붉게 달아올라 있었다. 패배한 그는 당장 둘째 판을 두자고 요청했다. 친구는 고개를 끄덕이며 여유 있는 미소를 띠었다. 친구의 밝은 웃음에 문식이 형은 더 약이 올라 둘째 판의 설욕에 마음의 칼을 갈았다. 그러나 둘째 판 역시 친구의 일방적인 공격에 중마 두 군데가 잡히면서 첫판보다 더 빨리 끝나 버렸다.

자신의 연속된 패배에 화가 난 문식이 형은 또다시 두자며 도전을 신청했다. 그러나 친구는 실력이 한참 떨어지는 너랑은 더 바둑을 두어 봤자 뻔할 뻔자라면서 대결 요청을 거절하였다. 그러나 어떡하든 반전을 노리는 문식이 형의 간곡한 부탁에 친구는 마지못해 승낙하였다. 문식이 형의 안달과 친구의 거드름 속에서 결국 셋째 판이 시작되었다.

셋째 판에서 1승이라도 건지려는 문식이 형의 의도와는 달리 바둑판은 앞선 두 판과 같은 양상으로 전개되었다. 100수가 가까워졌을 때 이미 문식이 형의 대마가 잡히기 직전이었다. 앞으로 10여 수만 돌이 놓이면 바둑은 친구의 완승으로 끝나는 것이 자명하였다. 문식이 형은 비둑판을 내려다보았다. 본인이 둘 차례였다. 마주 앉은 친구는 기분 좋은 콧노래를 흥얼대면서 패자의 항복을 기다리고 있었다. 그런데 2분 정도 바둑판만 뚫어지게 노려보던 문식이 형이 갑자기 소리를 지르며 오른쪽 손바닥으로 바둑판의 돌들을 한꺼번에 확 쓸어버렸다.

"야! 씨부랄 새꺄! 바둑 두면서 매너 없이 콧노래 하지 마. 씨팔 새꺄!"

바둑판의 돌들은 자기네들끼리 부딪히는 소리를 내면서 방바닥에 내팽개쳐 버렸다. 방바닥 여기저기 사방으로 흑백의 돌들이 흩어지면서 방 안이 폭탄 맞은 벙커처럼 어수선해졌다.

비참하게 진 바둑에 대한 분노를 상대방의 콧노래를 핑계로 분출한 것이었다. 친구는 당황하면서 신변의 위협을 느꼈다. 그는 얼른 자리에서 일어나 도망가듯이 방문을 열고 나갔다. 방안에 남은 문식이 형은 방바닥에 그대로 앉은 채 씩씩거리며 몸을 부르르 떨고 있었다.

문식이 형 친구가 그 자리에 계속 있었다면 무슨 흉한 사태가 일어날지 몰랐을 거라고 재식이가 그 순간을 회상하면서 걱정스럽게 말했다.

재식이 말을 듣고 아까 내가 문식이 형에게 3:2 스코어로 역전승을 안겨 준 것은 정말 잘한 일이었음이 증명되었다. 만약 내가 계속 이겼다면 문식이 형의 성격상 가만히 있지 않았을 것이라는 상상을 해보니 갑자기 몸이 움찔거렸다. 승부욕이 강하고 자존심 내지는 자만감으로 가득한 그에게 동등하게 맞서거나 더 우월하게 되면 그의 내면에 숨어 있던 폭력성이 갑자기 폭발한다는 것을 알게 되었다. 문식이 형은 한마디로 시한폭탄과 같은 사람이었다.

재식이는 자기 형의 이러한 기질을 무서워하고 있었다. 함께 살면서도 늘 형 눈치를 살펴야 하고 형의 비위를 거슬리지 않게 조심스러운 태도를 보여야만 했다. 동생으로서 당연히 형보다는 밑이지만 집안에서도 부모로부터 형보다 나은 대접을 받기가 부담스럽다고 했다. 그만큼 문식이 형은 장남으로서 남동생 재식이와 두 명의 여동생들과는 달리 자신은 황태자의 대접을 당연히 받아야 한다고 여긴 인물이었다. 그런 독불장군 같은 문식이 형을 아무도 건드리지 못했다. 동생들은 불만의 찍소리 한번 못 하고 그저 독불장군님의 관용을 바랄 뿐이었다. 부모님도 장남에게 이렇다 할 충고를 하지 않았다. 불씨를 건드리지 않으려는 눈치였다.

문식이 형은 이미 집에서 오만하고 이기적인 폭군으로 군림하고 있었다. 그의 이러한 기질과 개성을 알 수 있는 사건이 또 있었음을 재식이가 한심스럽다는 목소리로 풀어놓았다.

강문식이 대학교에 입학하던 해 봄 주말 저녁. 같은 법학과 입학생 여섯 명이 생맥줏집에서 모인 적이 있었다. 신입생들끼리 객기를 부릴 요량으로 만든 모임이었다. 이들은 서로 자기가 술을 잘 마신다고 떠벌렸다. 술을 가장 많이 마시는 것이 가장 술을 잘 마시는 것으로 착각한 젊은이들은 자신의 주량을 과장하며 자랑하였다. 여섯 명은 우선 500cc 생맥주잔으로 시작하였다. 연거푸 다섯 잔씩 비운 그들 중에 네 명은 생맥주잔을 탁자 위에 엎어 놓았다. 더 이상의 과음을 버티지 못하고 포기한 것이다.

네 명의 주량은 딱 거기까지였다. 포기한 친구들 중에서 두 명은 화장실을 들락날락했다. 벌써 뱃속이 요동친 모양이었다. 포기하지 않은 나머지 두 명인 강문식과 채국진만 아직 술을 마실 수 있는지 멀쩡한 듯했다. 두 사람은 화끈하게 승부를 가리기로 했다. 생맥주잔을 500cc가 아닌 1,000cc 큰 잔으로 교체하고 룰도 즉석에서 정했다. 포기한 네 명이 심판을 보기로 하고 마지막 두 명의 '술 끝까지 마시기 선수'들은 1,000cc 생맥주를 단숨에 마시는 것이 규칙이었다. 1,000cc를 모두 마시지 못하고 도중에 술잔을 탁자 위에 내려놓으면 패배자가 되는 것이었다.

두 명은 묘한 웃음을 띠며 탁자에 마주 앉았다. 안주도 필요 없었다. 상대방이 포기할 때까지 계속 1,000cc 생맥주를 그냥 끝없이 마시면 되는 단순하면서도 무식한 시합이었다. 여섯 명이 처음부터 2,500cc를 마신 뒤에 두 명만이 남은 대결이었기에 그들은 결국 어느 정도의 생맥주를 마셔야만 끝날지는 아무도 예측할 수 없었다.

1,000cc 글라스에 세 순배의 생맥주가 돌았다. 두 명은 얼굴이 약간 붉어졌지만 아직 속내를 숨기고 버티고 있었다. 누가 술잔을 도중에 내려놓을지는 이제 주량을 떠나서 자존심이 걸린 문제였다. 술잔을 동시에 비운 그들은 이미 5,500cc를 마신 셈이었다. 네 번째 순배의 생맥주가 잔에 채워졌다. '시작!'이라는 심판의 신호가 떨어지자 두 명은 글라스를 들고 술잔 상단부에 뭉쳐 있는 하얀 거품부터 두 입술로 훔치며 마시기 시작했다. 술잔이 반쯤 비워질 때 강문식은 갑자기 뱃속이 팽창되는 불편한 느낌을 받았다. 마치 어린이 공원에서 빨간 풍선이 부풀어 오르는 것처럼 뱃가죽의 부피가 터질 듯이 빵빵해졌다. 그는 자기의 몸이 더 이상 생맥주 흡입을 거부하고 있음을 알아차렸다. 결국 강문식은 술 마시기 대결에서 본인이 패배자가 될 위기를 느꼈다. 그래도 꾹꾹 참으며 생맥주를 조금씩 목구멍에 밀어넣었다. 그러면서 앞에 앉은 경쟁자를 힐끗 쳐다보았다. 라이벌 채국진은 별 탈이 없는 듯 보였다. 그런데 강문식의 눈에 순간적으로 감지된 것이 있었다. 채국진이 마시는 술잔과 아랫입술이 접촉된 부분 사이로 생맥주가 조금씩 글라스 밖으로 흘러내리고 있는 것을 발견하였다. 콜럼버스의 신대륙

발견 못지않은 강문식의 위대한 발견이었다. 그것은 채국진이 일부러 생맥주를 뱉은 것이 아니라 많은 양의 생맥주를 한숨에 넘기려다 보니 입안에서 목구멍으로 넘어가는 과정에서 입안에 넘친 소량의 생맥주가 아랫입술을 통해 턱 쪽으로 조금씩 흘러내린 것이었다. 강문식은 이 절호의 기회를 놓치지 않았다.

"국진이 너 이 새끼 반칙을 하고 있네? 술을 슬슬 내뱉으면서 버려?"

야단치는 큰 소리와 함께 강문식은 벌떡 일어나면서 건너편의 채국진 얼굴에다가 자신이 마시다 남은 생맥주를 던지듯이 확 부어 버렸다.

대결은 그렇게 끝났다. 네 명의 심판들은 강문식의 주장대로 채국진의 반칙패를 선언하며 강문식의 승리를 확정했다. 아무도 강문식의 야비함을 눈치채지 못했다. 사실 그는 비겁한 방법으로 상황을 만들고 시치미를 뗐다. 자신이 패배하기 직전 상대방의 모습을 억지로 약점 삼아 승리한 거였다. 억울해하는 채국진에게 강문식은 승자다운 명언을 내뱉었다.

"인마 채국진. 술은 그렇게 마시는 게 아냐 인마……. 자신의 주량만큼만 마셔야지. 억지로 마시면 되겠냐? 그러다가 탈 나 녀석아. 나 봐라. 얼마나 멀쩡한지. 나는 지금 3,000cc 더 마셔도 끄떡없어 인마. 내 실제 주량이 10,000cc라구 인마. 하하하……."

이 사건을 계기로 '술 끝까지 마시기' 승자인 강문식은 법학과 동료들 사이에서 겁나게 술 많이 마시는 진짜 멋진 사나이로 소문이 났다. 그는 친구들에게 자기랑 술 마시기 대결하려면 최소 10,000cc 마실 수 있는 녀석만 도전하라고 큰소리를 쳤다.

"내가 가장 술 많이 마시는 진짜 사나이라구 이놈들아. 그런 능력과 배짱이 있어야 최소한 사나이라구 말하는 거야, 이놈들아……."

강문식의 허풍에도 법학과 친구들은 그를 진짜 대단한 사나이라고 인정하였다.

내가 문식이 형과 바둑 대결을 하고 일주일 지나서 재식이로부터 연락이 왔다. 문식이 형이 지인의 소개로 인근 행복골프장의 아르바이트 자리를 마련했다는 것이다. 문식이 형과 재식이, 그리고 나까지 세 명이었다. 문식이 형이 나까지 포함한 것을 보면 지난번 바둑 역전승으로 나를 괜찮게 본 모양이었다.

18번 홀까지 구비되어 있는 행복골프장은 회원권이 수억 원대가 넘는 부잣집 사장님들만 이용할 수 있는 고급 골프장이었다. 아르바이트 첫날 골프장 관리 실장이 우리들에게 할 일을 간략하게 설명하였다 깔끔하게 정리된 넓은 잔디 공간인 페어웨이 옆에는 평소 관리가 덜 된 러프가 있었다. 그 러프 잔디 속에 드문드문 박혀 있는 잡풀을 뽑는 단순한 일이었다. 오전 9시부터 오후 5시까지 일하며 하루 일당은 5만 원이었다. 학생으로서 방학을 이용하여 용돈을 벌 수 있는 좋은 기회였다. 하루에 3홀씩 하여 6일간 18홀의 러프를 정리하기로 약속하였다. 6일간 일하고 30만 원이 보장되었다.

우리는 오전에 빨리 서두르며 일하여 2홀까지 러프 속의 풀을 솎아 냈다. 더운 여름날의 오후에는 쉬엄쉬엄 마지막 한 개 홀만 정리할 요량이었다. 2홀까지 정리한 우리들은 나무 그늘 밑에서 도시락을 비웠다. 노동의 피로와 점심 식사로 인해 식곤증이 서서히 밀려왔다. 풀 뽑기는 허리를 굽히며 하는 일이라서 그런지 허리도 슬슬 욱신거리고 두 다리도 노곤하였다. 거기에 한여름 낮의 공기는 숨을 가쁘게 했다.

문식이 형의 제안으로 30분만 더 쉬다가 오후 일을 하기로 하여 세 명은 나무 그늘에 앉아 저쪽 건너편의 페어웨이에서 골프 치는 회원들을 바라보았다. 아저씨인지 사장님인지 다섯 명의 무리가 한낮 땡볕 무더위 속에서 골프를 치고 있었다. 우리로서는 이해가 되지 않는 풍경이었다. 그들도 우리와 똑같이 더위 때문에 힘들고 숨이 턱턱 막힐 텐데 오히려 껄껄거리며 골프를 즐기는 모습이 외계인처럼 느껴졌다. 아니 거꾸로 그들을 이해하지 못하는 우리가 이방인일지도 모를 일이었다.

다섯 명의 여성 캐디들은 긴 상의와 햇빛 가리개 장비를 착용한 채 사장님들을 따라다니며 보조하고 있었다. 그들을 바라보며 문식이 형이 조용히 내뱉었다.

"저 사람들 미친 사람들인가 봐. 이 더위에 비싼 돈 내고 저걸 하고 있으니……."

"그러게 말이에요. 나도 이해가 안 되네요. 더운데 골프가 운동 효과가 있을까요?"

나도 한마디 거들었다.

"돈 많으면 다 미쳐버리는 거지 뭐, 저 사람들처럼……. 암튼 세상에는 이상한 부류들이 많구먼……."

문식이 형은 불만이 섞인, 이해할 수 없는 말을 연신 퍼부었다. 이렇게 문식이 형이 한심하듯 저쪽을 바라보고 있는데, 골프채를 크게 휘두른 사장님의 골프공이 페어웨이를 벗어나 러프에서 쉬고 있는 우리 쪽으로 쪼르륵 굴러와서 문식이 형 앞에 딱 멈췄다. 그러자 저쪽 100m쯤 떨어진 사장님이 우리 쪽을 향하여 소리를 질렀다.

"야! 애들아! 그 골프공을 이쪽으로 던져다오!"

멀리 떨어진 우리 쪽에 와서 골프공을 치는 게 원래 골프 경기 규칙이지만 더위 때문에 여기까지 걸어오기 귀찮아서 자기네 쪽으로 골프공을 던져달라는 주문이었다. 이 소리를 들은 문식이 형이 벌떡 일어나더니 골프공을 집고는 페어웨이 반대쪽 방향으로 골프공을 힘껏 던져 버렸다. 거기는 연못으로 조성된 곳이었다. 골프공은 연못 속으로 아예 사라져 버렸다. 이 광경을 목격한 골프공 주인은 우리 쪽으로 달려왔다. 오십 대가 넘는 중년의 남자는 다짜고짜 욕부터 시작했다.

"이 새끼가 무슨 짓을 한 거야! 왜 남의 골프공을 연못에 던지냐 이 새꺄!"

그러자 문식이 형이 조금도 뒷걸음치지 않고 남자 앞에 불쑥 다가서서 큰 소리로 대답했다.

“내가 아저씨 머슴이에요? ‘야’가 뭡니까 ‘야’가⋯⋯.”

“뭐야? 이 새끼가⋯⋯.”

“내가 아저씨 자식이에요? 새끼가 뭡니까 새끼가⋯⋯. 아저씨가 날 낳았어요? 내가 아저씨 새끼예요?”

“너 같은 자식이 있다 이놈아. 싸가지 없이 어른한테 말대꾸나 하구 쯧쯧⋯⋯.”

“나도 아저씨 같은 아버지가 있어요, 이 아저씨야. 젊은이한테 꼰대질이나 하구 쯧쯧⋯⋯.”

문식이 형은 한 발짝도 물러서지 않았다. 이러한 문식이 형의 꺾이지 않는 기세와 공격적인 대응에 남자는 다음 대답을 멈칫하였다. 이십 대 청년의 예상치 않은 당돌함에 당황한 것이 분명했다. 두 사람의 높은 언성에 저쪽의 동료 무리들이 달려왔고, 누가 급히 연락을 했는지 골프장 관리 실장도 이쪽으로 뛰어오고 있었다.

여러 사람들의 만류로 사태는 진정되었다. 사장님들 무리는 골프장 관리 실장에게 일꾼들 관리 교육을 철저히 하라는 충고를 남기고 사라졌다. 관리 실장은 우리들을 즉석에서 쫓아 버렸다. 첫날 오전 일당 25,000원씩을 손에 쥐고 우리들은 행복골프장을 나섰다.

불의한 것에 굽힘이 없는 문식이 형의 용감한 모습에 감탄을 하면서도, 상대방의 나이에도 아랑곳없이 물불을 가리지 않는 성질 때문에 자칫 큰 사고라도 나면 어떡하나 하는 불안감이 동시에 일어난 하루였다.

그해 가을이 되었다. 토요일 오후 오랜만에 재식이네 집을 찾아갔다. 2학기 중간고사를 마치고 머리도 식힐 겸 재식이와 바둑을 둘 생각이었다. 마침 재식이 부모님도 집에 계셔서 교회 고등부 학생들의 신앙생활에 대한 좋은 말씀을 해 주셨다. 재식이네는 독실한 기독교 가정이었다. 재식이네 형제, 여동생 모두가 모태 신앙이었다. 유일하게 문식이 형만 중학교 때부터 신앙생활을 포기했다고 말하면서 재식이 아버지가 아쉬운 표정을 지었다. 오랜만에 왔으니 바둑 두다가 저녁 식사하고 늦게까지 놀다 가라고 재식이 어머니가 넉넉한 웃음을 지으셨다.

재식이와 바둑 여러 판을 두고 나서 저녁 식사를 재식이 식구들과 함께 하였다. 밖은 이미 짧은 일조 시간으로 서서히 어두워졌다. 식사를 마친 모두는 당시 텔레비전 토요일 프로그램에서 인기가 매우 높았던 유명 연예인들의 청백오락전을 시청하였다. 일반인과 다름없는 연예인들의 솔직한 모습과 실수하는 장면에서 우리는 박수를 치며 깔깔거렸다. 소박하면서도 행복한 가정의 수채화였다.

30여 분 동안 모두가 텔레비전에 빠져 즐거움에 몰입하고 있을 때였다. 재식이네 집 골목 입구 쪽에서 어느 술 취한 사람의 악을 쓰는 소리가 들려왔다.

"야, 이 씨팔놈들아! 다 나와! 다 죽여버릴 테다. 씨팔놈들아……!"

무식한 단어로 단단히 무장한 그 소리가 점차 재식이네 집 문 앞까지 당도했다. 많이 들었던 익숙한 목소리였다. 문식이 형이 술 마시고 귀가하면서 집 앞 골목에서부터 악을 쓰는 소리였다. 그 소리를 듣자마자 재식이 여동생들은 얼른 자기네 방으로 피신했다. 재식이 부모님은 당황하면서도 부끄러운 얼굴로 나랑 재식이를 건넌방으로 가라고 눈짓을 주셨다.

거실에는 재식이 부모님만 남으셨다. 나와 재식이는 부모님의 충고대로 건넌방으로 얼른 몸을 피했다. 세상에 태어나 처음 접해보는 낯선 풍경에 나는 무서우면서도 문식이 형의 다음 행동이 궁금했다. 재식이에게 양해를 얻어서 살짝 문을 열고 문틈으로 거실 쪽을 훔쳐보았다. 곧이어 문식이 형이 현관문을 열고 거실에 들어섰다. 나는 깜짝 놀랐다. 그는 오른손에 1m쯤 되는 굵은 몽둥이를 들고 있었다. 문식이 형은 거실에 들어서자마자 '씨팔놈들아!' 하고 악을 쓰며 살림살이를 몽둥이로 내려치기 시작했다. 그는 술에 떡이 되어 정신이 있는지 없는지 알 수 없을 정도로 취해 있었다. 그러면서 입으로는 계속 '씨팔놈들 다 죽여버릴 테다!'라고 욕설을 하며 몽둥이로 텔레비전, 전축, 밥상, 거울 등을 가리지 않고 눈에 보이는 살림살이들을 부수는 것이었다. 그는 완전히 미쳐 있었다. 부모님도 그의 행동을 만류하지 못하고 그저 눈물만 흘리며 거실 한쪽 구석에서 부둥켜안고 참혹한 광경을 바라볼 뿐이었다.

그의 파괴적 폭력은 10분간 계속되었다. 공포의 시간이 길게만 느껴졌다. 동네 누군가가 신고했는지 집 앞에 경찰 순찰차가 붉고 푸른 불빛을 번쩍이면서 사이렌을 울리며 도착했다. 동네 사람들 십여 명은 이미 재식이네 집 문밖에 모여 수군거리고 있었다. 경찰관 두 명이 급히 거실로 뛰어가서 미쳐 날뛰는 문식이 형을 제압하고 수갑을 채웠다. 부모님도 동행하면서 순찰차는 파출소를 향해 떠났다. 떠나가는 순찰차 속에서 문식이 형의 악쓰는 소리가 차창 밖으로까지 흘러나왔다. 짧은 시간 동안 보여준 강문식의 행동은 패륜을 주제로 한 막장 드라마의 클라이맥스 장면이었다.

비로소 집안은 조용해졌다. 그들이 떠난 거실은 전쟁터 같았다. 포탄으로 폐허가 된 도시처럼 거실의 대부분 살림살이가 산산조각나면서 파편들이 바닥 여기저기에 흩어져 있었다. 두 명의 여동생들은 그들의 방에서 서로 머리를 맞대고 울고 있었다. 나는 얼이 빠져 있는 재식이를 두 팔로 감싸안으며 아무 말도 하지 않았다.

십여 년간 형의 폭력으로 상처 받았을 재식이가 안타까웠다. 중학생인 여동생들은 더 말할 것도 없었을 것이다. 평생 그 소녀들의 마음에 남을 트라우마가 염려스러웠다. 그러나 누구보다도 재식이 부모님이 가장 딱해 보였다. 네 명의 자식들 중에서 유독 장남인 문식이 형만이 집안의 아픈 손가락이었다. 기독교 신앙의 소박하고 행복한 가정이건만 망나니 한 명이 집안을 쑥대밭으로 만들고 있는 것이다.

나는 재식이와 함께 거실 바닥을 정리하기 시작했다. 부모님이 귀가하기 전에 흉물 같은 폭력의 잔재들을 치우기로 마음먹었다. 상처 받은 그들에게 이차적 아픔을 더 느끼지 않게끔 하고 싶었다. 30여 분 정리하고 나니 대략적이나마 예전의 평온한 거실의 모습이 되돌아왔다. 다만 거실에 있었던 몇 개의 세간살이들이 사라진 빈 공간은 쓸쓸함으로 대신하였다. 재식이는 나랑 거실 바닥에 앉아 부모님과 문식이 형을 기다리면서 문식이 형의 폭력적인 술버릇에 대한 비밀을 털어놓았다.

강문식이 폭주를 하는 날은 집안에 늘 비상이 걸렸다. 그는 갖은 욕설을 퍼부으며 집안 세간살이를 마구잡이로 몽둥이로 때려 부쉈다. 이렇게 미쳐 날뛰는 행동이 처음 시작된 것은 일 년 전인 대학교 2학년 때였다.

강문식 본인의 입에서 나온 얘기로는 서울 소재 대학교에 갈 실력인 자기가 지방 대학교밖에 가지 못한 것이 억울하며 한스럽다고 했다. 자기보다 실력 없는 녀석들과 같은 대학교를 다니는 것이 자존심 상하고 용납될 수 없는 일이라 했다. 그러면 다시 대입 공부를 해서 서울에 있는 대학교에 도전하는 것이 어떻겠냐는 부모님의 권유에 그는 고개를 흔들었다. 창피하고 귀찮다는 것이다. 그날부터 강문식의 폭주와 가정 폭력의 흑역사가 막을 열었다.

강문식이 폭주한 날은 어김없이 그의 본성에 숨겨 두었던 폭력성이 강하게 폭발하는 날이었다. 그는 동네 골목 입구부터 고성으로 욕을 퍼부으며 늘어섰다. 있는 욕 없는 욕을 큰 소리로 모두 퍼더버리며 골목 안의 동네 어른들을 반강제로 호출하였다. 동네 어른들은 강문식의 망나니 같은 욕설과 행동에 모두 혀를 차면서도 아무도 그에게 충고 한마디 할 수 없었다. 듣기 싫은 소리를 하는 순간 강문식이 취할 행동을 알고 있었다. 거친 말을 해대며 마구잡이로 주먹을 휘두를지도 모르는 위압감을 강문식이 이미 이전부터 보였기 때문이었다.

강문식의 막돼먹은 꼴통 기질은 재식이네 가족뿐 아니라 이제는 동네 전체 사람들에게도 골칫거리가 되었다. 더욱 심각한 것은 그를 아무도 제어

할 수 없는 현실이 가장 두려웠고 어려운 숙제였다. 가끔 누군가가 신고해서 경찰 순찰차가 출동하였지만 그때마다 경찰은 강문식이 사람들에게 직접 상해를 입히지 않았다는 이유로 훈방 조치로 끝내며 별다른 처벌도 없었다. 강문식의 폭주로 인한 사건은 평균 서너 달 만에 한 번씩 일어났다. 벌써 2년 6개월이나 된 오래 묵은 썩은 염증이었다. 이 염증을 외부에서 도려낼 수도 없는 노릇이었다. 독선적이고 자만심으로 가득한 문식이 형을 그 누구도 설득하거나 교화할 수 없음이 공식화된 지 오래되었다. 그 이유는 당연히 강문식의 꼴통 기질 때문이었다. 그는 누구의 말도 듣지 않았다. 동네 사람들은 강문식 스스로가 자책과 반성으로 극복하기만 바랄 뿐이었다. 그러나 강문식한테는 그럴 기미가 절대 보이지 않았다. 오히려 날이 갈수록 그의 폭력성은 더욱 심해지고 있을 뿐이었다. 참으로 딱한 상황이 동네에서 벌어지고 있었다. 악순환만 반복되고 있는 현실이었다. 이제 강문식은 동네 사람들에게 공공의 적이 되어 버렸다.

재식이 얘기를 듣고 나니 문식이 형의 그간 이 년여의 망나니 같은 행동들이 나의 머릿속에 희미하게나마 검은 판화처럼 그려졌다. 본인의 실력 부족으로 서울로 대학교를 가지 못한 것을 주변 사람들에게 핑계를 돌리며 분하고 억울하다는 것은 정말 어불성설이었다. 대입 공부를 다시 도전해 보라는 부모님의 합리적 충고에도 귀찮다는 이유로 거부한 그는 창피하거나 억울할 이유가 없었다. 더구나 그 분하다는 감정을 스스로 통제하지 못하고 술에 의존하여 집안 기물을 부수며 동네 사람들까지 공포심을 주는 그의 행동은 누가 보더라도 용납될 수 없는 일이었다.

나는 문식이 형과 함께 공유했던 몇 달 전의 경험과 들은 얘기들을 상기하였다. 나와 바둑을 두며 승부욕에 집착하여 이겨야만 끝내는 시합. 골프장 아르바이트에서 호칭 문제로 나이 든 아저씨에게 문제를 걸던 당돌함. 친구와 바둑 두다가 지고 있는 바둑판을 엎어뜨린 교만함. 술 마시기 경쟁에서 드러난 비겁한 반칙. 그리고 오늘 조폭 영화에서나 볼 수 있는 가정 폭력 행위…….

문식이 형은 자기가 고등학교 2학년 때 담임의 체벌 사건 이후 반 친구들로부터 '진짜 사나이'라는 영웅 호칭을 듣고 지금까지 자기도취에 빠져 있는 것이 틀림없었다. 굵직한 체형과 매섭도록 가는 눈매. 상대방이 누구든 조금이라도 마음에 맞지 않으면 즉각 무례한 언어와 행동으로 공격하는 예측 불가능성. 자기의 능력이 최고라고 믿는 조잡한 자기애적 사고방식. 거기에다가 다혈질적이고 야만적인 성격까지 더하여 그는 괴물 같은 인간, 아니 인간 같은 괴물이라고 나는 판단했다. 한마디로 그는 교만과 자만으로 가득한 독선적 이기주의자요, 오만함과 쇳덩이 같은 아집으로 무장한 무례한 폭력주의자였다.

문식이 형이 훈장처럼 내뱉는 '진짜 사나이'가 실제로는 '가짜 사나이', '진짜 사이코', '진짜 싹수대가리', '진짜 꼴통 사나이', '진짜 망나니'라고 명명하는 게 옳았다. 그는 진짜로 '진짜 사나이'가 아니었다.

세 시간쯤 지난 자정 무렵 문식이 형은 부모님의 부축을 받으며 귀가했다. 아직도 술이 덜 깬 그는 거의 시체가 되어 있었다. 두꺼운 상체는 축 늘어졌고 머리는 땅을 향하여 90도 꺾여 있었다. 다만 아까의 그 무서운 폭력적 인행은 하지 않았다. 아니, 할 수 없었다. 잠자는 숲속의 마왕처럼 그는 깊이 잠에 빠져 있었기 때문이었다. 덩치 큰 그를 양쪽에서 부축하고 집에 들어오는 부모님은 못된 아들을 둔 죄인의 모습이었다. 슬픔과 절망의 상황 속에서도 끝까지 자기 아들을 챙길 수밖에 없는 숙명이 재식이 부모님 모습에서 드러났다.

문식이 형을 방에 누이고 나온 부모님은 파출소에서의 상황을 우리들에게 설명해 주었다. 상습적인 가정 내 폭력이기에 입건 처리하려는 경찰에게 부모님은 싹싹 빌며 선처를 구했고 다만 조건부로 문식이 형을 풀어 줬다고 했다. 경찰이 요구한 것은 두 가지였다. 우선 문식이 형을 정신과 병원에서 진료를 받게 하여 결과에 따라 약물 치료 등의 조치를 하는 것과, 오늘 같은 주폭 사건이 안 일어나도록 부모님이 관리 감독을 철저히 하라는 것이었다. 그리고 만약 차후에 가정 폭력 사건이 재발될 경우엔 용서하지 않고 형사 입건하겠다고 경고하였다. 이것은 동네 주민들에게도 영향을 주는 사안이라 더 이상 양보할 수 없는 일임을 파출소장이 특히 강조하였다. 재식이 부모님도 경찰의 요구 사항은 타당한 것이라고 인정하였다. 오히려 경찰의 조치를 고마워했다. 오늘 사건을 계기로 문식이에게 전화위복의 계기가 될 수도 있다는 바늘구멍 같은 희망을 기대했다. 어려운 일이겠지만 며칠 내에 문식이 형을 정신과 병원에 데려가서 진료와 검사를 받게끔 설득하겠다고 하였다. 어떡하든 큰아들의 정신병적 문제점을 찾아내서 치료를 하는 게 우선이었음이 자명하였다. 다만 문식이 형이 부모님의 설득을 수용하느냐가 정말 큰 숙제였다. 경찰의 마지막 경고를 위기감 있게 인식시켜서 그가 병원 문턱만이라도 가게끔 만들겠노라고 부모님은 다짐을 하였다.

나는 재식이 부모님의 사후 계획을 듣고 나서 재식이 집을 나왔다. 밤늦은 시간이니 자고 가라는 재식이 부모님의 권유를 사양하고 골목길로 나섰다. 골목길 안은 몇 시간 전의 아우성과 달리 정적에 싸여 있었다. 가로등 하나가 우두커니 나를 지켜보고 있었다. 골목을 벗어나 큰 도로로 나오니 택시만 뜸하게 다닐 뿐이었다. 깊어 가는 가을 밤하늘은 도시의 공기 오염 때문인지 별들이 보이지 않았다. 저 멀리 북극성만이 외롭게 빛나고 있었다. 길 잃은 나그네가 방향 감각을 잃었을 때 그들이 가야 할 길을 인도하는 방향 판단의 바로미터인 북극성. 사막의 외로운 아라비아 상인들도 북극성을 보고 그들의 목적지를 잃지 않았을 것이다. 나는 문식이 형이, 변함없이 한자리에서 번쩍이며 덕성을 베푸는 북극성을 통해 자신이 살아온 삶을 겸허히 성찰하고 지금보다는 나은 방향으로 살기를 바라면서 발걸음을 재촉했다.

한 달 후 재식이네 집에 찾아갔다. 그간의 상황도 궁금한 터였다. 재식이에게 문식이 형의 상태를 물어보니 재식이는 미소를 띠며 여유 있는 얼굴빛으로 설명하였다.

"문식이 형이 이제는 조금 변한 것 같아. 지난번 파출소가 마지막이었어. 그간 조용히 잘 지내고 있어."

파출소장의 마지막 경고 내용을 부모를 통해 전해 들은 강문식은 살짝 겁이 났다. 가정 폭력 건으로 형사 입건하겠다는 경찰의 단호한 태도에 독불장군이었던 그도 멈칫하였다. 파출소를 다녀간 며칠 후 강문식은 부모님과 함께 시내 번화가에 있는 정신과 병원을 방문하여 의사와 상담하며 진료와 검사를 받았다. 설문지 조사를 통한 문진과 심리검사, 혈액검사는 물론이고 마지막으로 뇌 영상 MRI까지 찍었다.

검사 결과는 예상보다 훨씬 놀라웠다. 의사의 종합 소견에 따른 그의 병명은 '강박관념성 충동조절장애'라는 어려운 용어였다. 심지어 '성인 ADHD'가 혼합되어 있는 고약한 정신병이었다. 재식이 부모님의 하소연으로 의사는 상세하고 친절하게 이 병의 원인과 치료 방법을 설명해 주었다. 문식이 형의 성신병적 원인은 환경적 요인과 개인의 스트레스가 가장 결정적이었다. 자신만이 최고라는 의식이 너무 깊이 뇌세포 속에 박혀 있어서 스스로 그것을 빼내지 못하면 주의력 결핍이나 충동성 과잉 행동으로 표출된다는 것이다. 더구나 감정 조절과 조직화의 능력까지 저하된 강문식의 정신 감정은 대인 관계에서 예상할 수 없는 문제점이 늘 도사리고 있다는 의사 설명에 강문식과 부모님은 침울한 표정으로 경청했다. 결국 의사의 권유로 3개월 분량의 치료 약을 손에 든 채 병원 문을 나섰다.

재식이 설명을 듣고 나도 한숨을 돌렸다. 한 달 전 문식이 형의 폭력 현장을 목격한 나로서도 그동안 재식이네 집만 생각하면 마음이 무거웠었다. 그나마 문식이 형이 정신 병원 상담 진료와 치료 약까지 받았으니 이제는 예전보다 상태가 좋아지리라 믿어지면서 다소 마음이 홀가분했다. 그래도 그의 욱하는 성질이 자꾸만 생각나서 먹다 남은 호박씨의 찌꺼기처럼 껄끄러운 찝찝함은 마음 한구석에 남아 있었다.

이런 상충적인 생각들이 뒤엉켜 있을 때 재식이의 밝고 큰 목소리가 나의 귀를 번쩍이게 만들었다.

"문식이 형이 이번 학기 마치고 군대 가려고 입대 지원서를 며칠 전에 병무청에 냈어. 그것도 육군 부사관으로 지원했어."

"뭐? 군대를 지원 입대한다구?"

상상이 안 되는 이야기에 놀란 나에게 재식이가 부연 설명을 더했다.

"응. 이젠 군대 가서 맘을 다잡고 살겠다고 하더라구. 그리고 이왕 군대 가는 거 생고생하고 오겠다며 육군 부사관으로 가겠대. 부모님한테 이미 말씀드렸고 형이 직접 병무청까지 갔다 왔어. 그냥 빈말이 아니라 진짜로 군대 가려나 봐."

"우아……. 이제 문식이 형이 맘을 새롭게 가졌나 보네. 잘됐다, 진짜 잘됐다 재식아……."

문식이 형이 군대를 지원 입대하겠다는 소식을 듣고 나는 정말 기분이 들떴다. 이제라도 뒤늦게나마 자신의 정체성을 군대 생활을 통해 찾으려는 그가 다행이라고 생각했다. 오랫동안 그의 의식을 지배했던 아집과 독선의 카테고리를 이젠 스스로 끊을 수 있는 날들이 가까워졌다고 느꼈다. 평소 문식이 형이 자랑스럽게 외쳤던 것처럼 그가 '진짜 사나이'가 되어 돌아오기만을 나는 진심으로 기원했다. 문식이 형의 정신병 치유로 재식이네 집에도 이제 평화와 행복이 깃든 좋은 날이 오는 희망이 보이기 시작했다.

문식이 형은 예정대로 대학교 3학년 2학기 기말고사를 마치자마자 12월 초에 육군 부사관에 지원 입대하였다. 육군 부사관 훈련소는 전라북도 여산에 있었다. 입대하는 젊은이들의 심란한 마음을 알기라도 하듯 묘하게도 그날 눈이 휘날리고 있었다. 부모님과 재식이는 훈련소 정문으로 들어가는 강문식을 배웅하며 팔을 크게 흔들며 파이팅을 외쳤다. 강문식은 가족들의 함성에 뒤를 한번 돌아보고는 씩 웃으며 다시 부대 안으로 발길을 재촉했다.

그렇게 강문식은 씩씩한 육군 부사관이 되기 위해 위병이 통제하고 있는 훈련소의 정문을 넘어서 인고의 시간을 향해 첫걸음을 디뎠다. 그는 '진짜 사나이'가 되기 위해 드디어 서막을 연 것이었다. 눈보라가 세차게 내려 세상을 하얗게 덮고 있었다.

문식이 형이 입대한 지 5개월이 지났다. 벽에 걸린 달력은 이듬해 5월을 가리키고 있었다. 이제 나도 고등학교 3학년이 되어서 대학 입시 공부에 열중하느라 그동안 재식이네 집에 놀러 가지 못했다.

그러던 어느 날 재식이로부터 반가운 연락이 왔다. 문식이 형이 군대 간 후 처음으로 휴가를 온다는 소식이었다. 군복 입은 형을 보고 싶으면 자기네 집에 와도 좋다는 얘기에 기꺼이 가겠다고 대답했다.

나는 문식이 형의 군복 입은 늠름한 모습이 보고 싶었다. 더구나 군대에 지원 입대하기 직전 형의 변화된 모습을 보았던 터라 그간 5개월 동안 훈련소와 자대 배치 등 군대 생활을 통해 형이 얼마나 늠름해지고 멋지게 변했는가를 확인하고 싶은 속내도 있었다. 훈련소에서 훈련을 마치고 강원도 전방 부대에 배치를 받은 문식이 형이 오후 6시쯤 도착한다고 재식이가 알려 줬다. 나는 정규 수업을 마치고 오후 5시까지 가겠노라고 약속했다. 오늘 같은 날은 야간 자율 학습을 기꺼이 빠지더라도 군인이 된 문식이 형을 만나 보는 것이 더 의미 있는 일이었다. 나는 왠지 마음이 설렜다. 시간은 답답하게 천천히 흐르고 있었다.

오후 5시쯤 재식이 집에 도착한 나는 재식이 부모님과 여동생들로부터 반가운 방문 인사를 받았다. 재식이 어머니는 큰아들이 좋아하는 맛난 음식 몇 가지를 미리 준비해 놓으셨다. 주방에는 구수하고 입맛 돋우는 냄새가 풍기고 있었다. 군대 가서 고생하고 첫 휴가 나오는 아들을 위한 어머니의 사랑이 가득 담긴 음식들이 정겨워 보였다. 소박하고 행복한 전형적인 가정의 모습이었다.

문식이 형을 기다리기 위해 재식이 방에서 바둑을 한참 두고 있던 중 대문 밖에서 갑자기 큰 소리가 울렸다.

"어머니, 아버지!"

드디어 문식이 형이 왔다. 예정보다 30분 일찍 도착한 형은 대문을 열자마자 집 안으로 들어오며 환한 표정으로 가족들을 바라보았다. 재식이 부모님은 얼른 형에게 달려가 와락 형의 양쪽 가슴에 안기고 등을 두드렸다. 형도 부모님을 두 팔로 크게 포옹하며 재회의 기쁨을 만끽하였다.

군복을 입은 형은 건강해 보였다. 입대하기 전보다 얼굴 피부색은 더 검게 탔지만 표정은 걱정 하나 없는 사람처럼 밝고 자연스러웠다. 신체도 여전히 큰 덩치 그대로였지만 뱃살이 없어진 것이 변화였다. 군대 생활의 규칙성과 고된 훈련이 형의 체형까지도 정상으로 바꿔 놓았다. 정말 멋진 군인 아저씨가 된 형의 겉모습에 나는 조금 흥분이 되었다. 저렇게 멋진 문식이 형을 본 적이 없었기 때문이었다.

문식이 형은 부모님에게 거실 바닥에 앉으시라고 권유하더니 큰절을 올렸다. 큰아들의 큰절을 받는 부모님은 입을 벌리며 미소로 답례하였다. 정신 병세로 술만 마시면 꼴통을 부리던 큰아들의 변화된 모습에 마냥 기특한 표정이었다.

"아버지, 어머니! 그동안 제가 속만 썩이고 불효만 저질러서 죄송했습니다. 용서해 주십시오. 이젠 효도만 하겠습니다."

큰절을 끝낸 문식이 형은 무릎을 꿇고 부모님께 지난날에 대한 자책과 앞으로의 다짐을 진술한 목소리로 말했다. 그러는 사이 그의 얼굴에는 두 줄기 굵은 눈물이 주르르 흘러내렸다. 눈물은 그치지 않고 연속 흘러내리며 그의 뺨을 완전히 적시고 있었다.

감동적인 장면이었다. 나는 그날 문식이 형이 부모님께 큰절을 올리며 무릎을 꿇고 지난날 자신의 행동에 대한 자책과 반성을 하며 눈물을 흘리는 모습에 숨이 막힐 뻔했다. 그는 기독교 신약성서 누가복음에 나오는 돌아온 탕자 이야기의 주인공 같았다. 방탕한 삶을 살았던 아들이 아버지에게 돌아와 진심으로 회개하면서 용서와 사랑을 받은 성서 속의 이야기가 지금 현실로 재현되고 있었다. 어떤 명화 속의 감동적인 장면도 이보다 더한 것은 없었을 거라 생각했다. 개망나니가 효자로 변한 이 순간은 완벽한 휴먼 드라마였다.

문식이 형은 입대 직전 정신과 치료를 받으며 많이 회복된 모양이었다. 그런 뒤 군대에 입대하여 고된 훈련 과정을 거치면서 몸과 마음이 건강해졌으리라 추측되었다. 5개월 동안 가족과 떨어져 국방의 의무를 수행하면서 절대 고독도 느꼈으리라. 그러면서 과거 자신이 저질렀던 무례한 행동들이 얼마나 주변 사람들을 괴롭히고 상처를 준 것인지를 뼛속 깊이 반성했을 것이다.

문식이 형은 이제 새사람이 되었다. 내가 예전에 처음 보았던 그 형이 아닌 듬직하고 믿음직스러운 '진짜 사나이'가 되어 돌아온 것이다. 정말 멋진 형이었다.

문식이 형의 대견스러운 말과 행동에 감격한 부모님은 크게 웃으며 형을 격려했다.

"이야…… 우리 문식이 이제 큰아들답네. 고맙다, 고마워. 문식아 정말 고맙다……."

기쁨에 어찌할 바를 몰라 하는 부모님은 연신 큰아들의 손을 잡으며 기특해 하였다. 그러면서 재식이 아버지가 손지갑에서 20만 원을 꺼내 형에게 건넸다.

"문식아! 엄마가 너를 위해 준비한 저녁밥 얼른 먹고, 친구들과 만나 차라도 한잔 마시고 와라. 자, 이 돈 받거라."

"아닙니다, 아버님! 저 돈 필요 없습니다. 군대에서 받은 월급도 있습니다."

사양하는 문식이 형에게 아버지는 더욱 대견스러워 하며 반강제적으로 돈을 형의 손에 쥐어 주었다.

"아니야, 문식아. 친구들도 첫 휴가 나온 너를 많이 보고 싶어 할 거야. 친한 친구 만나서 쌓인 얘기 나누다 와. 괜찮아……."

아버지의 계속된 권유로 사양을 하던 문식이 형도 왠지 미안한 얼굴 표정을 지으며 어쩔 수 없이 돈을 받았다.

모든 식구들은 저녁 식사를 하며 문식이 형에게 군대 생활 이것저것을 물어보며 낄낄거렸다. 문식이 형은 낯선 환경의 재미난 얘기들을 들려주며 여유 있는 분위기를 만들었다. 나도 형에게 평소 궁금했던 육군 부사관이 무슨 역할을 하는지를 질문하였다. 형은 친절하고 다정하게 설명을 해줬다.

내 기억 속에 있었던 지난날 형의 이미지는 완전 사라진 상태였다. 군대라는 곳이 이렇게 한 인간을 180도 탈바꿈시키는 긍정적 측면이 있다는 것을 새롭게 알았다. 하지만 무엇보다도 그런 낯설고 고독한 환경을 자기 의지로 이겨내고 훌륭하게 승화시킨 문식이 형이 진정한 승리자라고 여기며 즐거운 저녁 시간을 보냈다.

문식이 형이 저녁 식사 후 친구들 몇 명 만나고 오겠다며 집을 나섰다. 부모님도 당연한 일이라고 격려하며 문밖까지 형을 배웅하였다.

그런데 두 시간이 지난 밤 9시쯤이었다. 재식이 방에서 오랜만에 여유 있게 바둑을 두던 나는 깜짝 놀랐다. 골목 어귀에서 몇 달 전에 들었던 똑같은 목소리와 똑같은 내용의 아우성이 외쳐지고 있었다.

"야! 이 씨팔놈들아! 다 죽여버릴 테다. 씨팔놈들아……!!"

술에 절은 문식이 형이 예전처럼 폭주한 상태로 소리를 지르며 골목길을 들어서고 있는 중이었다. 재식이네 집에 있던 모든 사람들은 한마디로 기겁을 했다. 옛날의 악몽이 다시 살아난 것이다. 예전의 망나니 꼴통님께서 다시 오신 것이다.

군인 모자는 바지 엉덩이 호주머니에 구겨 넣고 군복 상의는 단추가 풀어져서 잠바처럼 걸쳐져 펄럭이고 있었다. 바지의 혁대는 없어진 상태였다. 군화 끈은 헐렁헐렁하여 바닥에 질질 끌리고 있었다. 완전 패잔병의 모습이었다. 육군 헌병에게 당장이라도 잡혀갈 군기가 완전 빠진 복장이었다.

연신 욕을 퍼더버리며 골목을 걸어오던 문식이 형은 집에 들어오자마자 어디서 갖고 온 굵고 긴 몽둥이로 거실의 세간살이들을 때려 부수기 시작했다. 그의 행동은 정확했다. 때려 부술 항목을 머릿속에 저장해 놓은 듯 예전과 똑같은 품목의 사물들을 닥치는 대로 내려쳤다. 중고로 대체해 놓은 텔레비전, 전축, 밥상, 거울 등을 완전히 박살 내 버렸다. "야, 이 새끼들아! 죽여버릴 테다."라는 똑같은 레퍼토리를 내뱉으며 그는 미쳐 날뛰었다.

재식이네 식구들은 이미 옆방으로 피신하고 그의 행동을 제지하지 않았다. 이미 많이 경험한 사람들의 어쩔 수 없는 최선의 대응책이었다. 나는 공포스러운 이 분위기보다도 아까 두 시간 전에 부모님께 보였던 그의 행동과 말이 어쩌면 이렇게 예전의 정신병자 모습으로 금방 회귀될 수 있는지가 두려웠다. 한마디로 말짱 도루묵이 되어 버렸다.

그가 눈물을 흘리며 참회했던 순간은 도대체 무엇이란 말인가. 악어의 눈물이었단 말인가. 아직도 그의 정신병은 진행 중이었던가. 무엇이 진실인 것인가. 진정한 마음으로 반성했던 강문식과 몽유병 환자처럼 날뛰며 폭력을 휘두르는 강문식 중에서 누가 진짜 강문식인가. 이런 강문식의 술버릇은 영원히 고칠 수 없는 고정불변의 진리란 말인가. 그렇다면 그는 이런 망나니 술버릇을 절대 개선할 수 없다는 것인가.

쓰디쓴 침이 목구멍에 넘어갔다. 나는 더 이상 괴물 강문식을 보고 싶지 않았다. 그는 믿을 수 없는 인간이었다. 다시는 강문식이란 인간을 상종하지 않겠다는 다짐을 단단히 하면서 나는 재식이네 집을 얼른 나와 버렸다.

8년의 세월이 흘렀다. 그사이 나도 많은 삶의 과정을 거쳤다. 서울 소재 사립 대학교 경영학과를 다니면서 도중에 국방의 의무도 마쳤다. 고등학교 졸업 후 타지 생활의 연속이었다. 지금은 대학교 졸업 후 서울의 어느 중견 기업에 취업을 하여 본격적인 사회생활을 시작하였다. 재식이는 고등학교 졸업 후 고향에 있는 대학교를 졸업하고 전라도 광주에서 행정 공무원으로 자리를 잡았다. 그동안 그와는 가끔 안부 전화를 하며 친구 관계를 이어 나갔다.

서로가 집을 떠나 객지 생활을 하고 있었기 때문에 얼굴 보기가 쉽지 않았다. 공간의 거리감이 심리적 거리감까지 가져온 듯하였다. 그러나 사실 그 이면엔 문식이 형이 촉매로 작용하고 있었기 때문이었다. 나와 재식이 모두가 문식이 형의 가정 폭력 현장의 쌍곡선을 목격한 당사자였기에 서로가 문식이 형에 대한 안부조차 이야기할 수 없는 입장이었다. 문식이 형에 대한 이야기는 이제 하나의 금기가 되었다. 감히 언급할 수도 없고, 알고 싶어도 그냥 침묵으로 묻을 수밖에 없는 금단의 담장이었다. 마치 판도라의 상자처럼 문식이 형의 소식을 그냥 모른 채 넘어가는 것이 나에겐 어쩔 수 없는 선택이었다. 나와 재식이와의 관계가 예전보다 소원해진 배경에는 문식이 형의 존재 때문이었는지도 모를 일이었다.

나는 드문드문 문식이 형을 생각해 보곤 했다. 지금은 서른두 살의 나이가 된 형은 어디서 무슨 일을 하며 지내고 있을까. 정신 병세는 완치됐는가. 결혼은 했을까. 그 포악스러운 기질은 여전할까. 지금도 술에 절어서 미친 사람처럼 날뛰고 있을까…….

문식이 형에 대한 여러 상념들이 일어날 때마다 아찔했던 옛날의 폭력 현장이 오버랩되면서 마음이 무거워졌다.

　회사 생활을 하면서 바쁜 일과를 보내던 나에게 재식이를 만날 수 있는 기회가 우연히 찾아왔다. 회사에서 전라도 광주 지점의 출장자로 나를 보내기로 결정했다는 통보가 기획실에서 전달되었다. 기간은 일주일이었다. 나는 8년 만에 재식이와 해후할 수 있다는 생각에 마음이 들떠 있었다. 이십 대의 청춘 시절을 서로가 어떻게 보냈는지 넉넉히 대화할 수 있는 기회가 행운처럼 찾아온 것이다. 나는 얼른 재식이에게 나의 광주 일정을 알리려고 전화기를 들었다.

　8년 만에 만난 재식이는 옛 모습 그대로였다. 해맑고 순수한 얼굴은 여전하였다. 올해가 공무원 임용 첫해로서 나랑 똑같이 사회 초년생이었다. 행정 공무원답게 친절하고 예의 바른 자세가 눈에 띄었다. 너무 관료적이지 않느냐는 나의 농담에 그는 웃음으로 대답을 했다. 나는 부모님 안부부터 물어보았다. 의류 사업을 하시는 아버지는 여전히 바쁘시며 왕성하게 활동하신다고 하였다. 다만 어머니가 당뇨병이 심해져서 합병증으로 고생하신다는 소식에 마음이 아팠다. 인자하신 재식이 어머니의 모습이 떠오르면서 안타까움이 더해졌다. 두 명의 여동생들은 모두 지방 대학교 간호학과와 영문학과에 재학 중이라고 했다. 나는 문식이 형이 집안을 난장판으로 만들 당시 공부방으로 피신하며 서로를 부여잡고 울었던 여동생들이 지금은 대학생이 되었다는 얘기에 정말 다행이라고 생각했다. 그녀들의 마음속 깊은 상처가 아물기만을 간절히 바랐던 8년 전의 내 자신을 되새겨 보았다. 가장 마음에 걸렸던 여동생들이 어엿한 숙녀로 성장했다는 것은 그만큼 여러 상황들이 좋아졌다는 방증일 거라고 스스로 판단했다. 재식이랑 오랫동안 감춰 두었던 사회생활과 개인사에 대한 이야기를 신나게 나누면서도 서로는 문식이 형에 대해서는 일절 언급을 하지 않았다. 불편한 존재에 대한 암묵적 기피였다. 그러나 오랜만에 만난 재식이에게 유독 문식이 형의 소식만 묻지 않는 것도 왠지 속 보이는 일이었다. 나는 기회를 엿보며 머뭇거리다가 조심스럽게 말했다.

"재식아, 문식이 형은 잘 계시냐?"

나의 갑작스러운 질문에 재식이는 순간 멈칫하는 얼굴빛을 보였다. 나는 가만히 그의 대답을 기다리며 커피잔을 들고 반쯤 식은 커피를 한 모금 삼켰다. 잠시 뜸을 들이던 재식이는 문식이 형이 살아온 그간의 비밀스러운 이야기를 천천히 풀기 시작했다.

술을 마시면 폭력적 인간으로 갑자기 변모하는 강문식의 정신병적 증세는 군대에서도 예외는 아니었다. 그는 군대에서 술로 인한 폭력의 악습관을 유감없이 발휘하였다. 부대 내에서 회식이 있는 날은 부사관인 강문식이 부하 병사들을 개 잡듯이 몽둥이춤을 휘두르는 날이었다. 그러다가 부하 병사 한 명이 강문식의 폭행으로 갈비뼈가 골절되는 사고가 일어났다. 부상당한 병사의 부모님이 폭행한 강문식은 물론이고 소대장, 중대장을 관리 책임으로 고소하는 사태로 사건이 확대되었다. 결국 사단장이 나서서 강문식에게 의가사제대를 강제로 취하면서 사건은 다행히 고소 취하로 일단락되었다. 정신 병력의 불명예로 의가사제대를 한 강문식은 일 년도 되지 않은 군대 경력을 남기며 귀가하였다.

강제 전역 당한 강문식은 부모님의 간곡한 설득으로 일 년 남은 대학교 과정을 억지로 마치며 간신히 대학교 졸업장을 받을 수 있었다. 대학교를 졸업한 강문식은 취업할 마음이 없는 듯했다. 집에서 빈둥빈둥 놀면서 하루 시간을 때웠다. 저녁 무렵에 집을 나가 새벽까지 동네 당구장에서 당구만 치며 세월을 허송하였다. 부모님으로부터 받은 하루 용돈 몇만 원을 가지고 내기 당구에 맛을 들였다. 당구장에서 배달 음식으로 저녁 식사를 해결하는 것을 낙으로 여겼다. 새벽에 귀가한 그는 잠자리에 들어가 오후 4시쯤 일어났다. 간단히 배를 채우고 다시 당구장으로 출근했다. 이것이 그의 24시간 일과였다. 당구장에서 내기 당구를 치다가 상대방과 시비가 붙어 싸움이 벌어지곤 했는데 가끔 싸움이 커질 때는 파출소로 연행되기도 하였다.

법학과 대학 졸업생인 전도양양한 이십 대의 젊은이가 동네 건달로 전락되며 나락으로 떨어지고 있다고 하여도 과언이 아니었다. 강문식은 점차 폐인이 되고 있었다.

큰아들의 은둔자 생활을 보다 못한 부모님이 지인에게 간곡히 부탁하여 서울의 어느 중소기업 사무직에 강문식을 취직시켰다. 뒷돈을 들인 청탁이 다행히 통했던 모양이었다.

강문식은 부모님이 마련해 준 첫 직장을 큰 거부감 없이 순순히 받아들였다. 이 자체가 놀라운 변화였다. 그도 건달 같은 생활을 접고 정상적인 사회인이 되고자 하는 마음이 내면에 잔재하였을 거라 추측되었다. 부모님은 서울로 떠나는 강문식에게 이제 새로운 도시에서 새로운 생활을 잘 해주기를 사정하듯이 호소하였다. 말없이 떠나는 그의 뒷모습을 바라보면서 독실한 기독교 신자인 부모님은 큰아들의 안위를 하나님께 간절히 기도하였다.

강문식은 취업한 지 정확히 열흘 만에 집으로 돌아왔다. 놀란 부모님에게 그는 자신이 벌인 일이 당연하듯이 입에 거품을 물며 해명하였다. 직속 상사인 과장이 업무에 대한 잔소리를 지나치게 많이 해서 도저히 못 견딘 강문식이 책상 위의 서류 뭉치를 과장의 얼굴에 집어던지고 회사를 그냥 나와 버렸다는 내용이었다.

이제 부모님은 강문식에게 두 손을 들었다. 그의 사회생활은 앞으로도 불가능하다는 것을 부모님도 속으로 인정하면서 이제는 큰아들을 그냥 그대로 내버려두기로 마음을 먹었다. 방관과 방치가 아니라 큰아들이 반사회적

인격 장애가 있음을 이제는 솔직히 인정한 것이다.

강문식은 소시오패스임이 분명했다. 그는 이전부터 정신 병원에서 지속적으로 치료를 받아야만 했다. 그러나 병원 치료를 거칠게 거부하는 그를 강제할 수는 없었다. 큰아들의 성격과 기질을 잘 아는 부모님도 이제 어찌할 도리가 없었다. 그냥 그를 내버려둬야만 그나마 집안에 평화가 있기 때문이었다. 강문식의 은둔자 같은 생활은 그렇게 이 년여 지속되었다.

강문식에게 변화가 찾아왔다. 어느 날인가부터 그의 얼굴에 밝은 빛이 돌기 시작했다. 가끔 웃기도 하였다. 몇 년 만에 보게 된 큰아들의 변화에 부모님은 기뻐하면서도 의아해했다.

강문식에게 나타난 또 다른 변화는 그가 저녁에 나가 새벽에 들어오던 당구장 생활을 조금 축소시켜 귀가 시간이 자정 전으로 앞당겨졌다. 집에 돌아온 그는 편지를 쓰는 습관이 새롭게 생겼다. 그는 편지를 이틀에 한 번 정도로 썼다. 놀라운 일이었다. 강문식이 하얀 편지지에 검정 볼펜으로 자필 편지를 쓰다니…… 귀신도 믿지 못할 일이 벌어진 것이다.

편지 수취인은 동일 인물이었다. 이애숙. 강문식이 이애숙이라는 여자에게 꾸준히 편지를 쓴 것이다. 그녀는 경기도 부천시에 거주하는 직물 공장 노동자였다. 태어나자마자 미혼모인 엄마는 그녀를 고아원에 맡겨 버렸다. 그녀는 열아홉 살 때까지 보육원 생활을 하다가 스무 살이 되어 독립생활을 시작하였다. 사회 복지 기관의 추천으로 부천의 직물 공장에 취직하면서 공장 기숙사에 기거하였다. 공장과 기숙사만 오고 가면서 자기 일에 성실한 착하고 마음 여린 스물두 살의 아가씨였다.

보육원 형제밖에 아는 사람이 없었던 그녀는 속 깊이 대화할 상대가 없어 늘 외로움을 느끼며 지내고 있었다. 기껏해야 공장 동료들뿐이었다. 그런 그녀에게 우연히 접한 주간지가 계기가 되었다. 주간지 맨 끝 페이지에 자리한 '펜팔 코너'가 그녀의 시선을 멈추게 했다. 거기에는 젊은 남녀 삼십여 명의 이름과 나이, 주소 등이 나열되어 있으며 그네들과 펜팔을 원하는 독자를 찾는 내용이었다. 이애숙은 망설임 끝에 용기를 냈다. 그녀는 잡지 사에 편지를 보내 펜팔 코너에 자기의 이름을 올렸다. 간단한 신상 정보도 물론이었다. 어느 날 당구장에 비치된 주간지를 무심코 들춰 보던 강문식이 이애숙의 이름을 처음 보게 되었다.

강문식과 이애숙은 그렇게 펜팔 친구가 되었다. 이애숙에게 처음 편지를 보낸 강문식은 일주일이 지나서 그녀의 답장을 받았다. 하얀 꽃무늬 편지지 에 쓰인 작고 깔끔한 볼펜 글씨가 강문식의 거친 마음을 살짝 흔들었다. 여 인의 깨끗한 마음을 보는 듯 그는 처음 접해본 그녀의 편지에 호감을 느꼈 다. 더군다나 그녀가 고아라는 자신의 출생 비밀부터 공장에서 일한다는 현 재 생활까지를 솔직하고 담백하게 고백한 내용에서 순수한 여인의 진실이 전달되었다.

강문식은 그녀에게 보낸 편지에서 자신의 정신병적 이력과 술만 마시면 폭력적 성향으로 돌변하는 부끄러운 흑역사는 쏙 빼버리고 법학과를 졸업 한 취업 준비생으로 자신을 소개했다. 그가 상대방을 속인 것은 아니지만 좋은 이미지만 부각하며 자화자찬을 늘어놓았다. 화끈하고 곧은 성격의 남 자임을 강조하였다.

강문식과 이애숙.

이 두 사람은 성향과 세부적 내용은 다를지라도 지금 그들의 처지가 '외 로운 인간'이란 측면에서는 본질적으로 같았다. 동병상련의 교집합이 있었 기에 서로가 상대방에게 관심을 갖고 의존하고 싶은 감정을 느끼기에 충분 했다. 그들은 여섯 차례 정도 편지를 교환했다. 그리고 결국 강문식은 그녀 가 있는 부천에 가서 만나기로 약속했다.

강문식은 이애숙과의 첫 만남에서부터 가슴이 설렜다. 그녀가 맘에 쏙 들 었다. 밝은 미소를 띠며 차분하고 솔직하게 이야기를 하는 그녀가 천사라고 그는 생각했다. 고아 출신이란 선입견이 무색할 정도로 그녀는 해맑은 얼굴을 지닌 미인이었다. 이애숙은 꾸밈이 없는 착한 여자였다. 그녀는 펜팔을 하게 된 동기를 솔직히 말하면서 진실하고 마음이 넉넉한 남자가 이상형이라고 밝혔다. 그런 남자를 만나면 그녀도 그에게 정말 잘하고 싶다고 했다. 강문식은 용감하고 씩씩했다. 그의 기질이 특기로 바로 작동되었다.

"제가 바로 그런 남자입니다. 제가 애숙 씨를 책임지고 보호하겠습니다!"

거침없는 그의 말에 조금 당황하면서도 이애숙은 손으로 입을 가리며 웃었다. 몸집도 단단하고 처음 보는 여자에게 씩씩하게 말하는 그가 싫지 않았다. 앞으로 더 만나보며 서로를 알아보는 과정이 필요하겠지만 왠지 이 남자에게서 든든한 아버지 같은 분위기를 느꼈다. 어릴 때부터 외롭게 자라온 그녀는 남자다운 강문식에게 큰 매력을 발견했다. 어쩌면 자신의 인생에 가장 필요한 사람을 만나게 된지도 모른다고 생각했다. 더구나 고졸인 자기보다 대학교 법학과를 졸업했다는 강문식의 학력이 그녀의 마음을 끈 요소 중의 하나였다.

두 사람은 첫 만남에서부터 서로가 필요한 존재임을 알고 있었다. 그들은 대화를 나누면서 서로가 위로해 주고 서로가 위로 받는, 불가결한 사람이라고 생각하며 데이트를 즐겼다. 펜팔을 통해 처음 만났지만 결국 만나야 할 사람은 만나게 된다는 필연적 운명으로 여겼다.

아쉬움을 남긴 채 헤어지면서 최소한 한 달에 한 번씩은 만나자고 약속을 하였다. 물론 펜팔 편지는 여전히 진행형임을 서로가 강조하였다. 갈증으로 목이 마른 사람들이 오아시스를 찾은 행복한 하루였다.

강문식은 이애숙에게 공을 들였다. 비록 자신의 현재 처지가 확실한 무엇이 있는 건 아니지만 그것은 다음 문제였다. 어떡하든 이애숙을 자신의 여자로 만들겠다고 다짐을 했다. 첫 만남 뒤 그는 편지도 꾸준히 보내며 사랑의 감정을 키웠다. 취업 준비로 바쁜 와중에도 그녀에게 최선을 다하고 있노라고 그녀를 안심시키는 거짓 편지까지 보냈다. 그녀도 답장을 어김없이 보내며 강문식을 응원하였다.

두 사람은 그렇게 1년을 편지와 만남으로 신뢰를 쌓아 갔다. 도중에 강문식은 이애숙을 부모님과 동생들에게 정식으로 소개했다. 이애숙은 이제 강문식을 받아들일 준비를 하였다. 믿음직스러운 그에게 자신의 인생을 맡기기로 마음먹었다. 강문식의 남자다운 호탕함과 자신감 넘치는 모습에 보호받고 싶은 마음이 간절했다. 그녀가 직접 만나본 강문식 부모님의 인자하신 태도와 기독교 가정의 경건한 가풍이 그녀의 믿음을 확고하게 했다. 남동생과 여동생들의 여리고 착한 면모도 자신과 비슷하다는 동질감을 느끼게 했다. 특히 따뜻하고 화목한 가정 분위기가 그녀가 가장 부러운 점이었다. 한 번도 가져보지 못한 따뜻한 가정. 이것은 보육원 시절부터 그녀가 간절히 원했던 소망이었다. 이제 강문식과 함께 평생소원을 이룰 수 있다는 기대감에 그녀는 행복했다. 다만 한 가지 마음에 걸리는 것은 아직도 강문식이 취업을 못했다는 사실이었다. 이것은 아주 현실적인 문제였다. 그러나 강문식이 취업하려고 꾸준히 애쓰는 모습에 언젠가는 그도 안정적인 직업을 가질 것이라고 막연한 믿음을 가졌다. 그만큼 그녀에게 인식된 강문식은 책임감 강하고 믿음직스러운 남자였다.

연애 1년이 지나서 강문식과 이애숙은 결혼식을 올렸다. 강문식은 아직도 백수였지만 이애숙이 임신을 한 것이 계기가 되었다. 어쩔 수 없이 부모님도 숙고 끝에 두 사람의 결합을 서둘렀다. 강문식 나이 스물여덟 살 때였다. 이애숙은 공장을 퇴직하고 강문식이 사는 도시에서 신혼살림을 시작하였다. 아직도 경제적 능력이 없는 큰아들을 위해 부모님은 작은 평수의 아파트를 전세로 얻어 주었다.

결혼을 한 강문식에게 부모님은 일말의 희망을 걸었다. 이제 어엿한 한 가정의 가장이 되었으니 예전의 생활과는 다른 인간이 되리라 불안하면서도 기대감을 놓지 않았다. 큰아들이 이제는 한 여자의 남편으로서 책임감을 갖고 무엇이든 열심히 생활하리라 믿고 싶었다. 또한 신부를 사랑하는 마음으로 이제는 예전의 돌발적인 폭력적 성질이 순화되기를 간절히 바랐다. 당장 생활비가 없는 아들을 위해 부모님은 매달 일정액을 지원하기로 약속하였다. 넘치는 액수는 아니지만 신혼인 두 사람이 생활하는 데 어려움이 없는 적절한 돈이었다. 다만 강문식이 취직할 때까지만 도와준다는 조건이었다. 부모님의 도움으로 강문식의 신혼 생활은 아무런 소음 없이 순조롭게 시작되었다.

강문식의 예전 진짜 생활 모습을 전혀 모르던 이애숙은 남편의 취업만 걱정했을 뿐 그에게 다른 문제점이 있을 줄은 전혀 예상하지 못했다. 순수하고 착한 천사 같은 신부에게 날벼락이 내려진 것은 신혼 생활 한 달쯤 지나서였다.

친구들과의 모임 때문에 저녁에 나간 강문식이 세 시간쯤 지나 밤에 들어왔다. 그는 술에 만취가 되어 있었다. 오랜만에 만난 친구들과의 기분 좋은 분위기로 그간 일 년여 동안 절제했던 술을 원 없이 퍼마시고 집에 들어온 것이다.

착한 신부는 강문식의 술에 취한 모습을 처음 보았다. 펜팔 이후 연애하면서도 술을 입에 대지 않았던 그였다. 이애숙은 강문식이 술을 전혀 못 마시는 줄만 알았다. 결혼할 때까지 그녀 앞에서 한 번도 술병이나 술잔을 꺼내 놓은 적이 없었기에 당연한 일이었다. 연애할 때 언젠가 식사를 하면서 이애숙은 강문식에게 술에 대해 물어 본 적이 있었다.

"문식 씨는 한 번도 술을 안 드시는 데 술을 전혀 못 하셔요?"

궁금해하는 여인에게 강문식은 덤덤하게 말했다.

"예전엔 조금 마시곤 했는데 이젠 술을 끊었어요. 앞으로도 술 마시는 일은 없을 거예요. 더구나 애숙 씨랑 결혼하게 되면 가정을 생각해서라도 내가 건강해야 하니까 술 마실 이유가 더더욱 없는 거예요.”

강문식의 답변에 이애숙은 깊은 감동을 받으며 이 남자야말로 가정을 최우선으로 생각하는 책임감 있는 남자라고 생각했다.

아내가 강문식의 술 마시고 들어온 모습에 깜짝 놀라며 아파트 현관문을 막 닫는 순간이었다.

“야! 이 시팔년아! 죽여버릴 테다!!”

그간 일 년 동안 숨겨 두었던 강문식의 발작이 폭발하기 시작했다. 그는 쌍욕을 하고 들어오면서 주방 쪽으로 달려가 잘 정돈된 밥그릇과 국그릇, 접시 등을 찬장에서 꺼내 바닥에 왕창 내동댕이쳤다. 사기로 만든 신혼 주방 그릇 세트가 와장창 소리를 내며 바닥에 산산조각 났다. 이십여 개의 사기그릇들이 억센 그의 손에 의해 내팽개쳐지며 아우성치며 깨지는 소리와, 칼날처럼 예리한 조각들이 사방에 퍼지면서 이애숙의 심장을 갈기갈기 찢었다. 그녀는 충격적인 모습에 바닥에 털썩 주저앉았다. 남편은 계속 입에 담지 못할 욕설을 하고 있었다.

강문식은 일 년여 동안 이애숙과 연애하면서 나름 신중한 생활을 유지해왔다. 그녀와의 결혼이 지상 과제가 된 만큼 이제는 변하고 싶었다. 그러나 단 한 번의 과음이 옛날의 강문식을 부르고 말았다.

이애숙은 처음 경험한 강문식의 가정 폭력 행동에 세상이 무너지는 것을 보았다. 그의 믿음직스러운 우직함이 허상이었음을 목도하면서 당장 뱃속의 아기를 염려했다. 임신 3개월 된 태아의 건강을 우선 생각하였다. 본인의 육체적, 심리적 상태가 그대로 아기에게 전달된다고 생각하니 이대로 절망에만 빠질 수만은 없었다. 그녀는 흐르는 눈물을 소매로 훔치고 급히 시부모님께 전화를 했다. 신혼집 근처에 사는 시부모님과 지금의 위기 상황을 함께 이겨내야만 한다고 믿었다. 그녀는 자신이 의존할 사람이 세상에서 그들밖에 없었다. 그녀는 두 손으로 배를 감싸고 바닥에 앉아 남편의 미친 모습을 외면하며 구조를 기다려야만 했다.

며느리의 전화를 받고 급히 아파트에 온 시부모님은 우선 며느리를 데리고 옆방으로 갔다. 강문식의 어머니는 며느리를 두 손으로 감싸며 함께 울었다. 시아버지는 바닥에 흩어진 그릇 파편들을 정리하기 시작했다. 강문식은 거실 소파에 쓰러져 눈 감은 채 입을 크게 벌리고 거칠게 숨을 헐떡이고 있었다. 한 마리의 짐승 그 자체였다.

강문식의 아버지와 어머니는 이애숙에게 그간의 사실을 털어놓았다. 강문식의 폭주와 가정 폭력적 행동의 원인이 정신병적 요소라는 것까지 솔직하게 고백하였다. 그동안 정신 병원에서 진료와 치료를 시행했지만 아들의 거부로 지속적인 치료가 되지 못하고 중도에 포기했다는 것도 밝혔다. 이애숙을 일 년여 전에 처음 만나면서부터 아들이 스스로 술을 끊으려는 다짐을 했던 모양인데 오늘 단 한 번의 과음으로 모든 게 허사가 됐음을 탄식하며, 며느리에게 용서받지 못할 죄를 지었다고 눈물을 흘렸다. 그리고 아들의 폭력적인 병적 기질을 그동안 가족 모두가 숨기고 이제야 진실을 얘기해서 미안하다고 사과했다. 그러면서 며느리의 뱃속에 아기까지 있는 상태에서 이제 어찌 해야만 좋을지 모르겠다고 하소연하였다.

시부모의 얘기를 모두 듣고 나서 이애숙은 아무 대답을 하지 않았다. 뱃속의 아기를 지울 수는 없었다. 그녀는 아기에 대한 집착이 컸다. 본인이 고아 출신이라 그런지 절대로 아기만큼은 떳떳하고 올바르게 기르겠노라고 다짐하던 터였다.

그녀는 결심하였다. 강문식의 무서운 기질을 오늘 처음 알았지만 어떡하든 남편을 자중시키고 다독이며 대화로 풀어 갈 작정이었다. 법학과 졸업생답게 언젠가 취업만 성공하면 남편의 상황 변화가 결국 온전한 가정의 변화를 가져오리라 믿었다. 결국 강문식이 취업만 하면 모든 문제의 첫 단추가 풀릴 것이라는 예상이었다. 그리고 뱃속 아기를 꼭 낳아서 원래 꿈꾸었던 행복한 가정을 이루겠노라고 그녀는 굳은 다짐을 하였다. 결혼 한 달 만에, 사랑하던 강문식이든 뱃속의 아기든 어떤 것도 포기하지 않겠다고 그녀는 입술을 지그시 깨물었다.

이애숙은 결국 7개월 후 예쁜 딸을 낳았다. 다행히 엄마를 닮은 얼굴이었다. 그동안 강문식은 신혼 초 가정 폭력 사건 이후 별다른 사고 없이 자중하며 사는 듯했다. 이애숙에 대한 미안함과 장차 태어날 아기가 그의 폭력성을 다소 완화시킨 요인 같았다. 그러나 아직도 취업은 성공하지 못하고 여기저기 제출한 이력서만 쌓였다.

예쁜 딸아기의 출생은 부모님과 강문식 부부에게 새로운 희망의 상징처럼 되었다. 이제는 하나씩 잘 풀리면서 웃음만이 가득한 강문식 가정이 되기를 부모님은 하나님께 감사와 축복 기도를 드렸다.

강문식의 '망나니 시즌 2'가 시작되었다.

딸의 출생과 이애숙의 인내와 내조에도 불구하고 강문식은 점차 술에 절어 있는 날들이 늘어났다. 취업이 되지 않는 자신의 처지가 가장 큰 이유였다. 그는 사회 구조의 부조리로 인해 자기처럼 실력 있는 법대생 출신이 억울한 피해만 입는 것이라며 세상을 탓했다. 남에게 책임을 전가하는 예전의 못된 사고방식이 여전히 그를 지배했다.

악마의 악순환이 다시 발동되었다. 술 마시고 오는 날은 살림살이를 때려 부수고 아내에게 욕설을 퍼붓는 상황이 똑같이 반복되었다. 공동주택의 특성상 아파트는 강문식 집안 문제로만 끝나는 게 아니었다. 고래고래 소리 지르는 강문식의 폭언은 아파트 단지 전체의 심각한 문제로 확산되었다. 강문식의 욕설로 인한 아이들의 교육 문제, 살림살이 깨뜨리는 소리와 악쓰는 소리로 인한 소음 문제와 환경 문제, 심지어 전체 아파트 가격 하락 문제까지 추가되었다. 총각 때 부모님과 함께 거주했던 단독주택과는 차원이 다른 것이었다. 잦은 가정 폭력으로 강문식은 아파트 단지에서 '뚱땡이 악마'라는 극단적인 별명까지 얻었다. 그를 쫓아내야 한다는 아파트 주민들의 청원이 관리 사무소에 쇄도하였다. 그러나 강문식의 깡다구와 골통으로 뭉쳐진 기질을 알고 있는 관리 사무소 측은 뚜렷한 해결책을 내세우지 못하고 속앓이만 하고 있을 뿐이었다.

강문식의 가정 폭력은 이애숙에게 슬픔만 안겨주며 그녀는 점점 지쳐가고 있었다. 어린 갓난아기만이 그녀를 붙잡는 지탱목이었다. 이제 그녀는 강문식에게 큰 기대를 하지 않았다. 숱한 하소연과 위로의 말로도 그는 변화하려는 낌새가 전혀 없었다. 이애숙은 강문식이 왜 자기랑 결혼했는지 이해가 되지 않았다. 예쁜 아기의 아빠로서 이제는 아기를 위해서라도 조금은 변할 수 있었다. 더구나 시부모의 도움도 있기에 마음만 먹으면 충분히 살아갈 수 있는 토대도 갖춘 상태였다. 취업은 천천히 해도 괜찮았다. 사람이 우선 마음이 편해야만 살 수 있는 건데 강문식이 가정의 뿌리를 뽑아 버리고 있는 것에 이애숙은 절망을 하였다.

이애숙은 강문식에 대한 원망과 함께 자신의 애꿎은 삶에 비관을 하였다. 강문식의 본모습을 모르고 결혼한 자기 자신을 자책하면서 괴로워했다. 착하고 여리고 아름다웠던 이애숙은 강문식으로 인한 현실의 고단함에 금방 쓰러질 것만 같았다.

결국 이애숙은 떠났다. 그녀는 강문식의 주폭에 시달려 더 이상 버틸 수가 없었다. 이대로 참고 결혼 생활이 지속된다면 머지않아 자신이 죽을 것만 같은 불길한 예감이 밀려왔다. 강문식의 몽둥이에 맞아 죽든 자신이 극단적 선택을 하든 죽음의 그림자가 그녀의 가슴을 억눌렀다.

펜팔 편지와 연애할 때 데이트하던 강문식은 가면을 쓴 짐승이었다는 것이 이제는 분명해졌다. 그녀는 강문식의 남자다운 외모와 그럴듯한 허풍에 속고 결혼했다는 것에 가슴을 쳤다. 결혼 직후 금방 본색을 드러낸 강문식의 폭력성과 무책임한 생활에 이제는 버틸 여력이 연약한 여인에게는 더 이상 없었다. 어린 아기를 생각해서 어떡하든 온전한 가정을 이루기 위해 버텼던 그녀는 일주일마다 반복되는 강문식의 가정 폭력에 몸과 마음이 무너져 버렸다. 믿음과 인고의 성이 무너진 것이다. 그를 변화시키려고 했던 자신이 순진했음을 깨달았다.

어느 날 오후 이애숙은 5개월 된 신생아를 안고 시댁에 들렀다. 감기 때문에 내과 병원에 간다는 핑계를 대고 아기를 두어 시간 맡아 달라고 시어머니에게 부탁하였다. 아기를 맡기고 나온 그녀는 택시를 타고 곧장 고속버스 터미널로 갔다. 그녀는 결국 강문식과 어린 아기를 남기고 조용히 떠났다.

어릴 때부터 보육원에서 자라나 외롭게 살아왔던 그녀. 믿음직스럽고 듬직한 남자를 만나 꿈에 그리던 가정을 이루었지만 이제는 모래성이 되어 깊은 마음의 상처만 남기고 떠난 것이었다. 어린 아기를 남기고 떠나는 그녀의 가슴은 찢어졌다. 그러나 이 세상 누구도 강문식으로부터 벗어나 도망가는 이애숙을 욕할 수는 없었다.

그녀는 시어머니에게 한 통의 편지를 남겼다. 시부모님께는 죄송하고 아기를 잘 부탁한다는 내용이었다. 평생 죄인의 마음으로 살겠노라고 덧붙였다. 그러나 남편 강문식에 대한 내용은 전혀 없었다.

이애숙은 결혼 일 년 만에 예쁜 아기를 남기고 강문식의 악몽 같은 거미줄에서 벗어났다. 한 맺힌 결혼 생활은 그렇게 끝났다. 그녀 나이 꽃다운 스물네 살이었다.

이애숙이 몰래 가정을 버리고 도주한 뒤 강문식은 미쳐 날뛰었다. 실성한 사람처럼 하루 종일 돌아다니며 이애숙의 발자취를 찾고 있었다. 그러나 고아 출신인 이애숙과 교분이 있던 사람은 아무도 없었다. 그녀가 어디로 갔는지조차 전혀 가늠이 되지 않았다. 일주일을 헤매다 결국 강문식도 이애숙을 포기할 수밖에 없었다.

　그는 부모님과 상의하여 신혼집을 나와 아기와 함께 부모님이 있는 본가로 합류하였다. 현실적인 선택이었다. 특히 아기의 보육 문제로 인한 필연적인 결과였다. 본가로 돌아온 강문식의 생활은 대낮부터 술에 절어서 동네를 돌아다니는 것이 일과였다. 술에 취한 그는 지나가는 사람들에게 시비를 걸며 싸움을 하는 게 잦았다. 예전의 건달 생활 그대로였다. 강문식은 결혼 이전 때보다 주폭과 폭언의 빈도가 높아졌다. 또다시 가정 폭력과 욕설이 난무하면서 돌이킬 수 없는 지옥의 길로 가고 있었다.

　이애숙의 도망 사건은 동네에 소문이 금방 퍼졌다. 동네 사람들은 쉬쉬하면서 이애숙을 두둔하였다. 남겨진 어린 아기가 안됐지만 그녀가 강문식과 평생 살다가는 화병으로 도중에 죽을 거라고 말하며 불쌍한 새댁의 미래를 염려해 주었다. 강문식은 결혼 실패를 계기로 주변 사람들로부터 비웃음과 기피해야 할 요주의 인물로 낙인 찍혔다. 그는 인간 취급을 받지 못하는 투명인간이 되어 있었다.

　아내 이애숙이 집을 나간 지 2년 뒤 강문식은 지속적인 과음과 스트레스로 병을 얻고 말았다. 급성 간경화였다. 두 달 내로 간 이식 수술을 받아야만 살 수 있다는 최후통첩의 진료 결과가 나왔다.

　간 이식은 까다로운 것이었다. 설사 가족이나 외부 기증자가 있다고 하더라도 환자와의 면역 체계 근접성이 중요한 요소였다. 이외에도 여러 가지 적합성 검사가 필요하였다. 가족들의 정밀 검사 결과 강문식에게 간 이식에 적합한 사람이 현재로서는 전무였다.

　그는 이제 죽음의 문턱 앞에 서 있었다. 병원에 입원한 지 한 달이 지났다. 중환자실에서 특별 치료를 받고 있던 강문식이 무슨 생각인지 담당 주치의와 부모님의 면담을 요청하였다. 다급하게 온 그들은 강문식의 환자용 침대를 둘러쌌다. 숨이 다 넘어가는 목소리로 강문식은 힘겹게 말문을 열었다.

"장기…… 기증을…… 하게 해…… 주세요……."

그의 목소리는 낮고 떨렸지만 또박또박 분명하게 말했다. 담당 주치의와 부모님은 강문식의 뜻을 알아차렸다. 강문식은 자신이 말한 내용을 다시 반복하여 말하고 장기 기증 서약서를 빨리 진행시켜 달라고 하였다. 그가 기증할 장기로는 안구, 폐, 심장, 신장으로 지정되었다. 부모님은 아들의 뜻을 존중하기로 하였다. 부모님과 강문식은 소리 없이 눈물을 흘리고 있었다.

장기 기증 서약서를 작성하고 난 한 달 후 강문식은 결국 숨을 거두었다. 강문식은 거친 숨을 힘들게 천천히 내쉬면서 부모님께 마지막 말을 남겼다.
"아버지…… 어머니…… 그동안…… 저 때문에…… 고생…… 많으…… 셨어요……. 죄송해요…… 정말…… 죄송해요……. 우리…… 애기…… 부탁……해요……."
부모님과 세 명의 동생, 세 살 된 예쁜 딸을 남기고 그는 조용히 눈을 감았다.

이야기를 마친 재식이의 눈에는 눈물이 맺혀 있었다. 기억하고 싶지 않은 슬픈 이야기를 힘겹게 한 듯하였다.
나는 아무 말도 하지 않고 카페 창문 밖으로 고개를 천천히 돌렸다. 어두운 하늘에 문식이 형의 모습이 선명히 보이기 시작했다. 생을 마감하기 전에 그는 지난 세월의 삶에 대한 회한으로 가득하였으리라 짐작되었다. 오랫동안 주변의 많은 사람들에게 원망과 증오의 대상이었던 형이 그나마 마지막으로 장기 기증과 참회의 말을 남기며 떠난 것이 다행이라 생각하였다. 형이 내린 인생의 마지막 결정은 거룩한 일이었다.
서른 살의 '진짜 사나이' 강문식은 많은 사연을 남기고 그렇게 세상을 떠났다.

파산자

　김 사장이 우정오 선생의 소식을 들은 건 3년 만이었다. 그것도 우정오 당사자가 아닌 동료였던 서균 선생을 통해서였다.

　"우 선생이 참 안됐군요. 내가 학교를 그만둔 지 3년 사이에 우 선생한테 여러 일들이 벌어졌다니 믿기지 않는군요."

　"김 사장님이 학교 퇴직하시기 전에는 우정오 선생은 평범한 사람이었지요. 말도 별로 없고, 학생들 열심히 가르치고, 교무 업무에도 충실했던 선생이었습니다."

　"맞아요. 그랬었지요. 제 기억에도 우 선생은 참교육 선생이었다구 기억합니다. 학생들에게도 인기가 참 많았던 분이셨어요……."

　김 사장의 대답에 서 선생은 호응을 하듯 얼른 말을 이었다.

　"그런데 우 선생이 예전과 다른 모습을 처음으로 보이기 시작한 건 2년 전쯤부터로 기억합니다."

　"어땠는데요?"

　"우 선생이 금요일 오후 수업을 마치면 집으로 가지 않고 혼자서 부산엘 간다는 겁니다. 거의 매주 말입니다."

"예에? 아니 왜요? 부산엔 매주 볼일이 있답니까?"

"우 선생한테 직접 들었는데 오후 5시에 퇴근하고 직접 차를 몰고 부산 해운대까지 간답니다. 그러면 해운대 바다에 밤 8시~8시 30분쯤 도착한다지요."

"가정도 있는 사람이 매주 금요일 퇴근 후 부인과 함께 가는 것도 아니고 혼자서? 그것도 매주마다?"

김 사장은 우 선생의 기이한 행동에 이해할 수 없으면서도 묘한 호기심이 생겼다.

김 사장이 국성고등학교 국어과 선생을 그만둔 지 3년이 지났다. 나름 몇 년 동안 구상한 사업이 있어서 과감히 교사직을 사퇴하고 컴퓨터 관련 개인 회사를 차렸다. 그는 퇴사 후 짧은 3년이라는 기간 동안 연 매출 10억 이상의 성장을 이룬 성공한 개인 사업자가 되었다. 국성고등학교 재직 시절 같은 국어과 서균 선생과는 동갑내기로 가끔 연락하며 술 한 잔씩 하는 친밀한 관계를 유지해 왔다. 이번 만남도 두 달 만이었다. 6월의 초여름 더위가 막 시작되고 있었다. 소주잔을 주고받으며 이런저런 얘기를 하다가 서 선생이 갑자기 생각났다는 듯 우정오 선생에 대한 소식을 꺼낸 것이다.

"아니? 해운대 바다를 금요일 밤마다 왜 간답니까?"

의아해하면서 눈을 크게 뜬 김 사장의 모습과 달리 서 선생은 의외로 침착하면서 낮은 목소리로 말했다.

"밤바다의 소리가 듣고 싶어서 그런다고 합니다."

"예에? 밤바다 소리요?"

"네……."

"아니! 밤바다 소리는 어느 바다나 똑같지 않나요? 파도가 밀려 들어오고 밀려 나가는 바닷물 소리는……. 그런데 굳이 그 먼 해운대까지 가서 밤바다 소리를 듣는다는 거예요?"

"우 선생 말로는 해운대의 밤바다 소리는 다르다고 합니다."

"어떻게요? 거기는 뭔가 특별한 소리라도 있나 보죠?"

"저도 이해할 수 없는 얘긴데요, 우 선생 얘기로는 해운대의 밤 파도 소리는 여인의 울음소리로 들린다구 하더군요. 저도 처음에 그 얘기 듣고는 별이상한 얘기라구 속으로 비웃었지요."

"여인의 울음소리? 허허허……."

"웃기는 해명이지요? 누구도 이해할 수 없는……."

"우 선생이 과거 어느 여인과의 사랑이 담긴 해운대의 사연이 있어서 그런가 보죠? 아무래도 그렇게밖에 이해가 안 되네요. 허허허……."

김 사장의 어이없는 웃음에 서 선생도 따라 웃었다. 사실 지금도 서 선생은 우 선생의 그런 답변이 이해할 수 없는 궤변이라고 생각해 왔다.

"그 당시 제가 우 선생과 단둘이 술을 마시면서 물어봤어요. 과거 해운대에서 사랑했던 여자와의 추억 및 사연이 있었느냐구요. 그런데 우 선생은 그런 거 없다구 말하더군요."

"아니? 그럼 왜 유독 해운대 밤바다에서만 그런 느낌을 받는답니까? 우리 나라 삼면이 바다인데 모든 밤바다 파도 소리가 똑같이 들리는 게 상식 아닙니까? 혹시 다른 사연이 있답니까? 해운대와 관련된……."

"아니요. 전혀 없답니다."

"그래요? 정말 이해할 수 없네……."

"본인도 이상하게 해운대에서의 밤바다 소리를 들을 때면 그렇게 들린다구 합니다."

"아니, 그건 그렇다 치구 왜 매주 금요일 밤마다 간답니까. 그 먼 곳을? 부인한테는 얘기했답니까?"

"부인한테는 처음엔 다른 핑계를 대다가 결국 얼마 안 가서 사실을 얘기했답니다. 부인도 어이없어 하며 의심을 했다는군요. 그 문제로 자주 다퉜답니다. 결국 부인은 남편의 기행을 제지하는 것도 지쳤다면서 포기한 상태라네요."

"그럼 왜 매주 간다는 겁니까?"

김 사장이 가장 궁금한 대목이었다. 해운대의 밤바다 파도 소리를 여인의 울음소리로 느끼는 것을 이해한다고 치더라도, 가정이 있는 남자가 매주 금요일 밤마다 혼자서 자동차를 몰고 세 시간 이상 되는 먼 거리를 왜 가느냐 이거였다. 그것도 한 주도 빠뜨리지 않고…….

"그 파도 소리를 안 들으면 죽을 것만 같다고 하더군요. 숨이 콱콱 막혀서 숨을 쉴 수가 없다고 합니다. 여인의 울음소리인 그 파도 소리가 자기를 살리는 소리래요……."

"허허……. 별 이상한 사람이군요. 미친 것도 아니고……. 나이 사십이 넘은 사람이 청춘의 감상적인 낭만을 느끼는 것도 아니고……. 참, 이해할 수 없는 사람이군요."

"저도 우 선생의 그런 속마음과 느낌을 도저히 알 수가 없어서 저 사람은 저런 성향도 있구나 하구 그 정도로 끝냈습니다."

서 선생은 술을 목에 넘기며 무표정하게 말했다.

"심지어 우 선생 말로는 해운대를 밤에 갔다가 밤바다의 파도 소리를 백사장에 앉아서 세 시간 이상 듣는답니다. 혼자서 그냥 멍하니 앉아서요. 그러곤 자정쯤 되어 곧바로 되돌아온답니다. 그래서 보통 토요일 새벽 3시~4시 사이에 귀가한나는군요."

"우와……. 낭만주의자라고 해야 하나, 아니면 이상주의자라고 해야 하나……."

"정말 동감입니다. 그렇게 해서 가정이 별 탈이 없을지 걱정도 됩니다. 남의 가정이지만 말입니다. 아무튼 우 선생에게는 남에게 말할 수 없는 자기만의 깊은 사연이 있는 것이 분명합니다. 가정이 있는 가장으로서 상식적으로 이해할 수 없는 행동을 보면 단순한 낭만주의자로만 볼 수는 없는 일이지요."

우 선생에 대한 기이한 성향을 듣고 김 사장은 지그시 눈을 감았다. 퇴사하기 이전에 교사 동료였던 우정오는 말 그대로 평범 자체였다. 평범하다는 것은 특이한 성향을 보이지 않는다는 것인데 몇 년 사이 변해버린 그의 기이한 행동이 김 사장으로서는 납득이 되지 않았다.

'사람이 갑자기 그렇게 변할 수가……'

왠지 모를 연민이 김 사장에게 일어났다. 우정오 선생의 내면에 깊이 숨어 있는 혼자만의 어떤 아픔과 해운대 밤바다 파도 소리의 필연적 연관성은 차치하더라도 그 소리가 여인의 울음소리 같다는 그의 이해할 수 없는 느낌을 막연하나마 존중해 주고 싶었다.

"김 사장님, 사실은 진짜 사건이 있었어요. 우 선생한테."

"네? 진짜 사건이라니요……?"

'진짜 사건'이란 단어에 놀라는 김 사장의 모습을 보고 서 선생은 소주를 또다시 들이켰다.

우 선생한테서 일어난 기막힌 사건은 작년 봄 새 학기가 시작된 3월의 중순이었다. 점심 식사를 마친 많은 선생님들이 교무실에서 쉬고 있는 중이었다. 3월의 나른함에 더하여 식사 후의 포만감과 나른함으로 식곤증을 느끼는 시간이었다.

"여기 우정오 선생이 누굽니까!"

교무실 여닫이 출입문이 세차게 열리면서 우직한 남성의 목소리가 교무실에 울려 퍼졌다. 가벼운 봄 잠바를 걸친 덩치 큰 두 명과 보통 체격의 양복 입은 안경을 쓴 남자 등 세 명이 교무실 문턱을 넘어 들어왔다. 공격적인 남자의 어투에 선생님들이 모두 출입문 쪽으로 고개를 돌렸다. 두 명의 덩치 맨들은 스포츠머리에 인상이 약간 험상궂어 보였다. 안경 낀 양복 맨은 그나마 점잖은 얼굴이었다.

"······네······. 전데요."

교무실 왼쪽 끝줄 가운데에 위치한 우 선생이 의자에서 일어나며 조심스럽게 대답했다.

세 명은 거침없는 발걸음으로 성큼성큼 그의 책상 앞으로 걸어왔다.

"신인철이라구 아시죠?"

덩치 맨 중에서 한 명이 그에게 단도직입적으로 물었다.

"······네, 제 고등학교 친군데요. 누구십니까?"

"신인철이가 어제 날짜로 부도냈어!"

이제 덩치 맨은 반말로 내뱉으며 우 선생에게 다짜고짜 말했다.

"당신이 대신 빚 갚아!"

"······예에······?"

"신인철이가 작년에 우리 회사에서 2억 빌릴 때 당신이 보증을 섰잖아. 그렇지? 응?"

"······."

우 선생은 대답하지 못하고 고개를 숙였다. 눈앞이 캄캄했다. 안경 낀 남자가 가방에서 서류 한 장을 꺼내서 그의 책상 위에 올려놓았다. 서류에는 '대성금융 대출 작성서'라는 큰 활자가 제목으로 되어 있었다. 낯익은 내용들이었다.

대출자: 신인철

대출 금액: 2억 원

연대 보증인: 우정오

서류 하단부에 우 선생의 동그란 인감도장도 붉게 찍혀 있었다. 그가 작년에 대성금융 사무실에서 직접 누른 도장이었다.

신인철은 우정오의 고등학교 1학년부터 3학년까지 함께한 같은 반 친구이다. 그런 친구가 모두 다섯 명이었다. 학년을 올라갈 때마다 학생들이 대부분 바뀌는데 이 다섯 명만은 3년간 같은 반 급우가 된 것이다. 3년 동안 똑같은 반 친구. 이것도 묘한 인연이라고 여기며 다섯 명은 3학년 3월 첫 개학날에 'W'라는 그들만의 조직을 만들었다.

다섯 명. 다섯 개의 별자리. 카시오페이아 별자리. W 모양의 별자리……. 조직 이름이 W인 이유는 '5'라는 숫자를 연상해서 만든 것이다. W 멤버들은 다른 학생들이 부러워할 만큼 단결이 잘됐다. 친형제보다도 우애가 더 좋아 보인다고 덕담을 해주는 급우들도 있었다. W 멤버들은 고등학교 졸업식 날 밤 그들의 일 년간 아지트였던 중화요리 식당 '천안문'에서 고량주를 마시며 평생 형제가 되기로 의기투합하였다. 그러나 세월이 지나며 각자의 진로가 다르면서 그들은 서서히 와해되었다.

오직 신인철만이 지금까지 우정오와 서로 연락을 하면서 인연이 계속 유지되어 온 것이다. 유흥 주점을 운영하면서 나름 성공했다고 자랑하던 신인철이 작년에 우정오와 만난 자리에서 급하게 하소연하였다. 유흥 주점이 잘되어 사업을 확장하려고 목 좋은 점포를 계약했다는 것이다. 시설 준비에 2억 정도의 돈이 부족해 대출 받기로 했다면서 대성금융을 이용한 것이다. 정규 1, 2금융권에서는 대출 요건이 까다롭고 부동산 담보를 요구했기에 신용 대출이 가능한 대성금융이라는 제3금융을 쉽게 선택한 것이다. 일명 대부업체였다. 연대 보증인이 필수 요건이라며 하소연하는 신인철의 부탁에 우정오는 외면할 수 없었다. 고등학교 1학년 때부터 시작된 25년의 우정이 현실의 비정함을 이긴 것이다. 연대 보증인란에 도장을 찍으며 W의 멤버가 이제 신인철과 본인만 남았다는 사실에 오히려 당당함을 느꼈다.

"고마워……. 일 년 내로 다 갚을 거야."

"그래, 잘해 봐. 믿는다……."

일 년 내로 모두 갚겠다는 신인철은 약속과 달리 대출 이자조차 한 번도 안 내고 일 년 만에 가게 문 닫고 도망간 것이다.

"원금과 이자 합산하여 2억 5천만 원이구, 연이율 25%인 거 알지?"

덩치 맨이 내뱉는 숫자들에 우정오는 현기증을 느꼈다. 모두 아는 약정된 숫자였다. 연대 보증인 도장을 찍기 직전 대성금융의 대출 담당자가 초등학교 학생에게 교육하듯이 그에게 주지시켰던 숫자들이다.

"딱 2주간의 시간을 줄 테니 모두 갚아! 만약 하루라도 넘기면 당신은 모든 게 끝장날 줄 알아! 회사구 집이구 뭐구 탈탈 털어 갈 테니……."

협박하는 덩치 맨들의 목소리에 우정오는 물론이고 교무실에 있는 선생들은 누구도 입 하나 뻥긋 못 했다. 괜히 나섰다가 봉변당하기 십상이었다. 공포 분위기가 교무실을 지배하고 있었다. 여전히 우정오는 대답을 하지 않았다. 그들이 내뱉는 말들이 일부분은 맞는 얘기고 일부분은 끔찍한 것이었기에 더욱 입을 열 수 없었다.

덩치 맨들은 그에게 2주의 제한된 시간으로 숙제를 남기고는 교무실을 나갔다. 안경 낀 양복 맨은 우정오에게 명함 한 장을 건네고는 덩치들을 뒤따라갔다.

2주 후 교무실에서 무슨 험악한 사태가 벌어지지나 않을지 모두가 걱정의 눈초리였다. 그만큼 살벌했던 방금의 풍경이었다.

우정오의 재산은 현재 살고 있는 27평 아파트가 유일하다. 현 시세 2억 원 가량 나간다. 가족의 보금자리를 팔고 거리에 나자빠져도 5천만 원이 부족하다. 아무리 궁리해 보아도 꽉 막히고 해결책이 안 보였다. 우정오는 닥친 절박함에 신인철을 원망할 여유가 없었다. 인철이도 오죽했으면 도망갔겠느냐는 생각도 들었다. 그러나 본인은 도망갈 수 없는 처지임을 자각하고는 해결할 수 없는 현재 사태에 대하여 머릿속이 백지처럼 하얗게 텅 비었을 뿐이었다.

"그래도 어떡하든지 해결할 방도를 찾아봐야죠……."

서 선생의 위로 섞인 얘기에 우정오는 아무 대답을 하지 못했다. 2주 후에 펼쳐질 야만적 상황만이 그려졌다.

"제가 우 선생님과도 친하게 지내는 분들 모아서 얘기 한번 해볼 테니 일단 방법을 찾아봅시다."

사람 좋기로 소문난 서 선생이었다.

퇴근 후 우정오를 포함하여 십여 명의 선생들이 학교 근처 삼겹살 식당에서 소주잔을 돌리며 사태 해결을 논의하였다. 30, 40대의 젊은 선생들이 대부분이었다. 비록 우 선생의 개인적 일이지만 동료 선생으로서 모른 척할 수 없다는 게 참석자들의 중론이었다. 자리를 주도했던 서 선생이 뭔가 실마리를 풀려는 듯 참석자들을 둘러보며 말했다.

"선생님들! 안타까운 우 선생의 현재 상황을 우리 모두가 지혜를 모아 해결책을 마련해 봅시다. 이런저런 방법들이 나오다 보면 진짜 해결 가능한 묘안이 있으리라 생각합니다."

"네! 서 선생님 말씀이 옳습니다. 우리 모두 함께 고민해 봅시다……!"

다른 선생들도 서 선생과 같은 마음이었다. 정년 때까지 30여 년을 동료로 근무하는 사립 고등학교라는 특수한 환경 때문인지 그들은 우 선생의 상황이 남 일 같지 않았다. 그만큼 동료 교사들끼리의 의리가 끈끈했다.

"그래서 제가 생각해 낸 방법을 제시해 볼 테니 함께 판단해 보십시오."

서 선생의 제안에 모두가 궁금해 했다.

"우선 지금 우 선생님 사시는 아파트 가격이 2억 원 정도 한답니다. 이것을 팔아서 1억 8천만 원은 대출 상환금으로 갚고, 나머지 2천만 원은 우 선생님이 월세 보증금으로 활용하시구요. 그렇게 하면 대출 잔액이 7천만 원 남게 되는데, 우리 선생님들이 각각 200만 원씩 각출하여 2천만 원을 모아 대출 상환금에 보탭시다……! 대출 상환금으로 현금 2억이 확보되면 저쪽과 협상의 여지는 있다고 봅니다."

서 선생의 파격적이면서 현실적인 제안에 선생들은 고개를 끄덕였다.

"그럼 나머지 부족한 5천만 원은 어떡하구요?"

영어과 오 선생의 관심 있는 질문에 서 선생은 기다렸다는 듯 금세 말을 이었다.

"5천만 원은 우 선생님의 월급에서 매달 50%씩 대성금융에 갚아 나가는 것으로 한다면 3년이면 완납 가능합니다."

"근데 이 방법을 저쪽에서 받아들일까요? 아까 교무실에서 하는 행태를 보니까 피눈물도 없는 건달 같던데요……?"

"당장 2주 내에 해결하라고 윽박지르던 애들이 3년까지 기간 연장하면서 나머지 잔액 5천만 원을 끌고 가려구 할까요? 괜히 제안했다가 크게 험한 꼴 당할까 겁납니다……."

여러 가지 선생들의 염려가 쏟아졌다. 서 선생의 계획은 합리적이었다. 다만 우 선생이 아파트를 당장 팔고 월세로 간다는 첫 단계가 문제였지만 사건 당사자로서 거부할 명분도 없었다. 오히려 대성금융 측이 그 제안을 수용할지가 가장 큰 의문이었다. 더구나 덩치 맨들이 호락호락 할 인간들이 아닐 거라는 것이 두려운 일이었다.

여러 선생들이 각출하여 2천만 원을 마련해 준다는 말에 우 선생은 울컥하며 감격하였다. 더구나 서 선생의 구체적 해결책을 듣고는 구원의 작은 빛을 보는 듯했다.

"제가 그 사람들 만나서 타협 보겠습니다."

서 선생의 당찬 말에 모두가 놀랐다. 덩치 맨들의 거침없는 언행을 몇 시간 전에 목도하였기에 그런 건달들과 담판 짓겠다는 서 선생의 의기에 참석자들은 감동하였다.

3일 후 서 선생과 우정오는 지난번의 세 명을 학교 앞 다방에서 마주했다.

건네준 명함에 적힌 번호로 전화하여 만남이 성사되었다. 우정오는 겁먹은 죄인처럼 고개를 떨구었다. 서 선생이 먼저 입을 열었다.

"저는 우정오 선생님 동료인 서균이라 합니다. 우 선생의 대출 연대 보증 건에 대해선 제가 삼자이지만 우선 유감을 표합니다."

그는 예의를 갖추고 국어 선생답게 조리 있게 말을 이어갔다.

"세 분께서 사흘 전에 저희 학교 교무실을 다녀가신 후 저희 선생님들이 회의를 열었습니다. 성실하고 모범적인 우 선생님이 그런 사적인 사정이 있다는 것에 놀라고 안타까웠지요. 그래서 지희가 대성금융 측에 티협안을 갖고 왔습니다. 모든 건 문제 해결을 위한 고민 섞인 방안임을 우선 말씀 드립니다."

"대체 어떻게 하겠다는 거요?"

덩치 맨 중의 한 명이 멋대가리 없이 응답했다. 서 선생은 지난번 선생들과의 회의 결과 내용을 자세하게 설명하였다.

"대성금융 측은 대출 원금 2억 원은 일단 현금으로 우선 모두 받게 되는 거구요. 나머지 5천만 원은 3년에 걸쳐 우 선생님의 월급에서 매달 50%를 압류하는 겁니다. 압류 액수를 높이고 싶어도 법이 월급의 50% 못 넘게 규정해 놨습니다."

"당장 2주 만에 갚으랬더니 3년이나 걸려서요?"

우거지 인상을 쓰며 다른 덩치 맨이 불평스럽게 대답했다.

"우리 '선생'이라는 직업은 신분이 보장돼 있기 때문에 걱정 마십시오. 신인철이라는 사람처럼 우 선생님은 무책임하게 도망가지 않습니다. 그리고 우 선생님이 당장 퇴직을 하면 퇴직금으로 몇천만 원은 금방 나오겠지요. 그렇지만 이 분도 최소한 가족들을 먹여 살려야 하지 않겠습니까? 계속 선생 일은 해야지요. 한번 생각해 보십시오. 대성금융 측에서는 일단 원금 2억 원은 모두 받으시는 거 아닙니까? 이자 부분을 3년에 걸쳐 월급 압류로 하자는 것이니 원만히 받아 주십시오."

서 선생은 상대방의 비위를 거슬리지 않게 신경 쓰면서 간곡히 설득하였
다.

"우리 선생님들도 각출하여 2천만 원을 모았습니다. 저희의 성의를 생각
하더라도 잘 봐주십시오……."

세 명은 처음보다 다소 누그러지면서 강한 반발을 하지 않고 있었다. 서
선생은 기회라 싶어서 더욱 조심스럽게 하소연했다. 거기에 간절한 눈빛을
보탰다.

"우 선생님도 친구와의 의리 때문에 이렇게 된 게 아닙니까? 이 분도 사실
가장 큰 피해자입니다. 학생들한테도 좋은 선생님으로 인기가 많아요. 정말
착하신 분입니다. 우 선생님의 인간성을 봐서라도 저희의 상환 계획안을 받
아 주십시오. 간곡히 부탁드립니다……."

결국 서 선생의 진심 가득한 설득에 덩치 맨들은 대성금융에 몇 번 전화
통화를 하고는 받아들였다. 그리고 아파트 매매는 두 달의 시간적 여유를
주기로 타협됐다.

우 선생 대출 연대 보증 사건은 서 선생을 비롯한 동료 선생들의 도움으
로 일단락 지었다. 한 달 후 현금 2억 원을 건네받은 대성금융은 더 이상 덩
치 맨들을 학교로 보내지 않았다.

딩치 맨 사건 이후 우정오의 월급 통장엔 시난 날보다 절반이 입금되었
다. 대출 이자 미납금 5천만 원에 대한 압류로 월급의 50%가 대성금융으로
매달 자동 이체로 빠져나갔다. 우 선생이 보증금 2천만 원에 월 20만 원의
월세로 옮기면서 아내로부터 이혼 소송을 당할 뻔했다는 소문도 돌았다.

그런데 이번 사건 마무리 이후 국성고등학교 선생들에게는 예상치 못한
새로운 고민거리가 생기기 시작하였다. 언젠가부터 우정오가 친한 선생들
한테 돈을 빌리기 시작했다. 액수는 5만 원에서 10만 원 정도였다. 거절하기
어려운 애매한 용돈 수준의 돈이었다. 또한 돈을 빌리는 이유도 기가 막혔

다. 사실인지 어떤지 확인할 수 없는 내용들이었다.

수도세를 안 내서 시청으로부터 단수 통보를 받았다.
전기세가 미납이어서 한전에서 단전한다고 했다.

물과 전기. 현대인에게 하루라도 없어서는 안 되는 생존과 관련된 절체절명의 소재들이다. 이런 얘기를 들은 선생들은 차마 우 선생에게 돈을 안 줄 수가 없었다. 더구나 돈을 빌려준 선생들 중에서는 지난번 대출 사건 해결에 200만 원씩 개인 돈을 내놓은 선생들도 대부분 들어 있었다.

우정오의 교묘함은 이러했다.
A 선생한테 돈을 꾸면 두 달 후 A에게 또 손을 내밀었다. 이렇게 A, B, C, D…… 등으로 순번에 따라 차례대로 두 달마다 순환이 된다는 것을 돈을 빌려준 선생들끼리 대화를 하다가 알아냈다. 수학의 무슨 공식인 양 20여 명의 선생들을 대상으로 우정오는 계속 돈을 순서대로 빌렸다. 그는 절대로 10만 원 이상을 빌리지 않았다. 거절할 수 없는 적절한 액수 10만 원, 어느 때는 2만 원으로 내려간 적도 있었다. 돈을 빌려준 선생들은 두 달마다 손을 내미는 우정모의 애절함을 외면할 수 없는 노릇이었다.
각각의 선생들에게 두 달마다 손을 내밀면서도 액수는 10만 원 이하. 정말 교묘하게 계산된 기막힌 수법이었다. 물론 빌린 돈을 단 한번 갚지도 않았다. 돈을 구걸하면서도 우정오의 얼굴 표정은 미안하다는 기색은커녕 당연한 듯한 모습에 선생들은 실망을 넘어 치를 떨었다.
"예전의 우정오가 아니구먼. 얼굴에 철판을 깔았어!"
돈을 빌려준 선생들은 뻔뻔하게 변해버린 우정오를 일말의 양심도 없는 인간이라고 수군거렸다.

이런 예상치 않았던 불상사가 발생하자 대출 사건 해결에 가장 적극적이었던 서 선생이 도저히 안 되겠다 싶어 우정오에게 조용히 대화를 하자며 퇴근 후 소줏집에서 단 둘이서 만났다.

소주 한 잔을 안주 없이 들이킨 서 선생이 먼저 말을 뗐다.

"우 선생! 단도직입적으로 물어보겠는데……."

"예, 뭔데요?"

우정오는 서 선생의 이어질 질문 내용을 미리 예상하고 있었는지 무심하듯이 태연하게 대답했다. 그동안 아무 일도 없었던 것처럼 그의 얼굴은 평온했다.

"왜 선생님들한테 순번 정해 돌아가면서 돈을 빌리는 거요? 그것도 두 달마다 한 번씩? 딱 거절 못하는 액수로요?"

따질 듯이 물어보는 서 선생에게 우정오는 얼굴 표정 하나 안 변하고 낮고 작은 목소리로 말했다.

"먹고살기 힘들어서요. 월급의 반을 압류 당하니까 생활비가 너무 부족해서요. 그 돈으로는 못 살아요."

"우 선생의 그런 상황 이해해요. 그렇지만 대출 사건 해결 때문에 여러 선생님들이 200만 원씩 냈는데 그분들한테 더 손 내밀면 안 되는 거 아니오?"

"알고 있어요. 그분들에게는 좀 미안하지요. 그래도 당장 내가 죽겠는데 어떻게 합니까. 당장 오늘 수도 틀어막고 전기가 끊긴다는데……."

"정 그러면 밤에 대리운전이라도 하면서 우 선생이 열심히 살면 되는 것 아니오? 투잡해서 돈 벌면 되지 않소?"

"밤에 대리운전하면 이튿날 학생들에게 졸면서 수업할 것 같아서요. 그러면 결국 학생들이 나 때문에 손해 보는 거잖아요. 그래서 그건 안 되겠더라구요. 저도 생각은 해 봤어요. 퇴근 후 밤에 아르바이트할 만한 뭐가 있는지를요. 근데 마땅한 게 없더군요."

억지 논리로 말하는 우 선생의 뺨을 갈기고 싶다는 분노가 서 선생에게 순간 일어났지만 참았다. 서 선생은 말을 하지 않고 정신을 가다듬고 생각했다.

'정말 이 놈은 이기적인 인간이다. 학생들에게 피해 주지 않으려고 선생님들한테는 그렇게 피해를 줘? 그리고 밤에 대리운전한다고 이튿날 수업에는 왜 졸아? 정신 차리구 수업하면 되지……'

저런 인간을 불쌍하다고 여러 선생님들 모아서 내출 사건 해결하자고 했던 자신이 바보라고 생각하면서 서 선생은 자리에서 벌떡 일어났다.
"아무튼 내일부터는 선생님들한테 돈 꾸지 마세요! 내가 선생님들한테 공표할 거요. 절대 우 선생에게 돈 주지 말라구요!"
"……"
경고성 말을 던지고 서 선생은 술값을 계산하고 혼자 나와 버렸다. 우두커니 앉아 있던 우정오는 남은 술과 안주를 혼자서 천천히 먹고는 20분 뒤에 술집을 떠났다.

서 선생의 경고 뒤 어떤 선생도 우정오에게 돈을 빌려주지 않았다. 여전히 우정오는 그의 방식대로 손을 내밀었지만 선생들은 단호히 고개를 흔들었다. 결국 그는 모든 선생들의 단합으로 돈은커녕 인심도 잃고 왕따가 되었다. 어느 누구도 우정오와 대화하려는 사람이 없었다. 그들은 우정오를 선생 취급, 아니 인간 취급도 하지 않았다. 우정오는 이제 교무실에서 투명 인간처럼 취급됐다. 교활하고 사악한 히말라야의 하이에나가 되고 있었다.

"그런데 작년 9월, 즉 대출 사건 해결 후 5개월 뒤 우 선생이 갑자기 퇴직을 했습니다."
서 선생은 김 사장에게 새로운 소식이라도 전하듯 조금은 흥분된 목소리로 말했다.

"아니, 왜요? 그나마 50% 월급이라도 받아야 살아갈 것 아니오? 더구나 3년 동안 대출 이자도 갚아 나가야 할 텐데요. 왜 학교를 갑자기 그만뒀죠……?"

"저희 모든 선생님들도 그 소식 듣고 깜짝 놀랐습니다. 행정실 이 주사가 교무실에 들러서 얘기해서 알게 됐습니다."

"그럼 우 선생은 선생님들 누구한테도 얘기 안 하고 혼자 갑자기 사직서를 냈다구요?"

"예, 당연한 일이지요. 우 선생은 왕따였으니까요."

"근데 이 주사는 우 선생이 왜 퇴직했는지 이유를 안답니까?"

김 사장도 이제는 우정오의 돌발적인 행동에 관심 있게 물었다.

"네, 이 주사도 퇴직서 갖고 온 우 선생에게 궁금해서 물어봤대요. 그랬더니 우 선생은 월급 갖고 먹고살기 힘들어서 퇴직금 6,000만 원 받으려구 했답니다."

"아니, 그렇지만 그 돈에서 5,000만 원은 대성금융에 대출금 이자로 내놔야 할 것 아닙니까? 그럼 결국 자기 손에는 1,000만 원밖에 안 남을 텐데 앞으로 어떻게 하려구……."

걱정스러운 표정으로 김 사장이 말하자 서 선생도 거들었다.

"그러게 말입니다. 참으로 답답하고 이상한 사람입니다. 3년만 참고 노력하면 월급 압류도 끝나고 모든 굴레에서 벗어나 새롭게 생활할 수 있는데 그걸 못 참고 나가 버렸으니까요……."

"돈도 돈이지만 선생님들한테 인간적으로 나쁘게 낙인찍혀서 더 교사 생활이 어려웠던 건 아닐까요? 역지사지로 생각해 보면……."

"네, 동감합니다. 그 부분이 가장 크다고 대부분 선생님들도 그렇게 판단하고 있어요."

"참……. 안됐군요. 그 사람 예전엔 그런 사람이 아니었는데……. 일이 안 좋게 꼬이다 보니 상황이 악화됐군요…….”

안타까운 마음이 김 사장에게 일어났다. 그는 함께 재직할 때의 우정오 모습이 선명히 기억났다. 조용히 교재 연구하고 학생들에게 열강을 했던 그 선생. 별로 말도 없고 예의를 잘 지켰던 그 선생. 짧은 세월 동안 인생의 굴곡된 일을 겪으며 변해버린 우정오를 생각하니 쓴물이 목구멍에서 올라왔다.

“그럼 지금 우 선생 소식을 아무도 모르나요? 어디서 무얼 하는지?”

궁금해하는 김 사장에게 서 선생도 안됐다는 인상을 썼다.

“전혀 모릅니다. 어디서 뭣하고 살고 있는지……. 월셋집도 처음부터 아는 사람이 없었어요. 변두리 상전동에 얻었다구만 우 선생이 말했거든요. 지금도 거기서 사는지도 모르지만요…….”

김 사장은 우정오의 막연할 앞으로의 인생길이 걱정스러우면서 어떻게든 그가 잘 헤쳐 나가길 바라며 쓴맛의 소주를 더 털어 넣었다.

서 선생과의 만남 이후 한 달이 지날 때쯤이었다. 김 사장은 사장실에서 서류 업무를 확인하고 있었다. 그러던 중 비서실에서 누른 인터폰이 울렸다. 어느 40대 여인이 사장님을 찾아왔다는 것이다. 신분을 안 밝혀서 사장실에는 갈 수 없다고 하자 사장님과 꼭 면담해야 한다고 억지를 부려 이렇게 인터폰으로 보고하는 것이라고 김 양이 말했다.

“누구신지는 모르지만 사장실로 들여보내요.”

잠시 후 노크와 함께 어느 여인이 사장실 문을 열고 들어왔다. 40대 초반의 처음 보는 얼굴이었다. 고생을 많이 해서 그런지 빈한한 이미지가 우선 눈에 띄었다. 싸구려 냄새나는 살색 파운데이션 가루가 얼굴 주름살에 덕지덕지 덮여 있었다. 손에는 무슨 물건을 넣었는지 큰 가방을 들고 있었다.

김 사장은 자리에서 일어나 사장실 문안에 서 있는 여인에게 소파로 안내하였다. 응접용 소파에 마주 앉은 김 사장과 여인은 순간 서로의 얼굴을 응시하였다.

"저는 우정오 선생의 아내입니다……."

"아……. 네……. 그러세요? 저는 김상철이라구 합니다. 예전에 우정오 선생님과 국성고등학교에서 함께 근무했던……."

김 사장은 깜짝 놀랐다. 우정오의 아내가 찾아왔다는 사실이 그에게는 비현실적이었다.

"네……. 남편으로부터 말씀 많이 들었습니다. 김 사장님에 대해서요."

"아……. 네……. 저도 퇴직한 지가 3년이나 되었는데 그간 우 선생과는 한 번도 못 만났네요……."

"네……. 남편이 김 사장님 칭찬 많이 하더군요. 매우 성실하시고 좋으신 분이라구요."

"아닙니다……. 별말씀을요. 그나저나 우 선생님은 잘 계시죠?"

질문하는 김 사장은 순간 한 달 전 서 선생이 알려준 우정오의 퇴직 사실이 생각나면서 '아차' 했다. 퇴직금에서 대출금 이자 모두 갚고 남은 1,000만 원으로 인생의 거친 파도를 헤치며 살아가는지 모르는 지금 그의 안부가 왠지 형식적이면서도 낯간지러운 인사라고 생각했다.

"네……. 잘 계세요."

"작년에 퇴직하셨다고는 소식 들었는데……."

"네, 그럭저럭 이런 일 저런 일 하면서 지냅니다."

우정오 아내가 '그럭저럭', '이런 일 저런 일'이라고 말한 단어에서 우정오의 현재 생활이 대충 상상되었다. 그 낱말들을 듣고 김 사장은 더 이상 그의 안부를 묻지 않았다.

"그런데……. 무슨 일로 저를 찾아오셨는지요……?"

정말 궁금한 대목이었다. 우정오 부인이 왜 나를 찾아왔는지, 그리고 나의 사무실은 어떻게 알고 왔는지…….

"네……. 남편이 김 사장님의 사무실 주소를 알려 주더군요. 남편도 어렵게 주소를 알아냈다고 하면서요."

“아…….네…….”

“제가 요즘 건강식품 판매원으로 일해요. 고객에게 직접 방문하여 판매하는 방식으로요.”

“네…….”

“남편 말로는 김 사장님이 교직 퇴직하신 후 개인 사업으로 크게 성공하셨다구 하네요. 그래서 제가 염치없지만 저희 회사 판매 제품을 조금 갖고 왔습니다. 한번 제품 보여 드리지요.”

그녀는 김 사장이 내답하기도 전에 혼자서 얘기하고는 가방 속의 물건을 꺼냈다. 텔레비전 광고에서 많이 봤던 백세건강식품회사의 제품이었다. 손으로 들기에 적당한 크기의 선물용 종이 박스로 되어 있었다.

“한 박스에 2개월용 60팩이 들어있어요. 가격은 30만 원이구요.”

“…….”

설명하는 상대방의 얼굴만 쳐다보는 김 사장에게 그녀는 계속 말했다.

“중년 건강에 진짜 좋은 제품이에요. 딱 한 박스만 사 주세요. 부탁드립니다…….”

예전 교직 동료의 부인이 갑자기 찾아와 30만 원짜리 건강식품 한 박스만 팔아 달라는 이 현실에 김 사장은 왠지 서글펐다. 30만 원 때문이 아니었다. 예고도 없이 불쑥 찾아온 것 때문도 아니었다. 옛 직장 동료 아내가 물건 구입을 부탁해서도 아니었다. 먹고살기 위해 자기 아내를 옛 동료에게 보낸 우정오의 행동 때문에 순간 김 사장은 짙은 삶의 슬픔을 느낀 것이었다. 우정오의 뻔뻔함도 그랬지만 얼마나 생활이 힘들었으면 남편이 준 정보를 갖고 본인한테 건강식품 물건을 팔려고 자존심도 버리고 무작정 찾아온 이 여인이 불쌍해 보였다. 단순한 연민의 감정이 아니었다. 인생의 긴 어두운 터널을 걷는 우정오 부부의 삶이 안타까웠다. 출구의 빛이 아직 보이지 않는 긴 어둠의 터널…….

“두 박스 사겠습니다.”

"네에……?"

김 사장의 두 박스 소리에 그녀는 깜짝 놀랐다.

"60만 원을 지금 현금으로 결제해 드리겠습니다."

"어머나! 너무 감사해요, 김 사장님. 이 은혜를 어떻게 갚아야 하나……."

"은혜라니요. 별말씀을요……."

목표량의 두 배 영업을 마친 여인을 보낸 후 김 사장은 쓸쓸함과 동시에 두 박스 사준 것을 잘했노라고 스스로 위안을 하였다. 두 개의 박스를 사장실 캐비닛 속에 넣으며 김 사장은 우정오의 예의 바르고 평범했던 예전의 모습을 상기하면서 지금은 어떤 얼굴일까 궁금증이 커져만 갔다.

우정오의 부인이 처음 김 사장 회사에 들러서 건강식품 두 박스를 판지 딱 두 달이 지날 때였다. 점심 식사 후 사장실 회전의자에 머리를 뒤로 젖히고 식곤증으로 눈을 감은 김 사장은 사장실 문 노크 소리에 눈을 살며시 떴다.

"들어오세요."

비서실 김 양이라 생각하며 그는 나지막이 말했다. 문이 열리는 동시에 낯익은 목소리가 사장실에 퍼져 나갔다.

"안녕하세요, 김 사장님……!"

순간 김 사장은 자신의 눈을 의심했다. 또한 놀라움에 입을 열지 못했다.

"두 달 만에 다시 찾아뵙게 됐네요. 사장님……."

우정오의 아내가 여전히 큰 가방을 들고 사장실로 들어오면서 스스로 소파에 앉았다.

"아니, 오늘은 또 웬일이십니까?"

"네……. 한 박스당 2개월용인데 사장님이 지난번에 두 박스 사셨잖아요? 저는 그래서 사장님이 사모님 것까지 사시는 걸로 판단했어요. 그래서 오늘도 두 달이 딱 지나서 두 박스 또 갖고 왔습니다."

"네……에……?"

"이 건강식품은 최소한 6개월은 드셔야 효과를 보거든요."

기가 막힌 그녀의 이야기였다. 이번에도 아무런 예고도 없이 찾아와 두 박스라는 판매량까지 본인이 정해서 팔려고 하다니 이건 정말 도를 넘은 거라 김 사장은 생각했다. 혹시나 이번에도 우정오 가족의 어려운 입장을 생각해서 또 물건을 사준다면 끝도 없을 거란 생각이 퍼뜩 지나갔다. 더군다나 '2개월'이라는 숫자가 그를 더욱 거북하게 만들었다. 우정오가 선생들한테 돈을 빌리면서 한 사람당 2개월을 주기로 했다는 것을 서 선생을 통해 알고 있는 터라, 그의 부인이 '2개월' 주기로 자기에게 찾아와 계속 건강식품을 팔 거란 생각에 머리카락이 쭈뼛 섰다.

"지난번에 산 것도 아직 다 못 먹었습니다."

그는 완곡하게 거절했다. 그러나 그녀는 막무가내였다.

"상관없어요, 사장님. 잘 보관하셨다가 계속 드시면 돼요. 팩으로 만든 제품이라서 2년까지 가능하고 변질되지 않아요."

"아……. 아닙니다. 지난번 것도 반도 못 먹었어요. 제가 꼼꼼하지 못한 성격이라서 이런 것 잘 못 챙겨 먹습니다."

"그래도 이번에 두 박스 구매 좀 해 주세요. 사장님……."

살짝 목소리를 낮추며 그녀는 애원하는 듯한 표정을 지었다.

"죄송합니다. 이번에는 어렵겠습니다. 이왕 오셨으니 녹차 한 잔 드시구 돌아가십시오. 김 양!"

김 사장은 단호히 거절하고 김 양을 크게 불렀다. 그러나 우정오 부인은 자리에서 일어나 실망스러운 표정을 살짝 나타내고는 조용히 말했다.

"아니에요, 사장님. 그냥 돌아가겠습니다. 죄송합니다. 귀찮게 해서요……."

가방을 들고 나가는 그녀에게 김 사장은 목례만 하고 아무 말도 하지 않았다.

그는 머리가 띵하고 울렸다. 참 난처하고 씁쓸한 바로 직전의 순간들이었다. 지난번 딱 한 번으로 끝날 줄만 알았던 우정오 아내의 영업이 이렇게 계속 되리라고는 전혀 상상을 못했다. 더구나 서 선생한테 들었던 우정오의 수법과 그의 아내 수법이 너무나 유사하여 거북스럽고 불쾌감까지 들었다. 뭔가 찝찝한 뒷맛은 있지만 오늘 단호하게 거절한 것은 잘한 일이라 생각하고는 큰 한숨을 내쉬며 자리에 앉았다.

김 사장이 우정오를 직접 만난 것은 3년 만이었다. 김 사장이 국성고등학교 퇴직 후 처음으로 그를 보게 된 것이다. 우정오가 김 사장 회사를 직접 찾아왔다. 그의 아내가 김 사장에게 두 번째로 들른 지 석 달 후쯤이었다. 12월 초의 매서운 바람이 모든 물상들을 움츠리게 하는 오후였다. 우정오도 그의 아내처럼 예고 없이 김 사장 회사 사무실로 불쑥 온 것이다.

"우아! 이게 누굽니까? 우정오 선생님 아니세요?"

반가워하는 김 사장에게 우정오는 허리를 약간 굽히며 악수를 했다. 3년 전보다 메마르고 갸름한 얼굴이었다.

"오랜만입니다. 김 사장님!"

"사장이라 하지 말고 그냥 예전처럼 김 선생이라 불러요, 그게 편해요 나는……."

겸손하게 응대하는 김 사장에게 우정오는 손사래를 쳤다.

"아니에요, 사장님. 지금이 중요한 거지 예전이 뭐가 중요해요. 저한테는 지금 사장님이에요."

그는 김 사장에게 약간 굽신거리며 아부하는 태도를 취했다.

"아무튼 반가워요, 우 선생님. 그동안 고생 좀 하셨다구 들었는데 지금 좀 어떠세요……?"

조심스럽게 물어보는 김 사장에게 우정오는 오히려 웃으며 담담히 말했다.

"네……. 지금은 그냥 그럭저럭 살아가고 있습니다. 굶지는 않고 있어요. 흐흐……."

“아…… 네, 다행이네요. 사람 사는 게 뭐 별것 있나요? 세끼 밥 먹고 살면 다 비슷비슷 한 겁니다. 허허허…….”

김 사장은 우정오가 위축감을 느끼지 않게끔 겸손하게 말했다.

“지난번 제 아내에게 물건 두 박스 사 주셔서 정말 감사했습니다.”

김 사장은 우정오가 자기 아내의 물건 파는 얘기에 약간 꺼림칙했지만 모른 척 그냥 넘어가면서 대답했다.

“아니에요. 별것도 아닌 걸 가지구…….”

“김 사장님! 사실 제가 오늘 찾아온 이유는 사장님께 부탁이 좀 있어서요.”

‘부탁’이라는 말에 김 사장은 멈칫 거부감이 들었다. 돈이라도 빌리려고 왔나? 하는 생각에 이르자, 우정오가 국성고등학교에서 선생들한테 돈 빌린 얘기가 머릿속을 혼란스럽게 했다.

“무슨…… 부탁을……?”

“네, 제가 컴퓨터 계열 회사를 최근 3개월 정도 다녔거든요? 물론 제 전공이 아니라서 보조 업무였지만요. 김 사장님 회사가 컴퓨터 계열이니까 혹시 이쪽 계열 다른 회사에 제 취직 좀 어떻게 안 될까요?”

우정오의 예상치 못한 부탁 내용에 김 사장은 아까와는 다른 묘한 마음이 들었다.

‘그가 나름 열심히 살려고 발버둥 치는구나. 더구나 우리 회사가 아니라 다른 회사에 취직해 달라는 거 보니까 나에게 부담을 직접 주려는 것은 아니구나.’

이런 생각에 미치자 그는 우정오를 가능한 도와야겠다는 마음이 들었다. 열심히 살고자 하는 그에게 새로운 삶의 기회를 주고 싶었다. 취업 때문에 직접 자신을 찾아온 그의 용기에 김 사장은 속으로 박수를 치고 있었다.

“그렇군요, 좋은 경험했네요. 제가 한번 이쪽 계열 아는 회사 일자리를 알아볼게요. 친한 사장들도 여럿 있으니까 어디라도 자리는 있을 거예요.”

“아이구! 김 사장님 고맙습니다. 고맙습니다.”

우정오는 두 손으로 김 사장의 오른손을 감싸안으며 연신 인사를 하였다. "앞으로 취직되면 정말 뼈 빠지게 일하고 싶습니다. 그리고 김 사장님의 은혜는 평생 잊지 않겠습니다."

기쁨으로 돌아가는 우정오에게 김 사장은 일자리가 확정되는 대로 연락 주겠다며 그의 핸드폰 번호를 메모해 놓았다.

며칠 후 김 사장은 친분 있는 사장들과 통화하면서 성덕회사 사장으로부터 일자리 하나를 결국 얻어 냈다. 김 사장이 우정오의 살아갈 방도를 마련한 것이다. 성덕회사는 소규모 개인 회사이지만 컴퓨터 계열에서 성장 지속한 회사로 평가되면서 누구나 일하고 싶어 하는 회사였다. 보수도 컴퓨터 계열 회사들의 평균치를 약간 넘었고 직원 복지도 챙겨주는 양심적인 회사였다. 김 사장은 성덕회사 사장으로부터 우정오의 근무 요건 등을 전해 들었다.

- 보수: 연봉 3천만 원
- 직위: 기술 개발팀 보조 사원
- 주 5일 근무
- 4대 보험과 퇴직금 지급
- 연가: 법정 일수내로 연가 시행
- 근무 시작: 내년 1월 2일

김 사장은 사장실로 얼른 와 달라고 우정오에게 전화했다. 취업이 됐다는 소식과 함께 축하한다는 말도 건넸다. 수화기 너머 우정오의 목소리는 이미 흥분에 들떠 있었다. '감사합니다.'라는 인사도 다섯 번 넘게 반복하였다. 김 사장도 본인의 작은 노력으로 우정오가 기뻐하는 소리를 들으며 자신이 참 잘했구나, 여겼다. 한 인간의 새로운 삶에 기회를 줬다고 생각하니 그와는 애초부터 좋은 인연이었노라고 자평을 하였다.

　한 시간 뒤 우정오는 김 사장 사무실로 급히 왔다. 그는 근무 조건 등이 매우 궁금했다. 또한 본인이 빠르게 적응할 수 있는 회사인지도 의문이었다. 그러나 찬밥 더운밥 가릴 처지가 아니었기에 일단 취업이 되었다는 사실이 그에게는 가장 큰 덕목이었다.
　김 사장은 반갑게 우정오를 맞이하며 근무 요건 정보를 전달해 주었다. 그러면서 그를 격려하듯이 말했다.
　"우 선생님! 이 정도 근무 조건이면 정말 괜찮은 겁니다. 이쪽 계열 근무자들의 평균 이상은 되는 조건이에요."
　"네…… 그렇군요. 감사합니다, 김 사장님. 이렇게 신경 써 주시구……"
　"별말씀을요. 암튼 성덕회사에서 새롭게 출발한다 생각하세요. 앞으로 모든 게 잘될 겁니다."
　"네…… 그래야지요. 더군다나 김 사장님이 애써서 마련해 주신 자리인데요. 김 사장님을 생각해서라도 열심히 하겠습니다!"
　두 사람은 악수를 하며 기쁨의 대화를 주고받았다.
　"저…… 그런데…… 김 사장님. 죄송한데 작은 부탁 하나 해도 될까요?"
　우정오의 갑작스러운 엉뚱한 얘기에 김 사장은 의아해하며 대답했다.
　"네…… 뭔데요. 뭐가 문제 있나요? 혹시라도 성덕회사 측에 미리 얘기해야 할 게 있나요?"
　"그게 아니구요. ……에……. 한 달 후부터 성덕회사 출근하려면 생활비가 좀 부족할 것 같아서요. 그래서…… 죄송한데…… 50만 원만 김 사장님한테 빌렸으면 합니다."
　"예에……?"
　돈을 빌려 달라는 갑작스러운 말에 김 사장은 할 말을 못 찾았다.
　"제가 첫 월급 타면 꼭 갚겠습니다. 이제 저도 어엿한 월급쟁이가 되니까요.”

그의 ‘어엿한 월급쟁이’라는 낱말에 김 사장은 자석에 이끌리듯 말했다.

“아……. 네……. 그렇군요. 제가 50만 원 해 드리지요.”

마치 귀신에 홀린 듯 김 사장은 즉석에서 우정오에게 50만 원을 건넸다.

“감사합니다. 내년 1월 말 첫 월급 타면 이자까지 쳐서 그날 갚겠습니다,
김 사장님!”

“무슨……. 이자는 괜찮습니다.”

내년 1월 2일 첫 출근하기 전에 얼굴을 보자는 우정오 제안에 김 사장은
끄덕였다. 12월 말에 다시 연락하겠다는 약속을 남기고 그는 사무실을 나
갔다.

12월 30일이 되었다. 막연히 12월 말에 다시 보자고 했던 우정오는 올해
가 이틀밖에 안 남았는데도 아직 연락이 없었다. 약간 의아해하며 초조해진
김 사장에게 오후 6시쯤 우정오가 보낸 핸드폰 수신 메시지가 떴다. 기다리
던 우정오의 연락이 문자 메시지로 온 것이다.

김 사장님!

우정오입니다. 아무리 생각해도 성덕회사 나가는 것 포기해야겠습니다.
기술 개발팀 근무 분야도 제게는 낯설고 더구나 한 달 동안 놀면서 회사 출
근 기다리느라 여러 어려움이 생겼습니다. 그래서 그동안 아르바이트로 여
기저기 나가고 있습니다. 50만 원 빌린 돈은 차후에 꼭 갚겠습니다. 죄송하
고 고맙습니다. 안녕히 계십시오.

김 사장은 메시지를 읽고 난 후 곧바로 우정오에게 전화를 걸었다. 그의
핸드폰은 꺼져 있었다. 그제야 김 사장은 그에게 속았다는 생각이 들었다.

우정오가 12월 초에 자신을 찾아온 목적은 컴퓨터 계열 회사 취업이 아니

라 50만 원 빌리기 위해서라는 것을……. 어쩌면 그가 컴퓨터 계열 어느 회사에서 보조로 3개월 다녔다는 것도 거짓말이었을 것이다. 국성고등학교 선생들에게 10만 원씩 빌린 것처럼 나에게는 경제력에 맞게 좀 더 큰 액수인 50만 원이 적당하다고 우정오는 계산했을 것이다.

김 사장은 쓴웃음을 지었다. 그리고 그가 우정오와 처음 동료로서 인연을 맺었던 국성고등학교 재직 시절 때의 그의 모습과, 해운대 밤바다 파도 소리를 듣는 모습과, 선생들에게 10만 원씩 빌린 모습과, 그의 아내가 자신을 찾아와 건강식품을 건드러지게 팔던 모습과, 바로 한 달 전에 우정오가 회사로 찾아와 취업 부탁과 50만 원 빌린 모습들이 뒤엉키면서 마치 추리 극장의 주인공을 보는 듯한 환각에 빠져들었다.

개장수

정현진 선생은 개장수다.

국성고등학교 선생들은 교단 입문 3년 차인 젊은 국어 교사 정현진을 개장수라 불렀다.

"개장수 선생님! 오늘 퇴근 후 1학년 담임 회식에 꼭 참석해요. 알았지요? 개장수 선생님……."

초복이 다가오는 여름철이면 일부러 정현진을 놀리려는 선배 선생들의 농담은 주위를 더욱 웃게 만들었다.

"개장수 선생! 오늘 점심 식사는 몸보신히리 학교 뒷골목에 있는 영양당 집으로 콕 찍었는데 함께 가자구."

라고 어느 선생이 말하면 마치 대본에 있는 약속된 대사처럼 다른 선생이 이어받아 완성을 했다.

"개장수가 자기가 판 개를 먹네. 이런 동족상잔의 비극을 어떻게 보나……. 하하하……."

선생들이 정현진을 개장수라 부르며 놀려도 그는 그것을 반갑게 받아들였다. 개장수라는 별명이 싫지 않은 듯 오히려 기분 좋은 대답을 하며 웃었다.

"네, 좋습니다. 개장수님이 오랜만에 정겨운 녀석들 만나러 가야죠. 헤헤……."

넉살 좋은 그의 대답에 모두가 낄낄거리면서 교무실 분위기가 한층 들떴다. 선배 선생들의 농담을 악의 없이 받아들이는 넉넉한 마음의 정현진을 대부분 선생들이 좋아했다.

정현진 선생의 별명이 개장수가 된 데는 몇 가지 필연적인 이유가 있었다. 그의 집안은 2대째 영양탕 식당을 이어가고 있다. 황산옥. 영운시에서 영양탕 맛집으로 자리 잡은 유명한 식당이었다. 황산옥에는 오랜 연륜의 흔적들이 식당 면면이 쌓여 있었다. 여러 유명인들이 이곳에서 영양탕을 먹고 갔다는 사인이 A4 용지로 양쪽 벽면을 가득 메웠다. 이름만 대면 누구나 알 수 있는 탤런트, 영화배우, 가수, 운동선수들은 물론이고 시장, 도지사, 국회의원 등 정치인들도 다녀갔다는 증거들이었다. 그리고 높은 양반들이 수여한 감사장 및 상장들이 벽면에 훈장처럼 붙어 있었다. 그것들은 세월의 흔적을 보여주듯이 누렇게 변색돼 있었다.

황산옥의 역사는 60년을 거슬러 올라간다. 그 뿌리는 정현진의 할아버지였다. 그는 원래 개장수였다. 5일마다 열리는 개 시장에서 새끼 개들을 사들여 일반 가정에 팔기도 하고, 거꾸로 평소에는 마을 골목을 다니면서 '개 삽니다.'를 외치며 큼직한 개들을 사다가 영양탕 식당에 파는 이중적 구조의 개장사를 했다. 개를 사고파는 수완이 워낙 좋고 영양탕집에 납품하는 개고기 육질이 식당 사장들이 원하는 그대로였기에 정현진의 할아버지는 여러 명의 개장수 중에서도 특히 인기가 가장 높았다. 개고기 납품 날짜와 수량, 품질 등이 정확했기 때문에 '완벽한 개장수'라는 영광스런 닉네임까지 얻었다. 영양탕집에서 원하는 개의 특성은 당연히 살집이 튼실하고 쫄깃한 토종개였다. 일명 똥개였다. 정현진의 할아버지가 똥개를 사기 위해 골목에 들어서

서 '개 삽니다.'를 외치면 개 주인보다도 개가 먼저 대문 밖에 나와서 개장수를 맞이했다고 한다. 개들이 개장수를 보고 도망가거나 경계하지 않고 오히려 반갑게 인사를 했다는 것이다. 꼬리를 살랑살랑 흔들면서 멍멍거리는 개들은 개장수에게 다가가 코를 킁킁거리며 몸을 슬쩍슬쩍 비볐다는 전설 같은 이야기가 정현진의 할아버지와 동년배 노인들을 통해 전해져 내려왔다.

정현진의 할아버지가 황산옥을 창업한 것은 아니었다. 황산옥은 기존의 영양탕 식당이었다. 그런데 황산옥 창업자였던 주인이 갑자기 뇌진탕으로 쓰러져 가업을 이어갈 자식이 없었던 그는 결국 개고기를 납품하던 유명 개장수에게 헐값에 넘긴 것이었다.

얼떨결에 식당을 인수한 정현진의 할아버지는 20년간의 개장수를 접고 황산옥에만 전념하였다. 본인이 직접 식당을 운영하면서부터 비록 이문은 적더라도 최상급 개고기 육질만 사용하였다. 워낙 개에 대한 지식과 개고기 육질에 대한 판별력이 뛰어난 그였기에 황산옥은 인수되자마자 영양탕 맛집으로 소문이 났다. 비릿한 개고기 특유의 냄새를 없애는 비법 양념과 특정 온도로의 개고기 보관 방법, 여기에 여러 기본 양념들과 전통 된장을 섞어 만든 구수한 국물, 아낌없이 사용하는 싱싱한 정구지, 그리고 완성된 영양탕 위에 푸짐하게 얹은 살짝 볶은 국산 들깻가루까지 다른 영양탕집에서는 맛볼 수 없는 황산옥만의 특화된 맛은 대제할 수 없는 풍미를 주었다. 황산옥의 영양탕을 맛본 손님들은 한결같은 덕담을 쏟아 냈다. 느끼한 개고기를 먹은 것이 아니라 구수한 토종 된장 국물 속의 쫄깃쫄깃한 소고기 등심을 푸짐하게 먹은 것 같은 느낌이라는 것이었다. 영양탕 한 그릇에 건강 한 그릇이 담겨 있다고 회자되었다. 영운시의 개고기 미식가들치고 황산옥의 영양탕을 접해 보지 않은 사람이 없을 정도로 황산옥은 대성공을 이루었다.

황산옥은 정현진의 할아버지가 30년을 운영하다가 지금은 정 선생의 아버지가 이어받아 32년째 직원 10여 명을 두고 성업 중이다. 올해로 정확히 62년의 역사를 지닌 황산옥은 영운시로부터 '백년 가업 식당'으로 인정받아 소문난 전통 맛집으로 확실히 자리를 잡았다. 그런데 나이가 70을 막 넘은 아버지는 정현진에게 이제는 가업을 이어갔으면 좋겠다고 압박 아닌 압박을 4년 전부터 하고 있었다. 정현진은 4년 전인 대학교 4학년 때부터 아버지의 계속된 이런 요청을 그냥 외면만 할 수는 없었다. 연로하신 아버지가 바쁜 식당 운영에 육체적으로 부담스러워 하시는 것을 가까이서 지켜보았기 때문이었다. 그러나 대학교를 졸업하자마자 황산옥에 자신의 미래를 완전히 맡길 수는 없는 노릇이었다. 문학이 좋아서 국문학과를 전공했는데 가업 때문에 국문학을 한 번도 활용하지 못하고 접을 수는 없었다. 그래서 아버지께는 때가 되면 분명히 황산옥의 운영을 이어받겠노라고 약속을 하며 안심시켰다.

정현진이 대학교를 졸업하고 국성고등학교 국어 교사로 부임한 것도 사실은 황산옥의 가업 계승을 당장은 피하고자 하는 숨은 뜻이 있었다. 동료 선생들에게는 언젠가 본인은 교직을 그만두고 황산옥의 3대 사장이 될 거라고 호언장담하였다.

개장사 손자 정현진. 개고기 식당의 아들 정현진. 정현진의 별명이 '개장수'가 된 유래는 이렇게 시작되었다.

정현진은 누구도 흉내 낼 수 없는 특별한 재주가 하나 있었다. 그것은 개 소리를 내는 거였다. 즉 그의 입으로 개의 울부짖음을 내뱉는 것이었다. 그가 내는 개 소리는 진짜 개보다 더 진짜 같았다. 더욱 진기한 것은 그는 다양한 개 종류의 개 소리를 정확히 재생시켰다. 가장 일반적인 한국 토종 똥개의 개 소리가 대표적이었고 외래종까지 다양하고 개성 있는 각기 다른 개 소리를 진짜 개처럼 똑같이 내는 기술을 가졌다. 그리고 보통 개가 멍멍 짖는 것과 차원을 달리하여 개가 웃는 소리, 우는 소리, 화난 소리, 외로운 소리, 서글픈 소리, 배고프다는 소리 등 마치 사람의 감정처럼 개의 마음을 개 소리로 표현하는 것이 기가 막혔다. 거기에 개 소리와 어울리는 본인의 얼굴 표정과 팔, 다리의 행동 묘사까지 더하여 그의 개 소리를 듣고 있노라면 무슨 사연이 많은 개를 주제로 한 한 편의 연극을 보는 듯하였다.

소형 크기 개인 치와와, 푸들, 몰티즈와 중형인 진돗개, 불도그, 시베리안 허스키, 심지어 대형인 리트리버의 굵직하고 엄숙한 개 소리까지 어떤 크기의 어떤 개든 못 하는 게 없었다. 그가 입에서 뿜는 개 소리에 대한 에피소드 역사는 고등학교 때부터 시작되었다.

지금으로부터 15년 전인 고등학교 1학년 때였다. 국가에서 일 년에 몇 달마다 실시하는 민방위 야간 등화관제 훈련이 있는 7월의 한여름 밤이었다. 적의 공습에 대비해 민간 및 군사 시설, 부대 등의 각종 불빛을 통제하고 조명 사용을 제한하는 훈련이었다. 밤 10시에 훈련 사이렌이 울리면 35분 동안 각 가정은 집 안의 모든 불을 꺼야만 했다. 불빛이 새면 안 되는 훈련이었기에 도시 전체가 암흑 속에 묻혀 있어야 했다.

이날 정현진은 깜깜한 방과 거실이 답답하여 4층인 자기 집 베란다로 나왔다. 지상에서는 민방위 대원들이 불을 완전히 끄지 않은 집들을 향하여 빨리 불을 끄라고 소리 지르며 분주하게 움직이고 있었다. 아파트 단지의 대부분 주민들은 정현진처럼 그냥 방과 거실에만 있지 않고 베란다로 나와서 밤하늘의 별을 쳐다보며 경계 해제 사이렌이 울리기까지의 35분이 빨리 지나가기만을 기다리고 있었다. 이렇게 적막감 속에서 지루함을 느끼고 있는 이때 아파트 베란다 어디선가 갑자기 개의 울부짖는 소리가 한여름 밤의 허공에 메아리쳤다. 왠지 잔뜩 화가 나 있는 음색의 개 소리였다. 개소리는 쉬지 않고 1분간 계속되었다. 정현진이 야간 등화관제 훈련 도중 답답하고 심심하던 터에 아파트 단지의 밤하늘을 향해 개 소리로 울부짖은 것이었다. 베란다에 나와 있는 각 동 각 층 각 호의 주민들은 개 소리에 깜짝 놀라 감정 섞인 소리가 튀어나왔다.

"아니, 누구네 집에서 저렇게 성대 수술도 안 시킨 개를 키우는 거예요? 누구네 집이에요? 아파트에 살면서 도대체 이게 무슨 막돼먹은 경웁니까?"

"공동주택에서 저렇게 크게 개 소리 나면 주위에 피해 주는 것 아녀요? 누구네 집에서 저렇게 큰 소리 나는 개를 키우는 거야. 예의 없이……."

"누구네 집인지는 몰라도 빨리 그 개 성대 수술 시키세요!"

"개 좀 그만 짖게 해요! 듣기 싫어 죽겠어요!"

"저 개 소리 때문에 우리 갓난아기가 놀란 것 같아요. 제발 개 좀 그만 짖게 주인이 말려 봐요!"

여기저기서 불만과 힐책의 소리가 쏟아졌다. 공동주택인 아파트에서 성대 수술도 안 시킨 개를 키우는 것에 대한 비판의 목소리였다. 각 층 베란다마다 서로 얼굴은 보이지 않았지만 누구네 집의 큰 개가 짖은 소리에 화가 난 것이었다. 주민들의 비난 소리를 듣자 정현진은 장난기가 더 발동되었다. 이번에는 매를 맞아 아프다는 감정을 드러낸 개 소리였다.

"깨갱 깨갱 갱갱갱 깨갱 깨갱……."

하며 어디를 크게 다친 듯한 개처럼 흐느끼는 큰 소리로 실감 나게 울부짖었다. 듣기 싫어 죽겠다면서 화를 내는 주민들의 토로가 계속 이어졌다. 그럴수록 정현진은 더욱 크게 울부짖으며 속으로는 신나게 웃고 있었다. 지금 자신의 입에서 뿜어 나오는 개 소리에 자신감이 백배 높아졌다. 결국 이날 밤의 야간 등화관제 훈련은 개 소리로 인해 아파트 주민들에겐 스트레스를 줬지만, 정현진에게는 개 소리 리사이틀이 된 축제의 한여름 밤이었다.

대학교 1학년 겨울 방학 때 정현진은 시골 친척 집에 놀러 간 적이 있었다. 강원도 정선 시골에 사는 외사촌 형의 초대였다. 이십여 호가 사는 시골 마을은 밤새 내린 눈으로 산하가 하얗게 덮여 있었다. 두 젊은이는 동네 어귀의 술집에서 막걸리와 김치전으로 하얀 겨울밤의 낭만을 즐기며 오랜만의 이야기로 시간을 보냈다. 적당히 취해 술집을 나선 그들은 뽀드득거리는 눈길을 걸었다. 깊어지는 겨울밤이었지만 보름달과 흰 눈 덕분에 어둠 속에서도 주변이 희끗희끗 보였다. 그대로 드러난 자신들의 발자국을 뒤돌아보며 둘이는 당시에 유행했던 가수 김수철의 〈젊은 그대〉를 노랫말 개사와 추임새를 넣고 큰 소리로 불렀다.

거치~른 벌판으로 달려 가자 달려 달려 이~히힛

절므~메 태에양을 마시자 마셔 마셔 이~히힛

보석보다 차알란한 무지개가 살고 있는

저 언덕 넘어 내일의 희망이 우리를 부른다

저~얼른 그대 잠 깨어 오라 오라 오라 호잉 호잉~

저~얼른 그대 잠 깨어 오라 오라 오라 호잉 호잉~

아~ 아~ 사랑스런 젊은 그대

아~ 아~ 태양 같은 젊은 그대

저~얼른 그대 저~얼른 그대 이~ 히~ 이~ 잇~

1절을 힘께 부르고 나서 갑자기 정현신이 외사촌 형에게 재미있고 엉뚱한 제안을 했다.

"형! 이 동네에는 집집마다 모두 개를 키워요?"

"응, 아마 그럴 거야. 시골은 보통 집집마다 똥개 한 마리씩은 다 키워."

"그럼, 형. 내가 지금 여기서 크게 개 소리로 울부짖을 건데 동네 개들이 나의 개 소리에 응답해 줄까요? 형은 어떻게 판단해?"

"글쎄……. 내가 그 녀석들 마음을 어떻게 알겠냐. 흐흐……."

"근데 이 동네에 몇 집이 있어요? 몇 호?"

“응, 이십오 호 정도의 집이 있을 거야. 아마도…….”

“그럼 대략 스물다섯 마리의 개들이 이 동네에 있다는 거네요?”

“그렇지. 각 집마다 한 마리씩은 키우니까.”

“그러면 형. 잠시 후 귀를 잘 기울였다가 숫자 좀 세 주세요.”

“갑자기 숫자라니? 무슨 숫자?”

“예. 내가 지금 이 자리에서 10초 정도 개 소리로 울부짖을 건데 나의 개 소리를 듣고 동네 개들이 응답으로 몇 마리가 짖는가를 확인해 주세요.”

“하하……. 별 이상한 짓을 다 하네. 네가 가짜 개 소리로 진짜 개들을 부른다구? 재미있네 하하하…….”

“암튼 지금 여기서 동네까지는 대략 300m 되는 거리니까 동네 개들이 나의 개 소리는 들리겠죠. 자, 이제 내가 개 소리로 짖습니다…….”

“좋다. 그거 재미있네. 한번 크게 개 소리로 울부짖어 봐. 네 개 소리에 응답해서 짖는 녀석이 몇 마리나 되는지 함께 세어 보자.”

외사촌 형은 동생의 제안이 재미있다며 흔쾌히 받아 주었다. 정현진은 잠시 목청을 가다듬고 마을 동네 쪽을 향하여 개 소리를 힘차게 뿜어 댔다. 한국 토종 똥개의 자신만만한 분위기를 자아내는 울부짖음이었다.

“웡웡……. 웡웡웡……. 워어어엉엉…….”

겨울밤 허공을 가르는 정현진의 개 소리는 저기 멀찍이 보이는 동네를 향해 퍼져 나갔다. 짧고도 긴 10초간의 개 소리가 하얗게 눈으로 덮여 있는 천하를 진동시켰다. 정현진이 개 소리를 끝내자마자 둘은 조용히 귀를 기울였다. 과연 몇 마리의 개들이 정현진의 개 소리에 응답하여 짖을 것인가를 하나둘씩 세야 했기 때문이다. 그런데 딱 2초가 지나자 동네 여기저기서 개들이 각자의 개성 있는 음색으로 두 명이 있는 방향을 향하여 답례라도 하듯이 짖기 시작했다. 동네 개 종류는 보통 한국 토종 똥개였지만 음색은 각기 달랐다. 여기서 컹컹, 저기서 멍멍, 앞집에서 왈왈, 뒷집에서 캥캥, 큰 개가 웡웡, 작은 개가 월월, 암컷이 캉캉, 수컷이 왕왕……. 각기 다른 개들임을 알게 해주는 다양한 개 소리가 겨울밤에 메아리쳤다. 정현진과 외사촌 형은 신경을 곤추세우고 손가락을 꼽으며 몇 마리가 짖었는지 세기 시작했다. 동네 개들은 1분 이상을 짖고 있었다. 잠시 후 개 소리가 차츰 잦아들자 외사촌 형이 웃으며 말했다.

"현진아! 너 정말 대단하다. 정확히 스물다섯 마리의 개들이 울부짖더라. 모든 집들의 개들이 한 마리도 안 빠지고 너의 개 소리에 응답해 줬네……. 하하하 진짜 웃기네……."

"그것 봐 형. 나는 자신 있었다구. 내가 바로 개 소리 박사 정현진이야. 헤헤헤……."

"우아……. 정말 너의 개 소리는 일품이다, 일품. 최고야! 어쩜 그렇게 진짜 개와 똑같니? 대단하구나……. 아마 동네 개들이 너의 개 소리를 듣고 낯선 이방견이 왔다구 환영의 노래를 스물다섯 마리가 합창한 것 같다. 하하하……."

외사촌 형의 칭찬에 정현진은 개 소리에 대한 자신의 특기가 이젠 시골 현장에서도 통한다는 사실에 기뻐하였다. 지금 자신과 스물다섯 마리의 개들이 서로 교감하고 있다는 믿음이 생겼다. 그리고 앞으로 개 소리를 낼 때는 단순한 개 울음소리 흉내가 아닌 진실한 마음을 담은 개 소리를 내리라 다짐하였다. '나는 너를 좋아해.'라는 마음을 담은 개 소리의 진실한 울부짖음…….

정현진은 자신과 개가 왠지 전생 때부터 깊은 인연이 있었을 것이라는 막연한 생각을 하였다. 할아버지의 개장사와 아버지의 개고기 식당과 자기의 개 소리 특기를 연계하다 보니 이것이 단순한 우연이 아니라고 여겼다. 그리고 개가 지닌 주인에 대한 충직성과 솔직한 태도는 인간이 배워야 할 덕목이라고 생각했다. 그래서인지 개 소리를 잘 내는 자신이 떳떳하다는 자부심까지 느꼈다. 정현진은 개야말로 자신의 삶을 상징하는 진정한 마스코트라고 인정했다. 앞으로 펼쳐질 자신의 인생에 행운을 가져다주는 사랑스런 마스코트…….

개와 관련된 정현진의 에피소드는 대학교 졸업반 때 절정을 보여 주었다.
대학교 4학년 11월 초. 일반적으로 대학교 졸업생들은 졸업 시험을 치러야 한다. 그러나 국문학과는 졸업 시험 대신 논문 제출과 심사를 통하여 졸업을 인정받았다. 정현진의 졸업 논문 제목은 '서정주의 친일 문학 행태 비판'이었다. 한국 현대 문학의 대표 시인 서정주가 일제 강점기에 정치적 목적으로 썼던 부끄러운 친일 문학 작품들을 신랄하게 비판하는 내용이었다. 정현진의 논문 심사 교수는 학과장 감투를 쓰고 있는 현대시 전공 최윤필 교수였다. 보름 전에 제출한 논문을 심사 받기 위해 통보된 날짜와 시간에 맞춰 정현진은 최 교수 연구실을 찾아갔다. 저팔계와 비슷한 살찐 얼굴에 금테 안경을 낀 최 교수가 웃으며 맞이했다. 최 교수의 얼굴은 곧바로 폭발할 듯한 활화산처럼 기름지고 살쪄 있었다. 최 교수는 외모와는 어울리지 않는 애정 어린 눈빛으로 정현진에게 호의적으로 말을 시작했다.
"정 군의 논문을 검토해 보니 정 군의 비판력이 대단하더군."
"별말씀을요……."
"정 군의 말이 옳아! 서정주가 현대 문학의 대표 시인으로만 우리가 알고 있었지 이토록 친일 시를 썼다는 것을 대부분 사람들은 모르고 있어. 자네가 논문에서 아주 잘 지적했어."
"네, 감사합니다. 저도 서정주의 잘못된 문학 행태를 까발리고 싶었습니다."
"그래, 훌륭해! 이렇게 야무지고 확실한 제자를 오랜만에 보는 것 같아서 매우 기쁘다네."

“아유 과찬이십니다. 부끄럽습니다 교수님…….”

“아니야. 나는 제자를 보는 눈이 있어. 그게 내 직업이잖아. 하하하…….”

“…….”

“그래서 말인데, 정 군 지금부터 내 얘기를 잘 들어 봐. 정 군의 미래와도 관련된 중요한 얘기니까.”

“네……. 무슨 말씀인지요…….”

“정 군, 나는 교수로서 사명을 다하고 싶어. 정 군 같이 예리한 비판 의식과 분석력을 지닌 제자를 키우고 싶다 이거야.”

“네……. 감사한 말씀입니다.”

예상치 않은 최 교수의 칭찬에 정현진은 어리둥절하였다. 갑자기 본인이 무슨 큰 탁월한 실력을 지닌 학생처럼 최 교수가 계속 분위기를 잡았기 때문이었다. 심각한 얘기를 상대방에게 진지하게 전하려는 듯 최 교수는 담배 한 개비를 입에 물고 불을 붙였다. 뽀얀 담배 연기가 최 교수의 입안에서 나와 공중으로 퍼져 나갔다. 담뱃재를 재떨이에 한 번 툭툭 털며 최 교수가 말을 이었다.

“내가 이번에 졸업하는 학생들 중에서 그동안 세 명을 눈여겨보고 있었다네.”

“세 명요?”

“응, 그중에서 나는 최종적으로 정 군을 선택하기로 했어.”

“네? 저를 선택해요? 무슨 일인지요…….”

“응, 그래서 내가 말할 결론은 정 군을 내가 확실하게 키우고 싶어.”

“네? 확실하게 키우다니요?”

“자네를 내 후계자로 키워서 교수로 만들어 주고 싶다 이거야! 이제 내 뜻을 알겠는가?”

“아……. 아…….”

정현진은 신음 같은 소리를 낮게 내뱉으며 어찌할 바를 몰랐다.

'후계자라니 이게 무슨 소리야. 더구나 나를 교수로 만들어 줘……?'

정현진은 최 교수 말 속에 '후계자, 교수'라는 단어에 현기증을 느꼈다. 그는 원래 대학교 졸업 후 고등학교 국어 교사로 교직에 나가고자 뜻을 두었었다. 그런데 학과장인 최 교수가 자신을 후계자로 키우고 교수 자리를 밀어준다는 상상도 하지 않았던 제안에 흥분되기는커녕 당혹스러웠다. 이것은 자신과는 전혀 상관없는 엉뚱한 옷이라고 생각했다. 더구나 최 교수와는 개인적 친분도 없었다. 그런 최 교수가 자신에게 귀가 번쩍일 만한 제안을 한 것에 강한 의구심이 생겼다.

어리둥절하여 더 이상 대답을 하지 않고 있는 정현진에게 최 교수는 양념 같은 말을 더 얹었다.

"정 군. 갑작스런 내 말에 놀란 모양인데 걱정하지 말게. 학과장인 내가 밀어주면 모든 건 그냥 탄탄대로야. 대학원 입학도 그냥 통과라구. 정 군은 내 지시대로만 하면 돼. 석사, 박사까지 내가 책임지고 지도해 줄테니 아무 걱정 안 해도 돼. 한마디로 걸림돌 없이 만사 오케이라구 오케이."

"교수님, 그래도 저는……."

"아아! 신경 쓰지 말래도. 그냥 정 군은 '예스'만 하면 끝나는 거야. 나중에 교수 되고 나를 평생 은인으로만 생각해 주면 돼. 부담 가질 것 없다네. 허허허……."

최 교수가 자기를 선택하고 배려해 주는 것에 고마우면서도 정현진은 왠지 찝찝함을 느꼈다. 졸업 논문 하나만 보고 최 교수가 자신을 이렇게 밀어준다는 게 믿어지지 않았다. 그런 최 교수에게 단도직입적으로 거부하기도 예의에 어긋나는 거라 생각했다.

"저…… 교수님. 저도 갑작스런 제안이라서 좀 혼란스럽네요."

"아! 그럴 거야. 예비 졸업생으로서 당연하지. 자신의 미래 진로가 달린 문제니까. 알고 있네, 자네의 지금 심정을……."

정현진의 현재 상황과 마음을 이해한다는 듯 말을 마치며 최 교수는 담배

한 개비를 다시 입에 물었다.

"그런데 정 군! 정 군은 딱 하나만 준비해 줘."

"네? 준비요?"

"응, 별건 아닌데 딱 하나는 신경 써 줘야 할 것 같아."

"네……. 그게 무슨 말씀인지……."

"다름이 아니라 내가 정 군의 석사, 박사 학위와 교수 자리까지 신경 쓸 테니 활동비로 한 장만 준비해 줘."

최 교수는 왼손의 검지를 살짝 위로 쳐들며 숫자 '하나'를 강조했다.

"활동비로 한 장요?"

"응, 한 장. 천만 원. 그거면 돼. 한 장으로 그냥 깨끗이 끝내는 거야."

최 교수의 천만 원 소리에 정현진은 그제야 사태의 본질을 알아차렸다. 최 교수가 졸업생을 상대로 학위 장사를 한다는 소문이 그동안 암암리 돌고 있었는데, 최 교수의 거래 대상자가 정작 본인이라 생각하니 어이가 없었다. 교수라는 작자가 곧 졸업하는 제자에게 학위 장사를 하는 기가 막힌 현장이 었다. 정현진은 최 교수의 능글맞은 얼굴에 가래침을 확 뱉고 싶은 분노가 치솟았다. 지금 눈앞에 보이는 늙은 먹물은 교수가 아니라 파렴치한 사기꾼 이라고 생각했다. 흥분된 속마음을 숨기고 정현진은 태연하게 말했다.

"교수님! 제가 사실은 진로가 결정돼 있어서 교수님이 제안하신 제자 사 랑의 깊은 뜻을 따를 수가 없겠네요……."

"응? 진로가 결정됐어?"

"네."

"그래, 정 군은 대학 졸업 후 어떻게 할 건데?"

"네, 저는 개장수를 하려구요!"

"뭐? 개장수?"

이번에는 최 교수가 충격을 받았는지 피우던 담배를 재떨이에 짓이기며 손을 부르르 떨었다. 다른 진로도 아니고 국문학과 졸업생이 개장수라니,

이건 세상에도 없는 일이다. 아니 있어서는 안 될 일만 같은 표정으로 최 교수가 다시 물었다.

"방금 개장수라고 했나, 개장수?"

"네. 내년 2월 졸업식 마치자마자 본격적으로 개장수로 나설 참입니다. 그게 저의 졸업 후 진로입니다!"

"아니? 대학교 국문학과 졸업생이 개장수를 한다는 게 이해가 되는 얘긴가? 이건 좀 너무……."

최 교수는 지금 자기가 놀림을 받는다고 생각했는지 이마에 세 줄의 주름살이 보이도록 인상을 찌푸렸다.

"교수님! 저희 집안이 개장수로 유명한 집이에요. 그래도 전통 있고 명문 있는 개장수 집안으로 자부심이 있습니다. '전통의 현대화'를 제가 실천하고 개장수 명맥을 이어가려 합니다."

"……."

"암튼 교수님이 저를 후계자로 선택해 주시며 신경 써 주신 건 감사합니다. 그러나 정중히 사양하겠습니다. 앞으로 개장수 정현진을 지켜봐 주십시오. 사랑하는 제자를요……. 안녕히 계세요."

충격과 혼란으로 멍해 있는 최 교수에게 조롱 섞인 말을 남기고 정현진은 교수 연구실을 나와 버렸다.

국어 교사 정현진은 이제 교단 입문 4년 차가 되었다. 3월 초 신학기 때 각 교사들의 업무 분장이 발표되었다. 그간 3년 동안 정 선생은 학생과 소속 '교내 활동' 담당 업무를 맡았었다. 쉬는 시간이나 점심시간 등 학생들의 자유 시간에 교실 및 복도, 운동장, 화장실 등을 점검하며 담배를 피우거나 싸우는 학생들을 지적하고 선도하는 역할이었다. 대개 3년마다 업무 분장이 바뀌기 때문에 새로운 업무 분장에 대한 호기심과 기대를 갖고 있는 정 선생에게 올해부터는 교무과 소속 '보충 수업 기획' 담당 업무가 배정되었다. 지난 학생과 소속 3년은 교사가 직접 움직이며 몸으로 때우는 업무였으나 교무과 업무는 책상에 앉아 기획을 하고 서류를 작성하는 것이 주된 거였다. '보충 수업 기획'은 전교생들의 매달 오전·오후 보충 수업 시간을 기획하고 시간표를 짜며 예산을 추산하여 학생들에게 보충 수업비를 고지하는 업무가 주된 내용이었다.

정 선생은 보충 수업 기획 전임자였던 수학과 민 선생으로부터 업무 방식을 구체적으로 인계 받았다. 민 선생은 후배인 정 선생이 쉽게 업무를 이해하도록 꼼꼼하게 실무 요령을 설명해 주었다. 보충 수업은 월요일부터 금요일까지였으며 3학년은 오전·오후 보충 수업, 1·2학년은 오후 보충 수업이 기본이었다. 보충 수업비는 학생 기준으로 1시간 수업당 교육청에서 지정한 1,200원이었다. 주중에 국경일 등 공휴일이 없는 달에는 대략 1·2학년은 보충 수업 시간이 개인당 20시간, 3학년은 40시간이 되었다. 결국 학생 1인당 한 달 치 보충 수업비는 1,200원 × 보충 수업 시간(20시간 혹은 40시간)으로 산출되었다.

민 선생이 정 선생에게 업무 내용 설명을 마치고 주위를 살펴보더니 나지막하게 이야기했다.

"정 선생, 근데 여기에 특이 사항이 하나 더 있어요."

"네? 특이 사항요? 그게 뭔데요?"

"응, 이건 우리만 알고 있어야 하는 중요 내용이니까 나중에라도 비밀로 해야 합니다. 비밀……."

"네, 그럴게요. 뭔데 이렇게 심각하세요?"

"응. 보충 수업을 계획할 때 한 달 치 보충 수업 일자가 나올 텐데, 학생들에게 전달되는 고지서에는 하루를 더 한 날짜로 계산된 액수를 고지하세요."

"네? 그게 무슨 말씀입니까? 이해가 안 되는데요?"

"응, 쉽게 말해서 이런 거야. 만약 다음 달 한 달 치 보충 수업 일자가 20일이 나오잖아. 그런데 보충 수업비 면제자인 운동부 학생들과 기초 생활 가정 학생들을 제외한 실제 보충 수업비 내야 할 학생 총 인원이 1학년 250명, 2학년 270명, 3학년 275명이란 말야. 그러면 이를 토대로 1학년부터 3학년까지의 한 달 치 전체 총 보충 수업비를 산출하면 다음과 같지.

- 1학년: 20일(오후 보충 수업) × 250명 × 1,200원 = 6,000,000원 (1학년 총액) (학생 1인당 보충 수업비: 24,000원)
- 2학년: 20일(오후 보충 수업) × 270명 × 1,200원 = 6,480,000원 (2학년 총액) (학생 1인당 보충 수업비: 24,000원)
- 3학년: 20일 × 2 (오전·오후 보충 수업) × 275명 × 1,200원 = 13,200,000원 (3학년 총액) (학생 1인당 보충 수업비: 48,000원)
  * 1학년 총액 + 2학년 총액 + 3학년 총액 = 25,680,000원

위 계산이 올바른 거야. 그런데 여기에 보충 수업일 날짜를 하루 더 추가해서 산출하란 얘기야. 그러면 위의 산출이 다음처럼 바뀌게 되지.

- 1학년: 21일(오후 보충 수업) × 250명 × 1,200원 = 6,300,000원 (1학년 총액) (학생 1인당 보충 수업비: 25,200원)
- 2학년: 21일(오후 보충 수업) × 270명 × 1,200원 = 6,804,000원 (2학년 총액) (학생 1인당 보충 수업비: 25,200원)
- 3학년: 21일 × 2 (오전·오후 보충 수업) × 275명 × 1,200원 = 13,860,000원 (3학년 총액) (학생 1인당 보충 수업비: 50,400원)
  * 1학년 총액 + 2학년 총액 + 3학년 총액 = 26,964,000원

보충 수업을 하루 더 한 것으로 산출해 보니 실제 것보다 정확히

1,284,000원이 더 나오지?"

"네, 그러네요. 그런데 왜 이렇게 수업도 하지 않은 날짜 하루를 추가하여 기획 산출합니까?"

"응. 핵심은 바로 그 이유인데, 사실은 하루 더 보충 수업을 한 걸로 나온 차액금 1,284,000원을 교장, 교감, 행정 실장 세 분한테 드려야 해."

"네에? 왜 그분들한테 그 돈을 줍니까? 학생들은 수업도 받지 않고 매달 하루 치 보충 수업비를 더 내는 거잖아요. 이거 비리 아닙니까?"

"쉬잇……. 그런 말은 쓰지 마 정 선생. 나도 이 업무 처음 맡을 때 전임 자한테서 그것을 인수해서 알게 된 거야. 나도 처음엔 당황스러워 거부하 고 싶었는데, 그게 쭉 내려온 우리 학교의 전통이라 하는데 어쩔 수 없더라 구……."

"전통이라구요? 이런 범죄 비리가 무슨 전통이라구 의미를 둔답니까? 이 건 악습이고 범죕니다 범죄! 오직 교장, 교감, 행정 실장을 챙겨주려는 뒷돈 이지, 어떻게 전통이라는 미명으로 이럴 수가……."

"이 업무가 그런 고약한 데가 있어서 솔직히 나도 3년 동안 이것 맡으면 서 찝찝했어. 학생들 보기에도 미안하구……."

"근데 교장, 교감을 챙겨 주는 것도 그렇지만 행정 실장은 왜 챙겨주는 겁 니까?"

"응, 행정실에서 학생들이 보충 수업비 내는 돈을 수납하고 처리하잖아. 그들이 업무를 대행하는 모양새가 돼서 어쩔 수 없이 행정 실장까지 줘야 한다구 말하더군."

"그게 원래 행정실 본래 업무 아니에요? 그런데 학생들은 이런 사실을 전 혀 눈치채지 못했나요, 그동안? 전교생 중에서 한 명이라도 이거 알면 난리 가 날 텐데요."

"응, 학생들은 알 도리가 없어. 왜냐하면 학생들에게 매달마다 보충 수업 비를 알리는 고지서에는 위의 자세한 산출 내역을 적시하지 않고 그냥 xx

월 보충 수업비 ○○원. 이렇게 간략하게 액수만 인쇄되기 때문에 학생들과 학부모가 세부 사항을 알 수가 없는 거지. 한 시간당 보충 수업 액수가 1,200원이라는 것도 업무 담당자 외에는 누구도 모르는 내부 정보야. 다른 선생들도 아무도 몰라. 오직 교장, 교감, 행정 실장, 교무 과장, 보충 수업 기획 담당 교사 등 딱 다섯 명만 알아. 그리고 이 업무를 맡았던 전임자들까지만……."

"그러면 학생들 인원만 변동이 없으면 매달 보충 수업비 걷은 돈에서 1,284,000원이 실제보다 추가된 건데 이 돈을 어떻게 배분하여 세 분한테 줍니까?"

"교장 선생님께는 700,000원, 교감 선생님께는 300,000원, 나머지 284,000원은 행정 실장님께 드리면 돼. 정 선생이 다른 사람들 모르게 알아서 드려. 이제부터는 정 선생 손에서 처리되는 거야. 담당자니까……."

"매달 이 짓을 해야 한다는 거네요? 일 년 내내……."

"……그래."

어두운 진실을 밝힌 민 선생도 씁쓸한 표정을 지으며 더 말을 잇지 않았다. 그도 3년간 상사를 챙기는 더러운 전통을 실행한 장본인이었다. 설사 그 일이 자의가 아니더라도 떳떳하지 못한 악역에 부끄러움을 느꼈다. 민 선생은 정 선생의 등을 두 번 토닥이며 자리에서 일어나 교무실 밖으로 나갔다.

정현진 선생은 아무 말도 하고 싶지 않았다. 아니, 아무 생각도 하고 싶지 않았다. 그는 교단에 들어와 그간 3년 동안 행복하고 즐겁게 교직 생활을 하며 교사로서의 보람을 가졌다. 학생들을 가르치기 위해 밤늦게까지 교재 연구와 교안 작성을 하면서도 교실에서 학생들과의 알찬 수업을 생각하며 피곤한 것도 잊었었다. 삶의 총체적인 진실을 다루는 국어 과목 교사로서 자부심도 컸었다. 특히 학생들과 시나 소설 등 문학 작품을 공유하는 수업 시간이 가장 신나는 일이었다. 가끔 장난기 많은 녀석들도 있었지만 형

같은 총각 선생님에 대한 고등학생들의 애교로 생각하며 제자들이 밉지 않았다. 그래서 아버지의 권유대로 황산옥을 당장 이어받지 않고 대학교 졸업 후 곧장 교단으로 온 것을 정말 잘했다고 자위하던 정현진이었다. 그런 그에게 청천벽력과 같은 보충 수업 기획 업무 설명을 듣자 그는 눈앞이 캄캄했다.

그에게 당장 3월 보충 수업 계획을 작성해야 하는 숙제가 책상 앞에 놓여 있었다. 모레인 수요일까지 보충 수업 계획표가 완성되고, 교무 과장과 교감의 결재를 받으면 곧장 인쇄된 고지서가 학생들에게 전달되는 게 순서였다. 목요일 종례 시간에 3월 보충 수업비 고지서를 전교생에게 배부할 거라고 교무 과장이 정현진 선생에게 알려주며 업무 실행에 차질 없도록 서두르라고 한마디 보탰다.

정현진 선생은 고민이고 뭐고 할 정신이 없었다. 학교 교무 운영에 차질이 없기 위해서는 3월 보충 수업 계획을 당장 시작할 수밖에 없었다. 3월 보충 수업 날짜는 다른 행사나 공휴일이 없었기에 3주인 15일 동안이 예정되었다.

정 선생은 우선 시간표부터 짜는 데 초점을 두었다. 1학년부터 3학년까지 모든 반에 중요 일곱 과목 선생님들의 시간표를 만드는 것도 보통 일이 아니었다. 처음 해보는 일이라 시간표 구성이 쉽지 않았다. 시간이 겹치거나 과목이 겹치거나 선생님이 겹치는 것 등 고려해야 할 요소가 많았다. 수업이 없는 빈 시간과 야간 자율 학습 시간을 이용하여 겨우 보충 수업 시간표 계획을 마쳤다.

이제는 학생들에게 고지할 보충 수업비 산출에 대한 계획표를 작성해야 했다. 15일 동안의 보충 수업 시간은 1·2학년에게는 오후 보충 수업만 해당되는 15시간이고, 3학년은 오전·오후 보충 수업이라 30시간이 된다. 실제대로 한다면 1·2학년 개인당 보충 수업비는 18,000원이고 3학년 학생은

36,000원이다. 그러나 민 선생의 충고대로 하루를 더 보충 수업을 하는 것으로 산출하면 1·2학년은 19,200원이고 3학년은 38,400원이 된다. 결국 1·2학년 학생은 1,200원, 3학년 학생은 2,400원을 실제보다 더 내는 셈이다. 결국 매달 실제 보충 수업 일수가 며칠이 되든 전교생들은 영문도 모른 채 하루치의 보충 수업비를 더 내는 결론이다.

정 선생은 보충 수업 계획안 서류 작성에 결국 3월 보충 수업 날짜를 16일 동안 하는 것을 기준으로 하여 학생들에게 배부될 보충 수업비 고지서를 만들었다.

3월 보충 수업비 (학생 개인당)	
1학년	19,200원
2학년	19,200원
3학년	38,400원

3월 보충 수업 계획안은 수요일 오전 교무 과장을 거쳐 교감 결재가 났다. 정 선생은 나머지 계획안 서류는 자료철에 보관하고, 학생들에게 배부될 3월 보충 수업비 고지서 용지 원본을 등사실에 갖고 가서 담당자인 김 군에게 맡겼다. 목요일 오후 종례 시간에 각 담임이 학생들에게 배부할 것임을 강조하면서 인쇄가 늦지 않도록 당부하였다. 이렇게 3월 보충 수업 준비는 차질 없이 일단락되었다.

2주가 지났다. 3월도 한 주만 남았다. 이젠 4월 보충 수업 계획안을 준비해야 할 시점이 왔다. 그러나 정현진은 손을 놓고 있었다. 그는 그간 2주 동안 깊은 혼란과 고뇌에 빠져 있었다. 수업 시간에 교실에서 학생들의 얼굴을 볼 때마다 깊은 죄책감에 시달렸다. 저 맑은 청소년들에게 교사로서 몹

쓸 짓을 했다는 자책으로 괴로워했다. 수업도 심란한 마음으로 집중이 안 되어 예전처럼 즐겁지도 않았다. 더구나 국성고등학교 학생들은 주변 변두리 지역에 사는 학생들이 대부분이었다. 부유한 신흥 아파트 밀집 지역이나 도심 상권과 인접한 학교가 아닌 구도심의 변두리 동네로 30년 내지 40년 된 건물들이 대부분인 낙후된 지역에 거주하는 학생들이었다. 학생들의 가족 사항 정보에도 아버지의 직업이 소상공 자영업이나 일용 노동직, 비정규직인 경우가 태반이었다.

이러한 가난한 학생들에게서 몰래 돈을 빼앗아 세 명의 직장 상사에게 뇌물성 검은돈을 정기적으로 상납하는 것이 정현진 본인의 임무라 생각하니 죽고 싶은 맛이었다. 이건 교사로서 절대 해서는 안 될 선을 넘은 범죄 행동임이 분명했다. 교무실이나 복도에서 교장이나 교감 얼굴을 볼 때마다 치사하고 더러운 인간들이라고 소리치고 싶은 욕망이 꿈틀거렸다. 그러나 그들을 위해 선봉장에 서서 보충 수업 날짜를 조작하고 공식적으로 보충 수업 고지서를 기획한 인간이 정작 정현진 본인이라 생각하니 갑자기 자신도 공범으로서 그들만을 욕할 수 없는 입장임을 깨닫고는 자괴감에 빠졌다.

'그래 나도 공범이다. 나는 교장, 교감, 행정 실장보다도 더 나쁜 놈이다. 이 모든 걸 공식 계획안으로 서류 작성하여 결재까지 받고 고지서 인쇄물까지 맡기고 학생들에게 돈 내라고 고지서를 배부했으니…… 내가 제일 나쁜 놈이야. 범죄라는 걸 알면서도 관행의 명분으로 맨 앞에서 하수인 역할을 한 내가 죽일 놈이야……'

정현진 선생은 이제 뭔가 결정을 내려야만 했다. 분명한 자신의 뜻을 밝혀야 할 때가 왔음을 마음 깊은 곳에서 명령하고 있었다. 그는 여러 가지를 고민해야 했다. 50여 명의 동료 선생들, 800명 가까운 학생들, 그리고 앞으로 벌어질 예상치 못할 상황들…… 다양한 요소들이 그의 머릿속을 복잡하게 만들었다.

　정현진 선생은 교무실 전체 교사 회의를 마친 월요일 오전 교장실로 향했다. 노크를 하고 교장실에 들어서니 교장이 자리에 앉은 채 정현진을 맞이했다.

　"정 선생님 웬일이에요? 교사 회의를 마치자마자 오신 걸 보니 나한테 따로 개인적 볼일이 있나 보죠?"

　"네, 교장 선생님."

　짧게 대답한 정현진은 양복 상의 안주머니에서 하얀 봉투를 꺼내어 교장 책상 위에 올려놓았다.

　"이게 뭔가요?"

　약간 당혹스런 표정을 지으며 교장은 흰 봉투를 열어보았다.

　"아니! 정 선생님. 이거 사직서 아닙니까?"

　"네, 오늘 날짜로 사직하려 합니다."

　"아니! 지금은 3월 말이라 학년 초인데 무슨 일로 갑자기 사직서를……. 개인적으로 무슨 일이 있습니까?"

　예상치 못한 사태에 놀라 눈이 붉거진 교장에게 정현진은 담담한 목소리로 대답했다.

　"네, 아무래도 이젠 가업을 이어가야 해서요. 더 이상 미룰 수가 없게 됐습니다."

　"아…… 그…… 황산옥 식당 말인가요?"

　"네. 아버님이 연로하시고 요즘 특히 당뇨병이 악화되어 매우 힘들어하십니다. 자식이래야 아들인 저 혼자라서 누구한테 맡길 수도 없는 상황입니다."

　교장은 무척 아쉬운 표정을 지으며 마지막으로 한 번 더 정현진에게 호소하듯이 부탁하였다.

　"아…… 이거 참……. 정 선생님은 젊고 활기차고 수업도 잘하는 성실한 선생님으로 내가 맘속으로 늘 믿고 있었는데, 갑자기 사직하신다니 매우 서운하군요. 다시 한번 생각해 보시는 게 어떨까요? 우리 학생들을 생각해서라도 정 선생님이 학교에 남아 계시면 좋겠는데……."

"아닙니다, 교장 선생님. 저도 많은 고민 끝에 내린 결론입니다. 다른 어느 선생님과도 상의한 적도 없고 저의 집안 문제라서 저 혼자 많은 생각 끝에 내린 결정입니다. 그냥 오늘 날짜로 사직 처리해 주십시오."

"아…… 정 선생님처럼 훌륭한 분이 우리 학교에 오랫동안 남아 계셔야 하는데……. 이렇게 좋으신 젊은 선생님이 갑자기 사직을 하시다니……."

교장은 아쉽다는 탄식을 연거푸 내보였다.

"그동안 고마웠습니다, 교장 선생님. 저는 지금 바로 학교를 나가겠습니다. 동료 선생님들과 학생들에게 인사도 못 하고 그냥 떠나서 미안할 따름입니다. 대신 저의 사정을 전해 주시길 마지막으로 부탁드리겠습니다. 죄송합니다. 안녕히 계십시오 교장 선생님."

더 이상 대답을 못 하는 교장을 뒤로 하고 정현진은 교장실을 나왔다. 교무실에는 1교시 수업 준비로 선생들이 분주하였다. 정현진은 자리에 앉아 30분쯤 기다리다가 1교시 시작 벨이 울리고 나서 몇몇 선생들만이 남아 있는 교무실을 뒤로 하고 조용히 밖으로 나왔다.

학교 정문에 잠시 서서 뒤돌아본 주황색 벽돌의 4층 건물이 마치 큰 괴물이 움츠리머 지리 잡고 있는 모습이라 느껴졌다. 3년 2개월 동안 열정을 바친 학교를 뒤로 하고 그는 발걸음을 옮겼다.

사직서 낸 그날 저녁 네 명의 동료들이 정현진 선생과 단골 술집에 모였다. 다섯 명은 그동안 학교 내에서 동료 교사들로부터 '총각 5인방'으로 불렸던 정현진과 친했던 젊은 선생들이었다. 같은 국어과 하 선생과 김 선생, 수학과 박 선생, 사회과 장 선생 등은 정현진 선생처럼 모두가 총각 선생들이었다. 젊은 패기와 순수한 교육 열정으로 서로 뜻이 잘 맞는 친구 같은 동료 선생들이었다.

　점심시간 교장의 긴급 전체 교무 회의로 정현진의 사직 소식을 전해 들은 선생들은 모두 놀라움으로 입을 쩍쩍 벌렸다고 하였다. 평소 밝고 부지런하며 학생들에게 열정과 정성을 다했던 정현진의 모습을 상기하면서 많은 아쉬움을 토로하였다 했다. 한편으론 인사 한마디 없이 떠난 그를 가볍게 질타하는 나이 든 선생도 있다고 하였다.

　"정 선생. 어떻게 우리한테는 상의 한마디 안 하고 학교를 그만둔 거요? 정말 서운하네."

　같은 국어과 하 선생이 서운하다는 듯 정 선생의 어깨를 툭 치며 포문을 열었다.

　"그래요. 왜 갑자기 그만둔 거요? 무슨 일 있어요, 정 선생?"

　이번에는 사회과 장 선생이 인상을 쓰며 걱정스럽게 물었다.

　"네, 별것 아닙니다. 집에서 아버지가 하두 요청하시기에 이젠 저도 결단을 내려야 할 때다 싶어서 그냥 사직서 던진 겁니다. 헤헤……."

　"아하, 황선옥 식당 때문입니까? 전통 있는 영양탕 맛집 식당?"

　"네, 그겁니다. 이젠 가업을 이어가야 할 때인 것 같아요. 아버지도 건강이 예전 같지 않으셔서 저도 계속 외면할 수가 없어서요."

　"그렇구먼. 하긴 분필 장사하는 것보다 개고기 장사하는 게 훨씬 돈도 잘 벌고 속 편하지요. 암튼 사정이 그거였다면 일단 다행입니다. 우린 혹시 정 선생이 혼자서 속 깊은 고민거리가 있나 해서 은근히 걱정했지요……."

　국어과 김 선생이 안도하듯이 정 선생을 두둔하였다.

　"맞아요, 맞아! 황산옥은 60년 넘은 전통 맛집이라서 정 선생이 젊을 때 일찍 가업을 잇는 게 훨씬 나을 수 있어요. 학교에서 수업 준비로 늘 부담되면서 상사들에게 시달리고 서류 업무로 골치 아픈 것보다 개인 사업하는 게 요즘 세상엔 최곱니다."

　"더구나 황산옥은 이미 할아버지, 아버지가 터전을 든든히 잡아 놓으셔서 정 선생이 젊더라도 큰 어려움 없이 가업을 번창시키는 데 걸림돌이 없을 겁니다. 지나고 나면 정 선생이 지금 판단을 명확히 잘했다고 자평할 겁니다.”

모두가 정 선생의 사직을 동료 교사로서 조금은 아쉬워하면서도 그의 새로운 도전과 결정에 힘을 보태 주었다. 그리고 정현진에 대한 부러움도 살짝 섞여 있는 덕담들이었다.

“자, 우리 정현진 선생님의 퇴직과 새로운 황산옥 식당의 사장님을 축하하면서 건배합시다!”

“건배……!”

모두가 절실했던 동료 선생들이었다. 이런 좋은 사람들과 함께 계속 교단에 서 있지 못하고 갑작스럽게 떠난 상황이 한편으론 아쉽고 슬펐지만 그래도 오늘 사직서를 던진 건 필연적이라고 정현진은 스스로 위로했다.

술잔이 거듭될수록 해맑은 학생들의 얼굴들이 하나씩 떠올랐다. 복도까지 따라와서 질문을 하던 녀석, 수업 시간에 졸아서 혼냈던 녀석, 스승의 날 선생님께 선물 드린다며 샤프펜슬 하나를 건넸던 녀석, 환경 미화 준비로 자료와 물품들을 학생들과 함께 모았던 추억들이 새록새록 되살아났다.

정현진은 그들에게 떳떳지 못한 선생님이 되고 싶지 않았다. 사정을 모르는 학생들에게 더 이상 죄를 질 수 없었다. 3월 단 한 번의 실수는 얼떨결에 저질렀지만 이젠 검은 것은 검고 흰 것은 희다고 말하며 살고 싶었기에 오늘 사직 결정을 내린 거였다. 그것만이 자신이 가르쳤던 순수한 영혼들에 대한 최소한의 예의라 여겨졌다.

교사로서의 양심과 자부심이 한순간에 무너진 지금 사직만이 그의 유일한 선택지였다. 그러나 다른 시각으로 본다면 이번 정현진의 사직이 잘못된 관행과 악습에 정정당당하게 맞서지 못한 도피성 사직이라고 비판받을 수도 있었다. 이 점이 정현진 선생이 가장 괴로워하는 부분이었다. 이 악습을 타파하기 위해서는 우선 모든 선생들에게 공개적으로 밝히는 게 우선인데 현실적으로 어려운 문제였다. 학교라는 공동체 속에서 콘크리트처럼 단단하게 굳어 있는 여러 선생들의 의식을 젊은 교사 혼자서 감당하기에는 벅찬 일이었다. 동조하는 젊은 교사가 몇몇 있다 하더라도 결국은 골리앗에 도전하는 다윗의 상황이 될 것이 뻔했다. 매너리즘에 빠져 있는 악습을 개혁하는 것이 결코 쉬운 일이 아님을 정현진은 알고 있었다. 몇 명의 선한 의지만으로는 문제를 해결할 수가 없었다. 결국 동료 젊은 선생들을 곤란에 빠뜨리게 하는 것보다는 그나마 황산옥이라는 피난처가 있는 그가 조용히 혼자서 교단을 떠나는 것이 현명하다고 판단하였다.

정현진은 네 명의 선생들과 만취가 되어서야 술집을 나섰다. 총각 5인방 선생들은 어깨동무를 하며 거리를 누비다가 오른쪽 손바닥을 하나로 모으고 파이팅을 외쳤다. 서로가 가끔 전화 연락을 하자는 약속을 남기고 그들은 떠났다.

정현진은 결국 그들에게 사직의 진신을 말하지 않았다. 지금으로서는 그것이 최선이었다. 언젠가는 그들에게 모든 것을 밝힐 날이 있을 거라는 다짐을 하며 집 쪽으로 몸을 돌렸다. 봄밤의 어두운 하늘에는 둥근달이 도시를 환하게 비추고 있었다.

황산옥의 새로운 경영자로서 정현진은 하루하루를 매우 분주하게 보냈다. 아버지의 조언 속에 일머리를 하나씩 습득하며 60년 전통의 3대 사장님으로 원만히 자리 잡아갔다.

교단을 떠난 지 두 달쯤 지난 5월 말이었다. 정현진은 황산옥의 경영에 대한 요령과 자신감을 찾으면서 이제는 본격적으로 예전에 준비한 것을 시행할 때가 왔음을 인지하고 있었다. 매년 7월 중순쯤 되는 초복이 오기 전에 빨리 이 일을 감행해야 한다고 생각했다. 초복이 되면 황산옥이 넘치는 손님들로 더욱 바빠서 말복이 끝나는 8월 초까지는 도저히 엄두를 낼 수 없기 때문에 지금이 적절한 시기라고 판단했다.

영업이 끝난 어느 날 밤 정현진은 자신의 책상 서랍에서 그동안 주인을 조용히 기다렸던 서류 뭉치를 꺼냈다. 책상 위에 펼쳐진 열다섯 장 서류의 첫 페이지 상단부에 큰 글씨로 '3월 보충 수업 계획안'이라는 제목이 붙어 있었다. 하단부에는 '교장-교감-교무 과장-보충 수업 기획 담당자' 등 각 지위의 명칭과 그 밑 칸에 볼펜으로 그들의 결재 사인이 정렬되어 있었다. 서류들은 정현진이 퇴직하는 날 학교를 마지막으로 나서기 직전 교무과 캐비닛에서 원본 다섯 장을 꺼내 복사한 3월 보충 수업 계획안 일체였다. 그는 각 페이지마다 세 장씩 복사를 하였다. 원본은 제 자리에 다시 갖다 놓고 복사본만 갖고 나온 것이다. 3월 보충 수업 계획안은 그가 괴로운 마음으로 작성한 서류들이었다. 정현진이 교직을 사직하는 결정적 계기의 녀석들이었다. 한 장 한 장 넘기며 각 칸마다 적혀 있는 숫자들이 그를 다시 몇 달 전 과거의 상황으로 회귀하게 했다. 정현진은 그 서류들을 한 장씩 들추며 쓴 웃음을 지었다.

'그래, 너희들이 증인이 되는 거야. 누구도 거부할 수 없는 명백한 증언을 너희 숫자들이 해 줘야 하는 거다. 고맙다 이 녀석들아. 너희들은 그 숫자 그대로 가만히 있으면 돼. 내가 나서서 해결할 테니……'

정현진은 서류 뭉치를 책상 한쪽에 가지런히 놓고 A4 용지를 꺼내 편지를 쓰기 시작했다. 그가 몇 달 전부터 다짐하고 준비했던 일을 착수하는 순간이었다.

존경하는 감사관님!
저는 올해 3월 26일 국성고등학교 교사직을 자진 사직한 정현진입니다. 감사관님께 이렇게 글을 쓰는 이유는 국성고등학교의 고질적인 비리를 알리고자 하기 때문입니다. 저는 올해 3월 5일 국성고등학교 교무 분장 업무로 '보충 수업 기획 담당'을 처음 맡게 되었습니다. 그런데 전임자로부터 업무 인수인계를 하면서 도저히 납득할 수 없는 고질적인 비리 관행이 있음을 알게 되었습니다. 내용은 이러합니다.

매달 보충 수업 계획안을 실행할 때 실제 수업하는 날짜보다 하루를 더 수업하는 것으로 계획을 하라는 것입니다. 그래서 학생들에게 배부되는 보충 수업비 고지서에는 실제보다 하루 분량을 더 수업한 액수로 고지가 되는 것입니다. 사안의 심각성과 의문을 제기한 저에게 전임자는 이것이 국성고등학교의 오랜 관행과 전통이라고 변명했습니다. 이렇게 실행할 경우 매달 1학년부터 3학년까지의 전체 보충 수업비가 실제보다 1,284,000원이 더 걷히게 됩니다. 이 추가로 걷은 돈을 교장에게 700,000원, 교감에게 300,000원, 행정 실장에게 284,000원을 뒷돈으로 넘기는 일이 저의 업무 중 중요한 항목이었습니다. 이러한 잘못된 관행이 그동안 매달 보충 수업 계획안이 시행될 때마다 이루어졌었고 앞으로도 계속될 것입니다.

이런 엄청난 비리 사실을 전체 학생들은 전혀 모릅니다. 심지어 실무 담당 선생과 돈을 받은 세 명의 상사만 알 뿐 다른 선생님들도 모르는 사안입니다. 한마디로 몇 명의 도둑놈들이 관행이란 미명 아래 암암리에 범죄를 저지르고 있는 것입니다.

감사관님!

이것은 명백한 범죄 행위입니다. 신성한 교육 현장에서 있을 수 없는 엄청난 사기입니다. 학교 내 상사들의 호주머니를 채워주기 위해 가난한 학생들의 돈을 도둑질하는 이 상황을 묵과할 수 없습니다. 아마 교장, 교감, 행정 실장도 뇌물로 받은 이 돈의 출처를 인지하고 있을 겁니다. 그 돈이 욕망으로 가득한 더러운 죄악의 돈임을 말입니다.

저는 업무 실무자로서 3월 첫 달은 얼떨결에 시행했지만 더 이상 용납될 수 없는 일이기에 죄책감과 책임감을 느껴 3월 26일 사직서를 내고 이렇게 자연인의 상태에서 국성고등학교의 비리를 고발하는 것입니다.

직접 경찰이나 검찰에 고발할까 고민도 많이 했습니다. 그러면 당장 문제의 파장이 클 겁니다. 언론에서도 난리 날 겁니다. 전 국민적 관심 속에 심각한 사태로 전개되겠지요. 교육 현장의 문제는 모든 학부모님들이 관련된 예민한 사안이니까요. 그래서 일단은 경찰과 검찰엔 유보하고 국성고등학교를 직접 관리 감독하는 영운시교육청 감사관실에 일차로 국성고등학교의 비리에 대한 상세한 내용 설명과 동봉한 서류를 증거물로 보냅니다. 그리고 영운시교육청 감사관님께 다음 다섯 가지를 시행할 것을 강력히 촉구합니다.

첫째, 국성고등학교 보충 수업비에 대한 비리를 철저히 조사하십시오. 즉 이런 비리가 맨 처음 언제부터 시작되었는가를 밝혀내야 합니다.

둘째, 비리 관련자들을 모두 엄중 처벌 및 징계 조치하십시오. 올해 3월 보충 수업 계획안의 실무 담당자인 본인도 법적 처벌을 받을 각오가 되어 있습니다.

셋째, 피해자인 학생들로부터 더 걷은 보충 수업비를 즉각 환불하십시오. 특히 현재 2, 3학년 학생들은 그들이 1학년 때부터 추가 보충 수업비를 냈을 테니 모두 환급하여 환불하십시오.

넷째, 학교 비리 재발 방지에 대한 사전 예방 조치를 제도적으로 마련하십시오.

다섯째, 국성고등학교 모든 학생들과 학부모님들께 공식 사과하도록 강제 권고하십시오.

위의 다섯 가지를 교육청 감사실이 철저히 시행하지 않을 경우 저는 비리 내용 및 증거물과 더불어 교육청의 미약한 대응까지 일체를 경찰과 검찰, 청와대 민원실에 고발할 것입니다.

감사관님!

　분명히 강조합니다. 저는 이 시간 이후부터 국성고등학교 비리에 대한 영운시교육청 감사관실의 감사 및 사후 조치 진행 과정을 눈을 부릅뜨고 지켜볼 것입니다.

　마지막으로, 이번 사건을 계기로 국성고등학교 교육 현장이 순수한 배움의 터전으로 회복되기를 간절히 기원합니다.

○○○○년 5월 27일 정현진

　정현진은 교육청 감사관에게 쓴 편지와 복사된 증거 서류를 함께 모아 큰 서류 봉투에 넣었다. 밀봉은 아직 안 했지만 조만간 등기 우편으로 영운시 교육청 감사관에게 보낼 계획을 세웠다. 곧 일은 터지게 되어 있었다. 누구도 예상치 못했던 잠재된 폭탄을 정현진이 터뜨리려고 모든 준비를 끝냈다.

　이튿날 정현진은 국성고등학교 '총각 5인방' 선생 중에서도 가장 친했던 국어과 김 선생에게 연락하여 저녁 때 한잔하자고 만남을 제안했다. 퇴근 후 네 명의 교사들은 정현진과 단골 술집에서 두 달 만에 재회했다. 그들은 진심으로 정현진을 반가워했다. 이제는 어엿한 유명 맛집 후계자가 된 정현진을 부러워하며 더욱 건강해진 얼굴빛에 덕담을 내놓았다.

　"정 선생님! 이제는 진짜 사장님 같네요! 얼굴이 예전보다 훨씬 좋아졌어요. 학교 그만두시고 신수가 훤하십니다……."

　"하하하…… 그래요? 그럼 다행입니다. 그냥 식당 일에만 신경 쓰니까 그런가 봅니다. 이것저것 예민하게 신경 쓸 필요가 없으니까요."

　"잘했어요, 잘했어. 암튼 사업하는 게 월급쟁이보다는 백배 나아요. 부럽습니다, 정 사장님……."

　"에이구 별말씀을요. 그래도 가끔은 국성고등학교 시절이 그립기두 합니다. 언뜻언뜻……."

　"그래요? 저도 가끔 수업하다가 정 선생님을 생각할 때도 있어요. 열정적

110

으로 학생들을 가르치셨던 그 모습을요……."

서로가 애정이 담긴 몇 마디를 나누다가 정현진이 본론으로 말을 던졌다.

"오늘 이렇게 만나자구 한 데에는 진짜 중요한 사안이 있습니다. 선생님들 얼굴 뵈어서 반갑기도 하지만 실제는 다른 것 때문에 뵙자구 한 겁니다."

"네에? 또 다른 진짜 중요한 것요?"

네 명이 합창을 하듯 같은 말을 내뱉었다.

"네, 이제서야 밝히게 되는군요. 이제서야……."

정현진은 감정이 약간 올랐는지 소주 한 잔을 들이켰다. 모두가 정현진의 다음 얘기를 기다리며 긴장하고 있었다.

정현진이 소주잔을 내려놓자 그들도 각자 소주 한 잔씩을 입안에 털어 넣었다.

"선생님들! 사실 제가 교사를 그만둔 것은 황산옥 식당 때문이 주된 이유는 아니었어요. 사실 그건 겉으로 내세운 주변 사람들에 대한 핑계였구요. 진짜 이유가 따로 있습니다."

"네에? 뭐라구요? 교직을 그만둔 진짜 이유가 따로 있다구요?"

네 명은 모두 가벼운 충격을 받았다. 자신들과 허물없이 지냈던 정 선생이 진짜 무슨 이유로 사직을 했는지 전혀 감이 안 잡혔다. 그저 그 이유가 무엇인지 궁금하면서도 왠지 불길한 마음이 조금씩 일어났다.

"무엇인데요? 무엇이 정 선생이 사직할 정도로 중요했단 말입니까? 그토록 진심과 열정으로 학생들을 가르치신 정 선생을 그만두게끔 만든 이유가 진짜 뭐란 말입니까?"

"네, 제가 지금부터 차근차근 말씀 드릴 테니 잘 들어 보십시오. 네 분 선생님은 직접 관련은 없어도 국성고등학교 교사로서 결국은 아셔야 할 얘기일 테니까요."

정현진은 올해 3월 초 교무 분장 업무로 '보충 수업 기획' 담당을 맡게 된 그날부터 교장실에서 사직서를 낸 순간까지의 전 과정을 가감 없이 있는 사실 그대로 설명하였다. 특히 교사로서 최소한의 양심상 더 이상 잘못된 관행을 순종할 수 없기에 당시에는 사직이라는 방법만이 최선이었노라고 자신의 결정적 사직 이유를 강조하였다.

정현진은 말을 마치고 소주잔을 두 잔 연거푸 들이켰다. 네 명의 동료들은 기가 막힌 이야기를 듣고는 분노에 가득한 목소리를 높였다.

"세상에! 우리 학교가 이런 썩은 학교였어요? 어떤 선생 녀석이 세 명한테 상납하자고 처음 시작한 겁니까 도대체……. 더구나 가난한 학생들의 호주머니를 털어서 아부성 뒷돈을 바치다니……. 학생들 보기가 부끄럽습니다. 이건 학교가 아닙니다. 도둑놈 소굴이지, 도둑놈 소굴……."

수학과 박 선생이 먼저 게거품을 내자 사회과 장 선생이 술잔을 단숨에 들이키고는 눈가에 핏발을 세우며 말했다.

"내용을 들어보니 내가 지금 환장하겠네요. 교장, 교감, 행정 실장 이 세 사람들이 뭐길래 담당 교사한테 범죄를 저지르게 한단 말입니까? 이거 학생들과 학부모가 알게 되면 우리 학교에 폭동이 일어날 겁니다. 완전 미친 도둑놈들이지 이게 교육 현장에서 있을 수 있는 얘기냐구요!"

흥분한 장 선생에게 정현진이 등을 툭툭 치면서 감정을 가라앉게 했다.

"그래서 저도 당시에 아무에게도 얘기를 못 했던 겁니다. 보통 심각한 사안이 아니잖습니까. 그때 혼자서 2주 동안 고민 많이 했습니다. 그런데 여러 선생님들과 함께 일을 도모했다가 자칫 우리 뜻대로 처리가 안 될 경우 그 파장과 뒷감당이 어떻게 될지 예상이 되지 않더군요. 또 몇 명의 선생님들이 우리에게 호응할지도 의문이었구요. 결국 나 혼자서 해결하는 길이 최선이겠더라구요. 가장 믿고 지냈던 네 분께도 그래서 일부러 상의를 안 했던 겁니다. 언젠가 시기가 적절할 때 말씀 드리려고 기다려 왔던 겁니다."

"아하……. 정 선생 혼자서 그동안 얼마나 힘들었겠습니까. 그 큰일을 혼자서 감당하시려니 많은 심적 고통이 따랐겠군요.”

“아닙니다. 그저 저는 일단은 단순하게 생각하기로 했습니다. 즉, 학교 내에서는 해결이 어렵다. 내가 혼자서 일을 터뜨린다. 그러기 위해서 내가 학교를 나간다. 자유인이 된 후 일을 확실하게 터뜨리고 해결한다. 바로 이것이 저의 판단이었고 옳다고 봅니다.”

“그래도 그렇지 혼자서 일을 해결하기보다는 여러 선생님들과 힘을 합쳐서 하는 게 낫지 않나요? 정 선생 혼자서 너무 힘드실 텐데…….”

국어과 하 선생의 보편타당한 말에 정현진은 손사래를 쳤다.

“하 선생님. 그건 사실 현실적으로 어려운 얘기입니다. 교무실 모든 선생님들이 함께 대응하면 모를까 소수의 인원으로는 그 문제를 제기하는 것부터 시정될 때까지 너무 힘듭니다. 결국 처음 문제를 언급한 선생들이 다치게 되어 있어요. 지금 국성고등학교 선생들의 구성이나 분위기로는 그런 당찬 계획이 어렵다는 게 제 판단이었습니다.”

“그럼 정 선생이 혼자서 어떻게 하실 건데요? 이 큰 문제 해결을 위해서는요?”

국어과 김 선생의 질문에 정현진은 미리 준비해 간 복사된 서류 5장을 꺼내서 탁자 위에 올려놓았다.

“자, 선생님들. 5장이니까 금방 읽으실 수 있을 겁니다. 요게 바로 제가 직접 기획 작성한 문제의 ‘3월 보충 수업 계획안’ 복사본 서류입니다. 이 서류 원본은 지금 국성고등학교 교무과 캐비닛에 있지만, 제가 사직한 날 아침에 미리 복사해 놓은 겁니다. 한마디로 비리의 증거물이지요. 네 분 선생님들께서 지금 돌려가면서 읽어 보세요. 금방 이해되는 내용입니다.”

서류에 대한 설명을 듣고 깜짝 놀란 네 명은 5장의 복사본 서류를 돌려 읽었다. 10분도 안 되는 시간에 모두가 읽을 수 있는 분량이었다.

“세상에, 이건 숫자 갖고 사기 친 거군요. 보충 수업비 고지서에는 돈 낼 액수만 딱 하나 적혀 있어서 학생들과 학부모들은 전혀 진실을 모르게 되어 있군요. 아주 비열한 범죄입니다. 이건……."

박 선생의 탄식에 모두가 한탄의 한숨을 내쉬고 있었다. 답답한 그들의 심정을 증명이라도 하듯 모두가 소주 한 잔씩을 더 들이켰다. 목구멍에 넘어가는 알코올은 쓴맛조차 나지 않았다. 소주보다 더 쓴 세상의 더러움이 서류 속에 숫자로 버젓이 차지하고 있었기 때문이었다.

장 선생이 동감하듯이 정현진을 바라보며 말했다.

"이 서류를 직접 작성한 정 선생이 무척 괴로웠겠어요. 쯧쯧……. 이제야 정 선생의 마음을 조금이나마 이해하겠습니다. 혼자서 얼마나 정신적으로 힘드셨겠는지……. 오죽하면 사직을 하셨겠는지……."

"사실 당시 제가 가장 괴로웠던 것은 학생들 때문이었습니다. 그들은 피해자이고 저는 가해자였습니다. 교실에서 학생들 얼굴을 쳐다볼 수가 없겠더라고요. 너무나 미안하고 그 녀석들이 불쌍해서요……."

"아…… 네……. 그렇겠군요. 충분히 정 선생 마음 이해합니다."

"그리고 제가 괴롭다는 이유 하나로만 학교를 그만둔 건 아닙니다. 이렇게 제가 자유인이 되어서 그 괴물 같은 비리를 깨부수려고 사직했던 겁니다. 먹고사는 문제는 황산옥이라는 가업이 있어서 염려하지 않았습니다. 이젠 제가 직접 나설 때가 됐습니다. 이제는요!"

"그럼 이 서류들을 어떻게 하시려구요?"

네 명이 궁금한 목소리로 합창을 하였다.

"이 편지 내용도 한번 읽어 보세요."

정현진은 어젯밤 영운시교육청 감사관에게 쓴 편지 복사본을 꺼내서 모두가 읽게 했다.

"아까 보신 올해 3월 보충 수업 계획안 복사본 5장과 이 편지 원본을 며칠 후 영운시교육청 감사관에게 보낼 겁니다. 등기 우편으로요. 그래서 국성고등학교 비리를 철저히 감사하게 하여 관련자들 처벌하고 잘못된 뿌리를 뽑게 만들 겁니다. 이게 저의 계획입니다. 모든 준비는 끝났습니다. 행동

개시만 남았습니다."

정현진의 속마음과 계획을 이제야 알게 된 네 명의 동료들은 탄성을 질렀다.

"우아! 정 선생님 대단하십니다. 이렇게 하시려고 학교까지 그만두시고……. 정말 용기가 대단합니다!"

모두가 박수를 치며 정현진을 위로하며 힘을 보탰다. 그동안 정 선생의 사직 이유가 황산옥 가업 승계로만 알고 있었던 그들은 일제 강점기의 어느 독립투사의 서사를 읽는 듯한 감동을 받았다.

"아닙니다! 저를 영웅처럼 생각하지 마세요. 아까도 말씀드렸듯이 저는 학생들에게 몹쓸 짓을 한 죄인입니다. 뒤늦게라도 이렇게 해야만 학생들에게 속죄하는 것이 됩니다. 학생들로부터 용서 받을 수 있는……."

"네……. 정 선생님의 그 순수한 마음 잘 알겠습니다. 학생들에게 마음의 빚을 지니고 계시는 그 마음을요……."

정현진의 학생들에 대한 양심적인 태도에 박 선생이 존경의 마음을 보였다.

다섯 명은 다시 서로 술잔을 돌리며 심란하면서도 비장한 마음으로 거친 숨을 내쉬었다. 앞으로 펼쳐질 국성고등학교의 혼란스럽고 당혹스러운 상황들이 눈앞에 훤히 보이는 듯했다. 보충 수업비 비리와 관련된 당사자들의 일그러진 추한 얼굴들이 영사기처럼 돌아가고 있었다.

"선생님들! 제 별명이 개장수 아닙니까. 지금은 실제로 개고기 파는 영양탕집 주인이지만요."

갑작스레 정 선생 별명인 '개장수'가 그의 입에서 나오자 네 명은 긴장된 마음이 다소 풀리며 호기심으로 귀를 기울였다.

"개 종류에 도사견이 있어요. 아마 선생님들도 한번은 들어보신 적이 있는 개 품종입니다. 그 도사견의 특징이 한번 상대방을 물으면 절대 놓지 않습니다. 끈질긴 녀석입니다. 그래서 투견용으로 많이 활용됩니다. 저도 이번 일에 도사견이 될 겁니다. 끝까지 갈 겁니다. 끝까지……."

정현진의 단호한 발언에 하 선생이 조심스럽게 물어보았다.

"그럼 교육청으로만 끝내지 않고 비리 고발장에 언급한 것처럼 경찰과 검찰, 청와대까지 이번 사건을 확산시키겠다는 말씀인가요?"

"네, 그럴 겁니다. 교육청에서 이번 일을 흐지부지 대충 처리하면 가만 안 둘 겁니다. 감사관에게 쓴 편지에도 그걸 분명히 경고했습니다. 확실하게 처리하라구요. 만약에 제가 요구한 다섯 가지 사항에서 한 가지라도 미비하면 저는 바로 행동으로 보여줄 겁니다."

"암요! 이왕 일 벌이는 거 그렇게 하는 게 옳습니다. 정 선생님의 생각이 정답이에요!"

다소 염려의 눈빛을 보인 하 선생과는 달리 박 선생이 정현진을 두둔하며 목소리를 높였다.

"저는 도사견입니다. 확실하게 놈들을 물을 겁니다. 쓰레기 같은 놈들의 썩은 살점을 물어서 뜯어낼 거예요!"

정현진의 의기에 하 선생은 겸연쩍은 얼굴을 하며 다시 물었다.

"그럼, 비리 고발 서류들을 언제 영운시교육청에 보낼 겁니까. 정확하게 언제 일을 터뜨릴 겁니까?"

"오늘이 목요일이니까 내일 등기 우편으로 보내도 주말엔 공공 기관 휴무라서 며칠 서류들이 그냥 묶여버리는 셈이라 담 주 월요일 오전에 보낼 예정입니다. 그러면 교육청에 화요일쯤 도착하겠네요. 즉 담 주 화요일에 판도라의 상자가 열리는 겁니다. 판도라의 상자가……."

5일 후면 비리 고발의 뚜껑이 열린다는 말에 네 명의 선생들 눈빛에 긴장감이 감돌았다. 다시 술잔이 돌고 돌았다. 공개되지 않은 최신 영화가 개봉 박두 하는 순간을 맞이하기 직전이었다.

"선생님들께 부탁 말씀 하나 할게요."

　침묵을 깨는 정현진의 말에 술잔을 든 채 네 명이 집중하였다.

　"다음 주 화요일 교육청에 가장 먼저 이번 일이 알려지면 며칠 지나서 국성고등학교에 교육청의 현장 감사가 실시될 겁니다. 그러니 그때까지 보안을 유지할 필요가 있습니다. 감사관이 현장에 갈 때까지 국성고등학교 측이 전혀 몰라야만 이번 고발 건에 대한 충격 효과가 큽니다. 비리 고발에 대한 정보는 우리 다섯 명만이 알고 있거든요. 당분간 보안을 유지해 주세요."

　정현진의 비밀 유지 부탁에 네 명의 선생들은 당연하다는 대답을 한목소리로 응했다. 총각 5인방 선생들은 비리 고발 건의 성공을 위해 파이팅을 외치며 두 시간 더 술을 마시다가 밤늦게 헤어졌다.

　이튿날 금요일 밤이었다. 황산옥 영업을 마치고 귀가한 정현진은 어제 총각 5인방 선생들과의 과음으로 속이 쓰리고 숙취가 해소되지 않은 상태였다. 신경 쓰이는 심각한 얘기들과 평소 주량 이상의 소주가 섞여서인지 컨디션이 엉망이었다. 오늘 황산옥 영업을 하면서도 지친 몸과 어지러운 머릿속으로 힘들었지만 하루 종일 간신히 버텨냈다. 거실 소파에 축 늘어진 정현진에게 낯선 번호의 전화가 울린 것은 밤 10시쯤이었다. 수화기 너머의 목소리에서 정중하고 상냥한 음색이 흘러나왔다.

　"혹시 정현진 선생님이신가요?"

　"네, 제가 정현진입니다. 그런데 누구십니까?"

　정현진임이 확인되자 상대방은 아까보다 더 활기차고 반가운 목소리로 말했다.

　"아이구, 정 선생님! 오랜만입니다. 나 박진형입니다. 국성고등학교 교감인 박진형……."

　정현진은 깜짝 놀랐다. 늦은 밤 전혀 예상치 않았던 인물의 전화로 정신이 번쩍 들었다. 그러면서 순간적으로 여러 가지 상황들이 머릿속을 스쳐 지나갔다.

"오랜만입니다. 그런데 이 늦은 시간에 교감 선생님이 웬일이십니까?"

"아이구, 정 선생님! 제가 오늘 밤에 정 선생님을 꼭 만나서 드릴 말씀이 있어서요. 그래서 결례라는 것 알지만 이렇게 늦은 시간에 전화했습니다."

"무슨 얘기를요? 그냥 지금 전화 통화로 말씀하시지요."

"아닙니다, 정 선생님. 제가 정 선생님을 직접 만나 뵙구 말씀드리는 게 옳습니다. 죄송하지만 지금 바로 만나 뵙으면 하는데요……."

"저는 오늘 영업 끝나고 귀가했는데요?"

"다 알고 있습니다. 그래서 정 선생님 아파트 정문 앞에서 지금 전화 드리는 겁니다. 30분만 시간 좀 내 주십시오. 저는 정 선생님을 오늘 꼭 만나야만 합니다. 꼭요……."

박 교감의 계속된 간곡함에 정현진은 결국 만남을 약속했다. 권위적이고 거만했던 박 교감이 그렇게 탐탁지 않은 인물이었지만 굳이 피할 생각은 없었다.

현진은 약속 장소인 아파트 정문 건너편 호프집에 들어섰다. 봄날 불금의 밤이었지만 몇 개뿐인 탁자에는 손님이 없었고 박 교감만이 맨 끝 구석 자리에 혼자 앉아 있었다. 정현진이 들어오는 것을 확인한 박 교감은 마치 상관을 대하듯 예의를 갖추며 자리에서 벌떡 일어났다.

"아이구, 우리 정 선생님 오랜만입니다."

박 교감은 두 손으로 정현진의 손을 감싸며 반가운 기색으로 앉을 자리를 권했다.

"이렇게 늦은 시간에 갑자기 무슨 일입니까?"

정현진은 조금은 까칠하고 차갑게 말했다. 박 교감은 주문한 생맥주 500밀리를 단숨에 들이키고는 숨을 헐떡이며 말했다.

"정 선생님! 나 한번만 살려주시오!"

단도직입적으로 말하며 살짝 허리를 굽힌 박 교감은 정현진의 손을 다시 두 손으로 감싸안았다.

"그게 무슨 말씀입니까. 제가 교감 선생님을 살리다니요?"

"아……. 다 알고 왔습니다."

"무슨 일을요?"

"네…… 저…… 정 선생님이 지금 아주 정의로운 일을 하시겠다는 계획을 알고 왔습니다."

정현진은 아무 대답을 하지 않았다. 하루 사이에 정보가 샌 것에 대한 생각만이 그의 신경을 건드리고 있었다. 가장 믿는 총각 5인방 선생 중에서 분명 누군가에 의해 비밀이 유출되었을 거라고 판단하니 혼란한 생각이 갑자기 뒤엉켜졌다.

"정 선생님! 제발 이번 한번만 봐 주십시오. 이 늙은이가 더 무슨 욕심이 있겠습니까? 내년에 교장 승진이 예약되어 있습니다. 교장 몇 년 하다가 조용히 정년퇴직하는 게 저의 유일한 소망입니다. 그러니 제발 이번에만 참아 주세요. 정 선생님……."

정현진은 여전히 침묵하고 있었다. 함께 근무할 때와는 달리 도를 넘는 비굴한 태도를 보이는 박 교감이 한편으로 비겁하고 치사한 인간이라는 역겨움이 일어났다. 대답 없는 정현진의 모습에 박 교감은 더 답답하고 불안했는지 연신 생맥주만 들이켰다.

"정 선생님! 부탁드립니다. 딱 한번만 정말 부탁드립니다."

계속되는 박 교감의 하소연에 저 인간이 마음이 급하긴 급했던 모양이라고 생각하면서 정현진이 드디어 입을 열었다.

"그 얘기 누구한테 들으셨습니까?"

박 교감은 정현진의 직선적인 질문에 순간 멈칫했다. 그러나 그의 비위를 거슬리지 않게 하려는 듯 곧 실토하고 말았다.

"사실은…… 오늘 점심시간에 하 선생이 나한테 조용히 알려준 겁니다. 하루라도 늦추지 말고 당장 오늘 밤에 정 선생님을 꼭 만나서 설득해 보라고 조언까지 하면서요. 시간이 급하다구 하더군요…….”

정보 유출자가 하 선생이라는 말에 정현진은 머릿속이 하얗게 되는 기분이 들었다. 하 선생과는 이제까지 한 번도 불편한 적이 없었던 친구 같은 동료였다. 특히 같은 국어과 교사로서 서로 교안 작성 조언도 해주고 학교 내·외의 크고 작은 일들을 상의하며 지냈던 각별한 사이였다. 더구나 주말엔 부부 동반으로 저녁 식사도 가끔 했던 친분 있는 관계였다. 그런 하 선생이 어젯밤 총각 5인방 선생들과 함께 약속했던 보안 유지를 왜 하루 만에 깨뜨렸는지 이해할 수 없었다. 다음 주 월요일에 비리 고발 서류를 우편으로 보낼 것이니까 당장 오늘 정현진을 만나야 한다는 조언까지 박 교감에게 해줬다는 사실이 더욱 괘씸하고 충격이었다. 하 선생의 진짜 속마음을 모르는 이 순간 정현진은 속상한 마음에 심장이 쿵쿵 뛰었다.

“교감 선생님. 이제 그만 댁으로 돌아가십시오.”
“아이구 정 선생님. 선생님이 나한테 분명한 확답을 주셔야만 내가 가지요. 이대로는 못 갑니다.”
“아닙니다. 제가 지금 드릴 말씀이 없습니다. 그만 일어나시지요.”
정현진은 자리에서 벌떡 일어났다. 정현진의 단호한 태도에 박 교감은 겁먹은 눈초리로 정현진을 바라보면서 함께 자리에서 일어났다. 호프집 앞에서 박 교감은 마지막으로 정현진에게 호소하였다.
“정 선생님! 옛 정을 생각하셔서 이번 한번 봐 주세요. 네? 그럼 정 선생님 믿고 그만 돌아갑니다. 부탁드립니다, 정 선생님…….”
박 교감을 뒤로 하고 아파트로 들어서면서 정현진은 거친 숨을 쉬고 있었다. 본인이 계획한 일들이 순조롭게 준비되며 진행되다가 왠지 예상치 못한 걸림돌이 생긴 느낌이 들었다. 톱니바퀴 하나가 옆으로 구부러져서 삐걱거리는 기계처럼 뭔가 어긋난 상황이 분명 생겼음을 인지하였다.

박 교감을 만난 지 사흘이 지난 월요일 오전 9시 정현진은 서류 봉투를 들고 우체국을 향했다. 오늘의 첫 고객이라고 반기는 직원에게 맞인사하며 그는 영운시교육청 감사관실 앞으로 서류 봉투를 등기 우편으로 부쳤다. 며칠 전 박 교감의 하소연은 그의 몫이고 지금 교육청으로 비리 서류 증거물을 보내는 것은 자신의 몫임이 분명했다. 일이 본격적으로 터지기 전에 비리 당사자인 박 교감에게 미리 정보가 샜지만 이제 진짜 전쟁이 시작되었노라고 생각하며 마음을 굳게 다잡았다.

우체국을 나선 후 정현진은 총각 5인방 선생 중에서 가장 믿는 국어과 김 선생에게 전화를 하였다. 마침 수업이 없던 시간이라며 그와 긴 통화가 가능했다. 정현진은 며칠 전 박 교감과의 만남과 사연을 자세히 전했다. 소식을 전해 들은 김 선생은 노발대발하며 분노가 폭발하였다.

"하 선생 이 양반 미친 것 아녀요? 어떻게 하루아침에 우리들을 배반한단 말입니까. 그렇게 정 선생님이 당분간 비밀 유지를 당부했건만 단 하루 만에 교감한테 고자질을 한단 말입니까. 그 양반 그런 비열한 인간인 줄 정말 몰랐네요. 결정적 순간에 우리들 뒤통수를 치다니……!"

"암튼 하 선생이 우리를 배반한 건 분명합니다. 하룻밤 지나자마자 박 교감에게 고자질하고 행동 지침까지 조언한 걸 보면 그 사람 겁났던 모양입니다. 일이 터져서 불똥이 나랑 친했던 본인한테 갈까 봐요."

"정말 비겁한 인간이군요. 이러니 권력 가진 놈들이 힘없는 아랫사람 얕보고 장난치는 겁니다. 똘똘 뭉쳐도 부족한 마당에 겁먹고 금방 돌아서다니 정말 약삭빠른 녀석이군요. 하 선생이란 그 인간……. 그러나 저와 박 선생, 장 선생 등 우리 세 명은 일편단심 정 선생님을 끝까지 지지할 테니 저희 염려하지 마시구 계획대로 강하게 밀고 나가세요, 정 선생님……."

김 선생의 대답은 단호하고 믿음직했다. 그간 김 선생이 보여준 인간성과 인품이 더욱 단단히 느껴졌다.

정현진은 김 선생과 전화 통화를 끝낸 후 조용히 생각해 보았다. 국성고등학교 비리 고발을 자신이 교직에 있을 때 시도했다면 전혀 뜻대로 될 수 없다는 것을 다시 절감했다. 학교를 떠난 자연인 상태에서 벌이고 있는 지금도 하 선생 같은 내부 배신자가 나오는 마당에 만약 사직을 하지 않고 교사의 신분으로 이번 일을 시작했다면 많은 주변의 압박과 유혹이 본인과 지지하는 선생들을 괴롭혔을 것이다. 또한 교사라는 신분의 약점을 악용하여 교장, 교감 등 관리자들과 동료 선배 선생들의 보이지 않는 압력이 작용했을 것이다. 하 선생이 스스로 굴복하여 교감에게 정보를 하루 만에 보고한 것 역시 그러한 측면의 범주로 해석이 가능했다.

정현진은 갑자기 할아버지와 아버지에게 고마움을 절실히 느꼈다. 비록 미천한 직업이었지만 개장수를 몇 십 년 동안 유지하시다가 황산옥 개고기 식당을 인수하여 아버지에게 가업으로 넘겨주신 할아버지가 존경스러웠다. 아버지 또한 할아버지의 뜻을 당당히 이어받아 황산옥을 영양탕 명가로 성장시킨 공이 크셨다. 정현진 본인도 평소 개장수라는 별명을 거리낌 없이 수용하며 언젠가는 아버지에 이어 황산옥의 전통을 계승하겠다는 다짐을 했었다. 그런데 국성고등학교 비리 고발 사건이 계기가 되어 예상보다 일찍 황산옥의 3대 경영자가 된 현실이 오히려 다행이었다.

정현진은 하 선생의 비굴한 배신 행위를 비웃으면서도 소시민으로 살 수밖에 없는 일부 교사의 한계성을 인정해 주기로 하였다. 본인은 그런 소시민이 아닌 떳떳한 인간으로 살고자 과감하게 교직을 사퇴하고 나온 것이, 사실은 황산옥이라는 피난처가 새로운 삶의 터전으로 약속되어 있었기 때문이었다. 정말 고마운 황산옥이었다. 정현진은 이런저런 복잡한 생각을 하면서 며칠 전 밤에 갑자기 찾아와 호소했던 박 교감과 교감에게 비밀을 폭로하는 하 선생과 방금 통화한 김 선생과 개장수 할아버지와 개고기 식당 주인이신 아버지 등 여러 명의 절절한 얼굴들이 빈 허공에 오버랩되다가 천천히 사라져가는 것을 보았다.

국성고등학교 비리 고발 사건에 대한 폭탄이 드디어 터졌다. 김 선생과 전화를 통화한 지 딱 일주일이 지난 월요일 오후에 영운시교육청 감사관과 감사 직원 두 명 등 총 세 명이 국성고등학교에 방문하였다는 소식을 김 선생이 정현진에게 직접 전화하여 전달하였다. 전화기 속의 김 선생 목소리는 흥분으로 들떠 있었다.

교육청 감사관들의 갑작스러운 방문으로 국성고등학교는 발칵 뒤집어졌다. 오후 내내 어수선하고 흉흉한 얘기들이 교무실에 돌았다. 교장실에 자리를 잡은 감사관들은 교장은 물론 교감과 행정 실장, 전임 보충 수업 기획 담당 선생 등 비리 관련 당사자들에게 서류 등을 내보이며 이것저것 사실관계 확인과 해명 요청을 하면서 보충 수업비 비리 감사에 본격적으로 착수하였다. 명칭도 '특별 감사'라 칭하며 적극적이고 심도 높은 감사가 될 거라고 교무실 선생들한테 얘기가 퍼졌다. 그간 보충 수업비 산출에 대한 세부 사항을 전혀 몰랐던 대다수의 선생들은 허탈감과 동시에 깊은 비판의 소리가 터져 나왔다. 그간 수년간 이어져 온 비리 사실을 알게 된 그들은 교사라는 자존심이 먹칠을 당했다며 씩씩거렸다. 그러나 선생들은 속으로 쾌재를 부르고 있었다. 사립학교인 국성고등학교의 재단 비리와 교장, 교감 승진 때의 부조리 등 확인될 수 없었던 여러 사안들이 소문으로만 돌고 있었는데, 엉뚱하게도 보충 수입비 비리 선이 터진 것이 그들에게는 고마운 호재였던 것이다. 이번 영운시교육청의 특별 감사를 계기로 오랜 세월 숨기며 곪아 온 국성고등학교의 여러 비리들이 더 폭로되며 시정되기를 바라는 마음이 모두에게 공통분모로 작동되었다. 특히 이번 특별 감사를 시행하게 만든 장본인이 3월 말에 갑자기 사직한 정현진 선생이라고 알려지면서 모든 선생들은 신선한 충격을 받았다. '개장수' 정현진 선생이 학교 비리를 사건화하기 위해 교직을 일부러 사직했다는 부분에서는 모두가 입을 다물지 못했다. 순수하고 젊은 정현진 선생의 의로움에 감탄과 존경과 감사의 덕담들이 삼삼오오 교무실과 교사 휴게실에서 수군거렸다.

　김 선생으로부터 다양하고 세부적인 학교 분위기를 알게 된 정현진은 이제야 일이 올바르게 해결되고 있다는 것에 안도했다. 영운시교육청 감사관들의 적극적인 비리 감사 의지에 한층 믿음이 커졌다. 그는 이번 일을 사건화하면서 엄청난 기대는 없었다. 비리 고발 편지 내용대로 그의 다섯 가지 요구 사항을 감사실에서 확고하게 시행해 준다면 충분하였다. 그럴 경우 이번 사건을 더 확산시킬 마음까지는 없었다. 본인도 대학교 졸업 후 처음으로 재직했던 학교였던 만큼 비록 3년 2개월의 짧은 교사 생활이었지만 보람과 추억이 깃든 곳이었다. 더구나 학생들에게는 피해 방지가 우선이었고 피해 보상과 학교 측의 진정한 사과가 교육 시스템 정상화의 첫걸음이라고 생각했기에 이번 감사관들의 비리 척결 의지에 나름 기대를 하였다. 더구나 국성고등학교 모든 선생들이 이번 비리 내용을 알게 된 이상 교육청에서도 그냥 대충 넘어가지 않을 거라는 예상도 가능했다. 감사관들은 비리 고발장에 적시된 대로 미미한 감사가 될 경우 경찰, 검찰, 청와대까지 사건을 확산시키겠다는 경고를 그냥 무시할 수는 없을 거라고 정현진은 판단했다.
　감사 첫날임에도 혼란에 빠진 국성고등학교를 앞으로 이틀간 더 감사한다는 소식을 들은 정현진은 마음을 놓았다. 3일간의 감사를 통해 썩은 살덩어리를 도려냈다는 기쁜 소식을 전해 들을 날이 가까워졌음을 그는 강하게 느꼈다.

　영운시교육청의 국성고등학교 특별 감사가 시작된 지 2주일이 지난 오후 정현진은 등기 우편을 받았다. 발신자는 영운시교육청 감사관실이었다. 기대감을 갖고 정현진은 우편 봉투를 열어 보았다. 공식적인 문서 형식을 갖춘 몇 장의 서류는 국성고등학교 비리 고발 당사자인 정현진에게 국성고등학교 감사 과정 및 결과를 알리는 내용이었다. 즉 민원인에 대한 행정 기관의 민원 처리 보고 형태였다.

- 수취인: 정현진
- 제목: 국성고등학교 특별 감사 과정 및 결과 내용

존경하는 정현진 님!

귀하의 국성고등학교 보충 수업비 비리에 대한 고발을 영운시교육청에서는 소중하게 6월 2일 접수하였습니다. 이에 고발인이 지적하신 사건 개요와 동봉한 증거 서류를 바탕으로 본 교육청 감사실에서는 감사관 한 명과 감사 직원 두 명 등 총 세 명의 감사 담당자들이 6월 9일부터 6월 11일까지 3일간 국성고등학교를 직접 방문하여 현장 특별 감사를 실시하였습니다. 그리고 비리 고발장에 적시된 비리 담당자인 교장, 교감, 행정 실장, 보충 수업 기획 담당 교사 두 명 등 총 5명에 대한 집중 감사를 했습니다.

감사 결과, 한 달간의 보충 수업비에 수업을 하루 더 한 것으로 산출한 계획안은 고발인의 지적대로 잘못된 것입니다. 실제보다 매달 1,284,000원을 더 수령하여 교장, 교감, 행정 실장 등 세 명에게 상납한 것은 교육적으로 잘못된 사안임이 분명합니다. 그러나 보충 수업 관리자인 세 명에게 교육부 및 영운시교육청에서 보충 수업 관리비 명목으로 정식 급여를 보상해 주지 못하는 열악한 환경 또한 현실입니다. 이에 각 학교들이 국성고등학교와 같은 편법을 이용하여 보충 수업 관리자들에 대한 관리비 명목의 돈을 마련하고 있습니다. 상급 기관으로부터 공여 받지 못하는 현실에 대한 나름의 자구책으로 판단됩니다. 국성고등학교뿐만 아니라 영운시 대다수의 고등학교들이 이러한 방법으로 시행하고 있는 것을 확인했습니다.

영운시교육청 감사관실에서는 국성고등학교의 보충 수업비 비리 건에 대하여 일벌백계를 할 수만은 없음을 알립니다. 국성고등학교에 대한 징계가 이루어질 경우 영운시 전체의 고등학교로 확산될 수 있는 매우 심각한 사안임을 고려하였습니다.

이에 영운시교육청 감사관실에서는 국성고등학교 보충 수업비 비리에 대한 감사 결과에 의한 징계를 다음과 같이 결정하였습니다.

교육 현장에 대한 큰 관심과 개선을 적극적으로 표명하신 정현진 님께 거듭 감사의 인사를 드립니다.

다음

국성고등학교 보충 수업비 비리 특별 감사 결과에 의한 징계 내용

- 강도술(교장): 견책
- 박진형(교감): 견책
- 사기진(행정 실장): 견책
- 민태기(전 보충 수업 기획 담당 교사): 견책
- 이정석(전 보충 수업 기획 담당 교사): 견책

○○○○년 6월 23일 영운시교육청 감사관실

교육청 감사 결과 통보서를 읽은 정현진은 믿을 수 없는 내용에 두 번 세 번 다시 읽어 보았다. 5명에게 똑같이 견책을 내린 것은 그냥 그들을 봐주는 것과 별 차이 없는 흉내만 낸 징계였다. 2주 전 국성고등학교에서 실시된 감사관들의 감사 태도나 분위기와는 전혀 다른 결과 내용에 온몸이 부르르 떨렸다. 결국 영운시교육청과 국성고등학교는 한통속이었다. 학교라는 교육 현장과 그곳을 감독 관리하는 교육청이 부조리라는 큰 나무 안에서 곁가지 치며 공생 관계로 생존하고 있는 것이었다. 이것은 폭력이었다. 교육 현장의 관리자들과 그들을 감독해야 하는 교육청 감사관들이 학생들과 학부모들

과 선생들에게 폭력을 가한 것이다.

설마설마했던 일이 현실로 나타나자 정현진은 애초에 영운시교육청이 아닌 경찰이나 검찰에 고발하지 않았던 것을 후회하였다. 그러나 아직 기회가 없는 것은 아니었다. 교육청에 보낸 비리 고발 편지에 교육청의 미약한 감사 결과의 경우 후속 조치로 경찰이나 검찰에 국성고등학교 비리를 고발하겠다는 경고성 메시지를 분명하게 보냈었기에 이젠 정현진의 결단만 남은 상황이 되었다.

'그래, 교육청 놈들도 믿지 못할 똑같은 놈들이야. 가난한 학생들의 돈을 수년째 사기 치면서도 이런저런 엉터리 변명을 하면서 견책으로 끝낸다구? 이럴 순 없어! 절대 이럴 순 없어! 이런 결과를 보겠다구 내가 비리 고발을 한 줄 알아? 나쁜 자식들. 이번 사건과 관련된 교육청과 학교 당사자 놈들 내가 이대로 안 끝낸다. 그래. 이제부터 다시 시작한다. 이제부터가 진짜다! 이 나쁜 놈들아! 나는 도사견, 나는 도사견이다 이놈들아! 한번 물면 절대 안 놓는 도사견이라구 이놈들아! 너희들 썩은 살점이 몽땅 뜯길 때까지 끝까지 물겠다 이놈들아!'

그날 밤 정현진은 증거 서류들을 챙기고 영운시경찰서에 보낼 고발장 서류를 작성하였다. 이번에는 그가 영운시교육청에 보냈던 고발 접수부터 감사 결과 통보서를 수취할 때까지의 모든 과정을 상세하게 추가로 작성하였다. 영운시교육청의 미온적인 감사 결과가 학교와 교육청이 교육계의 한통속으로서 심각한 학교 비리 범죄를 감싸는 엉터리 감사였음을 증명하기 위해서였다.

정현진은 지난번 총각 5인방 선생들한테도 밝혔듯이 끝장을 볼 심산이었다. 이번 교육청의 감사 결과 내용은 고발자인 정현진과 피해자인 학생들과 학부모를 무시하는 무책임한 처사였다. 오히려 범죄자들을 감싸며 그들의 행위에 타당성을 부여해 준 적반하장의 결정문이었다.

　정현진은 그들을 절대 용서하지 않겠노라고 마음속으로 다짐하고 또 다짐했다. 모든 서류를 점검한 정현진은 내일 오전 당장 경찰서에 직접 방문하여 고발장을 접수하겠다는 다짐을 하며 주먹을 불끈 쥐었다.

　이튿날 아침 경찰서로 가기 위해 집에서 외출을 준비하던 정현진에게 낯선 번호의 전화벨이 울렸다. 그동안 아침에 전화를 받아 본 적이 없는 그는 그냥 전화를 무시할까 잠시 망설이다가 통화 버튼을 눌렀다. 처음 들어본 굵고 낮은 목소리가 전화기 너머에서 전달되었다.

　"정 선생님 안녕하시오. 나 최 국장이오. 최태길 국장……."

　최태길. 그는 국성고등학교 재단 이사회 사무국장이다. 원래 국성고등학교 행정실 계장이었던 그가 사회성 좋은 성격을 백분 활용하여 2년 전 재단 이사장의 뒷배경으로 재단 이사회 사무국장이라는 엄청난 직책을 얻은 재주꾼이었다. 그의 주된 업무는 국성고등학교 내·외에서 벌어지는 각종 현안들을 결정하고 문제점들을 해결하는 해결사 역할이었다.

　그의 수완은 영운시 교육계 관계자들에게 이미 정평이 나 있었다. 사립학교로서는 영운시교육청의 재정 지원을 받아야만 각종 학교 부속 건물과 학생 편의 시설의 건립이 가능했다. 그런데 최 국장이 나서면 만사형통이었다. 그는 관련 기관 인맥을 동원하여 골칫거리 문제를 어떡하든 해결해 왔다. 이제는 영운시교육청이 최 국장의 놀이터가 되어 버렸다고 소문이 자자했다. 최태길 국장의 이러한 능력은 재단 이사장의 신임을 얻기에 충분했고 그는 교장 및 교감 등을 하수인 대하듯이 하면서 재단 이사장의 든든한 뒷배 있음을 은근히 부각하였다. 교장과 교감은 물론 교감 승진을 꿈꾸는 나이 든 평교사들도 최 국장을 가장 두려워했다. 그의 입김이 그대로 결과로 나오기 때문이었다. 현실적으로 국성고등학교에서 가장 큰 힘을 지닌 인물이 바로 최태길이었다.

　정현진은 최태길을 상기하면서 그가 자기에게 전화한 이유가 대략 머릿속에 그려졌다. 분명 최 국장은 이번 보충 수업 비리 감사 결과에 대한 자신감으로 뭔가를 얘기하려는 것이 분명했다. 그리고 어쩌면 이번 감사 결과도 최태길의 로비로 이루어진 작품일 거라는 확신도 들었다.

　"정 선생님, 반갑소이다."
　능글맞은 목소리로 최태길이 두 번 연속 인사를 건넸다.
　"저는 이제 선생 아닙니다. 황산옥 사장입니다. 여긴 학교가 아니라서 선생 없습니다."
　정현진이 냉정하고 차분하게 대답했다. 최태길이 정현진을 '선생'이라고 호칭하는 자체가 자기는 '위'이고 너는 '아래'라는 인식이 깔려 있음을 정현진은 알았기에 유치하지만 당당하게 황산옥 사장이라고 언급하였다.
　"아하! 그러네요, 정 사장님. 미안합니다. 제가 실수했네요. 하하하……."
　여유를 부리는 최태길은 뭔가 음흉한 계략이 있음이 분명했다.
　"나는 학교를 떠난 사람인데 왜 전화했습니까?"
　퉁명스럽게 정현진이 쏘아붙였다.
　"자…… 정 사장님! 내 말 좀 잘 들어 보세요. 정 사장님이 이번 영운시교육청 감사관실에 저희 학교 비리 고발장을 내서 감사가 모두 종결되고, 아마 교육청으로부터 감사 결과 내용을 우편으로 통보 받았을 겁니다. 그렇죠?"
　"……."
　"이 문제는 교육청에서 일단락됐으니 이제 그만 멈추시지요, 정 사장님……."
　"……."
　정현진은 듣고 싶지도 않은 내용들이어서 연거푸 대답을 하지 않았다.

"아마 교육청 감사 결과 때문에 정 사장님은 지금 화가 나 있겠지요. 나도 그 마음 충분히 이해합니다. 내가 예전에 3년 동안 정 사장님과 함께 근무하면서 정현진이라는 분의 정의롭고 올곧은 성품을 저는 잘 알고 있습니다. 제가 정 사장님의 마음을 알고 있으니 이제 그만 화 푸시고 이 정도에서 끝내도록 합시다."

수화기 너머 얘기를 들은 정현진은 최태길의 의도가 무엇인지 알았다. 최태길은 정현진의 다음 행보를 예측하고 전화한 것이 분명히 드러났다. 교육청의 봐주기 감사 결과에 화가 난 정현진이 경찰이나 검찰, 혹은 청와대에 고발장을 접수할 거라는 염려 때문에 그가 이렇게 아침부터 부랴부랴 전화한 것이었다. 정현진이 더 크게 일을 벌여서 국성고등학교와 영운시교육청을 뒤집어 놓을지 모르는 불안감이 최태길의 말 속에서 드러났다. 최태길이 겉으로 정현진의 인격을 간지러울 정도로 추켜세운 그 말 속에는 거꾸로 국성고등학교 측이 지금 큰 두려움을 지니고 있음을 보여주는 반증이었다.

정현진은 속이 뻔히 보이는 최태길에게 차분하게 말했다.

"글쎄요. 이대로 그냥 끝내기가 저로서는 아쉬운데요? 그런 속담 있잖습니까, 최 국장님. '사나이가 칼집에서 칼을 뺐으면 무라도 잘라라.' 이미 저는 칼을 뺀 상태인데 어쩌죠?"

최태길을 살짝 긴장케 만드는 얄미운 말을 농담인 양 날렸다. 어차피 10분 후면 집을 나서서 경찰서로 갈 정현진으로서는 마음의 여유가 충분하였다.

"정 사장님. 제 얘기를 잠시 잘 들어보세요. 정 사장님이 꼭 그 칼을 휘두르신다면 저희로서는 어쩔 수가 없습니다. 칼을 맘껏 휘두르세요. 지금은 국성고등학교 교사가 아닌 자유인의 신분이니 정 사장님 마음이지요. 인정합니다……. 그런데 지금 국성고등학교 교사로 재직 중인 김 선생, 박 선생, 장 선생 등 세 분의 선생님들 입장을 생각해 보셨습니까? 그분들 정 사장님과 형제처럼 가깝게 지내는 분들이지요? 앞으로 그 선생님들 어려워집니다. 정 사장님의 칼춤 놀이에 그 선생님들이 불이익을 받게 될 겁니다. 정 사장

님의 의로운 행동이 역설적으로 가장 가까운 동료들에게는 독이 될 수 있다
이겁니다. 제 말뜻이 뭔지 아시겠지요? 그러니 다시 한번 잘 생각하시고 판
단하세요. 정 사장님 믿고 이만 통화 끊겠습니다."

협박이었다. 최태길이 정현진에게 총각 5인방 선생 중에서 세 명의 이름
을 들먹이며 협박을 한 것이었다. 최태길의 노련하고 교활한 작전이었다. 최
태길은 정현진의 성격을 잘 파악하고 있었다. 의롭고 순수하고 행동으로 직
접 실천하는 젊은이의 마음을 역으로 이용하여, 가장 취약한 부분에 공격을
감행하는 술수였다.

최 국장과 전화를 마친 정현진은 외출을 잠시 미루었다. 거실 소파에 앉
아 머릿속을 다시 정리하기 시작했다. 직선의 트랙을 쏜살같이 달리던
100m 주자에게 낯선 방해물이 갑자기 트랙 중간에 툭 떨어진 상황이었다.
방해물을 걷어차고 계속 달려야 할지 아니면 결승선을 향한 질주를 멈춰야
할지 결정을 해야만 하는 순간이었다.

정현진은 거실 책장 서랍 속에 보관 중이던 담배를 오랜만에 꺼냈다. 끊
으려고 서랍 깊숙이 보관해 두었던 담배였다. 그는 한 개비에 불을 붙여 입
에 물었다. 내뿜는 담배 연기가 세 명의 동료 선생들 얼굴로 그려졌다. 김 선
생, 박 선생, 장 선생……. 형제 같은 고마운 동료들……. 그러나 다음 연기
속에는 교실에서 수업 받는 학생들의 낯익은 얼굴들이 그려졌다. 연거푸 한
개비 담배를 더 피우고 나서 정현진은 고발 서류 봉투를 거실 책장 서랍에
도로 집어넣고 자리에서 일어났다. 그는 아파트를 나서서 황산옥 식당으로
향했다.

며칠 후 저녁 김 선생으로부터 전화를 받은 정현진은 교육청 감사 결과
내용을 자세히 알려 주었다. 국성고등학교에서도 그것은 이미 전체 교무 회
의 시간에 교장이 공지하여 알고 있다고 하면서 김 선생은 울분을 토로하였

다. 그러면서 이번 사건의 뜻을 이루기 위하여 끝까지 경찰과 검찰에 사건을 고발하라며 정현진을 위로하며 용기를 주었다. 김 선생은 얼마 전에 최태길 사무국장이 정현진에게 전화한 것을 모르고 있는 듯하였다. 정현진은 최태길과의 전화 통화 사실을 밝히지 않고 김 선생에게 슬쩍 물어보았다.

"그런데 김 선생님. 궁금한 게 있는데 혹시 요즘 최태길 재단 사무국장이 김 선생님을 사무 국장실에 부른 적 없었나요?"

"아……. 이틀 전에 갑자기 그 인간이 나를 부르더라구요. 그러더니 요즘 정현진 선생과 자주 만나느냐고 물어보더군요."

"그래서요?"

"가끔 연락도 하며 만난다고 떳떳하게 말했습니다. 아마 최 국장이 나랑 정 선생을 연계시키려는 느낌을 받았습니다. 그러더니 이번에는 요즘 학교 교사 생활이 어떠냐구 물어보더라구요. 그래서 그럭저럭 지내고 있다고 말했더니 그냥 알았다고만 하더군요."

정현진은 알 만하다는 듯 혼자 고개를 끄덕였다. 최태길은 지난번 전화 내용처럼 하나씩 준비하고 있었던 것이 분명하였다. 사안의 진행을 봐서 여차하면 세 명의 선생들에게 핑곗거리를 만들어 불이익을 주려는 의도가 분명했다. 정현진은 김 선생에게 잘 지내라는 짧은 대답만 하고 전화를 끊었다.

황산옥 영업을 마친 정현진은 아파트 인근 공원의 벤치에 앉아 초여름 밤의 밤하늘을 쳐다보았다. 도시의 혼탁한 공기 때문인지 하늘엔 별들이 흐릿하여 잘 보이지 않았다. 공원엔 몇몇 젊은이들이 철봉에 매달려 있었다. 늦은 밤 시간이라 그런지 그들 외엔 사람들이 보이지 않았다. 멀리 밀집된 아파트 단지의 창문에는 불빛들이 현란하게 반사되고 있었다. 벤치에 앉은 정현진은 아파트 단지 쪽을 바라보며 속으로 외쳤다.

'그래, 사기 치는 인간들보다는 개들이 더 순수한 거야. 제자들 돈 등쳐 먹는 도둑놈들보다는 똥개가 더 착하고 정직해. 똥개는 너희처럼 힘없는 사람들한테 치사하고 비겁한 짓은 안 한다구! 이 야만적이고 더러운 놈들아! 나는 비록 중간에 멈췄지만 누군가가 도둑놈들 때려잡을 때가 있을 거다. 반드시 그럴 때가 있을 거다. 반드시……!'

그는 자리에서 일어나 주변을 둘러보았다. 공원에는 사람들의 변화는 없었다. 철봉에서 젊은이들만 낄낄거리며 여전히 운동하고 있을 뿐이었다. 정현진은 밤하늘을 향해 머리를 쳐들었다. 그리고 아무 거리낌 없이 큰 소리로 부르짖었다.

"우왕…… 왕왕왕…… 크엉 크엉…… 왕왕왕왕…… 우왕우왕 웡웡웡…… 왕왕왕왕……."

무언가의 분노를 절규하는 듯한 개 소리는 어두운 허공을 향하여 멀리 퍼져 나갔다.

이근직

원장실에서는 아직도 원만한 합의를 내지 못 했는지 두 사람의 언성이 점차 높아만 갔다.

"내년에도 역시 맡아 줘, 응? 근직아!"

"싫습니다. 올해로 제 부원장 역할은 끝입니다. 그냥 내년부터는 시간 강사로만 강의할 겁니다."

"이건 아니잖아! 네가 영입한 강사님들도 네가 내년에도 부원장 자리 지켜 달라구 나한테까지 단체로 와서 하소연 하더라. 그분들 생각해서라도 내년 일 년만 더 부탁한다. 응?"

"아닙니다. 저는 결심했어요. 그냥 시간 강사로 강의만 하고 싶어요. 학원 관리는 이제 끝입니다. 저도 솔직히 올해 지쳤어요. 어떻게 10개월을 버텨왔는지 기억이 안 날 정도로 힘들었어요. 이제 원장님도 제 입장을 이해해 주세요."

"알지, 알아. 충분히 네 입장 이해한다. 그래도 네가 부원장 맡아서 설립 첫해 학원 잘 이끌어 왔는데 어떻게 일 년만 딱 하구 나 몰라 하면서 부원장을 그만둔다는 거냐. 이건 경우가 아니다, 아녀!"

"그러니까 이제 그만둬도 괜찮다는 겁니다. 형님, 솔직히 생각해 보세요. 지금 학원 상태가 어려우면 제가 부원장직을 내놓겠어요? 어떡하든 학원 살리려구 저도 오기를 갖지요. 저도 자존심 있는데 그냥 관두겠냐구요! 지금처럼 학원이 잘 나갈 때 그만 두는 게 맞습니다."

"근직아! 이 지역 학원 역사상 설립 첫해 재수생 300명 이상으로 성공한 학원은 우리 학원밖에 없다구 지금 학원가에서 난리다, 난리! 이게 다 근직이 네가 강사들 잘 토닥이구 재수생들 관리 잘해서 이런 성과 나온 거 다 안다. 인정해! 나를 포함하여 우리 학원 강사들, 학생들, 직원들 모두 인정하고 있어. 그러면 너도 내년에 계속 그 분위기를 이끌어 줘야 하는 거 아니냐? 모두를 위해서라도 근직이 네가 내년 일 년만이라도 계속 부원장직을 해 다오. 제발 부탁한다……! 내년 부원장 보수를 올해보다 20% 올려 줄게."

"싫습니다. 제가 돈 때문에 그런 게 아녀요. 이젠 몸과 마음이 지쳐서 그래요. 거의 한계점에 왔어요."

원장실 밖으로 들리는 두 사람의 대화에 상담 실장과 서무 직원들도 가볍게 고개를 끄덕이며 수긍하였다.

최고재수학원이 설립 첫해부터 성공한 것은 이근직의 능력 때문이었다. 최고학원 구성원 모두가 인정하고 있는 사실이다. 이근직은 지역 재수생 학원가에서는 이미 소문난 인물이다. 강의 실력 때문이 아니었다. '사회문화' 과목 담당인 그는 강의 자체보다도 학원 운영 능력이 뛰어났다. 서른여섯 살의 젊은 나이에 이미 다른 재수생 학원에서 부원장직을 맡으며 인정을 받았다.

그는 강사들을 조정하는 데 탁월한 능력을 보였다. 재수생 강사들은 자존심이 무척 강한 존재들이었다. 사교육 학원가에도 나름 등급이 있다. 초등학생들을 가르치는 강사는 가장 아래 등급으로 여긴다. 중학생과 고등학생을 가르치면 중급 내지 중상급으로 본다. 그러나 재수생을 가르치는 강사는 상급으로 대우한다. 학년이 올라갈수록 수능 시험에 가까우면 입시생들에게는 발등에 불이 떨어지기 때문이다. 재수생을 가르치는 강사 중에서도 등급은 또 갈린다. 서울대반이나 의약계열반을 전담하는 강사는 특등급을 받는다. 최고로 인정받고 대우 받는 존재들이다. 그러니 그들의 자존심과 자부심은 아무도 막지 못 한다. 물론 재학생을 가르치는 강사 중에서도 재수생 학원 강사보다도 뛰어난 실력과 인기를 지닌 강사도 있었다. 김이정 국어 강사가 그런 경우였다. 그녀는 학원가에서 전설적인 최상급 인기 강사로 명성이 자자했다. 매해마다 지역의 모든 재수생 학원에서는 그녀를 스카우트하려는 경쟁이 치열하면서 학원가를 뜨겁게 달궜다. 이렇듯 김이정 국어 강사는 학부모들과 학생들, 학원 원장들에게 보물 같은 존재로 여겨졌다.

지역 학원가 대부분의 강사들은 자신이 재수생 학원에서 강의하는 게 꿈이다. 재수생 학원 강사라는 자체가 강사의 등급을 높여 주기 때문이었다. 이는 누구도 거부할 수 없는 진리처럼 여겨졌다. 그러니 재수생 학원 강사들의 콧대는 높을 수밖에 없다.

이러한 강사들의 높은 자존심과 개성적인 개인 성향은 학원 운영자로서는 학원의 성패를 가늠할 중대한 기로로 여긴다. 얼마나 강사들을 잘 통솔하여 일 년을 무사히 끌고 가느냐가 재수생 학원의 성공 첫 번째 요소였다. 학원에 조금이라도 불만이 있거나 전날 마신 술에 떡이 된 강사는 이튿날 아침 몸살이 났다는 전화만 주고 일부러 결근해 버린다. 그러면 그 강사의 수업은 모두 휴강될 수밖에 없다. 타 강사의 대체 수업도 불가능하다. 이런 일이 잦아지면 수업을 받지 못한, 마음이 급한 재수생들은 점차 불만이 쌓인다. 그러다가 결국엔 이런저런 핑계로 다른 학원으로 옮겨 버린다. 문제는 여기서 그치지 않는다. 친했던 다른 학생들도 덩달아 학원을 떠나면서 그야말로 학원은 학생 인원이 갑자기 뚝 줄어들고 전체 학습 분위기에도 악영향을 끼친다. 이런 악순환을 능히 알고 있는 원장과 부원장은 학원 운영자로서 평소에 강사와 충돌 없이 인간적 관계를 잘 유지하려고 애쓸 수밖에 없는 것이다.

이근직은 특히 강사들과 인간적 유대감을 잘 유지하는 데 뛰어난 재주를 지녔다. 각진 네모난 큰 얼굴에 거무튀튀한 피부색은 185cm 키와 더불어 위엄스러운 분위기를 주었다. 거기에다 허스키한 음색과 충청도의 느린 그의 말소리는 촌놈 같은 인간미를 주는 매력이 있었다. 누군가와 대화할 때, 가늘게 뜬 두 눈과 다정한 눈빛으로 상대방을 응시하노라면 점차 그에게 시나브로 빠져드는 경우가 많았다.

그러나 강사들이 이근직을 전적으로 신뢰하는 진짜 이유는 이러한 외양적 측면보다는 다른 데 있었다. 그는 나름 의리가 있는 사람이었다. 강사 관리라는 정략적 측면도 있지만 근직은 개인적으로 대부분의 강사들과 인간적 신뢰를 쌓았다. 술자리는 물론 강사 개인의 사생활과 가정사까지 기꺼이 도우려 진심을 다하였다. 대부분의 강사들도 근직의 이러한 태도에 처음에는 부담을 갖고 약간 경계를 했다. 그러나 몇 개월 이상 함께 지내면서 변함없는 그의 태도에 이제는 진솔한 것으로 믿으며 인간관계를 한층 돈독하게 만들었다. 이근직은 강사들에게 '우직하고 촌스럽지만 의리 있는 부원장님'으로 인식되었다.

재수생 학원의 성공 두 번째 요소는 학생 관리였다.

재수생 학원은 고등학교와 똑같은 생활 체계를 학생들에게 적용하여 운영한다. 아침 7시 40분까지 등원하고 밤 10시에 퇴원한다. 그 사이 시간에는 아침 자습, 오전·오후 수업, 각 과목 단과 수업, 야간 자율 학습 시간이다. 재수생들은 아침 등원 후 밤 퇴원할 때까지 학원 건물 밖을 나갈 수 없다. 오직 하나뿐인 1층 출입문을 김 씨 아저씨가 몽둥이를 들고 하루 종일 빈틈없이 지키기 때문이었다.

5층의 학원 건물은 우 원장이 친가·처가 돈 끌어모아 전 층을 임대한 것이다. 건물 출입문도 원래는 건물 정면에 두 개, 후면에 한 개가 있었는데 우원장의 지시로 정면 한 개 출입문만 남기고 모두 폐쇄해 버렸다. 학생들을 관리하기 편했기 때문이었다. 그 문만 지키면 아무도 나갈 수 없다. 재수생들에게는 학원 건물이 교도소와 같았다. 잠깐이나마 학원 옆 건물의 편의점에 가려 해도 학원 건물 내 매점을 이용할 수밖에 없다. 매점도 우 원장 사촌 동생이 운영했다. 매점 내 상품 품목도 기본적인 몇 가지로 구색만 갖추었을 뿐 학생들에게는 불만의 대상이었다.

점심과 저녁 식사도 학생들은 도시락을 아침 등원 때 지참히여 해결해아 했다. 집에서 도시락을 준비해 오지 않은 학생들은 학원에서 제공하는 도시락을 돈 주고 사 먹어야 했다. 학원은 외부 도시락 업체와 연계하여 30%의 사용료를 받고 학생들에게 도시락을 팔았다.

수업에 사용되는 교재도 당연히 학원과 제휴한 출판사의 책만 사용했고 1학기, 2학기, 파이널 코스 등 세 번의 교재가 바뀔 때마다 재수생들은 11과목의 교재를 의무적으로 사야 했다. 학원의 전체 교재비 판매 액수는 일 년 전체 1억 원이 넘었다.

이렇듯 학원은 학생 관리라는 명분으로 학생들을 하루 14시간 이상 건물 속에 붙잡아 두고 여러 가지 영업을 하고 있는 셈이었다. 매년 2월 초 재수생 정규반이 개강될 때는 재수생들도 낯선 학원 분위기와 대학교 재도전이라는 굳센 의지로 학원의 운영을 무조건 믿고 따른다. 좋고 나쁜 게 없다. 그러나 몇 달 지나면 그들도 학원의 운영 체계를 알게 된다. 내부 정보들이 조금씩 유출되고 학원 운영의 모순점이 드러나면서 학생들의 불만이 노골적으로 표출되기 시작한다. 그러면서 교실에서는 공부 분위기가 갑자기 어수선해진다.

이때가 바로 이근직 부원장의 능력이 발휘되는 시기이다. 그는 우선 8개 반의 담임 강사들을 상담실로 소집하여 단호하면서도 간곡하게 말했다.

"각 반 담임 강사님들! 제 경험상 재수생들의 입시 도전 성패는 학생들 관리에 달렸습니다. 애네들은 고등학생도 아니고 대학생도 아닙니다. 작년에 대입시에 실패해서 크게 맘먹고 재도전한 애들입니다. 절박한 애들이라구요! 더구나 머리 다 큰 애들이 하루 종일 건물 밖에 못 나가고 공부만 하니 얼마나 답답하겠습니까. 이해합니다. 그러나 이때 학생들이 느슨해지면 끝입니다. 애네들 올해 또 실패합니다."

담임들은 부원장의 일장 연설에 고개를 끄덕이며 호응하였다. 이 순간 이근직은 목소리를 높이며 담임들을 더욱 몰아갔다.

"바로 이 점입니다! 학생들의 이 답답한 상황과 마음을 잡아 줄 사람은 우리 담임 강사님들밖에 없습니다. 그러니 담당하고 계신 반 아이들에게 다음처럼 설득하세요.

'애들아! 너희들의 답답한 마음 충분히 알고 이해한다. 그렇지만 수능 시험도 이제 6개월밖에 안 남았다. 너희들이 호강하려구 재수생 되고 이 학원에 왔냐? 그건 아니잖냐! 좀 힘들고 답답하고 열 받아도 대학교 합격이라는 큰 목표를 생각하고 다시 열심히 하자! 이 고비를 못 넘기면 너희들은 실패한 재수생이 될 거야. 담임인 내 말을 믿고 꾹 참고 열심히 다시 해보자. 응?'

이렇게 호소하면 재수생들도 잘 알아듣고 이해할 겁니다. 그러니 지금 각 반에 들어가셔서 담임 강사님들이 자기네 반 애들의 맘을 잡아 주세요!"

근직의 명령 아닌 명령에 담임들은 즉각 자기네 반 교실에 들어가서 근직이 말해준 그대로 학생들에게 호소했다. 그때마다 묘하게도 근직의 말은 잘 먹혀들었다. 언제 그랬냐는 듯 재수생들은 불만을 거두고 다시 공부에 열중하였다. 학원은 다시 정상으로 돌아왔다.

그러나 근직은 여기서 끝나지 않는다. 결정타를 날린다. 담임들에게 명령을 내린 이튿날 그는 각 반 반장들을 상담실로 모두 호출시켰다. 재수생 학원의 반장들은 대개 군대를 제대한 학생들이 맡았다. 반장은 다른 학생들보다 세 살 이상 많기 때문에 반 운영과 공부 분위기를 조성하는 데 활용됐다. 담임으로서는 나이 많은 반장을 이용하여 학생들을 통솔하는 데 쉬웠기 때문이었다.

엄숙하면서도 굵직한 이근직의 목소리는 반장들에게 두려움을 느끼게 했다.

"반장이라는 것들이 그것밖에 못하냐? 군대 갔다 온 너희가 이제 스무 살밖에 안 된 동생들도 제대로 통솔도 못하면서 무슨 예비역 학생이야! 이른바 군대 갔다 온 녀석들이라면 예비역 반장답게 교실 분위기를 잘 이끌어야 할 게 아냐? 이 새끼들아!"

근직의 일방적으로 몰아붙이는 말에 반장들은 장승처럼 뻣뻣한 차렷 자세로 고개를 숙이고 있었다. 마치 지금 군대에서 엄한 중대장님의 훈시를 듣는 사병과 같았다.

"너네가 무능하니까 어린 것들이 공부 분위기 망치고 학원에 대한 불만만 늘어놓고 개판이 되는 거잖아! 더구나 너희는 군대를 제대한 녀석들이라 이번 대입시가 마지막 기회인데 스스로 인생 망치고 싶냐? 이 멍청이들아!"

근직은 반장들에게 '군대'를 자꾸 언급하면서 그들이 겪은 군대 생활을 회상하게끔 은근히 유도했다. 오직 절대적 명령과 복종만이 존재하는 군대 생활……

"마지막으로 경고한다! 잘 들어라. 앞으로 이번처럼 학원 전체 분위기를 흐트러뜨리는 사태가 또 일어나면 그때는 내가 가만 안 둔다. 너네부터 족칠 테니까 똑바로 해. 너네가 대입시 성공하고 싶으면 지금부터 반 분위기 확실히 잡아. 알겠냐……?"

근직의 '마지막'이라는 말에 반장들은 바짝 긴장하고는 합창을 하듯 외쳤다.

"옛!"

이러한 근직의 학생 관리 능력은 강사 관리 능력과 더불어 아무도 흉내

낼 수 없는 그의 진짜 재수생 학원 운영 능력이었다. 그의 이러한 능력은 지역 학원가에서는 몇 년 전부터 이미 정평이 나 있었다.

올해 1월 새로운 재수생 학원을 설립하는 우 원장에게는 이근직이 영입 대상 1순위인 것은 당연하였다. 소위 명문고라는 대산고등학교의 1년 선후배 인연으로 이근직은 결국 우 원장과 함께 최고재수학원 창립 일원이 되었다. 우 원장은 이근직에게 학원의 전반적인 운영권자인 부원장직을 맡겼다. 당연한 일이었다. 심지어 그에게 일부 과목의 강사 발탁 권한까지 줬다. 근직을 특별 대우한다는 우 원장의 전략이었다. 근직은 그와 다른 학원에서 인연이 있던 강사 여덟 명을 스카우트하였다. 영입된 강사들은 지역에서도 유명한 각 과목의 최고 강사들이었다. 이근직은 자기의 친위대를 만든 셈이다. 이근직과 더불어 최고 강사들로 진용을 갖춘 최고재수학원은 그해 1월 초 개원하였다.

개원식은 학원 주변 중화요리 식당에서 열렸다. 우 원장은 전체 강사 부부와 상담실, 사무직원들까지 초대하면서 성대하게 열었다. 개원식에 다소 흥분되어 있던 우 원장은 개원 인사에서 상투적인 인사를 마치고는 진지하게 말을 이어갔다.

"에……. 여러분 감사합니다. 그동안 개원하기까지 어려운 과정도 있었지만 우리 최고학원은 드디어 오늘 출발했습니다. 제가 6년 전에 위암에 걸렸을 때 다짐했었지요. 내 병이 완치된다면 내 재산을 모두 털어서 모든 강사들이 꿈꾸는 이상적인 재수생 학원을 설립하겠노라고 말입니다……."

이 대목에서 강사들이 소리를 지르며 크게 박수를 보냈다,

"저는 지난번 승리재수학원에서 대리 원장직을 10년간 맡으며 죽어라 일했습니다. 학원을 살리구 이 지역 최고의 재수생 학원을 만들려구요. 그리고 만들었습니다. 저는 결국 해냈습니다. 재수생 800명 학원을 만들었어요! 그

런데 그때 갑작스럽게 위암 3기 판정을 받았습니다. 그랬더니 학원 주인이 나를 쫓아내더군요. 여러분들도 소문으로 익히 알고 있는 이야기입니다.”

우 원장의 목소리는 울분과 회한으로 떨고 있었다. 핏기 없는 그의 눈동자에는 눈물이 고였다.

“그래서 저는 다짐한 겁니다. 내 병이 완치되면 반드시 모든 강사들이 이상으로 여기는 재수생 학원을 하나 멋지게 만들겠다구 말입니다. 그날이 바로 오늘입니다……!”

짝짝짝……. 모두가 힘차게 박수를 쳤다. 우 원장의 슬픈 개인사를 들으며 훌쩍이는 사무 여직원도 있었다.

“그래서 저는 오늘 여러분께 약속하겠습니다. 강사님들 시간당 보수를 다른 학원보다 3,000원씩 더 드리고자 합니다. 그리고 올해 저희 학원 첫해이기 때문에 재수생 250명 모집이 목표입니다. 즉, 각 반 40명씩 6개 반을 만드는 게 일 차 목표입니다. 그러면 최소한 손익 분기점은 간신히 넘깁니다. 이 기세를 몰아서 내년에는 더 많은 재수생들이 우리 최고학원에 몰리겠지요. 각 과목 최고의 강사님들은 학생들에게 강의로 보여 드리면 됩니다. 더군다나 최고의 운영 능력을 지닌 이근직 부원장님이 있어서 든든합니다. 우리 학원은 반드시 성공할 겁니다. 아니 성공해야 합니다. 그렇죠, 여러분……?”

큰 박수가 식당 안에 울렸다. ‘만세’ 소리치는 강사도 있었다. 우 원장이 말한 강사 시간당 보수는 모든 강사들이 영입 제의를 받을 때 이미 들었던 내용이었다.

그런데 이때 우 원장의 예상치 않은 말에 이근직은 물론 모든 강사와 배우자와 직원들은 놀랐다.

“만약 올 첫해 우리 학원 재수생이 각 달 평균 300명이 넘는다면 강사님들 부부와 상담실, 사무실 등 전 교직원들을 동남아로 3박 5일 여행 보내 드리겠습니다. 여름 방학 공식 일주일 기간인 8월 첫 주에 말입니다! 개원식 날인 오늘 저는 이 약속을 꼭 하고 싶었습니다……!"

"우아……!"

모두가 깜짝 놀란 제안이었다.

"그리고 강사님들께는 보너스로 각자 500만 원씩, 직원들에게는 200만 원씩 연말에 드리겠습니다."

"으와아……!"

짝짝짝……. 모두가 감동이었다. 우 원장의 폭탄 같은 발언에 그 파격적인 내용은 차치하더라도 참석자들은 감격과 감사로 흥분하였다. 최고재수학원의 강사와 직원이라는 자신들의 처지에 자부심을 느꼈다. 승리학원으로부터 6년 전 배신당했던 위암 환자의 한스러운 마음이 고스란히 참석자들에게 전달되었다. 이때 이근직 부원장이 마이크를 넘겨받았다.

"에……. 감사합니다, 원장님! 원장님의 고귀한 뜻에 맞게끔 저를 비롯하여 모든 강사님들과 사무직원들이 하나가 되어 최선을 다할 겁니다. 우리 최고학원은 반드시 성공할 겁니다. 이 지역 최고의 재수생 학원으로 성장할 겁니다! 그렇죠, 여러분?"

"예……!" 모두가 한마음으로 화답하였다,

개원식 축하 행사는 대성공이었다. 참석자 전원이 흥분한 상태로 두 시간 계속되었다. 그들은 최고재수학원 성공 신화의 서막을 드디어 올렸다.

최고재수학원은 개강 첫 달 2월에 등록한 학생들이 250명을 넘었다. 첫 달부터 목표 달성이었다. 이근직을 비롯한 모든 강사와 직원들의 노력 덕분이었다. 강사들은 최고의 강의로 학생들을 감동시켰고 상담실과 사무직원들도 빈틈없는 일 처리로 막힘이 없었다. 여기에는 이근직 사령관의 전두지휘가 물론 근본적 원인이었다. 그의 능력은 유감없이 발휘되었다. 모든 강사들은 한 번도 결강이 없었다. 각 반 담임 강사들은 저녁 자율 학습 시간에 학생들을 한 명씩 교무실로 불러내어 상담을 성실하게 해주었다. 강사들의 강의 능력과 담임 강사들의 성의 있는 학생 관리가 금방 소문이 나면서 다른 학원 재수생들이 3월 초에 최고학원으로 대거 이동하였다. 3월 초 정확하게 최고학원 재수생 인원은 350명이 되었다. 한 달 만에 100명이 는 것이다. 반도 8개 반으로 확충하였다. 모두가 만세를 불렀다. 정말 누구도 예상하지 못한 이른 대성공이었다. 우 원장은 첫 달부터 손익 분기점을 넘긴 것은 물론이고 몇 달만 지나면 처가에서 빌린 돈을 모두 갚을 수 있다는 계산이 나왔다.

7월 초가 되었다. 그동안 학원은 별 다른 문제점 없이 계속 직진이었다. 중간에 학생들의 이런저런 불만이 표출되었지만 그때마다 이근직 부원장은 학생들의 소요 분위기를 금방 해결했다. 그것이 그의 대표적인 능력이고 영입된 이유이기도 했다. 옆에서 지켜본 우 원장은 근직의 가치를 이제는 보물이 아니라 국보급이라고 감탄하였다. 근직은 개원식 날 우 원장이 약속한 내용을 상기하였다. 한 달 후면 여름 방학 기간인데 동남아로 50여 명이나 되는 인원이 해외여행을 가려면 이제는 예약을 해야 할 때라고 생각했다. 그러나 우 원장은 아직 동남아 여행에 대한 언급이 없었다. 며칠을 망설이다가 이근직은 원장실을 찾아갔다. 우 원장은 초여름의 식곤증으로 긴 안락의자에 파묻혀 졸고 있었다.

"원장님! 상의 드릴 게 있어서 왔습니다."

갑작스러운 근직의 방문에 원장은 살짝 눈을 떴다.

"응, 뭔데?"

"지금 7월 초니까 동남아 여행 예약을 미리 해야 합니다. 자그마치 인원도 50명 되구요."

"응? 뭐라구? 동남아 여행?"

"네……. 학원생들도 개원 이래 매달 등록 인원이 평균 340명 이상이더라구요. 300명 이상 되면 동남아 여행 보내주신다구 개원식 날 약속……."

"아하……. 그거……? 야야! 그거 잊어!"

"예?"

우 원장의 대답에 근직은 깜짝 놀랐다.

"그런 것은 어느 학원이나 다 맨 처음에 하는 말들인 거야. 그냥 희망 갖고 열심히 하자는 말이라구!"

"예……? 무슨 말씀이세요? 원장님 약속만 믿고 모든 강사들이 죽어라 강의하고 재수생들 관리해 왔는데?"

"부원장도 생각해 봐. 50명 전 직원이 어떻게 일주일 동안 학원 비우고 해외 가냐? 그냥 여름 방학 때 1박 2일로 서해안 만리포 해수욕장이나 가는 걸로 계획 바꿔 봐……. 내가 모든 비용 다 낼 테니까……."

"이거 약속 위반 아녜요? 자존심 센 강사님들이 이 얘기 들으면 어떻게 나올지 모르는데요……?"

"근직아! 네가 강사들에게 잘 설명해 드려. 학원 첫해인데 해외 나가서 혹시라도 무슨 일 생기면 큰일 난다구 둘러대……."

"원장님! 지금 저한테 책임 전가하는 거예요? 강사들한테 나만 죽일 놈 되라는 거냐구요! 나는 그 짓 못해요. 더군다나 강사들은 저만 믿고 있다구요. 강사들한테 배신자가 되고 싶지 않아요……!"

"야! 야! 강사 설득하는 게 네 역할이잖아……. 정 마음에 내키지 않으면 내가 강사 회의 때 얘기할게. 올해는 첫해라서 이해 부탁하구, 내년도에는 꼭 해외여행 보내 드리겠다구 강사들에게 약속할게. 그럼 됐지?"

미안한 표정 하나 없이 뻔뻔스럽게 말하는 우 원장의 낯짝을 주먹으로 한 대 확 갈기고 싶은 충동이 근직에게 일어났다.

'사기꾼 새끼! 결국 우리들을 이용해 처먹었구먼. 무슨 만리포 해수욕장이여. 만리포 같은 소리하고 있네, 나쁜 새끼…….'

원장실을 나서며 근직은 우 원장의 말에 배신감을 느꼈다. 우 원장이 개원식 날 눈물을 글썽이며 했던 말과 얼굴 표정, 그리고 지금 껌 뱉듯 약속을 걷어차는 우 원장의 능글스러운 얼굴 표정이 대비되면서 근직은 역겨움을 느꼈다. 다시 원장실로 되돌아가 그의 머리카락을 모두 뽑아 버리고 싶은 분노를 느꼈다.

결국 며칠 후 긴급 강사 회의에서 우 원장은 강사들에게 호소하였다. 이마를 긁적이는 특유의 제스처를 쓰며 이번에 해외여행 갈 경우 학원이 겪을 난처한 상황을 강조하였다. 지역 재수생과 학부모님들에게 우리 최고학원의 강사진이 최고라고 소문이 나서 현재 인원이 350명 이상이 되었다. 그런데 강사와 직원 모두가 해외로 나간다면 학생들이 어떻게 생각할 것이냐. 학원 건물을 일주일간 완전 폐쇄하면 방학 기간 중 학원에 자습하러 올 학생들을 어떻게 해야 하는가. 최근 몇몇 학부모로부터 전화를 받았는데 여름 방학에도 특강 수업을 해달라고 한다. 등등 여러 이유를 대면서 이번 해외여행 계획을 취소할 수밖에 없음을 설명하였다. 결국 우 원장의 노련한 언변에 해외여행 건은 없는 일이 되었다. 대신 서해안 만리포 해수욕장 1박 2일 일정으로 바뀌었다.

'나쁜 새끼, 너도 그런 새끼였구먼……. 내년에는 부원장직 안 맡는다. 우 원장 네가 직접 원장·부원장 다 해 처먹어라. 어떻게 학원이 돌아가든지 옆에서 구경만 할 거다. 더러운 새끼…….'

이근직은 단단히 마음을 먹었다. 죽어라 고생해서 학원 키웠더니 우 원장도 예전 본인이 팽 당했던 승리학원 원장과 똑같은 짓을 답습하고 있는 것이라고 생각했다. 내년도 강사 재계약할 때 두고 보자고 벼르며 그는 어금니를 지그시 물었다.

재수 학원은 다음 해 강사 재계약을 10월 초부터 시작한다. 11월 중순쯤 수능 시험이 있기 때문에 한 달여 전 미리 내년도 강사들에 대한 재계약을 실시함으로써 강사 확보에 안정성을 기하기 위해서였다.

최고학원에서는 우 원장이 이미 맘속으로 결정하고 있었다. 첫해 강사 그대로 내년에도 끌고 갈 계획이었다. 설립 첫해 대성공의 주인공들이었고 딱히 눈에 거슬린 강사도 없었다. 모두가 한 번의 결강도 없이 성실한 강의로 임했고 학생들도 대부분 만족하였기에 더욱 그랬다. 특히 담임 강사들은 고마운 존재였다. 각 반의 이탈자가 10개월 동안 거의 없을 정도로 반 관리는 만점이었다. 한마디로 고객을 잃지 않은 것이다. 이 모든 성과가 이근직 부원장의 운영 능력이었음을 우 원장은 잘 알고 있었다.

강사 측 입장도 마찬가지였다. 미리 학원과 재계약을 함으로써 본인의 내년 진로에 갈등이나 불안감을 갖지 않을 수 있었다. 10월 초 대부분의 강사들이 우 원장의 호출로 개인마다 원장실에서 내년도 강사 근무 재계약을 했다. 시간당 보수가 1,000원 오른다는 약정도 받았다.

이런 가운데 재계약 건으로 원장실에 호출 받지 못한 사람은 이근직뿐이었다. 우 원장은 의도적으로 그를 아직 부르지 않았다. 이근직은 다른 강사들이 모두 재계약했음을 알고 있었다. 강사 개개인이 그에게 재계약 내용을 알렸기 때문이었다. 이근직은 우 원장의 이런 태도가 뭘 의도하는지 짐작하였다. 본인 혼자만 미계약자가 되어 불안감과 초조함을 주려는 것임을 간파했다. 우 원장이 이근직을 고립적 상황으로 만들어 압박하는 모양새임을 강사들도 알 수 있었다.

우 원장은 나름 계산이 있었다. 이근직에게 내년에도 부원장직을 계속 맡김으로써 올해처럼 해주면 된다. 그런데 왠지 여름 방학 이후 근직의 태도가 조금씩 달라지기 시작했다. 자기와의 대화도 가끔 피하고 심지어 최근에는 부원장 자리를 많이 비우고 외출도 잦아졌음을 출입문지기 김 씨로부터 보고 받았다. 예전의 이근직이 조금 변했음을 감지하였다. 그래서 재계약할 때는 이근직에게 부원장 보수를 파격적으로 올려서 그의 맘을 다시 잡으려는 속셈이었다. 그러나 이근직은 스스로 이미 결정한 것이 있었다.

오늘 오후 드디어 우 원장이 이근직을 원장실로 호출한 것도 내년도 재계약 때문이었다. 그러나 두 사람의 재계약 건은 이근직의 부원장직 거부로 성사되지 못했고 숙제로 남게 되었다. 이근직의 재계약 불발 소식은 금방 최고학원에 퍼졌다. 대다수 강사들은 근직의 부원장직 거부 발언에 내년도 학원 운영을 걱정하면서도 오죽 본인이 힘들었으면 그랬을까 이해를 하였다. 의리를 중시 여기는 근직의 인간성을 인정하는 그들이었기에 조속히 재계약이 마무리되길 바랐다. 이근직이 내년에도 부원장을 맡든 안 맡든 그것은 차후의 문제로 여기며 그가 혹시라도 최고학원을 떠날까 강사들은 석정스러운 마음이 들었다. 근직과의 재계약 불발 이후 우 원장은 몇 번 근직을 원장실로 불렀으나 그의 거부로 대화가 진행되지 않았다.

그렇게 2주가 지난 11월 중순이었다. 수능 시험 날이 딱 한 달 남은 날이었다. 이 날도 학생들은 저녁 식사 후 학원 건물 옥상에 대다수 올라가 있었다. 건물 옥상은 학생들의 안전을 위해 학원 측에서 개원 당시 옥상 바닥에서부터 공중을 향하여 3m 높이의 철망을 사방에 설치하여 안전성을 확보한 상태였다.

옥상에는 차가운 바람이 막힘없이 불었다. 삼십여 명이나 되는 학생들이 삼삼오오 무리 지어 있었다. 국민 보건 체조로 스트레칭 하는 학생들도 있었고 친한 친구들끼리 속닥거리며 깔깔거리는 여학생들도 있었다. 심지어 못다 푼 수학 문제를 친구에게 여유를 부리며 물어보는 학생도 있었다. 이렇게 저녁 식사 후 학원 건물의 옥상은 학생들에게는 짧은 30여 분의 시간이지만 자유 공간으로 활용되었다. 초겨울의 차가운 바깥 공기는 하루 종일 교실에서 공부에만 전념한 재수생들에게 천연수 같은 신선함을 주었다.

이때 옥상 한쪽에서 웅성거리는 소리가 들렸다. 학원 건물과 1m 간격 정도 떨어진 옆 건물이 있었다. 건물 층수도 동일하고 옥상도 같은 높이의 빌딩이었다. 그런데 옆 건물 쪽으로 몇 명의 재수생들이 철망을 오르고 있는 것이었다.

"어…… 어…… 어……?"

"쟤네들 뭐하는 애들이야?"

주변 학생들이 소리를 지르며 그쪽으로 몰렸다. 하위권 반의 남학생 세 명이 가방을 등 뒤로 둘러맨 채 철망을 잡고 올라가 건너편 쪽으로 넘고는, 학원 건물 옥상 난간에서 옆 건물 옥상 난간으로 건너뛰는 것이었다. 야간 자율 학습을 안 하고 소위 농땡이 치는 녀석들이었다. 건물과 건물 사이가 1m 정도의 거리였기 때문에 젊은이는 충분히 뛰어넘을 수 있는 공간이었다. 담임 강사가 야간 자율 학습 조퇴를 해주지 않자 이들 세 명이 위험을 무릅쓰고 옆 건물 옥상 쪽으로 훌쩍 뛰어서 건너가는 중이었다. 두 명이 가뿐히 넘어갔다. 주변의 학생들은 이들의 위험스러운 행동에 가슴을 졸이며 바라보았다.

"쟤네들 미친 거 아니야?"

"목숨 걸구 농땡이 치는구나. 병신들……."

여기저기서 그들을 비난하는 소리가 흘러나왔다. 마지막 세 번째 녀석이 난간에서 뛰는 순간 그의 신발이 미끈했다. 옥상의 모든 학생들과 이미 옆 건물 옥상으로 건너가 나머지 동료를 기다렸던 두 명도 이 장면을 보고 비명을 질렀다.

"으아아아악……."

쿵! 짧은 단말마와 함께 육중하면서도 둔탁한 소리가 건물 1층 바닥에서 크게 울렸다. 마지막 녀석이 추락한 것이다. 주변은 순간 고요했다. 누구도 아무 말도 하지 않았다. 있어서는 안 될 일이 순식간에 일어난 것이다.

잠시 후 주변의 여학생들은 비명을 지르며 울고 있었다. 몇몇의 남학생들은 사고 소식을 알리러 3층 교무실로 급히 계단을 뛰어 내려갔다. 얼마 후 사이렌 소리가 밖에서 울리고 추락한 학생은 인근 병원으로 실려 갔다.

학원은 초비상이 걸렸다. 우 원장은 이미 정신이 반쯤 나가 있었다. 학생이 죽었다는 사실과 함께 이제 학원은 망했다는 절망감으로 충격이 컸다.

'이 엄청난 사고를 어떻게 수습할 것인가. 학생 관리에 자신감을 갖고 일 년간 무사히 운영해 왔는데 수능 시험 한 달 남기고 이게 무슨 날벼락인가. 그 꼴통 자식은 왜 건물 난간을 넘고 난리를 내는 거야. 이 학원을 어떻게 키웠는데……. 어떻게 키웠는데…….'

우 원장은 죽고 싶은 심정이었다. 두려움이 밀려왔다.

'이제 곧 경찰에서 수사가 시작될 거다. 학생 관리 책임을 원장인 나에게 추궁하겠지. 방송과 신문 등 언론에서도 취재하느라 난리 칠 것이다. 학생이 죽었으니 교육청에서도 감사관을 보내어 학원 측을 족치겠지. 아……아…… 아…… 으…… 으…….'

온갖 상념들이 우 원장을 괴롭혔다. 학생이 죽었으니 변명할 여지가 없었다. 무조건 학원 측의 학생 관리 부실로 생긴 사고였기 때문이었다.

우 원장이 어찌할 바를 모르고 있는 그때 이근직이 원장실로 노크도 없이 불쑥 들어왔다.

"형님! 너무 걱정 마세요……."

근직의 의외의 얘기에 우 원장은 귀를 의심했다.

"으응……?"

"사고는 사고구 앞으로 대책이나 잘해야지요……."

"어떻게…… 어떻게? 학생이 죽었는데……."

"자…… 진정하시구. 내 말 좀 들으세요."

의외로 침착한 이근직의 목소리에 우 원장은 그의 계획에 일말의 희망을 가져보기로 했다.

"지금 이 지역 경찰서 형사 과장이 고교 동기입니다. 그리고 지역 방송사 저녁 8시 뉴스 진행자가 또 같은 고교 동기입니다. 즉 형님의 일 년 후배들이에요."

"그런데……?"

"걔네와 제가 매달 고교 동기 계모임을 하고 있거든요. 두 명 모두 저랑 개인적으로 매우 친해요. 그래서 제가 방금 두 녀석에게 전화했습니다. 우리 학원의 학생 추락 사고를 간략히 설명했어요. 그리고 최소한의 조사와 취재만을 부탁해 놨습니다."

"……그렇다구 죽은 애가 되살아나나? 인사 사고라서 나는 이제 끝장났어……. 끝장났다구!"

"형님! 세상이 다 그게 아니에요."

"세상이 뭐가 다르다는 거야……?"

"형님! 경찰 조사는 '아' 다르고 '어' 다른 거예요."

"그게 무슨 소리야?"

"학원 측은 옥상에 철망으로 안전 조치를 해놨기 때문에 다소 빠져 나갈 여지가 있어요. 그것을 제가 특히 형사 과장 친구에게 강조했어요. 학생 개인의 일탈로 인한 단순 사고사라구 초점을 맞추고 얘기했어요."

"그랬더니? 형사 과장이 뭐라고 대답했어?"

"알겠다구 했어요."

형사 과장의 '알겠다'는 그 한마디에 우 원장은 작은 구원의 빛을 보았다.

"방송사는?"

"앵커 친구도 기자이기 때문에 사건 개요에 대한 인지가 빠르더군요. 제가 형사 과장에게 한 얘기와 똑같이 말해 놨습니다. 특히 방송사에서 카메라 들고 우리 학원에 취재하러 오지 말라고 간곡히 부탁했습니다. 지역 방송 저녁 8시 뉴스에 이번 사고가 카메라 영상과 함께 알려지는 순간 우리 학원은 끝납니다! 문 닫아야 해요!"

이근직의 예상치 못한 얘기에 우 원장은 눈물이 날 것만 같았다. 이렇게 고마울 수가 없었다. 그것도 가장 힘이 세다는 경찰 쪽과 방송사 쪽이라니……. 역시 이근직은 난놈이고 된놈이라고 그는 감격을 하였다.

　추락 사고 이후의 과정은 신속히 돌아갔다. 경찰에서는 사고 담당 경찰관 두 명이 찾아와서 사고 전반의 개요를 학원 측 관계자들(원장, 옥상에 있었던 학생들)로부터 듣고 사고 일지에 자세히 기록을 했다. 특히 우 원장이 학생들의 안전을 위해 개원 때부터 옥상에 설치했다는 철망에 대한 설명에는 고개를 끄덕이며 긍정적인 몸짓도 취했다. 방송사에서는 취재원이 나오지 않았다. 지역 텔레비전 뉴스는 물론이고 신문에도 일절 사고에 대한 언급이 없었다.
　결국 이번 추락 사고는 일부 학생들을 통해 소문으로만 약간 퍼졌을 뿐이었다. 지난번 이근직이 고교 동창 두 명에게 건넨 몇 마디가 먹혀들었는지는 몰라도 이번 학생의 건물 옥상 추락 사망 사건은 본인의 실수로 인한 단순 사고사로 이틀 만에 종결되었다.

　우 원장은 사고 학생의 아버지를 만나 애도를 표하고 조의금 500만 원을 건넸다. 그리고 학원장으로 장례를 치르겠다고 말했다. 학생의 아버지는 슬픔 속에서도 학원 측의 성의에 감사하다고 우 원장에게 머리를 굽히며 인사를 했다.
　추락 학생의 장례식은 내일, 즉 사망 3일째 학원 옥상에서 오전 9시에 열기로 했다. 장지는 버스로 두 시간 걸리는 군산 선영이었다. 학원 측은 장례식 시작부터 마지막까지 모든 장례 절차의 비용을 부담하기로 하면서 장지까지 모든 강사들이 참여하기로 결정하였다. 다만 학생들은 수능 시험이 채 한 달이 안 남았기에 장례식 후 교실에서 자습으로 대체하고 상담 실장과 사무직원 등이 관리하기로 했다.
　장례식은 그야말로 학생들의 울음소리로 학원 건물을 가득 메웠다. 우 원장의 조사가 끝난 뒤 학생 대표의 조사 낭독 때 특히 눈물바다가 되었다. 재수생이라는 같은 처지의 동료가 비극적으로 사망한 것에 대한 젊은이들의 순수한 슬픔이었다. 30분 만에 장례식은 끝났다. 우 원장을 비롯한 모든 강사들이 학원 앞에 대기 중인 두 대의 버스에 올랐다. 장지까지 마무리하고 돌아올 예정이었다. 학원으로서는 최대의 성의를 보이는 모습이었다. 1호차 버스 맨 앞자리에 앉은 우 원장에게 이근직이 다가와서 말했다.

"원장님! 저는 자가용으로 20분 뒤에 따라갈게요."

"아니, 왜? 또 무슨 문제가 있나?"

"아니요, 잠시 할 일이 남아서요. 금방 일을 마치고 장례 버스 뒤따라갈게요. 장지 주소도 알아 놨으니 걱정 마세요."

"알았어, 수고해. 늦지 않게 따라와……."

"예."

일이 남았다는 이근직의 말에 우 원장은 별생각이 없었다. 이근직 덕분에 사망 사고가 단순하게 처리되어 구사일생을 한 우 원장이기에 더 이상 그의 말에 신경 쓰고 싶지 않았다. 잘 알아서 척척 해내는 근직이 아니었던가. 이근직은 이미 이번 사망 사고 처리에 대한 특등 공신임이 최고학원 모든 구성원들이 인정하고 있었다. 장례 버스 두 대는 이근직을 남기고 바로 떠났다.

학원 3층 교무실로 올라온 이근직은 방송을 통해 각 반 반장들을 즉시 소집했다. 이번에는 상담실이 아닌 교무실로 불렀다. 영문도 모른 채 교무실로 모인 여덟 명의 반장들은 고개를 숙이며 들어왔다. 그들은 장례식 기운이 가시지 않은 슬픔과 부원장의 소집으로 인한 불안한 마음이 뒤섞인 채 이근직의 책상 쪽으로 다가갔다.

이근직은 교무실 한쪽 벽면 긴 칠판 앞의 부원장 자리에서 눈을 지그시 감고 앉아 있었다. 반장들은 서로 눈치를 보며 이근직의 자리 앞에 빙 둘러 반원을 그리며 섰다. 이근직이 감았던 눈을 뜨고 갑자기 벌떡 일어났다. 동시에 그의 입에서는 우렁차면서도 위협적인 목소리가 교무실에 울렸다.

“이 나쁜 자식들아!”

이 첫마디에 반장들은 움찔 눈을 감았다. 저승사자의 외침처럼 그들에게는 공포스러운 목소리였다.

“너네, 지난번에 내가 마지막 경고했지! 똑바로 하라구……. 너네 반장들이 빌빌거려서 이번 추락 사고가 난 거야. 이 놈들아……! 너네가 그 학생을 죽인 거라구. 이 새끼들아! 알았냐? 알았냐구……!”

아무도 대답을 하지 못하고 반장들은 고개만 숙인 채 장승처럼 서 있었다.

“너네가 책임져! 죽은 학생 책임지란 말이야! 새끼들아……! 죽은 학생 부모님이 얼마나 원통하겠냐. 응? 대학 가려구 학원 보냈는데 하루아침에 시체가 됐으니 얼마나 분하고 억울하겠냐구! 너네 반장들이 평소에 반 관리 잘했으면 이런 일이 왜 일어났겠냐. 응? 반장이라는 네놈들이 어영부영하니까 이런 사고가 나는 거야. 응? 알겠냐? 이 나쁜 새끼들아……!”

근직의 묵중하면서 쉰 목소리가 분노와 함께 거침없이 토해지자 죽은 학생 반인 7반 반장이 울먹이며 말했다.

“부원장님! 잘못했어요. 저희가 잘못했어요. 흑흑…….”

“뭘 잘못했는데? 자세히 말해 봐. 응? 새꺄…….”

근직의 추궁에 7반 반장은 아무 대답도 못하고 연신 훌쩍이며 눈물만 흘렸다.

“좋다! 어차피 사고는 사고로 끝났구 오늘 장례식까지 했으니 내가 이번 건은 여기서 매듭짓겠다. 진짜 마지막으로 경고한다! 앞으로 수능이 한 달도 안 남았는데 너네 반장들이 정신 바짝 차리고 자기네 반 관리 똑바로 해라. 응?”

추궁을 끝내려는 근직의 말에 반장들은 안도의 마음으로 동시에 외쳤다.

“예엡!”

“만약 앞으로 수능 날까지 학원 내에 사소한 일이 생기면 그때는 내가 너희들 가만히 안 둘 거다. 내가 너희들을 죽여 버릴 거야. 알았어? 이 새끼들아!"

"예엡!"

반장들은 군대에서 사열 받는 병사들처럼 일사불란하게 대답했다. 반장들에게 일장 연설을 마친 근직은 학원 지하 주차장으로 내려가 자기의 자가용 차에 올랐다. 장례 버스를 뒤쫓아가기 위해 시동을 걸고 힘차게 가속 페달을 밟았다.

수능 시험도 끝났다. 최고학원은 오히려 더 분주하고 바빴다. 대입 논술 강의와 전국 각 대학교 학과별 예상 합격 점수를 준비하느라 분주했다. 담임 강사들은 물론이고 시간 강사들까지 매일 학원에 출근하며 바쁜 일정을 보냈다. 학원 내 강사들과 상담실 및 사무직원들 모두가 이렇게 한 달을 꼬박 보내야만 했다. 재수생 학원의 일 년 과정의 마지막 결실을 위해서였다. 즉 최고학원의 재수생들이 대학교에 합격하는 숫자가 내년 학생 모집에 홍보 자료가 되기 때문이었다. 한마디로 숫자 놀음이었다. 특히 명문 대학이나 의대에 합격한 숫자는 재수생 모집에 결정적 역할을 하였다. 이런 분주한 와중에 이근직은 원장실에서 우 원장과 독대하고 있었다.

"근직아! 올해 정말 수고 많았다."

"어휴, 뭘요. 당연히 제가 할 일을 했을 뿐인데요."

"부원장 일도 그렇구, 사망 사고 건도 그렇구……."

"아……. 네……."

"그래서 준비한 건데. 이것 받아 줘."

우 원장이 흰색 편지봉투 하나를 내밀었다.

"내 성의니까 그냥 받기만 하면 돼."

근직은 건네받은 봉투를 스스럼없이 우 원장 앞에서 열어 보았다. '3천만 원'이라는 숫자가 적힌 수표 한 장이 근직을 쳐다보고 있었다.

"어이구……. 왜 이렇게 많은 액수를……. 형님! 이러시면 제가 부담스러워서……."

"아냐, 나의 최소한의 성의야."

"감사합니다……."

"그리고 근직아! 하나만 부탁할게……."

우 원장은 미소를 지으며 다정스럽게 말했다.

"네, 말씀해 보세요."

"내년에도 부원장직을 또 맡아 줘라. 응? 역시 우리 학원에는 너밖에 없어. 부탁한다……."

구 원장의 애원하는 듯한 목소리에 잠시 멈칫한 이근직은 무표정한 얼굴로 말했다.

"알았어요……. 다시 한번 열심히 해 볼게요……."

우 원장은 이근직을 와락 안았다.

"그래! 고맙다, 근직아. 정말 고마워……!"

원장실 문을 닫고 나가는 근직의 뒷모습을 바라보며 우 원장은 혼자 조용히 중얼거렸다.

"근직아, 이 녀석아. 네가 부원장직 계속 할 줄 나는 이미 알았다……. 흐흐……. 사회문화 과목으로 시간 강사해서 밥 먹고 살겠냐? 그리구 부원장 자리가 얼마나 좋은 자리인지 너도 잘 알잖냐 쨔샤. 흐흐흐……."

입시 상담하러 학원에 온 재수생들의 시끄러운 목소리가 원장실까지 들렸다. 우 원장은 자리에서 일어나 학생들을 보러 원장실을 나섰다. 상담실에는 오전의 햇살이 겨울답지 않게 따사하게 내리쪼이고 있었다.

나까무라의 추억

나까무라 선생.

사립 제일고등학교의 일본어 선생이다. 그는 한국인이다. 본명은 이춘서다. 제일고교의 제2외국어 선택 과목은 독일어와 일본어 두 가지뿐이다. 2학년 때 학생들은 제2외국어를 선택해야 한다. 키가 작고 순하게 생긴 30대의 여선생님이 독일어를 담당하고 일본어는 이춘서가 맡았다. 학생들 대부분은 솔직히 독일어를 선택하고 싶었다. 남자 선생님보다는 여자 선생님이 남학생들에게 당연히 호기심과 인기가 많았으니까. 그러나 학습 난이도와 점수를 쉽게 딴다는 현실적 이유 때문에 결국 선택 인원은 반반으로 나눠졌다.

이춘서가 '나까무라'가 된 이유는 대략 세 가지다.

우선 이춘서가 일본어 선생이면서도 외모가 일본 사람처럼 생겼기 때문이었다. 일본 사람의 얼굴 특징을 단정 짓는 것이 딱히 있는 건 아니지만 일제강점기 조선인을 학대한 폭력적인 가해자의 얼굴을 말하는 것이다. 그런 침략자의 악랄한 인상이 기성세대에겐 어릴 적에 영화나 드라마를 통해 강하게 남아서 이젠 일본 사람의 얼굴로 보편화된 것이다.

이춘서의 키는 보통이고 얼굴은 말랐다. 머리 스타일은 평범한 2:8 가르마이다. 눈도 쌍꺼풀진 여자처럼 예쁜 큰 눈이다. 그런데 치아에서 드디어 일본인 얼굴이 드러난다. 윗니 가운데에서 왼쪽 두 번째 치아가 뻐드렁니로 밖으로 튕겨 나왔다. 그리고 입을 다물면 치아 골격 전체가 정면으로 2cm 이상 돌출되어 마치 원숭이와 비슷한 얼굴 이미지를 느끼게 했다. 이춘서가 말을 할 때면 뻐드렁니의 삐죽 나온 부분이 상대방의 눈에 먼저 띄었다. 그와의 대화 내용보다도 뻐드렁니의 찬란한 모습이 보는 사람의 넋을 잃게 만들었다.

이처럼 그는 누구에게나 느끼는 완벽한 일본 사람 얼굴이었다. 학생들 중에는 처음에 그가 진짜 일본 사람인 줄 알았다고 하는 경우도 있었다. 더구나 그 외모에 일본어 선생이었으니 그런 오해가 있을 만도 했다. 진짜 일본 사람과 이춘서를 서울역 광장에 함께 세워 놓고 지나가는 사람들 100명에게 누가 진짜 일본 사람이겠냐고 물어본다면 90% 이상이 이춘서 쪽에 손을 들었을 것이다. 혹은 이춘서가 당장이라도 일본 동경의 번화가를 걸어도 그를 당연히 자국민으로 판단할지언정 외국인으로 의심하는 사람은 없을 것이다. 그 정도로 이춘서는 외모상 완벽한 일본인이었다.

나까무라가 된 두 번째 이유는 그가 학생들을 엄청 때렸기 때문이었다. 즉 학생들에 대한 체벌이 가혹했다. 일제강점기 일본 형사들이 조선인들을 학대하고, 특히 독립운동으로 의심되는 사람들을 감옥에 가두며 고문을 한 것처럼 그는 학생들을 무지막지하게 체벌하였다.

2학년 6반 학생들은, 이춘서가 담임이라고 교감 선생님이 새 학년 담임을 발표했던 3월 첫 주 개학날 운동장 조회에서 기절할 뻔했다. 그의 체벌에 대한 악명은 매해마다 선배가 후배에게 알려줌으로써 대(代)를 이어 전통처럼 내려왔다.

자기네 반 학생들에 대한 체벌의 이유도 다양했다. 등교 때 지각하면 세대. 결석하면 이유 불문하고 다섯 대. 청소 불량이면 세 대. 다른 선생님에게 지적 받아서 명단 넘어오면 다섯 대. 학급 준비물 미비는 두 대…… 등등 다양한 이유를 붙여 가능한 학생들을 때리는 것을 그는 즐기는 듯했다. 매 맞는 부위는 허벅지나 종아리였다. 그의 체벌 도구는 나무로 만든 긴 몽둥이였다. 물을 적셔 교실 바닥을 청소하는 봉걸레자루 부분이 그의 무기였다. 그는 봉걸레자루에서 1m 20cm 정도 되는 둥근 긴 나무 부분을 잘라서 처벌 도구로 승화시켰다. 손잡이 부분에는 청 테이프를 칭칭 감아서 손에서 미끄러지지 않게 만들고 바로 밑에 굵은 빨간색 유성 사인펜으로 '忍'(참을 인) 글자를 뚜렷하게 써 놨다. 체벌을 받고 인상을 찌푸리는 학생들에게 나까무라는 항상 소리 질렀다. "인!" 그러면서 자신의 두 번째 손가락으로 몽둥이에 쓰인 '忍' 글자를 가리키는 것이다. 그러면 학생은 약속 대련이라도 하듯 "인!"이라고 대답해야 한다.

"인!", "인!", "인!", "인!"

나까무라의 교실은 거의 매일 '인'이라는 소리가 확성기처럼 메아리쳤다. 어질 인(仁)이 아닌, 참을 인(忍)이 학교 건물을 울렸다.

심지어 그는 자기네 반 학생들뿐만 아니라 일본어 수업을 받는 다른 반 학생들도 처벌의 단골이었다. 핑계는 시험 성적이었다. 모의고사나 중간·기말고사가 끝나고 일주일 후의 일본어 수업 시간은 일명 '타작' 시간이었다. 학생들이 매 맞는 것을 타작이라는 은어로 쓰었다. 한해 농부의 노고로 가을에 농작물을 거두는 타작이라는 낱말을, 학생들을 때리는 체벌 행위에 대신 붙여 쓰는 선생들만의 못된 전문 용어였다.

매 맞는 기준은 이미 정해져 있었다. 시험 점수가 매에 대한 기준이었다. 학교 평균 점수보다 1점~10점 낮으면 다섯 대. 11점~20점 낮으면 일곱 대. 21점 이상 낮으면 열 대였다. 학교 건물은 일주일 내내 나무와 살덩이가 부딪히는 찰싹거리는 소리로 시끄러웠다. 나까무라의 탁월한 타작 기술 중에는 어느 선생도 생각 못 하는 기발한 발상이 하나 있었다. 그건 교실에서 몽둥이를 휘두르는 게 아니라 복도에서 한다는 사실이었다. 특히 시험 결과에 대한 타작은 반드시 복도에서 시행하였다. 교실 복도에서 매 맞을 학생들은 한 줄로 길게 줄을 서서 자기의 순서를 기다린다. 나까무라는 다른 반 교실 수업에 지장을 주는 것은 아랑곳없이 매 맞는 학생들에게 앞으로 공부 똑바로 하라고 크게 소리를 지르면서 정해진 횟수대로 몽둥이를 내려친다.

"철썩 철썩"

"아…… 악…… 아…… 악."

"똑바로 공부하란 말야 새꺄!"

세 종류의 말소리가 복도에서 규칙적으로 계속 울렸다. 옆 교실에서 다른 과목 수업을 듣는 학생들까지 공포심은 스멀스멀 쳐들어왔다. 3층 교실 복도에서 벌어지는 타작 소리는 1층 중앙의 교장실까지 들렸다. 타작 소리를 듣고 자리에서 일어난 교장은 3층 복도까지 올라와서는 타작 현장을 무표정하게 지나쳤다. 그리고는 다시 1층으로 내려가는 것이었다. 교장은 암묵적으로 나까무라의 타작 행위에 응원을 보낸 것이다. 교장이 모습에서 사라지자 나까무라는 더 힘차게 소리를 지르며 몽둥이춤은 절정을 치달았다. 학교 건물 전체가 나까무라가 휘두르는 몽둥이와 그 메아리 소리에 함몰돼 가고 있는 것이다. 교장의 응원에 나까무라는 자신의 행위가 정당하다는 확신 아래 더욱 타작 판이 벌어지는 진풍경이었다.

나까무라의 체벌에 대한 전설 같은 이야기는 5년 전에 일어났던 사건이었다. 일본어 수업 중에 졸고 있는 2학년 남학생을 그냥 용서해 줄 나까무라가 아니었다. 칠판에 두 손 대고 잡으라며 명령하고는 학생의 엉덩이를 세차게 몽둥이로 휘둘렀다. 그러자 매를 맞은 학생이 나까무라를 째려보며 더 이상 매를 맞지 않겠다고 대들었다. 한마디로 학생의 선생님에 대한 항명이었다. 이때 나까무라가 조금이라도 흔들거리거나 약해지면 모든 학생들에게 개망신이 되는 순간이었다. 나까무라의 전설도 끝장나는 것이다.

그러나 역시 나까무라였다. 그는 1초의 주저함도 없이 학생의 뺨을 갈겼다. 그러고는 상대방의 멱살을 잡고 별관 자료실로 끌고 갔다. 거기는 수업을 하지 않는 별실 빈 공간이었다. 들어가자마자 문을 걸어 잠그고는 몸을 날려 이단 옆 발차기로 학생의 머리를 후려쳤다. 내동댕이쳐져 바닥에 쓰러진 학생은 그대로 기절하고 말았다. 그럼에도 눈 하나 깜빡하지 않은 나까무라는 물동이에 찬물을 가득 담아와 학생 얼굴에 부어 버렸다. 다행히 더 큰 사고 없이 이번 체벌은 순조롭게 끝났다. 학생은 잘못했다고 무릎 꿇고 싹싹 빌고는 교실로 되돌아갔다.

자료실에서의 나까무라 체벌 사건은 즉시 학교 구성원들 모두에게 소문으로 퍼졌다. 이번 에피소드 이후 나까무라의 체벌은 냉정함을 넘어 비정한 수준으로 평가되면서 학생들은 물론 선생님들까지 그를 '체벌 지존'으로 인정하였다. 나까무라는 제일고등학교에서 체벌의 황제로서 자리를 잡으며 더욱 의기양양했다.

나까무라가 된 세 번째 이유는 그의 얄팍한 심보 때문이었다. 특히 돈 쓰는 예의가 야박하고 이기적인 인간성이 결정적이었다. 그는 절대로 남에게 공짜로 커피 한잔 사는 것을 몰랐다. 절대 자기 돈을 쓰지 않으면서 부끄러운 줄도 몰랐다. 남이 눈치 주는 것 외면하기는 박사님이었다. 그러면서 얻어먹기는 귀신이었다. 그는 학교에서 주최한 회식을 절대 빠지지 않았다. 공짜로 저녁 식사가 해결되기 때문에……. 2학년 담임 회식이든, 학생과 업무 담당 회식이든, 동창회 주최 회식이든, 졸업생들의 은사님 보은 회식이든, 어느 회식이든지 출결 100%다. 그의 돈이 들어가지 않기 때문에…….

지독한 인간이었다. 그와 7년째 함께 근무한 과학과 박 선생의 증언에 의하면 7년 동안 나까무라가 학생이나 선생님들을 위하여 자기 돈 1원도 쓰는 것을 보지 못했다고 했다. 초인적인 절약 정신의 화신이거나 동화 속의 스크루지의 후손 같다며 비꼬았다. 어쨌든 나까무라는 이질적이고 독창적인 유전자를 갖고 있는 인간임에는 틀림없었다. 더욱 가관인 것은 돈 지출에는 절대적으로 인색한 그가 몇몇 선생들에게 본인의 은행 통장을 보여주며 돈 많다고 자랑을 하곤 하였다.

"봐요, 여기. 맨 밑줄의 잔액란……. 5천 2백만 원 인쇄돼 있잖아요. 흐흐……."

나까무라는 젊은 총각 선생들에게 자신의 통장 잔액 숫자를 손가락으로 짚으며 자랑을 종종 일삼았다. 나이 사십인 그도 미혼이었기에 결혼하지 않은 젊은 선생들이 그의 돈 자랑 중심 대상이었다. 돈 많다고 자랑하면서 돈은 절대로 쓰지 않는 인간. 그게 나까무라였다.

나까무라의 인색한 돈 씀씀이에 대한 극단적인 일화가 작년에 일어났다. 점심시간에 대부분의 선생들은 학교 정문 옆에 있는 '고향 칼국수 식당'이나 도로 건너편 중화요리점 '쌍팔반점'에 배달 주문하여 교무실에서 간편히 해결하였다. 그런데 배달 음식에 질렸던 젊은 30대 교사 네 명은 자가용 한 대로 네 명이 타고 5분 정도에 있는 인근 아파트 단지 주변 식당들의 음식을 다양하게 즐겼다. 식사비는 매일 돌아가면서 한 명이 네 명의 식사비를 지불하는 방식이었다. 결국은 더치페이와 같았다. 한 명이 네 명 것을 대신 내는 모습이 자연스럽고 보기에도 좋았다. 누가 보아도 양복 입은 선생들의 기본적이고 깔끔한 매너였다.

어느 날 네 명의 선생들이 평상시처럼 외부 식당에서 점심 식사하면서 우연히 나까무라의 돈 쓰는 예의에 대한 얘기가 나왔다.

"나까무라가 지독하다면서요?"

"네, 돈에는 1원도 양보가 없다네요."

"선생이란 작자가 창피하지도 않은지 징글징글하군요."

"그러니까요……. 결혼 못 하는 이유도 돈 아까워서 그런 것 아닐까요? 마누라한테 돈 쓰기 싫어서요."

"하하하……."

모두가 나까무라의 인색함을 농담으로 비웃고 있었다. 나까무라는 지금 네 명의 점심 식사 밑반찬 정도로 팔리고 있었다. 그만큼 그는 주변인들에게 술안주처럼 소소한 얘깃거리의 대상이었다. 심심할 때 여러 사람들에게 조롱당하는 비웃음의 대상…….

이때 국어과 윤 선생이 기발한 제안을 했다.

"선생님들! 이러면 어떨까요?"

모두가 수저를 놓으면서 윤 선생을 쳐다봤다.

"우리 외부 식사 팀에 나까무라를 합류시켜 같이 점심 식사를 하러 다녀 보지요?"

"예에……? 왜요……?"

"그러면 다섯 명이 되니까 월요일부터 금요일까지 닷새 동안 식사비를 한 명이 돌아가면서 다섯 명 것을 내면 결국 일주일에 한 번씩 딱 떨어지잖아요?"

"그래서요?"

"나까무라가 과연 본인도 일주일에 한 번 꼴로 다섯 명의 식사비를 내는가를 한번 보자구요."

"그렇게 해도 나까무라는 결국 자기 밥값 자기가 내는 걸로 손해는 아니잖아요? 남에게 베푸는 것도 아니구……."

그러자 윤 선생은 자신의 의도를 더 자세히 설명하였다.

"만약에 나까무라가 일주일에 한 번씩 다섯 명의 밥값을 낸다면 각자 더치페이와 같은 것이기 때문에 그를 비난할 수는 없어요. 그런데 만약 남에게 얻어만 먹고 본인은 일주일에 한 번이라도 음식값을 안 낸다면 그야말로 그 인간 꽝인 거죠. 이번 기회에 우리가 직접 나까무라의 돈 쓰는 기본 매너와 인간성을 확인해 봅시다."

윤 선생의 계획은 합리적인 것이었다. 다섯 명 모두가 일주일에 한 번씩 돌아가면서 모두의 밥값을 지불하는 것은 네 명이 지금 하는 방식과 같은 것이다. 다만 나까무라를 합류시켜서 그도 기본적인 예의가 있는가를 밝혀 보자는 취지였다. 그 시행을 다음 주 월요일부터 하자며 모두가 동의하였다. 나까무라에게 함께 자동차 타고 점심 식사하러 나가자고 접선할 임무도 윤 선생이 맡았다.

다음 주 월요일 나까무라도 외부 점심 식사 팀에 합류하여 다섯 명이 함께 자동차에 올랐다.

"이야아…… 정말 좋네요. 외부 식사는 생각도 못 했는데 이렇게 저를 합류해 주셔서 감사합니다."

교무실에서 매일 배달 점심 식사를 했던 나까무라는 감개무량하며 고마워했다. 밀가루 음식으로 배를 채웠던 그였기에 한식 식당의 다양한 찌개 음식들은 여러 밑반찬과 더불어 그야말로 진수성찬이라 할 만했다.

식사를 마친 다섯 명은 출입문 쪽으로 향했다. 계산대는 출입문 바로 앞에 위치해 있었다. 나까무라는 맨 뒤에 천천히 네 명을 따라왔다.

"오늘은 제가 내겠습니다."

윤 선생이 먼저 카드를 내밀며 다섯 명의 밥값을 계산했다.

그렇게 나흘이 지났다. 목요일 퇴근 후 기존 네 명의 외부 식사 선생들이 교사 휴게실에 모였다.

"아니! 나까무라 그 사람 진짜 내일 금요일에도 밥값 안 내는 거 아닙니까?"

"내일이면 금요일이라 이번 주 다섯 번째 되는 점심 식사비는 당연히 나까무라가 내겠지요……. 안 내면 인간도 아니지요."

모두가 약간 흥분돼 있었다. 나까무라는 월요일부터 목요일인 오늘 점심 식사 때까지 늘 맨 뒤에 따라 나오면서 식사비를 본인이 한 번도 내지 않은 것이다. 만약 내일 금요일에도 나까무라가 다섯 명의 식사비를 안 낸다면 이번 주 내내 다섯 번 연속 공짜로 얻어먹는 셈이다.

네 명의 선생들은 말로만 듣던 나까무라의 인색한 돈 씀씀이에 대한 실제 경험을 본인들이 증명하고 있다는 사실에 찝찝함을 느꼈다. 왠지 나까무라가 내일도 밥값을 안 낼지 모른다는 불안감이 서서히 밀려 들어왔다.

금요일 점심 식사도 여전히 다섯 명이 외부 식당에서 하고 있었다. 네 명은 밥알을 씹으면서도 아무런 느낌도 맛도 없었다. 단지 잠시 후에 벌어질 일들에 대한 막연한 추측만이 머릿속을 복잡하게 올라갔다 내려갔다 할 뿐이었다. 그들의 심정을 아는지 모르는지 나까무라는 여전히 쩝쩝거리며 김치찌개를 맛있게 먹고 있었다.

"이 집 김치찌개는 매일 먹어도 안 질려요. 울 엄마가 해주는 맛과 똑같단 말입니다. 다음 주에도 계속 김치찌개만 먹을 예정입니다. 하하하……."

나까무라가 밥그릇을 비우고 가득 채워진 물컵을 다 마시자 윤 선생이 나까무라를 바라보며 말했다.

"이제 일어나시죠. 자…… 계산하고 나갑시다. 모두 나가시지요……."

은근히 나까무라에게 밥값을 내라는 간접적 명령이었다. 다섯 명은 모두 일어났다. 나까무라는 밥값을 계산하러 맨 앞에 선두로 나가지 않았다. 그는 여전히 지난 나흘 동안 했던 것처럼 맨 뒤에 따라 나왔다. 앞선 네 명은 계산대 앞에서 멈칫하였다. 나까무라 외 그 누구도 밥값을 내서는 안 되는 상황인 것이다. 당연히 나까무라의 차례가 아닌가. 그게 정상적인 인간의 기본 도리였다.

그러나 나까무라는 네 명의 뒤에서 우두커니 서 있을 뿐이었다. 밥값을 낼 의도가 전혀 없다는 신호였다. 잠깐 5초의 시간이 침묵으로 지나갔다.

"나까무라 선생님! 오늘 밥값은 나까무라 선생님 차례 아닙니까?"

보다 못해 윤 선생이 직설적으로 나까무라에게 요구했다.

“아…… 네……. 그런가요?”

“그런가요가 무슨 얘깁니까! 월요일부터 목요일까지 선생님들이 돌아가면서 밥값 내는 것 못 봤습니까?”

“아…… 네……. 몰랐었네요. 맨 뒤에 서 있어서…….”

“암튼 오늘은 이번 주 다섯 번째 되는 날이라 나까무라 선생님이 밥값 내실 차례입니다. 계산하세요!”

“예…… 저…… 그런데…… 제가 교무실에서 지갑을 안 갖고 나와서요…….”

“예에……?” 네 명은 경악을 하였다. 나까무라는 밥값을 낼 마음도 없을 뿐만 아니라, 아예 돈을 쓸 여지를 없게끔 지갑도 안 갖고 온 것이다. 실수가 아니라 일부러 지갑을 교무실에 놓고 온 거라고 네 명은 판단했다.

“담 주 월요일에는 제가 밥값 낼게요……. 미안하게 됐습니다. 헤헤…….”

다음 주를 예약하며 나까무라는 뻐드렁니를 내보이며 비굴한 웃음을 보였다. 결국 사람 좋기로 소문난 기술과 민 선생이 계산하였다. 학교로 돌아오는 자동차 속에서 다섯 명 모두 아무 말도 하지 않았다. 그들은 5분의 귀교 시간이 50분처럼 느껴졌다. 모두의 침묵 속에서 개인마다 머릿속에 혼란의 회로만이 작동했을 거라고 윤 선생은 생각했다. 한낮의 학교 운동장에는 점심 식사를 얼른 마친 학생들이 공을 차면서 낄낄거리고 있었다.

퇴근 후 기존 네 명의 선생들은 단골 호프집에 모였다. 금요일 저녁의 술집엔 손님들이 홀의 반을 메운 상태였다. 그들은 자리에 앉자마자 생맥주 500ml를 안주 없이 들이켰다.

“우아……. 정말 말로만 듣던 대로 진짜 인색한 인간이네요!”

생맥주 거품을 입술에 묻힌 채 과학과 박 선생이 큰 소리로 탄식을 했다.

“질렸습니다, 그 인간한테…… 앞으로 상종하고 싶지가 않아요.”

나까무라 합류 계획을 주도했던 윤 선생도 화가 났는지 얼굴이 붉게 달아

오르고 있었다.

"솔직히 저는 이 정도까지 될 줄은 예상 안 했습니다. 상식적인 인간이라면 자기 순번에서 밥값 내는 게 누구나 아는 기본 예의 아닙니까?"

계속되는 윤 선생의 푸념에 민 선생이 새로운 제안을 했다.

"선생님들! 이제 그만 마음 푸시구요. 제 의견을 한번 말씀드리겠습니다."

모두가 민 선생에게 집중했다.

"아까 나까무라는 다음 주 월요일에 본인이 밥값 낸다구 했잖습니까? 근데 제 생각엔 그가 설사 다음 주부터 식사비를 낸다 하더라도 그런 사람과 우리들이 함께 계속 밥 먹는 것 자체가 불편합니다. 그러니 다음 주 월요일부터는 나까무라를 데리고 나가지 맙시다. 원래대로 우리 네 명만 예전처럼 나갑시다."

"맞아요, 맞아! 그 인간하고는 상종을 하지 말아야 해요! 괜히 그 인간하고 계속 함께 하다간 나중에 뒤끝이 아주 안 좋게 됩니다."

최 선생의 맞장구에 윤 선생이 결론을 내리듯 단호하게 말했다.

"그래요! 나까무라 그 사람 앞으로도 계속 그럴 성향의 인간입니다. 그러면 결국 우리만 피해 보게 되고 마음에 분노만 일으켜져 우리 자체가 망가지게 돼요. 더구나 나까무라를 계속 욕하면서 우리도 나쁜 놈이 될 수 있어요. 그 인간의 인색한 돈 쓰는 매너 때문에 우리 마음만 멍든단 말입니다!"

결국 네 명은 나까무라를 완전 '팽' 시키기로 입을 모았다. 외부 식사뿐만 아니라 평상시 교무실에서도 나까무라와는 대화조차 하지 않는 인간적 팽 시키기로 단단히 약속을 하였다.

외부 식사 나까무라 사건은 금방 교무실에 퍼졌다. 자기 밥값도 전혀 내지 않는, 기본이 안 된 파렴치한 인간으로 낙인찍히며 나까무라는 선생들의 신임을 잃고 있었다. 선생이라는 작자가 돈 몇 푼 때문에 여러 사람들에게 피해를 주느냐며 나까무라 없는 자리에서 모두가 한마디씩 했다. 나까무라는 이제 교무실에서 모든 선생들로부터 외면당하며 외로운 늑대로 서서히 전락되어 갔다.

　나까무라가 선생들로부터 인심을 잃은 진짜 이유는 사실 다른 데 있었다. 교장에게 잘 보이기 위해 학생들을 무지막지하게 체벌하고 돈 씀씀이의 인색함도 한몫을 했지만 그가 왕따 당할 수밖에 없는 결정적 일이 드디어 드러났다. 그 일은 이미 그가 제일고교로 전근 온 7년 전부터 지금까지 지속되어 왔던 것이다. 교무실 모든 선생들에게 가려져 있던 사안의 본질이 드디어 7년 만에 낱낱이 밝혀졌다. 이 일로 나까무라는 학교에서 회복될 수 없는 인간 말종으로 취급되기 시작했다.

　나까무라는 원래 대학교 졸업 후 강릉 국성고등학교에 교사의 첫발을 디뎠다. 거기서 5년을 근무하다가 고향인 문성시의 제일고등학교로 어렵사리 전근 온 것이다. 미혼인 그는 문성시의 부모님 집에서 부모님과 함께 생활하였다. 7년 전 전근 온 첫해 그는 동료 선생들에게 중매를 부탁하였다. 외모는 좀 자신 없었지만 선생이라는 안정된 직업을 무기로 서른세 살 노총각 나까무라는 "장가가게 중매해 주세요."라고 선생들에게 읍소하였다. 그는 교무실 선생들뿐만 아니라 행정실 사무직원들에게도 중매를 요청하였다. 또한 같은 담장과 운동장을 함께 사용하는 동일한 학교 재단 소속인 제일중학교까지 직접 찾아가 부탁한 것이었다.
　그 이후 선생들마다 나까무라에게 여자를 소개하는 일이 시작되었다. 선생들의 지인 딸이나 혹은 친척인 경우도 있었고 심지어 한 다리 건너서 소개받은 여자를 중매하는 경우도 생겼다. 그만큼 제일고등학교, 제일중학교 선생들과 행정실 직원들은 나까무라 장가 보내기 프로젝트에 적극적으로 참여하였다. 학교 정문 옆과 건너편에 있는 '고향 칼국수 식당'과 '쌍팔반점' 중화요리 식당까지 가서 자신의 중매를 요청했다는 사실을 나까무라가 교사 휴게실에서 자랑스럽게 스스로 까발리기도 하였다.

그만큼 나까무라는 결혼하려는 의지가 강했다. 나이도 나이였지만 부모님의 강요가 더욱 컸었기 때문이었다. 장남인 아들이 노총각인 것에 부모님은 은근히 염려하였다. 이런 부모님의 강요에 나까무라도 이젠 가정을 이루고 싶다는 본인 뜻까지 더해져 주위에 중매를 강요할 정도까지 이르렀다.

나까무라가 처음부터 밝혔던 여성의 조건이 특별히 까다로운 건 아니었다.

"그냥 착하고 이쁘면 돼요……."

뻐드렁니를 내밀며 겸연쩍게 웃으며 말했던 그였지만 중매를 주선하는 사람들에게 단순하게 들리지 않았다. 두 남녀의 인연이 부부가 될 수 있는 인생의 중요한 선택이었기에 더욱 신중을 기했다. 그들은 나까무라가 말했던 조건에다가 선생이나 공무원 등 맞벌이가 될 수 있는 전문직 여성을 가능한 소개하였다. 나까무라의 중매 부탁을 받은 선생들과 직원들은 나름 열심히 중매를 해 주었다. 나까무라는 대략 일주일에 한 번 정도로 여자를 소개 받았다. 그렇게 중매가 시작된 지 올해로 7년이 지났다. 이제까지 주변인들의 중매로 나까무라가 만난 여성이 300명 가까이 되었다. 그 300명의 숫자는 제일고교, 제일중학교 교직원 120여 명에다가 '고향 칼국수 식당', '쌍팔반점' 사장까지 소개한 전체 여성들의 합계였다.

중매를 주선한 사람은 최소한 2~3명의 여성을 나까무라에게 소개한 셈이다. 7년 동안 많은 여성을 소개받았음에도 나까무라는 인연을 못 만난 것이다. 300명 속에 나까무라의 인연은 정말 없었던 것인가? 모두 안타까워하면서도 혹시 나까무라에게 무슨 결정적 흠이 있어서 그러한가? 라고 서서히 의심이 들기 시작했다. 나까무라의 외모가 여성들에게 거북스러워 그랬지 않았겠느냐는 의견도 있었지만, 뻐드렁니 외에는 크게 혐오스러운 분위기는 아니므로 꼭 그것만은 아닐 거라고 대부분의 선생들은 추측했다.

누가 생각해 봐도 비상식적인 숫자였다. 7년간 300명의 여성. 여성을 소개

해주는 사람들도 열성이었지만 7년간 300명을 만나면서 거의 반복적인 패턴으로 처음 보는 여성에게 동일한 이야기를 건넸을 나까무라도 대단했다.

그는 해가 거듭되면서 결혼까지 성사되지 않은 여성들을 만나면 무슨 생각을 했을까. 나이가 점차 들면서 정신적으로 위축되지는 않았을까. 혹시 자존감이 떨어져 여성 앞에서 당당하지 못했는가…….

여러 말들이 교사들에게 회자되었다. 그토록 많은 중매 중에서 결혼까지 이어지지 않은 이유가 가장 궁금했다. 그만큼 나까무라의 중매 이슈는 염려와 의구심 속에 모두의 관심이었다.

그러나 나까무라의 중매는 서서히 힘을 잃어 갔다. 교직원들 대부분이 그에게 중매를 해준 경험이 있었기에 새로운 여성을 중매하기가 어려워진 것이다. 또한 해가 거듭될수록 신세대 여성들은 중매보다는 연애결혼을 선호하였기에 나까무라가 새로운 여성을 소개 받기가 점차 어려워졌다. 더군다나 이제는 그의 인색한 씀씀이까지 알려지면서 인심까지 잃어 중매는커녕 왕따 당하는 신세로 전락하고 있었다.

교직원 모두가 나까무라의 결혼은 이제 물 건너갔다고 생각했다. 나이도 사십 살이 되었고, 얼굴은 더 일본 사람처럼 되고 있었으며, 예의 없는 인간에게 누가 시집을 오겠느냐였다. 나까무라도 결혼을 포기했는지 주변에 중매를 더 이상 요청하지 않았다. 그도 그럴 것이 그에게 대부분 2~3명씩 중매해 준 사람들이었기에 나까무라도 부탁할 처지도 아니었다. 이렇게 작년부터 중매는 사라졌다.

올해 봄 미술 교사로 강 선생이 부임했다. 30대 초반의 미혼 남자 선생이었다. 소규모 미술 학원을 경영하다가 학교 미술 교사 자리를 찾던 중 정년퇴임으로 비게 된 미술 교사직을 재단 이사의 후견으로 차지한 것이다.

교내 사정에 어두운 초임 강 선생에게 나까무라가 접근하였다. 나까무라는 학교 내부 사정과 선생들끼리의 사적인 친소 관계 등을 알려주면서 그에게 정성을 쏟았다. 강 선생의 초기 교사 생활 적응에 도움을 준 것이다. 그러고는 결국 강 선생을 통해 여성을 소개 받게 되었다.

여성은 강 선생의 사촌 누나로 서른여섯 살의 노처녀였다. 지방 공무원으로 재직 중이었고 강 선생과는 나이 차이가 적은 사촌 사이라서 매우 인간적 유대감이 특별하였다. 물론 강 선생은 나까무라가 7년간 300명의 여성들을 소개받은 전력을 전혀 몰랐다.

나까무라가 신임 강 선생의 소개로 맞선을 본다는 얘기를 들은 교무실은 약간의 기대감과 의구심으로 들썩이었다.

"과연 오랜만에 맞선 보는 여성과 잘 되려나? 그동안 나까무라의 7년간 실패 경력이 있는데……."

기대보다는 의구심 쪽으로 기운 얘기들이 대부분이었다.

"나까무라의 중매 실패 명단 이력에 한 명이 더 추가되는 경우가 안 되기를 바랄 뿐이지요. 하하하……."

비웃음에 가까운 악담 아닌 악담이 선생들의 솔직한 심정이었다. 그들도 예전에 겪었던 중매 실패의 당사자였기에 더욱 그랬다.

"나까무라 선생님! 저의 사촌 누나 진짜 좋은 여자예요. 선생님과 딱 맞는 커플로 인연이 되길 진정 바랄게요."

강 선생의 간곡한 말에 나까무라는 미소를 띠며 걱정 말라는 투로 답변했다.

"나도 나이가 있으니 강 선생 사촌 누나하구 잘 되었으면 좋겠어. 아무튼 고마워……."

나이 든 두 남녀의 첫 만남은 토요일 오후 2시 행복호텔 1층 카페에서 이루어졌다.

"처음 뵙겠습니다. 이춘서라고 합니다."

"네, 안녕하세요. 강미숙이에요……."

"미모가 뛰어나시네요. 강 선생이 칭찬 많이 했는데 실물이 얘기 들었던 것보다 훨씬 미인이십니다."

"네……. 감사해요."

두 사람은 어색한 인사를 마친 뒤 서서히 분위기 편하게 대화를 나누었다. 약간 긴장도 됐지만 서로 일하는 분야에 대해 얘기하면서 이해한다는 듯 고개도 끄덕이며 가볍게 웃기도 했다. 앞으로의 전개가 순조로워 보였다.

한 시간쯤 다 되어 나까무라가 여성에게 말했다.

"오늘 즐거웠습니다. 이렇게 좋으신 분 만나서 행복했습니다."

"네……. 저도 즐거웠어요."

여성도 나까무라가 싫지 않은 표정이었다. 그녀는 나까무라의 다음 말을 기다렸다.

카페를 나가서 더 데이트를 하지요.

오늘 저녁 식사까지 대접하겠습니다.

다음에 또 만나고 싶습니다.

그녀는 침을 꼴깍 삼키며 나까무라를 쳐다봤다. 그러나 나까무라는 자리에서 벌떡 일어났다. 그러고는 그녀에게 정중히 인사를 했다.

"안녕히 가십시오."

"……."

"강 선생한테는 좋은 누나 소개해 줘서 고맙고 즐거웠었다고 얘기하겠습니다."

"저…… 혹시 다음에 만날 애프터 약속은 없으시구요……?"

여성이 주섬주섬 어렵게 말했다. 30대 중반의 노처녀가 그나마 용기를 냈던 것이다. 그녀는 자존심을 살짝 접었다.

"네, 솔직히 말씀드리지요."

"……네……에……?"

"저는 소개로 만난 여성은 딱 한 번 만남으로 끝냅니다."

"네? 그게 무슨 말씀인지…….."

"네, 제 성향이 그렇습니다. 낯선 여성과 처음 딱 한 번 만나며 이야기하는 게 즐겁습니다. 약간의 긴장과 함께 대화하는 게 짜릿합니다. 그래서 이제 까지 소개받은 여성에게 애프터를 신청한 적이 없거든요."

"……."

"그리고 이런 저의 솔직한 얘기는 미숙 씨에게만 처음 말씀드리는 겁니다. 이전에 맞선 본 여성들에게는 일절 얘기를 안 했습니다. 미숙 씨가 착하게 생겨서 믿고 얘기한 거니까 오해는 말아 주세요."

"……."

"아무튼 오늘 즐거웠습니다. 안녕히 가세요. 저 먼저 일어나겠습니다."

대답 없는 강미숙을 남기고 나까무라는 카페 문을 나섰다.

며칠 후 강미숙을 통해 모든 얘기를 전해 들은 강 선생은 분노가 치밀었다. 가장 믿고 가깝게 지내는 사촌 누나를 어렵게 설득하여 소개해 주었건만, 나까무라는 소개받은 여성과의 딱 한 번 만남과 대화가 본인의 성향이라니……. 말도 안 되는 미친 헛소리로 들렸다. 소개 받은 날의 상황을 아무 일 없었던 것처럼 무심한 표정으로 근무하는 나까무라의 태도에 그는 더욱 화가 났다. 강 선생은 나까무라에게 항의하기로 단단히 벼렸다.

그러나 강 선생은 나까무라에게 따지기 전에 우선 이 이야기를 가까이 지내는 몇 명의 선생들에게 폭로하였다. 그 이야기가 전해지자 이번에는 교무실 전체가 난리가 났다. 7년 동안 나까무라에게 중매했던 대부분의 교무실 선생들은 충격을 넘어 폭발하였다. 7년 동안 300명의 여성들과 맞선을 본 나까무라가 왜 결혼까지 성사되지 않았는지 그 진짜 이유가 밝혀졌기 때문이었다.

300명의 여성들은 피해자였다. 나까무라의 특이한 성향으로 인하여 그 여성들은 영문도 모른 채 마음의 상처를 받았던 것이다. 여성과 딱 한 번의 첫 만남으로 대화를 하면 짜릿하고 즐겁다는 변태적인 나까무라의 성향으로 300명의 여성은 물론 소개를 주선한 선생들과 사무직원들, 심지어 음식점 사장들까지 속은 것이다. 그들은 온갖 정성을 다하여 두 남녀의 좋은 부부 인연 결실을 기대하며 중매를 주선하였다. 더구나 나이 든 동료 선생이었기에 나까무라에게 최선의 만남 자리를 만들어준 것이었다.

7년간 중매의 본질을 알게 된 선생들은 나까무라에게 온갖 비난을 퍼부었다. 배신감으로 얼룩진 그들의 심정은 나까무라를 운동장에 내팽개치고 싶은 마음이었다. 그들은 7년 전에 전근 온 노총각 나까무라에게 동정과 연민을 가졌었다. 그래서 성심껏 여성들을 소개해준 것이다. 그러나 안타까운 중매 실패로 기대감은 안타까움으로 변했었고 지금 사태의 본질을 알게 된 후에는 배신감과 분노로 악화되었다.

교무실 모든 선생들이 떼를 지어 나까무라 책상 앞으로 몰려갔다. 손가락질을 하며 나까무라에게 갖은 폭언과 항의를 하였다. 사기죄로 경찰에 신고하자는 선생까지 있었다. 나까무라는 분노와 항의로 빙 둘러싸고 있는 선생들에게 변명도 안 하고 자리에 그대로 앉아 있을 뿐이었다.

그는 지금 무슨 생각을 하고 있을까.
300명의 여성들에게 미안한 마음을 하고 있는 것일까.
아니면 자신의 이런 성향을 그냥 이해해 달라는 마음일까.

침묵하는 나까무라를 보고 선생들은 여러 가지 추측을 하였다. 그러나 그들은 인간도 아닌 것과 더 이상 상종하고 싶지 않다는 말을 남기며 자리에서 모두 흩어졌다.

강 선생 사촌 누나와의 중매 사건이 일주일 지난 금요일 밤. 나까무라는 강 선생과 소줏집에 마주 앉았다.

"강 선생, 미안해요……."

예전과 달리 나까무라는 약간 풀이 죽어 있었다. 뻔뻔함으로 일관했던 그간의 나까무라와는 사뭇 달랐다.

"사실 이거 너무한 거 아닙니까? 맘 같아서는 주먹 한 대 날리고 싶습니다!"

"…… 정말 미안해요."

"지금 미숙이 누나가 마음의 상처로 엄청 힘들어 하고 있어요. 살면서 그런 사람 처음 본다면서 충격에 빠졌다구요!"

"그래, 강 선생 누나한테는 할 말이 없구먼. 내가 죽일 놈이요……."

나까무라의 저자세에 강 선생은 화가 다소 누그러졌다.

"그런데 말이야, 강 선생. 내가 오늘 강 선생 만난 이유는 사과하려구 만난 거지만, 진짜 내 사정을 말하려구 만나자구 한 거야."

"진짜 사정이라니요?"

"…… 진짜 이 이야기는 세상 사람들 아무도 몰라요. 나 혼자서 7년 동안 가슴 속에 묻어둔 얘기거든요."

"……."

"강 선생한테만 용기 내서 말하는 겁니다. 진짜 아무도 몰라요……."

나까무라의 알 수 없는 안개 같은 얘기에 강 선생은 이제 궁금증이 생겼다. 7년 동안 이 괴물 같은 녀석에게 무슨 비밀스러운 이야기가 있는 것일까. 왜 혼자서만 가슴 속에 묻어 두고 남에게는 상처 주는 일을 해왔단 말인가…….

강 선생은 나까무라가 내뱉는 야릇하면서도 모호한 낱말들과 얼굴 표정에서 어떤 사연이 숨어 있는지 알고 싶은 욕망이 꿈틀거렸다.

"도대체 무슨 얘기예요?"

강 선생의 항의하는 듯한 질문에 나까무라는 양복 상의 안주머니에서 지갑을 꺼냈다. 반 접이식 악어가죽 지갑이었다. 그는 지갑 안 여러 겹으로 되어 있는 중간 부분에서 손바닥 크기의 직사각형 사진 한 장을 꺼냈다. 그리고 그것을 강 선생에게 건네며 말했다.

"이 사진 좀 봐요……."

사진을 받은 강 선생은 사진을 자세히 들여다보았다.

색이 약간 바래 있는 사진에는 50여 명의 일체형 파란색 수영복을 입은 미인들이 가로 5열로 길게 서서 미소를 짓고 있었다.

"아니? 이거 미스 코리아 선발 대회 사진 아닙니까?"

"맞아요. 미스 코리아 선발 대회 참가자들 사진입니다."

"여기에 무슨 사연이 있는 거예요?"

깜짝 놀란 강 선생은 점차 재미있는 기막힌 사연이 있을 것 같은 예감이 들었다. 나까무라와 미스 코리아 선발 대회. 그러나 아무리 생각해도 둘의 연관성을 찾을 수 없었다.

"여기 사진에서 앞에서 두 번째 줄의 왼쪽 네 번째에 있는 요 여자를 한번 자세히 보세요."

나까무라가 손가락으로 참가자 중 한 명의 여자를 지목했다. 강 선생은 그 참가자를 뚫어져라 자세히 보았다. 예쁜 여자였다. 당연했다. 참가자들 모두 미인들이었다. 지역 예선을 거쳐 본선에 진출한 미인들이었으니까.

"누군데요? 이 여자분은?"

"……네……. 제 약혼녀였던 여자입니다."

"네에……?"

약혼녀라는 단어에 강 선생은 소주잔을 놓칠 뻔했다. 너무나 엉뚱한 얘기로 나까무라가 지금 장난치나 하는 생각이 순간 스쳤다.

"지금으로부터 딱 10년 전 사진입니다. 그러니까 제가 강릉에서 근무할 때였지요."

"아니! 어떻게 이분과 약혼하게 된 거지요? 나이도 어리게 보이는데…… 어떤 사연으로……."

"그녀는 10년 전 스물한 살 때입니다. 지금은 서른한 살 될 겁니다. 나보다 아홉 살 적었으니까요……."

"어떻게 된 인연이에요? 약혼까지 했다면서 지금은 어떻게……."

나까무라는 소주를 두 잔 연속 들이키더니 그녀에 대한 사연을 풀어놓기 시작했다.

스물여덟 살에 강릉 국성고등학교에서 일본어 선생으로 첫 임용된 나까무라는 부모님이 계신 문성시까지 너무 멀어서 주말엔 그냥 강릉 하숙집에 있어야만 했다. 대개 두 달에 한 번 정도 문성시에 갔을 뿐이었다. 강릉서 문성시까지는 버스로 대략 5시간 걸리는 장거리였다.

강릉서 주말을 보낼 때에는 정말 답답할 노릇이었다. 아는 사람이 없기에 가끔 동료 총각 선생을 불러 술을 마시는 게 그나마 낙이었다. 그러다가 경포대 해수욕장의 모래밭에서 많은 사람들 틈에 껴서 혼자 앉아 소주 마시는 새로운 피난처를 발견한 것이다. 그러던 교사 2년 차 스물아홉 살에 그는 경포대 해수욕장 모래밭에서 강릉 영신여고를 갓 졸업한 앳된 사회 초년생 '그녀'를 처음 만난 것이다. 그녀는 예쁘고 맑은 소녀 같은 여자였다.

나까무라의 뻐드렁니 외모가 그녀에게는 문제가 되지 않았다. 나까무라는 그녀에게 정성을 다했다. 월급봉투에서 하숙비를 제외하고 90% 이상을 그녀에게 쏟았다. 이런 나까무라의 물질적 공세도 큰 역할을 했지만 그녀는 나까무라의 헌신적인 태도에 마음의 문을 열었다. 두 사람은 연인이 되었다.

경포대 해수욕장 백사장에서 평생의 인연을 약속했다. 두 사람이 손을 잡고 해변가를 걷노라면 '미녀와 야수'가 연상된다고 주위에서 깔깔거렸다.

그녀는 말기 위암 투병을 하는 아버지와 단둘이 사는 가난한 여인이었다. 결국 두 사람은 양가 부모님들께는 알리지 않은 채 둘만의 약혼을 하였다. 만난 지 6개월 만에 하트 문양이 들어간 커플 반지가 그들의 사랑의 징표가 되었다.

"정말, 영화 속 사랑 이야기 같네요……."

강 선생은 나까무라의 색다른 모습을 보는 듯했다. 지금 학교에서 팽 당하고 있는 나까무라에게 저런 아름답고 사랑스러운 이야기가 있다는 것이 믿어지지 않았다.

"저는 정말 그녀를 사랑했어요. 그녀는 너무나 착하고 예쁘고 밝고 맑았거든요."

나까무라의 입에서 너무나 아름다운 낱말들이 튀어나왔다.

"그런데 그 뒤에 어떻게 됐나요? 무슨 일이 생겼습니까?"

"그녀는 약혼한 이듬해 저의 권유로 미스 코리아 대회에 도전했고 지역 예선에서 강원 미(美) 즉 3등의 자격으로 서울 본선 대회에 진출하였지요. 이 사진이 바로 서울 본선 대회 참가 때의 사진입니다."

"본선에서는 입상했나요? 잘됐나요?"

이제 강 선생은 눈을 조금 크게 뜨며 관심 있게 물었다.

"아닙니다. 본선에서는……. 그래도 서울 본선 대회까지 진출한 것이 대단한 거였지요."

그녀는 미스 강원 미 수상 덕분에 지역 중견기업에 스카우트 되었다. 이전보다 형편이 나아진 것이다. 미스 코리아 대회 출전과는 상관없이 둘의 사랑은 변함없었다. 진지한 사랑의 힘은 두 사람을 더욱 단단히 묶어 주었다.

1년이 지나 나까무라가 서른 살이 되었다. 그는 이제 강릉에서 부모님이 계신 문성시로 교사 자리를 옮기려는 계획을 세웠다. 5남매의 장남으로서 부모님과 가깝게 문성시에 신혼집을 구하리라는 장기 계획도 준비하였다. 문성시로 전근만 가면 그녀를 부모님께 정식으로 인사드리고 결혼 승낙을 받아 당장 결혼을 하리라는 마음이었다. 미래의 계획을 전해 들은 그녀도 흔쾌히 승낙하였다. 다만 투병 중이신 아버지가 마음에 걸린다고 했다.

재단 지인의 도움으로 결국 나까무라는 문성시 제일고등학교로 전근을 하였다. 이제 계획한 대로 차례차례 진행만 하면 모든 게 순조롭게 이루어지는 것이다. 가장 난관이었던 문성시로의 전근이 성사 되어 나까무라는 이제 그녀와 장밋빛 인생길이 열리는 기분이 들었다.

나까무라가 문성시로 전근한 이후에도 그녀는 아직 강릉에 남았다. 이제 나까무라의 부모님께 그녀를 인사시키고 결혼 승낙을 받는 일이 숙제로 기다리고 있었다. 나까무라는 그녀를 정식 소개하기 전에 그녀에 대한 그간의 사연들을 부모님께 설명했다. 그리고 그녀와 결혼을 하겠다는 의지를 밝혔다.

"좋다. 그러면 다음 주 토요일에 그 아가씨를 집으로 초대하거라. 얼굴 한 번 보자꾸나. 그런데 그 아가씨 생년월일시를 음력으로 미리 알려 주거라. 궁합을 내가 미리 봐 보마. 잘 아는 역술인이 있으니까……."

한약방을 운영하시는 아버지의 명령에 나까무라는 즉각 움직였다. 이튿날 그는 그녀로부터 알게 된 그녀의 음력 생년월일시를 아버지께 메모지에 적어 드렸다. 모든 일들이 순조롭게 착착 진행되었다.

이제 다음 주 토요일이면 그녀를 부모님께 정식 인사시키구 결혼 날짜만 잡으면 된다. 부모님 집과 가까운 곳에 신혼집을 알아보고 다녀야지. 그래서 이번 가을에 결혼을 한다. 자식은 세 명 정도가 좋을 것 같다…….

나까무라는 이세의 숫자까지 염두해 두고 있었다. 가슴이 설렜다. 그는 자신이 지금 지구에서 가장 행복한 남자라고 자평하였다.

나까무라와 그녀는 부모님 앞에 무릎을 꿇고 앉았다. 그녀의 큰절을 받은 부모님은 조용히 말이 없으셨다. 잠시 후 나까무라의 아버지가 근엄하게 입을 열었다.

"너희 결혼 안 된다!"

두 청춘은 깜짝 놀랐다. 전혀 예상치 못했던 아버지의 첫마디가 거짓말 같았다.

"아니, 아버지! 그게 무슨 말씀이세요……?"

"너희 둘의 궁합이 최악이고 상극이란다. 아가씨의 사주가 도화살을 강하게 띠고 있어서 너의 사주와는 전혀 안 맞는다구 하더라. 둘이 결혼하면 남편이나 시아버지가 3개월 내로 죽을 사주라구 하는구나. 이런 궁합과 사주 풀이를 들은 이상 절대 너희들 결혼을 허락할 수 없다!"

나까무라의 아버지는 단호했다. 한약방을 운영하는 전통적 사고를 지닌 고지식한 양반다웠다.

"아버지! 그렇다고 저희 두 사람이 헤어질 수 없어요. 저는 이 여자랑 꼭 결혼할 겁니다."

"네가 정 그렇다면 부모와 자식 관계를 끝내는 걸로 알겠다! 그렇게 알아라, 응?"

나까무라와 그녀는 절망적인 순간이었다. 그녀는 흐르는 눈물을 머금은 채 10분도 안 되어 집을 나섰다. 나까무라는 그녀에게 너를 꼭 지켜주겠다며 다짐을 하고 그녀의 어깨를 감싸 안았다.

그 이후 나까무라는 틈만 나면 아버지께 결혼 승낙을 호소하였다. 그러나 아버지는 전혀 양보가 없었다. 오히려 NO, YES 중 하나를 선택하라고 아들을 압박하였다. 나까무라는 이대로 안 되겠다 판단하고는 무언가 기발한 방법을 동원하여 아버지의 결혼 승낙을 받겠다는 계획을 치밀하게 준비하고 있었다.

그녀의 첫인사 이후 한 달이 지난 어느 날 나까무라는 아버지와 단판을 벌이겠다는 각오로 안방에서 아버지와 마주했다.

"좋습니다, 아버지. 아버지 말씀을 존중하겠습니다. 저와 그녀와의 궁합과 사주를 보신 분의 말씀을 아버지가 철석같이 믿고 계시는데요. 그 사람이 궁합과 사주를 잘못 해석했는지도 모른다고 생각합니다. 즉 역술인이 실력이 부족해 틀릴 수도 있다 이겁니다."

"그 역술인은 문성시에서 가장 유명한 분이라 너희 사주 해석이 맞을 거다. 나는 확신한다. 그분의 실력을……."

"그러면 제가 서울에서 제주도까지 각 도에서 가장 유명하고 실력 있는 역술인들 모두에게 우리 둘의 궁합과 사주를 봐서 한 명이라도 좋게 나오면 결혼을 승낙해 주시는 거죠? 네?"

"……."

나까무라의 아버지는 예상치 못한 아들의 갑작스러운 제안에 대답을 못 했다.

"그렇게 하자구요. 아버지! 잘못 해석한 역술인 말만 믿고 저희 결혼 망칠 수 없어요!"

거듭된 아들의 요구에 아버지는 결국 고개를 끄덕였다. 어찌 보면 아들의 말이 논리적으로 맞겠다고도 생각하였다. 그러나 만약 전국에서 지금처럼 똑같은 결과가 나오면 아버지 뜻을 따라야 한다는 약속도 잊지 않았다.

나까무라는 자신의 제안에 아버지가 찬성한 뒤 이제 그녀와의 결혼이 가능하리라는 희망이 생겼다. 설마 전국 열일곱 군데가 문성시처럼 똑같이 나올 확률은 불가능하다고 믿었다. 그녀도 나까무라의 소식에 다행으로 여겼다. 나까무라 부모님께 첫인사를 드리고 난 후, 마음의 상처도 있었지만 사랑하는 나까무라를 잃고 싶지 않았다. 결혼 승낙을 위한 연인의 기발한 발상에 그녀는 사랑의 응원을 보냈다.

이때부터 나까무라와 그녀의 전국 여행이 시작되었다. 사실은 여행이 아니라 각 도의 가장 유명한 역술인에게 두 사람의 궁합과 사주를 받으러 다니는 일이었다. 서울에서 시작하여 제주도까지 광역시와 도를 매주 주말마다 한 군데씩 방문하는 일정이었다. 물론 각 광역시와 도에서 가장 유명하다는 역술인의 정보를 찾는 것도 쉬운 일이 아니었고 예약도 까다로웠다. 그들은 열일곱 개의 광역시와 도에서 한 군데라도 긍정적인 분석이 나오면 그것을 근거로 결혼 승낙을 받을 계획이었다.
'설마 한 군데라도 나오겠지.'
이것이 두 사람의 일치된 의견이었다. 그리고 결국 두 사람은 가을에 꼭 결혼식을 하게 될 거라고 확신하였다.

"그래서 어떻게 됐습니까?"
강 선생의 조심스러운 질문에 나까무라는 침묵을 지켰다.
"왜요? 어떻게 됐는데요?"
"열일곱 군데가 똑같이 나왔어요. 아버지가 본 것과 똑같이……."
"……그럴 수가……."
강 선생도 예상치 못한 나까무라의 답변에 순간 전율을 느꼈다.
"어떻게 그렇게 나온답니까? 서로 짜고 하는 것도 아니고……."
"궁합과 사주는 명리학에서 원리가 딱 정해져 있다고 하네요. 생년월일시를 대입하면 어디서 보든지 똑같이 나온다구……."
"이거 무슨 수학 공식도 아니구……. 정말 헷갈리는 얘기네요……."
"그럼 결국 두 사람 결혼 승낙 못 받은 겁니까?"
"네……. 제가 아버지와 약속을 한 거라서……."

잠시 침묵이 흘렀다. 강 선생이 항의하듯이 큰 소리로 내뱉었다.

"아니! 현대 사회에서 이런 말도 안 되는 경우가 어딨습니까? 아무리 아버지가 완고하고 고지식하더라도 사랑하는 사람과의 궁합과 사주가 나쁘다구 결혼을 못 한다니요?"

"……."

강 선생의 화가 난 듯한 질타에 나까무라는 고개만 떨군 채 아무 말도 못 했다.

"그래서 그녀와 결국 헤어진 거예요?"

"……."

"우아! 이건 정말 비극적인 얘기네요. 현대판 로미오와 줄리엣이 따로 없네요! 나까무라 선생님은 지극한 효자시군요, 효자!"

강 선생은 나까무라의 이별 결정에 어처구니없다면서 동시에 비꼬며 비난했다.

"다 제 잘못입니다. 내가 멍청했지요. 그냥 부모님 뜻을 저버리고 그녀와 결혼했어야 했는데……."

"당연하죠! 진정 사랑한 여인이라면 당연히 그렇게 했어야죠!"

"그녀에게 상처만 줘서 그 이후 매일 술로 괴로움을 달랬습니다."

"나까무라 선생님은 참으로 바보군요. 그녀를 지켜주기 위해 아버지를 끝까지 설득했어야죠! 끝까지……!"

강 선생은 자신의 일인 양 흥분하고 있었다. 나까무라의 결혼 승낙 실패로 약혼까지 한 그녀와 헤어졌다는 사실이 그를 화나게 했다. 머리 위로 열기가 확 치밀어 올라왔다.

두 사람은 더 이상 대화를 멈추고 소주잔을 몇 차례 주고받았다. 그렇게 아무런 말없이 몇 분이 흘렀다.

"그래서 말입니다……."

나까무라가 드디어 입을 열었다.

“제가 여성들과 맞선을 볼 때 말입니다……”

“예……. 그런데요?”

“처음 보는 여성의 얼굴을 보는 순간 헤어진 그녀의 얼굴이 떠오르는 거예요.”

“예에……?”

“그래서 도저히 소개받아 처음 만난 여상과 그 이후 더 이상 만날 수가 없는 겁니다……”

“그게 무슨……?”

나까무라는 이해할 수 없는 이야기를 계속하였다.

“처음 만나는 여성들을 보면 그녀 얼굴이 자꾸만 오버랩 되어서 도저히 더 못 보겠더라구요. 그럴 때마다 아버지의 반대로 떠난 그녀가 생각나면서 불쌍한 겁니다. 미안하기도 하구요……. 괴로워서 소개받은 여성을 다시 또 만날 수가 없더군요……”

“그녀를 이제는 잊고 나까무라 선생님도 새로운 출발을 해야 좋지 않나요? 과거의 인연은 과거로 매듭짓고……”

“네…… 저도 처음엔 그래 보려구 노력을 했었지요. 새로운 여성과 인연을 맺게 되면 그녀를 잊을 수 있을 것 같아서요. 그런데 그게 도저히 안 되더라구요. 그녀는 나의 삶 속에 이미 뿌리가 깊이 박혀 있어서……”

떠나보낸 그녀에 대한 죄책감과 아쉬움이 나까무라의 가슴속에 깊이 자리 잡고 있었다.

“내가 멍청했습니다. 아니 나쁜 놈이었습니다……. 다른 여성과 정이 들어 인연을 맺는 게 두려웠어요. 그녀가 아닌 다른 여성과 결혼한다는 게 용납이 안 됐습니다. 아니, 불가능했습니다. 그래서 저는 결혼을 못 하는 겁니다……”

“그렇다면 애초부터 선생님들한테 중매 부탁을 왜 했습니까? 어차피 딱한 번만 볼 여자들을 왜 만났습니까? 그 여성들한테도 죄를 짓는 일 아닙니까? 엉뚱한 사람만 상처 받게 되는…….”

강 선생은 조리 있게 항의했다. 자기의 사촌 누나도 피해자였기에 그의 비판은 타당한 것이었다.

“옳습니다. 제가 죽일 놈입니다……. 사실은 제가 노총각이라 다른 선생 님들이 깔볼까 봐 그랬습니다. 저도 장가가고 싶다는 평범한 인간처럼 보이 고 싶어서요. 남자로서의 자존심 때문에…….”

“…….”

어이없는 나까무라의 답변에 강 선생은 입을 다물었다. 정말 용서할 수 없는 이기적인 답변이라 생각했다.

“암튼 제가 죽일 놈입니다. 그녀뿐만 아니라 맞선 본 그간의 모든 여성들 에게 죽일 놈이에요…….”

나까무라는 진정으로 후회하듯이 마지막 말을 하면서 한줄기 긴 눈물을 주룩 떨어뜨렸다.

그의 말을 듣고 있던 강 선생은 낮은 탄식의 감탄사가 저절로 나왔다. 한 인간의 편협하고 나약한 심성으로 상처받은 그녀와 맞선 본 여성들이 정말 안타까웠다. 진정한 사랑의 의미와 힘이란 무엇인지 갑자기 머릿속이 혼란 스러웠다. 그리고 한편으론 그녀와 나까무라의 슬픈 인연이 안타깝기도 했 다. 그는 다음 주 월요일 학교에서 나까무라의 사연을 선생들에게 알리겠다 는 생각을 하며 소주잔을 천천히 들었다.

술집은 아까보다 손님들의 열기로 더욱 시끄러웠고 금요일 밤은 서글프 게 깊어만 갔다.

대부(代父)

　대부(代父)가 있다.

　그는 재수생 전문 정정학원 학생들의 대부였다. 허만기. 스물다섯 살 남자. 그도 정정학원 재수생이다. 정정학원 5반 학생들은 허만기를 대부로 부른다. 남학생들은 그를 "대부 형!", 여학생들은 "대부 오빠!"라고 부른다. 허만기는 5반 동료 재수생들의 우상 같은 존재, 아니 아버지 같은 존재였다. 재수생 정규반 개강이 2월 2일이었는데 한 달도 채 지나지 않은 2월 말에 그는 벌써 스무 살 동료 학생들로부터 단순한 형과 오빠가 아닌 대부의 지위를 획득했다.

　영화 〈대부〉의 주인공 클레오네 역을 연기한 배우 말론 브란도의 남성미 넘치는 과묵함과 듬직함, 속 깊은 눈빛과는 전혀 다른 외모를 지닌 허만기였다. 그는 170cm의 보통 키에 비쩍 마른 왜소한 몸을 지녔다. 검은색 뿔테 안경은 하얀 얼굴색과 대비를 이루어 학구파다운 이미지를 느끼게 했다. 누가 보아도 얌전한 도덕 교과서 같은 청년이었다. 그런 그가 '대부'라는 엄청난 닉네임을 한 달도 안 되어 얻은 것이다.

　재수생 정규반 개강이 일주일쯤 지난 2월 초순 금요일 밤이었다. 정정학원 5반 남학생 여섯 명이 시내 중심가 젊은이의 거리에 위치한 호프집에 모였다. 야간 자율 학습이 끝난 뒤 찾아온 밤늦은 시각의 술집엔 불금을 즐기려는 젊은이들로 열기가 가득했다. 최근 유행하는 팝송이 벽에 걸린 검은색 앰프에서 빠른 박자로 시끄럽게 울렸다.

　스무 살의 다섯 명 재수생들은 자신들보다 다섯 살 나이 많은 예비역 허만기 형을 따라 호프집에 온 것이다. 스무 살 나이와 재수생이라는 자신들의 현재 신분으로 위축감을 약간 느꼈는지 다섯 명은 주변의 눈치를 슬금슬금 보며 자리에 앉았다.

　"애들아! 주변 신경 쓰지 마라. 괜찮아. 우리도 어엿한 손님이야. 너희들도 미성년자 아니니까 아무 문제없어. 그리고 우리가 재수생인 거 지금 여기 있는 사람들 아무도 몰라. 그러니까 위축되지 말고 손님으로 떳떳하게 행동하면 돼!"

　쭈뼛거리는 학생들에게 허만기는 긴장감을 풀라며 점잖게 충고했다. 다섯 명도 만기의 말에 다소 어색한 표정이 풀렸다. 고등학교 졸업 후 처음 와 보는 술집인지라 생소하고 떨리는 마음이었는데 만기 형의 위로에 조금은 안정을 찾을 수 있었다.

　"오늘 이 자리는 형이 사는 거니까 맘 푹 놓고 실컷 마셔 봐……. 너희들 재수생 된 지 일주일밖에 안 돼서 아직도 긴상돼 있을 거다. 지금 이 순간은 재수생이라는 거 싹 잊고 그냥 즐겁게 시간 보내며 스트레스 날리는 거다. 알았지……?"

　"네……엡!"

　호프 잔에 생맥주가 비워질 때마다 여섯 명은 잔을 계속 채웠다. 그들은 시끄럽고 어두운 조명 아래에서 서로의 애기들을 나누었다. 술잔이 거듭될수록 긴장도 풀리고 마음속에 담아 두었던 자기만의 사연들을 하나씩 공개하였다.

"만기 형은 어떻게 스물다섯 살에 다시 대학교에 도전하게 된 거예요? 스무 살인 저희도 재수하기로 맘먹기가 쉽지 않았는데 형은 더구나 스물다섯 살에……."

스무 살의 후배들이 정말 물어보고 싶었던 것을 한 녀석이 알코올의 힘을 얻어 어렵게 질문을 던졌다. 다섯 명은 만기를 쳐다봤다. 그의 사연이 궁금했다.

저 형은 스물다섯 될 때까지 어떤 인생을 살아 왔을까. 분명 군대는 갔다 왔을 텐데 이전에 대학교는 다녔었을까. 지금은 어떤 목표를 갖고 다시 대학교에 도전하는 것인지…….

호프 한 글라스를 더 비우고는 만기가 미소를 띠며 말했다.

"응, 나 예전에 연세대학교 영문학과 1학년 다니고 중퇴했어."

"예……에……?"

연세대학교라는 말에 다섯 명 모두가 놀랐다.

연세대학교 영문학과……. '연세대학교'라는 단어에도 놀랐지만 '중퇴'했다는 말에 그들은 기겁을 했다.

"……아……니……. 연세대학교는 명문 대학교인데 왜 중퇴를 했어요? 정말 아깝네요. 일단 휴학을 하셨으면 좋았을 걸……. 무슨 사연이 있길래 중퇴까지……."

다섯 명은 모두 혀를 찼다. 그리고 안타까운 듯 인상을 썼다. 자신의 소중한 무언가를 잃어버린 당사자들 같았다. 그들은 이해가 되지 않았다. 연세대학교가 일류 대학교이며 더구나 영문학과는 대학 입시 합격 커트라인도 높은 점수대의 문과 학생들이 들어갈 수 있는 학과이기에 그럴 만했다. 그리고 휴학을 하면서 시간 여유를 갖고 천천히 판단해도 되는데, 중퇴했다는 것은 완전히 학교를 그만뒀다는 것으로 더욱 납득이 되지 않았다. 그들은 귀여운 장난감을 잃어버린 아이들처럼 허만기에게 다그치며 물었다.

"형! 왜 그러셨어요? 꼭 연세대학교를 포기할 만한 무슨 사정이 있었어요?"

"그래요, 형⋯⋯. 저 같으면 상상도 안 되는 일이네요⋯⋯."

후배들의 안타까움이 짙게 밴 소리에 드디어 만기가 천천히 입을 열었다.

"응⋯⋯. 뭐 특별한 이유는 없어. 서울대학교 법학과에 가려구⋯⋯."

그의 대답에 다섯 명은 그제야 고개를 끄덕이며 맞장구쳤다.

"아하, 그러면 그렇지! 연세대학교보다는 서울대학교가 한 단계 높은 대학교니까 그랬군요⋯⋯."

"응, 원래 내 처음 목표가 서울대학교 법학과였는데 고 3학년 때 수능 시험을 망쳐서 어쩔 수 없이 그냥 연세대학교에 들어갔던 거야. 근데 딱 1년 다니니까 그게 아니더라구."

"뭐가요? 연세대학교에서 무슨 문제가 생겼나요?"

"아니, 별건 아니야. 어느 날 갑자기 이런 생각이 들더라구. '내가 왜 서울대학교가 아니라 지금 연세대학교에 있지? 나는 분명 서울대학교 그릇인데 말이야⋯⋯.' 그래서 더 이상 못 견디겠더라구. 그래서 1학년 마치자마자 자퇴서 내구 연세대학교는 그냥 끝냈어."

"우⋯⋯아⋯⋯. 대단하시네요, 형⋯⋯."

모두가 허만기의 해명에 감탄의 탄성을 질렀다. 그의 의연하고 대범한 행동에 박수를 보내고 싶은 심정이었다.

"우아⋯⋯. 그래도 그렇지⋯⋯. 어떻게 이런 과감한 결정을⋯⋯. 부모님께서는 반대 안 하셨나요?"

"응, 시골 부모님은 내 뜻이라면 무조건 믿고 지지해 주셔서 아무 문제없었어."

"그러면 연세대학교 그만두고 그동안 왜 4년의 공백이 생긴 거예요? 자퇴

한 바로 이듬해에 서울대학교에는 도전 안 하셨나요?”

한 명이 진짜 궁금한 만기의 4년 공백 기간을 슬쩍 따지고 물었다. 그러자 허만기는 여유 있게 웃으며 곧바로 대답했다.

“자퇴 이듬해인 스물한 살 때는 그냥 여행 다니며 쉬었어. 대학 입시 책을 보기가 갑자기 싫더라구. 그래서 국내 여행, 해외여행 안 가리구 여기저기 다니면서 인생 경험을 다양하게 해 봤지…….”

“네…… 그랬군요. 1년간 여행하시면서 특히 뭐가 제일 기억에 남으세요?”

“응, 낯선 지역의 아름다운 풍경도 좋았구, 특히 사람들을 많이 만나면서 삶이란 다양하면서도 비슷비슷하다는 것이 제일 큰 교훈으로 남더라구.”

“야아……. 대단하십니다. 형은 삶을 진짜 주체적으로 사셨군요.”

“응, 내 인생 내가 주인 돼서 그냥 떳떳이 사는 거지 뭐…….”

“그러면 그동안 서울대학교에는 도전 안 하셨나요?”

“대략 일 년 여행 다니다가 스물한 살 끝 무렵에 왠지 삶이 허전하더라구. 대학교 들어가서 주어진 일정대로 밋밋하게 사는 것보다 진짜 내 인생을 살고 싶었어.”

“진짜 내 인생요?”

“그래, 젊은 시절에 화끈하게 느끼고 싶었어. 삶의 처절함을…….”

“그래서요?”

“대학교 입학은 잠시 미루고 군대에 지원했어. 공수 특공대로…….”

“공수 특공대요? 으와…… 형은 정말 보통 사람이 아니시네요.”

“흐흐……. 에이 뭘. 사람 사는 것 다 비슷비슷 한 거지. 별것 아니야…….”

“스무 살 초반 때는 군대 가는 걸 꺼리는 게 보통인데 형은 정말 다른 사람들과는 생각하시는 차원이 완전 다르네요. 더구나 그 무시무시하다는 공수 특공대라니…… 정말 감동이에요, 형…….”

평범한 체구에 이십 대 초반을 주체적으로 살아 온 만기에 대해 다섯 명의 후배들은 존경심을 넘어 경외감까지 느꼈다. 명문 대학교 재학생이라는 기득권을 포기하고 고생이 필수라는 공수 특공대에 자발 지원한 것에 특히 감동을 하였다. 인생을 관조한 듯한 그의 삶의 역정에 짜릿한 전율이 온 감각에 전해졌다.

"그러면 이제는 서울대학교 법학과에 도전하시는 거예요? 그래서 우리처럼 정정학원에 오신 거예요?"

"응, 이제는 서울대학교에 갈 때가 된 것 같아. 이제 본격적으로 내가 이루고자 하는 삶을 차근차근 밟아 나가야지. 그동안 연세대학교 자퇴하구 나서 여행 다니며 세상을 보는 눈도 더 커진 것 같아. 더구나 군대에서 3년간 생고생하면서 이젠 두려운 게 없어. 모든 게 내가 하기에 달렸다는 것을 깨달았어. 한마디로 삶에 자신감이 생긴 거지."

"예……. 그렇군요. 그럼 올해는 서울대학교 법학과가 목표겠군요?"

"응, 당연하지."

"근데 혹시……. 수능 공부 손 놓은 지 5년 됐는데 괜찮겠어요? 공부 내용들도 많이 잊어 버렸을 텐데……."

"하하하……. 인마! 그건 한 달이나 두 달 정도 공부하면 다 되살아나서 괜찮아. 그래도 내가 기본 실력은 있잖냐……. 그런 자신감도 없으면서 올해 서울대학교 법학과에 도전하겠냐?"

"하긴 그렇네요. 제가 쓸데없는 걱정을 했네요. 죄송해요……."

"괜찮아. 죄송하긴 뭘……."

"형한텐 서울대학교 법학과 들어갈 실력이 원래부터 있었기 때문에 형의 말이 맞네요. 확실히 맞아요……."

허만기의 자신감 넘치는 대답에 후배는 괜한 질문을 방금했다고 속으로 자책을 하였다.

"형의 애기를 듣고 보니 정말 형이 더 좋아졌어요. 멋져요 형! 우리 후배들, 앞으로 잘 봐주세요!"

“하하하……. 애들아 우린 어차피 함께 대학 입시 다시 도전하는 재수생 동료야 동료! 당연히 서로 돕고 살아야지. 당근이지!”

“예……. 암튼 저희가 앞으로 공부하다가 모르는 것 있으면 형한테 많이 물어볼게요. 귀찮아 하지 마시구 잘 알려 주세요. 그렇게 하실 거죠. 형……?”

다섯 명은 이제는 허만기에게 매달리고 있었다. 실력이 뛰어난 형이 같은 반 동료가 됐으니 이젠 개인 교사가 생긴 거나 마찬가지였다. 서울대학교 법학과에 갈 학생이라면 이건 대단한 실력자를 만난 것이다. 전국의 고등학교 3학년 학생 중에서 서울대학교 법학과에 합격한 인원은 매해 가 학교마다 통계상 한 명도 힘들 것이다. 그 정도로 서울대학교 법학과는 영재들만 합격할 수 있는 최고의 수준이었다.

“애들아! 그건 당연하지. 내가 최대한 능력이 되는 데까지 너희들을 도울 테니까 걱정하지 마라. 그리구 공부 외에도 생활하다가 무슨 고민거리 있으면 언제든지 얘기해. 내가 인생 상담도 해주마. 경험 많은 내 조언이 도움이 될 거다.”

후배들에게는 허만기가 하늘이 내려 준 선물 같았다. 오늘처럼 술도 사주면서 후배들에게 본인의 숨겨진 과거사를 스스럼없이 공개한 것도 고마운 일이었다. 그런데 거기에 더해 학습이나 생활의 고민이 생기면 언제든 자기에게 노크하라는 허만기 형의 말은 구원자의 목소리 같았다. 아무튼 인간적이고 멋진 허만기가 재수생 학원 같은 반 동료라는 사실이 그들에겐 자랑스러웠다. 앞으로 10개월의 긴 재수생 생활에 든든한 후견인을 만난 듯한 생각에 후배들은 마음이 놓였다.

호프집에서의 대화 이후 허만기에 대한 소문이 5반 학생들에게 쫙 퍼졌다. 물론 소문의 진원지는 동석했던 다섯 명이었다. 그들은 허만기와의 대화 내용을 가감 없이 모두 풀어놓았다.

5년 전 연세대학교 영문학과 학생이었다는 것. 자퇴하고 자유로운 영혼으로 1년간 맘껏 여행을 다녔다는 것. 삶의 처절함을 경험하기 위해 공수 특공대에 자원입대했다는 것. 그리고 이제는 자신의 삶의 목표를 이루기 위해 올해 서울대학교 법학과에 들어가기 위해 정정학원에 재수생으로 왔다는 것 등등 놀라움으로 가득한 이야기들이었다.

5반의 남학생들과 여학생들은 스무 살인 자기네들로서는 도저히 시도할 수 없는 허만기의 그간 5년간의 삶의 궤적에 감탄하였다. 이야기를 듣는 중간 박수를 치는 남학생들도 있었고, 눈물방울을 보이는 여학생도 있었다. 어떤 남학생은 그런 실력자가 5년을 그냥 허비한 것이 아니냐며 아깝다고 탄식하기도 하였다.

그러나 결국 허만기가 같은 5반 동료라는 현실이 고마웠다. 다양한 삶을 경험하고, 주체적인 의지로 이십 대 초반의 청춘을 과감한 선택과 도전으로 살아 온 허만기야말로 인생을 건강하게 사는 진정한 젊은이라고 모두가 극찬하였다. 더불어 함께 입시 공부하면서 허만기가 그들에게 큰 도움이 될 거라는 계산에는 누구도 부인할 수 없었다.

2월 말쯤 5반 교실에 한차례 소동이 있었다. 5교시 수학 과목 수업 도중에 한 여학생이 갑자기 의자에서 교실 바닥으로 쓰러진 것이다. 충남 장항에서 올라와 학원 주변 동네의 반지하방에서 자취를 하는 학생이었다. 비쩍 마른 몸에 핏기 없는 하얀 얼굴의 그 학생은 누가 보아도 약골이었다.

쿵! 하는 소리에 5반 학생들이 동시에 비명을 질렀다. 칠판에 이차함수 넓이 공식을 열강하던 수학 선생님도 뒤돌아보며 순간 겁에 질렸다. 교실에 짧은 3초의 시간이 침묵 속에 흘러갔다. 이때 적막을 깨는 남학생의 한마디가 교실을 울렸다.

"나한테 업혀!"

허만기가 자리에서 뛰쳐나와 쓰러진 여학생에게 급히 달려오며 주위 학생들에게 큰 소리로 다시 명령을 하였다.

"빨리 여학생을 내 등에 업히라구!"

어찌할 바 몰라, 입만 벌리고 쓰러진 여학생만 바라보던 주변의 남학생들이 허만기의 큰 소리에 얼른 뒤따라 일어났다. 그들이 여학생에게 다가갔을 때 허만기는 자기 등에 여학생을 업으려고 쪼그려 앉아서 애쓰고 있었다. 주변 남학생들의 부축으로 그 여학생은 허만기의 등에 업혔다. 몸이 축 늘어진 상태로 그녀는 아직도 정신을 잃은 상태었디.

여학생을 업은 허만기는 두 명의 남학생에게 여학생이 뒤로 자빠질지 모르니 함께 뒤따라 오라고 당부하며 학원 문밖으로 급히 나갔다. 학원에서 300m 떨어진 병원으로 허만기는 종종걸음으로 헉헉대며 뛰어갔다. 두 명의 남학생도 여학생의 등과 허리를 손으로 받치며 보조를 맞춰 함께 달렸다.

응급실에서 응급조치를 받은 여학생은 곧 의식이 돌아왔다. 그녀는 힘없는 눈동자로 천장을 응시할 뿐이었다. 연약한 그녀의 모습은 길 잃은 애처로운 아기 사슴 같았다.

"악성 빈혈로 정신을 순간 잃은 겁니다."

응급실의 젊은 의사가 허만기에게 말했다. 두 명의 남학생들도 함께 의사의 말에 귀를 기울이며 초조하게 의사만 바라보았다.

"그러면 앞으로 어떻게 해야 합니까?"

허만기는 여학생의 보호자라도 된 듯 의사에게 전개될 상황을 물어보았다.

"네, 악성 빈혈은 비타민 B12가 부족하여 생긴 병입니다. 그래서 우선은 비타민 B12 보충을 해 줘야 합니다."

"어떻게요?"

"급하게라도 비타민 B12 보충 주사약을 맞는 게 중요하고요. 약물 치료도 당분간 하는 게 필요합니다. 일단 그 두 가지가 오늘처럼 정신을 잃어 쓰러지는 일이 없게끔 하는 긴요한 처방입니다."

"다른 필요한 것은 더 없나요?"

허만기는 의사에게 악성 빈혈 치료에 대한 상세한 정보를 더 얻으려고 질문을 계속했다.

"네, 평소에 비타민 B12가 많이 함유된 음식물을 섭취하는 게 중요합니다."

"어떤 음식물이 비타민 B12가 많이 함유되어 있나요? 뭘 먹어야 되는 거죠?"

"육류에 가장 많이 들어 있어요. 즉 소고기, 돼지고기, 양고기들이지요. 특히 소 간에는 비타민 B12가 매우 풍부하여 저희도 환자들에게 가장 권유합니다. 이 밖에도 연어, 참치, 조개류 등 해산물도 좋구요. 슈퍼마켓에서 쉽게 구입 가능한 우유, 요구르트, 치즈 등 유제품도 괜찮습니다. 특히 달걀 노른자는 값이 저렴하면서도 비타민 B12와 비타민 D, 단백질의 좋은 공급원이지요."

"네…… 그렇군요. 고맙습니다. 의사 선생님."

허만기는 친절한 젊은 의사에게 감사의 목례를 했다.

"일단 환자가 깨어났으니 퇴원하셔도 좋습니다. 다만 똑같은 상황이 다시 일어날까봐 걱정입니다. 환자의 주변 사람들이 평소에도 신경 써서 늘 관찰해야 합니다……"

"지…… 의사 선생님!"

허만기는 퇴원해도 좋다는 의사의 말에 뭔가 더 얘기하려는 듯 머뭇거리다가 입을 열었다.

"이왕 병원까지 왔으니 비타민 B12 보조 주사액을 환자에게 투여해 주세요. 그리고 치료 약 처방도 1개월 치 분량을 부탁드립니다."

"아…… 네. 그러면 환자에게 큰 도움이 됩니다. 잘 결정하셨습니다."

허만기의 주사액과 약 처방 요구를 들은 남학생 두 명은 깜짝 놀랐다. 여학생을 급히 등에 업고 병원까지 온 것도 큰일이었는데 심지어 치료 주사액과 약 처방까지 하겠다는 그의 행동에 깊은 감명을 받았다. 물질적으로 부담이 될 텐데도 기꺼이 실행에 옮기는 허만기가 든든한 형, 자식을 지켜주는 아버지 같았다. 두 시간 후 주사액 투여가 끝난 뒤 네 명의 재수생들은 학원으로 돌아왔다.

빈혈 여학생 소동 이후 허만기는 5반 학생들에게 재수생 동료라는 차원을 넘어 진정한 형과 오빠가 되었다. 연세대학교 자퇴생이라는 예전의 신분으로 학습 실력을 모두가 인정한 터인데 거기에 빈혈 여학생을 도와준 그의 인간성에 학생들은 존경심을 갖게 되었다. 아무리 돈이 넉넉하더라도 빈혈 여학생을 위해 주사액과 약 처방까지는 쉽게 할 수 없는 일이라고 학생들에게 회자되었다. 더욱 기막힌 일은 빈혈 여학생이 퇴원한 그날 저녁에 허만기가 여학생 자취 집에 찾아가 달걀 세 판과 소고기 두 근을 사다 줬다는 사실이었다. 해당 여학생이 이튿날 5반 학생들에게 허만기의 선행을 공개하여 알려졌다. 가슴 뭉클한 성자와 같은 허만기의 행동에 학생들은 감동과 함께 고마움을 느꼈다.

5반 담임인 윤 선생도 이러한 허만기의 선행이 5반 학생들의 재수생 생활에 좋은 활력소가 될 것임을 확신하였다. 결국 5반은 개강 한 달도 안 되어 학생들이 똘똘 뭉치는 분위기가 만들어졌다. 물론 허만기 때문이었다. 앞으로 힘들고 긴 여정의 재수생 생활에 모두가 서로 의지하고 도울 수 있는 반 분위기가 허만기를 중심축으로 이루어지게 된 것이다.

이때부터 누군가의 제안으로 허만기를 대부로 부르게 되었다. 5반 학생들을 잘 이끌고 올바른 리더십으로 든든한 후견인과 같은 존재가 바로 허만기였다. 그래서 남학생들은 그를 '대부 형'이라고 불렀고, 여학생들은 '대부 오빠'라고 호칭하였다. 심지어 담임인 윤 선생도 아침 조회나 저녁 종례 시간 때 가끔가끔 허만기를 '대부 학생'이라고 부른 적도 있었다. 그때마다

5반 학생들은 재밌고 좋다고 낄낄거리며 박수를 치곤 하였다. 이렇게 허만기는 정정학원 5반 모두의 대부로 자리 잡았다.

윤 선생은 고민에 빠졌다. 이해할 수 없는 일이 그의 책상 위에 놓여 있었다. 전국 모의고사 3월 성적표가 바로 그것이었다. 전국 모의고사 성적표는 시험을 치르고 전산 처리되어 2주 후에 학생들의 과목별 점수가 전국 평균 점수와 병기되어 담임에게 전달된다. 이번 성적표는 2주 전인 3월 10일에 실시된 것의 결과였다. 문과인 5반은 공통 과목인 국어, 영어, 수학에다가 사회 과목의 필수 네 과목인 국사, 지리, 사회문화, 윤리와 공통과학 등 총 여덟 과목을 치른다. 이 과목들의 3월 전국 모의고사 결과가 윤 선생 책상 위에 펼쳐져 있었다. 5반의 모든 학생들의 점수가 전국 평균 점수와 함께 일목요연하게 가로, 세로 직선으로 구분된 표로 한눈에 볼 수 있었다.

윤 선생을 고민에 빠뜨린 건 바로 허만기의 성적 때문이었다. 허만기가 비록 5년 만에 다시 대학 입시 책을 접하고 올해 처음 치른 모의고사였지만, 그가 예전에 연세대학교 영문학과를 다녔던 학생이었고 원래 서울대학교 법학과를 목표로 했던 실력자라면 이럴 순 없다고 담임은 탄식했다. 아무리 양보하고 상황을 이해한다 하더라도 이 점수는 도저히 허만기의 점수라 할 수 없었다. 그가 하루 종일 졸면서 시험을 치렀다면 모를까 누구도 납득할 수 없는 점수가 성적표에 인쇄되어 있었다.

성명	과목	국어	영어	수학	국사	지리	사회 문화	윤리	공통 과학
허만기	본인 점수	44	38	20	45	40	52	49	26
	전국 평균 점수	62	61	55	68	64	71	73	57

　모든 과목이 전국 평균 점수에도 훨씬 밑도는 점수였다. 전국 하위 10%
대였다. 이 점수라면 4년제 대학교 어디에도 원서를 못 내밀 수준이었다. 윤
선생은 허만기가 각 과목마다 최소한 전국 상위 3~4% 수준으로 나오리라
예측했었다. 그동안 5반 학생들을 통해 들어온 얘기를 종합해 보면 그 정도
가 허만기의 실력이 되는 게 맞다. 연세대학교 영문학과를 다니다가 자퇴하
고, 올해 서울대학교 법학과를 목표로 한 학생이라면 수능 시험 일에 가까
워질수록 전국 상위 1% 정도가 되어야 한다. 그것이 올바른 지표다. 그런데
이번 성적표 점수는 그동안 믿어 왔던 허만기가 아니었다.

　윤 선생은 야간 자율 학습 시간에 허만기를 교무실로 조용히 불렀다. 영
문도 모른 채 교무실에 미소를 띠고 들어오는 그를 윤 선생이 책상 옆 의자
에 앉혔다. 그리고는 책상 서랍 속에 넣어 두었던 허만기의 3월 전국 모의고
사 성적표를 꺼내서 책상 위에 펼쳤다.
　"만기야! 이게 뭔지 아니?"
　"글쎄요……. 뭐예요 선생님?"
　"지난번 2주 전에 치른 3월 전국 모의고사 성적표가 오늘 왔다. 이것이 네
점수다. 한번 보거라."
　윤 선생이 허만기에게 그의 성적표 용지를 건넸다. 그러자 자신의 각 과
목 점수를 한번 훑어본 허만기가 담임에게 스스럼없이 말했다.
　"아하……. 예상대로네요. 선생님……."
　"응? 예상대로라니?"
　"예, 제 점수 이렇게 나올 줄 알았어요. 제가 예상했던 점수랑 거의 딱 맞
네요. 헤헤헤……."
　"아니? 그게 무슨 얘기야? 네 예상대로 딱 맞았다는 게? 너는 연세대학교
영문과를 다녔던 수재 아니냐? 5년 만에 치른 모의고사라 하더라도 최소한
기본 실력이 있을 것 아니냐? 그런데 전국 평균보다도 훨씬 낮은 점수가 말

이 되냐구……."

윤 선생은 허만기의 예상치 못한 대답에 어이없어 하며 따지듯이 물었다.

"예, 선생님. 선생님이 놀라실 만도 합니다. 제 점수가 워낙 낮게 나와서요. 그런데 사실은요 선생님. 제가 시험을 일부러 그렇게 본 거예요. 일부러……."

"뭐라고? 일부러 시험을 못 본 거라구?"

"예……."

"아니, 왜? 시험을 왜 일부러 점수 낮게 나오게끔 보냐? 정말 이해가 안 되는구나. 시험을 일부러 망치다니……?"

"예, 사실 맞아요. 제가 이번 3월 모의고사에서 진짜 제 실력대로 봤다면 이런 점수 안 나오죠."

"그런데, 왜?"

"예, 선생님. 이번에 제 점수가 실력대로 높은 점수가 나오면 우리 5반 학생들과 점수 차이가 크겠더라구요. 그러면 그 애들 처음부터 의욕이 떨어질까 한편 염려가 되더라구요. 그래서 제가 고민 끝에 일부러 오답에 표기해서 점수를 낮게 나오게 한 겁니다. 첫 모의고사인데 동료 학생들 의욕을 높여 주려구요."

"으응……?"

만기의 해명을 듣고 윤 선생은 갑자기 혼란에 빠졌다. 본인의 높은 점수를 같은 반 학생들이 알게 되면 첫 모의고사부터 의욕이 떨어질까 염려되어 일부러 오답에 표기해서 점수를 낮게 나오게 했다는 얘기가 언뜻 들으면 그럴 듯했다. 그러나 세상에 자신의 점수를 일부러 낮게 나오게끔 시험 치르는 사람이 어디 있겠냐는 생각이 들자 그의 변명에 의심이 생겼다. 가만히 복기해 보면 상식적으로 말도 안 되는 설명이었다.

"진짜냐? 그 얘기?"

윤 선생은 살짝 인상을 쓰며 공격적으로 물었다.

"예, 선생님. 제가 어떻게 담임 선생님께 거짓말을 하겠습니까. 사실 그대로 고백한 겁니다."

윤 선생은 얼굴빛 하나 안 변하고 술술 자연스럽게 해명하는 허만기에게 그의 말을 믿는다는 표정을 지으면서도 단호하게 말했다.

"알았다, 만기야……. 근데 4월 모의고사부터는 이러면 안 된다, 응? 시험을 자기 실력 그대로 치러야만 되는 거야. 다른 누군가를 위해서 시험을 이렇게 왜곡해서 보는 게 아니야. 알겠냐?"

"예……."

"좋다. 이번 일은 네 말 그대로 믿고 접겠다. 다른 학생들한테는 비밀로 할 테니 너도 그렇게 알고 있거라. 괜히 네가 떠벌리면 오해 받기 십상이니까 너도 네 성적에 대해 비밀 유지하길 바란다."

"예, 선생님. 감사합니다."

"암튼 다음 달 모의고사부터는 정상적으로 치르길 약속하자, 응?"

"예, 알겠습니다. 선생님."

허만기를 보내고 윤 선생은 둘째 서랍에 보관했던 반 학생들의 개인 정보 서류를 들췄다. 올해 재수생 개강하면서 학생들이 자필로 쓴 '자기 소개서'였다. 허만기의 서류에는 몇 가지 정보가 적혀 있었다.

- 성명: 허만기
- 나이: 25세
- 주소: 영운시 성상동 15번지 (자취)
- 학생 전화: 010 - 1018 - 0042
- 부모님 거주지: 충남 청양읍
- 대학교 재학 경험: 연세대학교 영문학과 1학년 자퇴

- 올해 목표: 서울대학교 법학과
- 출신 고교: 청양 용성고등학교

그는 충남 청양에서 고등학교를 졸업했고, 지금은 학원에서 30분 정도 걸리는 동네에서 자취를 하고 있었다. 그리고 소문대로 연세대학교 영문학과를 1학년 마치며 자퇴를 하였고 올해 목표도 역시 들은 바대로 서울대학교 법학과라고 자필로 기록돼 있었다.

자기소개서를 확인한 윤 선생은 더욱 머리가 어지러웠다. 이 서류대로라면 허만기는 분명 기본 실력이 탄탄한 녀석일 것이었다. 당당하게 서울대학교 법학과가 올해의 입시 목표라고 쓴 것을 보면 조금 전 그의 해명이 일편 맞을 수도 있겠다는 생각이 들었다. 그러나 원점에서부터 다시 하나씩 따져보면 이해가 안 되는 구석도 많았다. 다른 동료 학생들의 의욕을 살려주기 위해 자신이 일부러 시험을 망쳤다는 논리가 도저히 납득이 안 됐다. 그런데 그동안 한 달여 지내면서 그가 주변 학생들에게 보여준 헌신적인 행동을 연계해 보면 그의 말이 진짜인 것 같았다. 그러나 또다시 꼼꼼하게 따져보면 말이 안 되는 일이라고 판단하면서 윤 선생은 도대체 무엇이 진실인지 알 수가 없었다. 다만 다음 달 4월 모의고사 결과가 그 해답이 될 거라는 생각에 이르자 당분간 허만기의 성적 딜레마를 잊기로 했다. 어차피 한 달만 지나면 모든 것이 밝혀질 일이있다.

허만기의 3월 전국 모의고사 성적은 약속대로 비밀에 부쳐져 5반 학생들은 아무도 알 수 없었다. 5반의 학습 분위기는 예전처럼 허만기를 중심으로 활기가 넘쳤다. 정정학원 각 과목 선생님들도 교무실에서 5반 수업 분위기가 가장 좋다고 칭찬이 자자하였다. 그럴 때마다 윤 선생은 담임으로서 보람을 느끼며 허만기의 역할이었음을 인정하였다.

그렇게 특별한 사고 없이 한 달이 지났다. 4월 말에 또다시 나온 4월 전국 모의고사 성적표가 각 반 담임들에게 전달되었다. 윤 선생은 약간은 호기심을 느끼면서도 떨리는 심정으로 5반 학생들의 성적표 중에서 가장 먼저 허만기 것을 확인해 보았다.

성명	과목	국어	영어	수학	국사	지리	사회 문화	윤리	공통 과학
허만기	본인 점수	41	35	19	47	39	44	42	23
	전국 평균 점수	65	62	51	70	66	75	71	54

윤 선생은 실망을 하였다. 한 달 전 3월 모의고사 성적과 별 차이가 없었다. 심지어 더 나빠진 과목도 몇 개 있었다. 윤 선생은 지난번 허만기의 해명이 거짓이었다고 이제는 확실하게 판단했다. 정말 어처구니없는 상황이었다. 담임인 자기에게 말도 안 되는 변명을 뻔뻔스럽게 했다고 생각하니 은근히 부아가 치밀어 올랐다.

그럼 그렇지. 무슨 다른 학생들을 배려해서 자기 시험을 일부러 망쳐? 말도 안 되는 얘기로 담임인 나를 속여? 이 녀석 진짜 보통 녀석 아니네. 사기꾼도 아니고 아주 웃기는 녀석이구먼. 좋다. 오늘은 또 무슨 변명을 늘어놓는지 한번 들어 보자. 여차하면 오늘 박살을 낼 테다. 이 녀석……

윤 선생은 한 달 전 자신을 속인 허만기가 가소로웠다. 그의 능청스러운 당시 모습을 생각하면 한편으론 괘씸하였다. 오늘 상담하다가 만약 여차하면 강호령을 내리겠노라 다짐을 단단히 하면서 지난번과 같이 야간 자율 학습 시간에 허만기를 교무실로 불렀다. 허만기도 2주 전 4월 전국 모의고사를 치렀기에 담임이 지금 자신을 부른 이유를 대략 예측하고 있었다. 그는 윤 선생 책상 옆 의자에 앉자마자 먼저 얘기를 꺼냈다.
"선생님! 4월 모의고사 성적표 왔지요? 그래서 절 부르신 거죠?"

"음, 잘 아네."

시큰둥하게 대답하면서 윤 선생은 서랍 속의 성적표를 꺼내어 허만기 손에 쥐어 주었다.

"한번 직접 보거라. 네 성적이 어떠한지……."

이젠 노골적으로 비아냥거리는 음색이 담임으로부터 묻어 나왔다. 자신의 성적표를 확인한 허만기는 선뜻 아무 말도 하지 않았다.

"이번에는 왜 그러냐? 설마 이번에도 동료 학생들의 의욕 때문에 또 일부러 못 본 건 아니겠지?"

"네, 선생님."

"그럼 이번에는 왜 이런 점수가 나왔는지 네가 설명해 봐……."

그러자 허만기는 기다렸다는 듯 자연스럽게 이야기했다.

"선생님, 제가요. 2주 전 시험 보기 전날 밤에 감기 몸살이 났었어요. 아주 심하게요……."

"그런데?"

"이튿날 모의고사 보는 당일 아침에도 상태가 안 좋더라구요. 그래서 학원을 결석할까 생각도 했는데 그건 아니더라구요. 학생으로서 시험을 피하면 어떤 이유든 비겁할 것 같아서요."

"그래서 어떻다는 거냐?"

"그날 아침에 감기 몸살약을 먹고 학원에 와서 모의고사를 본 거예요. 그런데 1교시 국어 과목부터 글자가 안 보이더라구요. 약이 독해서 그런지 완전 약에 취했어요."

"시험인데 정신 바짝 차리고 시험 보면 되는 거 아니냐? 어차피 시험을 보려고 학원에 왔으니까 말이다."

허만기의 슬슬 시작되는 변명에 윤 선생은 허점을 지적하며 날카롭게 반문하였다. 그러나 허만기는 당황하지 않고 자연스럽게 말을 이어갔다.

"맞아요. 저도 선생님 말씀대로 정신 차리려고 노력을 했어요. 하두 졸음이 와서 제 뺨을 때려가면서 시험을 봤어요. 볼펜으로 무릎을 콱콱 찍기도 하면서요……."

"잘했네. 그렇게 정신 차리면서 시험 보면 되는 거야. 그런데 점수가 아주 형편없네. 3월과 비슷하구먼……. 왜 이런 거냐? 진짜로, 응?"

윤 선생은 한 단계 높게 허만기를 몰아붙였다. 다만 그의 입에서 스스로 진실을 말할 때까지 마지막 단계는 꾹 참고 있었다.

"그래서 망쳤나 봐요. 비몽사몽으로 하루 종일 시험을 치른 거예요. 저는 나름 시험을 열심히 봤지만, 그냥 정답을 막 찍은 거랑 별 차이 없는 상황이 었어요. 하두 졸려서 아무 생각이 안 나더라구요. 선생님……. 그래서 4월 모의고사는 그냥 시험에 참여했다는 것에 의미를 두고 싶어요……."

정말 무지막지한 변명이었다. 윤 선생은 끝까지 진실을 숨기는 허만기를 보며 이런 녀석과 실랑이를 벌이는 자신이 초라해짐을 느꼈다. 별 의미도 없는 얘기를 계속 그의 입을 통해 듣고 있는 것이 기만 당하고 있다고 생각 했다. 그러나 그의 스물다섯이라는 젊은 나이와 그간 세 달 가까이 5반 분위기 조성에 기여한 허만기를 이대로 내팽개칠 수만은 없다고 생각했다. 다시 한 달의 시간적 여유를 주는 게 그나마 허만기를 위한 마지막 선택이라 판단했다. 또한 그것이 담임 선생님과 반 학생과의 최소한의 예의이고 교육이라 생각했다.

윤 선생은 아까보다는 다소 부드러운 목소리로 말했다.

"알았다, 만기야. 이번 시험은 네 말대로 감기 몸살 약에 취해서 망친 걸로 이해하겠다. 너도 그런 상황이라 어쩔 수 없었나 보다. 자, 그러면 다음 5월 모의고사에 대해 미리 너랑 약속하자."

"무슨 약속요?"

"응. 다음 5월 모의고사 시험 볼 때는 첫째, 절대 동료 학생들 의욕 생각해서 일부러 시험 망치지 말 것. 둘째, 시험 전날에 감기 몸살 나더라도 시험 당일 아침에 약을 먹지 말고 올 것. 이 두 가지 약속 지킬 수 있겠니?"

"네, 당연하죠. 다음 5월 모의고사 때는 그런 일 없을 거예요. 이제는 진짜 제 실력을 보여 줘야죠. 담임 선생님께서도 기대해 주세요. 저의 진짜 실력을요. 저는 올해 꼭 서울대학교 법학과에 갈 겁니다. 그래서 주변 사람들에게 당당한 제 모습을 확인시켜 줄 거예요. 선생님……."

허만기는 담임과의 약속이 당연하다는 듯 진지한 눈빛으로 힘차게 말했다.

"그래, 알았다. 교실에 돌아가거라. 그리고 이번에도 다른 학생들 모르게 비밀로 하자. 괜히 학생들이 네 시험 점수 알게 되면 별 얘기들 다 생긴다. 알았지?"

"네……."

허만기는 꺼림직한 표정 없이 묵묵히 교무실을 나갔다. 윤 선생은 딱 한 달만 더 참고 기다려 보자고 혼자 다짐을 하였다.

5월 말이 되었다. 5월 모의고사를 치른 지 2주가 지났다. 저녁 종례 시간에 윤 선생은 자기네 반 학생들에게 평소보다 무게를 갖고 심각하게 말했다.

"에……. 5반 우리 반 학생들아! 이제 나른했던 5월도 며칠 안 남았다. 이럴 때일수록 느슨해지면 큰일 난다. 정신 바짝 차리고 다시 공부에 전념하길 바란다. 수능 시험 일도 6개월도 채 안 남았다. 각자 공부가 계획과 목표대로 잘 진행되고 있는지 점검하고 다시 힘차게 시작하자! 알겠지?"

"네엡!"

"아참, 그리고 내일 오후에 5월 모의고사 성적표가 온다고 원장님이 말씀하시더구나. 시험 본 지 2주 됐으니 성적표가 올 때도 됐지. 내일 성적표 오면 이번에는 내가 학생들과 야간 자율 학습 시간 때 한 명씩 교무실로 불러서 상담을 할 예정이다. 각 과목별로 무슨 문제점이 있는지 한번 점검해 보자구."

담임의 말에 학생들은 웅성거렸다. 모의고사 시험 결과는 당연히 학생 스스로에게도 최대의 관심사였기에 성적표가 올 때면 늘 초조했었지만, 이번에는 담임 선생님이 5월 모의고사 성적표를 바탕으로 개별 상담을 한다는 말에 학생들은 더욱 신경이 쓰이는 모양이었다.

이튿날 오전 8시 아침 조회를 하려고 윤 선생은 5반의 출입문을 열었다. 모두 조용히 아침 자습을 하고 있었다. 그런데 아직 한 명이 등원하지 않아서 빈 의자가 덩그러니 혼자 주인을 기다리고 있었다. 허만기였다. 그가 아직 학원에 오지 않은 것이다. 지금 아침 조회 시간까지 안 왔다는 것은 지각이다. 그에게 무슨 일이 생겼는지 몰라도 현재까지는 지각인 상태다.

"얘들아! 대부 학생 아직 안 왔는데 왜 그런지 아는 학생 있냐?"

담임의 질문에 모두가 묵묵부답이었다. 아무도 그 이유를 모르는 듯했다. 학생들은 자신들의 대부가 오늘처럼 지각한 적이 없었기에 어리둥절했다. 반 분위기를 염려한 윤 선생이 얼른 말을 이었다.

"알았다. 혹시라도 대부 학생이 결석하면 내가 이따가 자취 집에 한번 찾아가 보겠다. 갑자기 아파서 못 나온 것일지도 모르니까. 설마 다른 변고는 없겠지…… 너희들도 너무 염려는 말거라."

반 학생들을 다독이고 교실서 나온 윤 선생은 점심시간에 자기소개서에 적힌 허만기의 자취 집 주소를 찾아가 보기로 계획을 세웠다. 그는 교무실로 돌아와 허만기 핸드폰에 전화를 해봤지만 꺼져 있었다. 허만기는 1교시 수업 시작 전까지 나타나지 않았고 결국 결석을 하였다.

윤 선생은 점심시간에 성상동 15번지를 찾아갔다. 평범한 단층 일반 가옥이었다. 대문 밖에서 누군가를 부르는 소리에 주인인 듯한 팔십 대 할머니가 현관문을 열고 대문 밖으로 나왔다.

"누구신지……"

"네, 혹시 이 집에 허만기라는 학생 있습니까. 자취하는……."

"허만기라는 사람은 없구 김상철이라는 총각이 있었지. 건넌방에서 월세 내구 살았던……."

"김상철이 아니라 허만긴데요?"

"허만기는 없어. 그런 사람 몰라요……."

윤 선생은 혹시나 해서 자기소개서에 붙어 있는 허만기의 증명사진을 할머니에게 보여 드렸다.

"어? 맞네! 이 사람이 김상철이야……."

"네에?"

윤 선생은 기절할 뻔했다. 허만기와 김상철이 동일 인물이었다.

"그러면 김상철이라는 총각 지금 방에 있나요?"

윤 선생은 이름의 진위 여부를 떠나서 지금 얼른 허만기의 소재가 궁금했다.

"없어. 그 총각 2주 전에 급하게 방 빼구 나갔어. 고향집에 급한 일이 생겼다며 갑자기 방을 빼더라구."

"네에? 2주 전에요?"

학원으로 돌아온 윤 선생은 혼란스러웠다. 본명이 허만기인지 김상철인지는 이제 그에게 중요하지 않았다. 어제까지 학원에 나와서 평소와 다름없이 생활한 허만기가 이미 2주 전에 자취방에서 나왔다는 사실이 더욱 충격이었다. 그는 다른 데로 이사 간 것이 틀림없었다. 어제도 학원에 왔기 때문에 주인 할머니의 말대로 고향집으로 간 것은 아닐 것이다. 그리고 오늘 그가 결석한 것도 어제 저녁 종례 시간에 공지한 5월 모의고사 성적표 도착과 연관이 있었을 거라고 윤 선생은 판단했다. 허만기는 이미 한 달 전부터 오늘의 사태를 예견하고 준비한 것이 분명했다.

5월 모의고사 성적표가 담임에게 전달되기 직전에 나는 학원을 떠난다. 혹시라도 자취 집 주소지로 담임이 찾아올지 모르기 때문에 미리 방을 빼서 이사한다. 3월 모의고사와 4월 모의고사 성적표를 갖고 담임이 추궁할 때는 나름 그럴듯한 이유로 벗어났지만, 이제 5월 모의고사 성적에 대해서는 더 이상 변명할 거리도 마땅치 않다. 지금까지 5반 애들한테는 대부였지만 이젠 어쩔 수 없다. 아쉽지만 떠나야 한다. 학생들에게 내 점수 공개되어 망신을 당하기 전에 미리 선수 쳐서 아무도 모르게 사라진다…….

윤 선생은 이런저런 생각에 머리가 지끈거렸다. 허만기는 지금 어디에서 무얼 하고 있는지 걱정도 되었다. 담임은 물론 5반 학생들 누구에게도 아무 얘기하지 않고 철저하게 자신을 숨긴 그가 한편 안타까웠다.

그가 자랑했던 연세대학교 영문학과 학생이었다는 것도 이제는 믿을 수가 없었다. 더구나 서울대학교 법학과 입학을 목표로 했다는 것도 허상에 불과한 것인지도 모르는 일이었다. 심지어 스물한 살 때 일 년간 국내 여행과 해외여행을 다녔다는 것과 공수 특공대를 자원하여 입대했다는 것도 모두 거짓말 같았다. 그는 왜 이런 공수표 인생을 살고 있는지, 실체는 도대체 무엇인지 윤 선생은 궁금하면서도 딱한 생각이 들었다. 스물다섯 살의 젊은 이가 주변 사람들에게 대부가 되어 무엇을 성취하고자 했는지…….

그러나 윤 선생은 빈혈 여학생 소동을 생각해 내고는 허만기의 삶 전체가 허위였다고는 생각지 않았다. 허만기가 주변의 약자를 도우려는 선한 인간성은 분명 있었노라고 인정하고 싶었다. 또한 그의 따뜻한 마음이 한편에 자리 잡고 있었다고 믿기로 했다.

이런 생각들로 머리가 복잡할 적에 드디어 5월 전국 모의고사 성적표가 각 반 담임들에게 전달되었다. 윤 선생은 큰 기대는 없었지만 혹시나 하는 마음에 허만기의 성적표를 들춰 보았다.

성명	과목	국어	영어	수학	국사	지리	사회 문화	윤리	공통 과학
허만기	본인 점수	38	34	17	45	39	42	40	19
	전국 평균 점수	62	60	47	65	68	72	75	51

윤 선생은 쓴웃음을 지으며 허만기의 성적표를 찢어서 휴지통에 버렸다. 그리고 5반 학생들에게는 허만기에 대한 어떤 이야기도 하지 않으리라 다짐하였다. 그들의 대부가 허상이었음을 폭로할 마음이 없었다. 스무 살의 순수한 젊은이들이 가슴속에 간직하고 있는 대부에 대한 아름다운 추억을 오랫동안 남겨 주고 싶었다.

윤 선생은 자리에서 일어나 창가 쪽 커피포트로 향했다. 따뜻하고 쓴 원두커피를 마시고 싶은 욕구가 갑자기 일어났기 때문이었다. 5월의 따스한 오후 햇살이 교무실에 내려 쬐고 있었다.

강한넘

강한넘. 성은 강이요 이름은 한넘. 아니다. 한넘은 이름이 아니라 별명이다. 강한넘의 본명은 강두철이다. 그의 별명이 한넘이가 된 것은 그가 전방 부대 제대 후 국립 진리대학교 철학과 3학년 복학한 이후 같은 과 학생들이 붙여 준 별명이다.

두철이 복학한 지 2개월이 지난 5월 중순쯤이었다. 춘계 문과 대학 체육 대회가 열렸다. 매년 해 온 문과 대학의 연례행사였다. 문과 대학 학생들의 봄날 잔치인 것이다. 경기 종목마다 순위에 따른 점수 배정을 받는데 일주 일간의 예선과 결선을 치른 뒤 전 종목 점수를 합산하여 최종 순위를 결정한다. 종합 우승을 한 학과에는 장학 지원금 명목으로 1,000만 원이 지급된다. 각 학과에서는 우승 상금보다도 자기네 학과의 자존심에 더 의미를 두었다.

체육 대회는 축구, 배구, 농구, 씨름, 800m 달리기 릴레이, 줄다리기 등 여섯 종목이었다. 거의 남학생 위주의 종목들이었다. 축구, 배구, 농구, 800m 달리기 릴레이 종목들은 후보를 포함하여 10명 이내의 선수들이 출전하고, 줄다리기는 40명이 정원으로 남학생 20명, 여학생 20명이 동일한 숫자로 출전한다. 그러나 씨름은 각 과에서 오로지 한 명만 출전하는 개인 경기였다. 나머지 종목은 단체 경기지만 씨름만은 개인 경기여서 씨름에 출전하는 학생은 자기네 학과 모든 학생들로부터 집중적인 관심을 받는다. 당연한 일이다. 각 종목의 1등 점수는 300점, 2등은 200점, 3등은 100점이다. 순위별 점수는 단체 경기든 개인 경기든 똑같다. 이렇듯이 5명~40명이 단체로 출전하는 종목의 1등이나 혼자서 출전하는 씨름 종목의 1등이나 똑같은 300점이다. 씨름 경기는 한 명이 300점을 가져오는 것이니 우승한 주인공은 학과의 영웅이요 인기 스타가 되는 것은 자명한 일이다. 체육 대회에서 대개 한 명의 학생이 기껏해야 한 종목에 출전하다. 혹시나 줄다리기까지 더하여 두 종목에 출전하면 운동신경이 뛰어나고 힘이 센 학생일 터였다. 그러나 강두철은 축구, 800m 달리기 릴레이, 씨름, 줄다리기 등 모두 네 종목에 출전하였다. 대단한 학생이었다. 힘과 기술과 속도를 모두 갖춘 만능 운동선수였다. 철학과 역사상 춘계 문과 대학 체육 대회에서 한 사람이 네 종목에 동시 출전한 역사는 강두철이 유일하다고 철학과 사무실에서 근무하는 김 조교의 증언에 철학과 학생들은 감탄하였다.

드디어 종목별 경기가 시작되었다. 대회 첫날 첫 경기는 축구였다. 강두철은 육중한 근육질의 몸인데도 호날두와 비슷한 현란한 발기술과 스피드로 상대방을 농락하였다. 믿을 수 없는 움직임이었다. 85kg의 몸으로 어쩌면 저렇게 민첩할 수 있단 말인가. 더구나 상대 수비를 제치는 발재간은 전문 축구 선수를 연상케 했다.

5:1. 첫 경기에서 영문과를 가볍게 이겼다. 철학과가 넣은 다섯 골 중에서 세 골은 두철이 직접 넣은 것이고 나머지 두 골도 두철이의 도움을 받은 2학년 후배가 넣은 것이다. 다섯 골 모두 두철과 연관된 것이었다. 철학과에서는 난리가 났다. 작년까지 축구 종목이 가장 약해서 해마다 1차전에서 탈락됐는데 올해는 두철의 등장으로 철학과가 축구 종목의 숨은 강자로 거듭

난 것이다.

각 종목은 네 번을 연속 이겨야만 우승자가 된다. 문과 대학은 12개 학과로 이루어져 있다. 그래서 각 종목마다 추첨을 통해 4개 학과는 부전승으로 1차전을 통과하고, 나머지 8개 학과는 12강전부터 치른다.

축구 1차전에서 영어과를 대파한 두철은 운동장에서 천천히 철학과 응원석 앞으로 걸어왔다.

"앞으로 남은 세 경기도 오늘처럼 확실하게 끝내줄 테니 걱정은 허리에 붙들어 매시오!"

강두철의 자신감 넘치는 허풍에 응원석에서는 금방 응답을 하였다.

"와아……. 하하하!"

"강두철! 강두철! 강두철!"

짝짝짝. 짝짝짝.

60여 명의 응원석 학생들은 강두철의 이름을 연호하며 철학과의 수호신에게 깊은 감사와 믿음의 박수를 보냈다. 강두철은 옅은 미소를 띠며 그들에게 오른팔을 들어 크게 흔들어 주었다.

축구 경기가 끝난 뒤 30분쯤 지나 씨름 종목 1차전이 시작되었다. 철학과 응원단석 학생들 대부분이 씨름 경기장인 운동장 한쪽 모서리에 위치한 임시 원형 모래밭으로 자리를 이동하였다.

'과연 두철의 씨름 실력은 어느 정도일까.'

모두의 관심은 똑같았다. 축구에서 보여준 빠르기와 발재간은 씨름 종목과는 다른 것이다. 씨름 기술 자체가 축구와는 전혀 이질적이고 힘 또한 넉넉히 버텨 줘야 한다.

몸무게에 따른 체급이 있는 일반 씨름 대회와 달리 체급 구별이 없는 경기였다. 당연히 덩치 큰 선수들이 많이 출전하였다. 85kg의 두철이었지만 그보다 무게가 훨씬 넘는 선수들이 대부분이었다. 두철의 첫 상대는 몸무게

100kg이 넘는 불어과 학생이었다.

‘프랑스 사람들처럼 하루에 다섯 끼 이상 먹어서 살만 두룩두룩 쪘냐……?’

두철은 육중한 상대방의 몸에 붙은 샅바를 잡으면서 엉뚱하면서도 냉소적인 생각을 하였다. 가볍게 샅바 잡기 신경전을 몇 번 벌이다가 두 몸뚱어리는 드디어 무릎을 세우며 일어났다. 응원석의 양쪽 학과 학생들은 숨을 죽였다. 특히 철학과 응원석에서는 상대방 선수의 엄청난 살덩어리에 염려의 눈빛을 보이기도 했다.

‘과연 두철이가 100kg을 넘어뜨릴 수 있을까.’

‘과연 두철이는 이번에도 기적을 보여 줄까.’

모두가 앞으로 진행될 상황에 혼란을 느끼고 있을 때 심판의 호루라기가 울렸다.

“호르르르륵……!”

이때였다. 호루라기 소리와 동시에 100kg의 고기 덩어리가 모래밭에 내동댕이쳐졌다. 딱 1초였다. 불어과 씨름 선수가 1초 만에 뒤로 벌렁 자빠졌다. 두철이는 호루라기 소리와 동시에 샅바 잡은 오른손을 순간적으로 빼고는 상대방의 왼쪽 오금을 당기면서 상체를 앞으로 밀었다. 두철의 왼쪽 다리 오금 당기기 공격으로 1초 만에 상대가 뒤로 벌렁 드러눕고 말았다. 예상하지 못한 일이 순식간에 벌이진 것이다. 철학과 학생들은 그들 앞에 펼쳐진 믿을 수 없는 광경에 너무 기뻐서 소리를 지르며 깡충깡충 뛰었다.

“와아아……!!”

“와아아……!!”

짝짝짝. 짝짝짝. 짝짝짝.

“우리 철학과에 헤라클레스가 환생했구먼!”

함께 구경을 했던 서양 철학 전공 황 교수의 말에 모두가 동의하듯이 박수를 치며 환호하였다.

"헤라클레스! 헤라클레스!"

막강한 힘과 용기와 활달함의 상징인 헤라클레스. 강두철이 바로 철학과의 헤라클레스였다. 그는 정말 힘이 대단했다. 기술 또한 고수였다. 첫날 예선 경기 두 종목을 연이어 치르고도 그는 얼굴에 흐르는 땀을 여유 있게 훔치며 웃으며 말했다.

"별것 아니네. 아직도 두 경기 더 뛸 수 있겠다…… 흐흐흐……."

월요일에 시작된 체육 대회는 금요일에 끝난다. 이날 각 종목 결승전이 열리며 5일간 젊은이들의 축제가 막을 내린다.

철학과 강두철이 출전하지 않은 배구와 농구는 3차전도 넘기지 못하고 2차전에서 모두 패했다. 그러나 두철이 출전한 나머지 네 종목은 모두 결승에 올랐다. 이 또한 철학과 역사에 처음 있는 경사였다.

폐막일은 오전 9시에 시작하여 오후 3시에 모든 일정이 끝난다. 경기 순서는 농구, 배구, 축구 등 구기 종목을 순서대로 우선 치르고, 이어서 씨름, 줄다리기, 800m 달리기 릴레이 종목으로 이어진다. 결승 경기이기에 한 종목씩 순서대로 진행함으로써 결승에 진출한 학과의 응원 학생들 모두가 집중하며 구경하고 응원하는 효과가 있었다. 축제의 마지막을 즐기려는 듯 문과 대학에 소속된 천여 명의 학생들이 운동장을 가득 메웠다. 더구나 결승전에 진출한 학과의 학생들은 초등학교 가을 운동회를 연상하는 카드 섹션과 짝짝이 소리가 나는 응원 도구까지 준비했다. 철학과도 예외는 아니었다. 결승전에 네 종목이나 올라갔으니 응원 열기는 다른 과에 전혀 뒤지지 않았다. 1학년부터 4학년 학생들 재적 인원 90% 이상이 참석하여 응원단장의 선도에 일사불란한 응원을 준비하였다. 특히 다른 학과와 달리 준비한 것이 있었다. 플랜카드였다. 그들은 운동장 건너편 도로 쪽 경계선이 있는 두 그루의 플라타너스 사이에 준비해 온 플랜카드를 설치하였다 노란색 바탕의 천에 붉은색과 검은색으로 쓰인 글씨는 멀리 응원석에서도 선명히 보였다,

철학과의 영웅 강두철 학우만 믿습니다!

강두철에 철학과의 종합 우승이 달린 것이다. 철학과 학생들은 알고 있었다. 오늘 강두철의 활약에 철학과의 운명이 달려 있다는 것을. 춘계 문과 대학 체육 대회 역사상 한 번도 우승이 없었던 철학과에 오늘 새로운 역사를 선사한다는 것을. 그리고 오늘 철학과에 새로운 영웅이 탄생한다는 것을…….

결승 경기 종목 순서를 확인한 학생들은 조금 걱정이 생겼다. 세 번째 순서인 축구부터 마지막 종목인 800m 달리기 릴레이 경기까지 네 경기를 강두철이 모두 뛰어야 하는데 과연 각 종목 종료 후 10분의 휴식 시간 뒤 그가 체력을 감당할 수 있겠느냐에 대한 염려였다. 그동안 예선전은 기껏해야 하루에 두 종목 이하만 했지만 오늘 결승 네 경기를 연속으로 그가 해낼 수 있느냐 이거였다. 겉으로 노골적인 염려를 표출한 학생은 없었지만 철학과 학생들의 공통된 조바심이 시나브로 마음속에 자리 잡고 있었다. 그러나 정작 강두철은 태평이었다. 앞선 다른 학과의 배구와 농구 결승 경기를 구경하면서 그는 특별한 움직임 없이 평상시 표정 그대로였다. 여유, 그 자체였다.

느디어 철학과의 결승 경기가 시작되었다.

축구였다. 상대는 국문과였는데 아마추어 축구 동호회 회원 5명이 들어 있어서 막강한 전력을 지닌 팀이었다. 그러나 강두철은 그의 지지자들을 실망시키지 않았다. 전·후반 90분 동안 운동장을 자기의 놀이터인 양 종횡무진한 그는 혼자서 세 골을 모두 넣으며 철학과가 결국 3:2로 승리하였다.

초미의 관심은 씨름 종목이었다. 개인 종목 경기였기에 더욱 관심이 컸다. 결승에 오른 두 학과 외에 다른 학과 학생들이 대거 씨름판을 둘러쌌다. 특히 여학생들은 덩치 큰 근육질 남자들의 상체 벗은 모습에 가슴을 설레며 마치 이만기의 천하장사 경기를 보려는 듯 떼 지어 몰렸다.

10분의 휴식을 취한 강두철은 몇 번의 거친 호흡을 내뱉고는 500ml 생수를 한 병 들이켰다. 그리고는 두 팔을 공중에 만세 부르면서 철학과 응원 학생들을 향하여 큰 소리로 포효하였다.

"으…… 아……!"

동시에 철학과 학생들도 박자를 맞춰 화답하였다.

"1초 강두철! 1초 강두철! 1초 강두철!"

지난번 첫 경기에서 1초 만에 100kg의 거구를 쓰러뜨린 강두철을 연상하면서 '1초'라는 숫자를 강조하며 강두철을 연호하였다.

강두철의 상대는 120kg의 역사학과 학생이었다. 그는 몸무게도 상당했지만 상체 어깨부터 하체 종아리까지 근육 덩어리였다. 지난번 100kg의 학생과는 질적으로 차원이 다른 거구였다. 21대 천하장사 황대웅과 비슷한 외모와 체구였다.

그를 바라보는 두철은 아무런 표정이 없었다. 나름 경기 내용을 머릿속에 그려 놓은 듯 수도승처럼 조용히 모래판에 올랐다. 120kg도 두철을 만만하게 보지는 않았다. 특히 두철의 순간 기술이 대단하다는 정보를 듣고는 경계를 하면서 샅바를 움켜잡았다. 양쪽 응원석의 학생들도 긴장을 하였는지 순간 조용하였다.

"호르르륵……!"

동시에 두철은 오른쪽 발을 상대의 왼쪽 다리 안으로 깊숙이 넣으며 왼쪽 안다리를 걸었다. 안다리 걸기 기술을 시도한 것이다. 거구의 왼쪽 안다리에 두철의 오른쪽 발이 걸리면서 120kg은 넘어지지 않으려고 힘으로 버텼다. 두철은 그 상태에서 상체를 앞으로 밀면서 무게 중심을 상대방 등 뒤쪽으로 계속 이동해 나갔다.

쿵!

10초 만에 끝났다. 120kg은 두철의 오른쪽 발에 자신의 왼쪽 안다리가 걸려 중심을 잡으려고 버티다가 본인의 무게에 밀려 그대로 뒤로 드러눕고 말았다. 지난번 100kg의 1초보다도 더 극적인 모습이 연출되었다. 심판의 호루라기 소리부터 거구가 뒤로 자빠지는 10초간의 모습이 천천히 슬로우 비디오로 보여주는 것처럼 관객들에게 선명히 한 컷 한 컷 보여준 것이다.

승리를 확인한 두철은 다시 한번 두 팔을 허공에 만세 부르면서 포효하였다. 구경을 했던 모든 학생들이 놀라움으로 큰 환호를 했다. 철학과 학생들은 한목소리로 강두철을 외쳤다.

"10초 강두철! 10초 강두철! 10초 강두철!"

모든 게 감동이었다.

나머지 결승 두 경기도 승리한 철학과는 합계 점수 1,200점으로 종합 우승을 하였다. 강두철이라는 걸출한 인물로 인한 철학과 최초의 춘계 체육 대회 종합 우승이었다.

이런저런 감동의 서사들이 쏟아졌다. 강두철이라는 복학생 한 명이 이루어 낸 소설 같은 이야기가 현실화된 것이라고. 아니 오히려 초등학교 정문 앞에 있는 만화방의 만화책 속 주인공 슈퍼맨이 철학과에 구원자로 환생하여 온 것이라고 허풍스럽게 떠벌리는 학생도 있었다.

폐회식이 끝나고 철학과 학생회에서는 종합 우승 자축연을 열었다. 진리대학교 정문 앞에 있는 정통 중화요리 전문점 장춘관에서 오후 5시부터 시작하였다. 학과장님과 여러 교수님들, 학과 사무실 조교와 사무직원은 물론 철학과 학생들 100여 명이 몰려들었다. 철학과 구성원 대부분이 참석한 것이다. 장충관 2층 대형 홀은 환호와 축하 열기로 터질 듯했다. 우승 축하연이 본격 시작되었다. 학과장님의 인사 말씀이 첫 순서였다.

"에⋯⋯. 오늘 철학과의 종합 우승은 우리 학과 역사상 처음입니다. 정말 기쁘고 행복합니다⋯⋯! 우리 철학과 학생들 모두 수고 많았습니다. 그리고

모든 참석자들이 인정하겠지만 오늘의 우승은 강두철 학생 덕분입니다! 자,
모두 강 군에게 감사의 뜻으로 뜨거운 박수를 보냅시다!"

"와아아……!"

짝짝짝. 짝짝짝.

참석자들은 함성과 함께 힘차게 박수를 쳤다. 모두에게는 정말 고마운 강
두철이었다. 혼자서 네 경기를 우승으로 만들다니……. 정말 믿기지 않는
설화 같은 이야기였다. 강두철은 자리에서 일어나 겸연쩍은 표정을 지으며
목례로 답했다.

회전하는 둥근 식탁에 8명~10명씩 둘러앉아 음식을 먹으며 술잔을 돌렸
다. 모든 식탁마다 시끌벅적 웃음꽃이 활짝 피고 있었다. 그런데 식사 도중
2학년 남학생이 벌떡 일어나더니 큰 소리로 외쳤다.

"여러분! 강두철 선배님에게 우리가 멋진 별명 하나 선사합시다!"

남학생의 엉뚱한 발언에 모두가 어리둥절하면서도 나름 재미있다고 생각
했다.

"너무 거창한 별명은 아니구요. 선배님의 이미지에 딱 맞는 별명 하나를
생각해 놓은 게 있습니다."

모두가 남학생이 생각해 놓은 별명이 무엇인지 궁금했다.

"슈퍼맨? 헤라클레스? 변강쇠? 팔방미남?……"

이런저런 단어들이 각 테이블마다 쏟아져 나왔다.

"강한넘!"

"제가 생각해 낸 별명이 바로 강한넘입니다."

의외였다. 무수한 단어들 중에서 '강한넘'이라니 모두가 의아했다. 처음
들어 보는 단어에 어리둥절할 뿐이었다.

남학생의 설명이 계속 이어졌다.

"일주일간 강두철 선배님의 경기 모습을 보니 정말 강한 남자라고 느꼈습
니다. 여러분들도 제 생각에 동의할 겁니다. 각 종목마다 힘과 기술을 겸비

하고 거기에다가 우직스런 뚝심까지 지녔으니 당연히 '강한 남자' 아니겠습
니까?"

"예……. 맞아요, 맞아!"

여기저기서 맞장구의 대답이 돌아왔다. 여학생들은 더욱 호기심 있는 눈
빛으로 이 상황을 즐기는 듯했다.

"그래서 제가 강두철 선배님을 '강한 놈'이라고 말하면 욕이 되니까 끝 글
자만 살짝 '넘'으로 바꿔서 '강한넘'으로 만든 겁니다. 제 생각이 좀 그렇지
만 그럴싸하지 않나요? 여러분……?"

"와아……. 그럴 듯하네."

"강한 남자 - 강한 놈 - 강한넘"

"성도 강 씨이니까 별명을 이름처럼 부르면 자연스럽게 되는구면. 강한넘.
강한넘……."

기발한 별명이었다. 강두철은 이미 철학과 모든 구성원들에게 강한 남자
로, 아니 강한 놈으로 인식이 된 것이다.

강두철은 '강한넘'이라는 별명이 싫지 않았다. 끝 글자 '넘'에서 약간 꺼림
칙했지만 욕이 아닌 평범한 글자였기에 이해할 수 있었다. 그는 그 별명을
받아들이기로 했다.

그날 이후 그는 대학교에서 '강두철'이 아닌 '강한넘'으로 불렸다. 강한 남
자 강한넘……. '강한넘'은 이세 그의 공식석인 이름이 되었다.

체육 대회 종합 우승 이후 철학과의 영웅 강두철은 선배, 동료, 후배 학생
들과 예전보다 더욱 친한 관계가 형성되었다. 체육 대회 이전에는 서먹서
먹했던 학생들도 스스럼없이 강두철에게 먼저 다가왔다. 심지어 국문과 3
학년 여학생들로부터는 3:3 그룹 미팅을 하자는 제안도 들어왔다. 그는 철
학과를 넘어 문과 대학 전체의 유명인이 된 것이다. 강한 남자로. 강한넘으
로…….

"강한넘 선배님! 안녕하세요!"

마주치는 학생마다 강두철에게 먼저 인사하였다.

"강한넘 선배님! 언제 한번 저희 후배들과 막걸리 한잔 돌리시지요!"

강한넘이라는 새로운 이름을 스스럼없이 부르며 다가오는 학우들을 강두철도 기꺼이 받아들였다. 그의 성격도 원래 털털하면서 사람 사귀기를 좋아하였다. 더구나 철학과의 영웅이요, 문과 대학 스타가 된 지금, 자신을 향해 다가오는 그들을 마다할 이유가 없었다.

두철은 술자리를 함께 하자며 계속 졸랐던 2학년 남학생 후배 다섯 명과 학교 후문 건너의 진달래식당에서 만났다. 진리대학교를 둘러싸고 있는 야산에 봄이면 진달래꽃이 주변 전체를 붉게 물들였기에 식당 이름도 그렇게 지은 듯했다. 진달래식당은 진리대학교 학생들만 이용한다. 그럴 수밖에 없는 것이 진리대학교 후문 주변에는 인가가 없다. 후문 주변이 야산으로 둘러싸인 지형 특성상 개발이 될 수 없었고 대학생들을 위한 소규모의 식당 다섯 개가 진리대학교 후문 건너편에 연이어 자리 잡고 있을 뿐이었다.

금요일 오후 식당 안에는 창가 탁자에 세 명의 학생들만 손님으로 있을 뿐이었다. 그들은 막걸리와 안주로 김치전을 먹고 있었다. 두철네도 두 개의 탁자를 하나로 붙여 여섯 명의 자리를 마련했다. 소주 네 병과 닭발볶음, 어묵탕을 주문했다. 진달래식당의 닭발볶음은 진리대학교 애주가 학생들에게 이미 정평이 나 있었다. 삶은 닭발에 고추장 양념을 버무린 요리였다. 오도독 오도독 닭발 뼈를 씹으며 닭발에 붙어 있는 적은 양의 쫄깃한 살을 목구멍으로 넘길 때는 달짝지근하면서도 매콤한 맛이 소주 안주로 최고였다.

"강한넘 선배님은 소주 주량이 얼마나 되세요?"

후배의 질문에 강두철은 그냥 조용히 웃기만 했다.

"소주 두 병 넘으세요? 저는 한 병 반이거든요. 언젠가 두 병 마셔 봤더니 필름이 끊기더라구요……. 헤헤……."

"저는 딱 소주 두 병이에요. 기분이 안 좋을 때 마시면 한 병이 딱인데 기분 좋을 때 마시면 두 병까지 쑥쑥 들어가더라구요. 호호호……."

후배들이 너스레를 떨었다. 그러나 강두철은 그때까지도 후배들의 얘기를 듣고 웃기만 할 뿐 아무 말도 하지 않았다.

"어휴……. 저희는 정말 궁금해요. 강한님 선배님은 아마 술도 엄청 셀 것 같아요. 강한님이잖아요, 강한님!"

"하하하하하……."

여섯 명 모두 폭소를 터뜨렸다. 후배들은 강두철의 소주 주량이 정말 궁금했다. 체육 대회에서 보여준 강한님 선배의 강한 모습을 연상하면서 그는 최소한 소주 세 병은 너끈하게 마실 거라고 모두가 추측하였다. 오늘 술 마시러 온 것도 겉으론 강한님 선배와 교류를 위한 것이지만 사실 그의 주량이 얼마나 되는가를 확인하고 싶어서 온 것이 진짜 이유였다. 후배들의 수다에 웃기만 하던 강두철이 드디어 말을 열었다.

"애들아, 일단은 마셔 보자. 마시다 보면 주량이 나오는 거니까."

두철의 제안으로 술잔이 돌기 시작했다. 다섯 명의 후배들은 자신이 마신 소주잔을 두철에게 건넸다. 돌려 마시기인 것이다. 두철은 후배들이 건넨 소주잔을 그때마다 주저 없이 삼켰다. 그는 안주도 거의 손에 안 댔다. 마치 소주를 생수 마시듯 인상 한번 안 찡그리고 홀짝홀짝 넘겼다. 다섯 명의 후배들은 자신이 마신 소주잔을 곧바로 두철에게 건넸기 때문에 실제로 두철은 후배들 각자보다 다섯 배 이상을 마시고 있는 셈이었다. 1:5인 것이다. 한 명의 두철에게 다섯 명의 후배들. 서로 술잔을 주거니 받거니 같은 상황이 이어졌다.

이런저런 철학과의 소식들을 안주 삼아 낄낄거리며 즐겁게 술을 마신지 30분이 지났다. 식탁에는 빈 소주병이 벌써 열 병이 되었다. 이때까지 강두철은 다섯 병을 마시고 후배들은 각자 한 병씩 마신 셈이었다.

"어휴……. 강한님 선배님 대단하시네요……."

"벌써 혼자서 다섯 병을 마신 거예요? 강적이다 강적!"

약간 알딸딸할 정도로 취기가 오른 후배들은 강두철의 주량에 놀란 기색이었다. 30분 동안 소주 다섯 명. 강두철이 소주 한 병 마시는데 6분 걸렸다는 수학적 계산이 나왔다.

'이제까지 술 마시면서 이런 사람을 본 적이 없었다. 그렇다면 술 자리가 끝날 때는 도대체 몇 병까지 마신다는 거야?'

후배들은 술자리의 초입 단계에서 강두철의 현재 주량에 놀라움과 동시에 다섯 병이라는 숫자에 압도되고 있었다.

"자……. 이제부터 진짜 시작이다. 마시자!"

강두철의 제안에 술잔은 다시 돌기 시작했다. 도중에 안주로 제육볶음을 추가로 시켰다. 그렇게 술잔을 돌린 지 또 30분이 지났다. 두철네 탁자에는 빈 소주병이 아홉 병이 추가되었다. 처음부터 지금까지 마신 소주를 각 개인당 환산하면 두철은 아홉 병 정도 되고 나머지 후배들은 각자 두 병씩이 되었다.

다섯 명의 후배들은 이미 뻗어 있었다. 두철은 후배들을 살펴보았다. 식탁에 머리를 박고 상체를 엎드린 녀석이 두 명이고 의자에 머리를 뒤로 젖히고 정신 못 차리는 녀석이 두 명, 그리고 잠시 머리를 식힌다고 식당 밖으로 나간 녀석이 한 명. 10분이 지나도 돌아오지 않는 그 녀석이 염려되어 강두철이 밖을 나가보니 그 녀석은 식당 입구 마루에 아주 드러누워 있었다.

강두철이 후배들과 술 마신 후 철학과에는 또 다른 소식으로 떠들썩했다.

"강한넘 선배가 한 시간 만에 소주 아홉 병이나 마셨대……."

"강한넘 선배는 도대체 인간이야 뭐야……?"

"와아……. 소주 아홉 병? 말도 안 돼! 그렇게 술 많이 마셨다는 사람을 본 적도 들은 적도 없는데……. 진짜야?"

"역시 강한넘은 강한 놈이네……!"

"강적이다 강적! 강한넘은 강적이야. 아무도 그를 못 이겨. 이거 뭐 무슨 일이든 못하는 게 없네. 상상을 초월하는 강한 놈이네……!"

강두철은 보통 사람과는 전혀 비교할 수 없는 인간으로 점차 가치가 높아만 갔다. 인간은 인간인데 뭔가 초월적 힘을 지닌 인간으로 학생들 사이에 회자되기 시작했다. 그럴 만도 한 것이 무언가를 그냥 잘하는 게 아니라 했다 하면 보통보다 몇 배나 능가하며 월등한 수준으로 잘하고 있으니 당연했다.

더구나 이런 소문도 금방 돌았다. 강두철이 군대 복무 중에 소대에서 술 회식이 있었는데 소대장을 비롯한 스물다섯 명의 사병들이 모두 고꾸라질 때까지 강두철만 끝까지 꼿꼿이 술자리에서 멀쩡했다는 전설 같은 이야기였다. 그는 당시 소주 열다섯 병까지 마셨고 그로 인해 로마 신화에 나오는 술의 신 '바쿠스'가 소대장에 의해 별명으로 그에게 부여됐다는 것이다. 바쿠스. 강두철은 바쿠스다. 사병 강두철이 아닌 술의 신 바쿠스. 제대할 때까지 그는 바쿠스가 되어 있었다.

강두철의 술과 관련된 군대 에피소드는 그의 입에서 처음 나와 학생들 사이에 금방 퍼졌다. 학생들은 그의 이야기에 의문을 제기하는 사람 한 명 없이 진실로 믿었다. 아니, 믿고 싶었다.

강두철에 대한 '강한 남자' 인식은 주변 학생들뿐만 아니라 실제로는 강두철 본인도 스스로 각인하고 있었다.

'그래 나는 강한 남자다. 나는 강한 놈이야.

나는 모든 것을 다 강하게 잘하는 놈이야.

나는 강한 남자 강두철이야……!'

진리대학교 학보사에서는 매년 6월쯤에 '진리대학 문학상'이라는 제목을 내세우고 문학 공모전을 연다. 전국 일반 신문사에서 매년 겨울 '신춘 문학상'을 주최하는 것처럼 진리대학교 학보사가 진리대학교 학생들만을 상대로 문학 축제를 여는 것이다. 올해가 33회째가 된다. 역사를 지닌 나름 격조 높은 문학 축제였다.

문과 대학 체육 대회가 끝난 이후 5월 말에 '진리대학 문학상' 공모전이 학보사 공고란에 공시되었다. 소설·시·희곡·평론 등 네 개가 공모 장르로 선정되었다. 마감은 6월 30일까지였다. 심사 위원은 국문과 문학 전공 교수님 세 분이 맡으신다고 공고란 마지막 줄에 적혀 있었다.

학보사 공고란을 읽은 강두철은 회심의 미소를 지었다. 그는 복학한 3월 초부터 이 문학 축제를 벼르고 있었다. 서산의 시골 초등학교와 중학교를 졸업한 그는 초등학교 선생님인 아버지 영향으로 이미 어릴 때부터 책 읽기가 몸에 배 있었다. 본인이 좋아해서라기보다는 처음엔 아버지의 강요로 책을 읽기 시작하였다. 그러나 점차 책 읽기에 재미를 맛보면서 중학교 2학년 때부터는 스스로 다양한 장르의 책들을 찾아 읽었다. 단성시로 고등학교 유학을 오게 된 배경도 그의 폭넓은 독서 때문이었다. 아들의 미래 가능성을 본 부모님은 고등학교부터는 시골보다는 도시에서 두철이가 공부하기를 바랐다. 도시 학생들과의 경쟁을 통해 대학교 입시에서 성공하기를 바라는 두철 부모님의 소망이 담긴 결정이었다.

단성시로 온 두철은 혼자 자취를 하며 고등학교를 다녔다. 그의 책 읽기는 고교 입학 후에도 여전하였다. 이제는 취미 수준을 넘어 특기가 될 정도로 열심이었다. 그는 독서반 동아리에 들어가 독서와 토론을 즐겼다. 학교 도서관은 그의 보물 창고였다. 다양한 장르의 수많은 책들이 사방 벽면에 빼곡히 쌓여 있는 것을 보고 두철은 자신의 양식거리가 기다리고 있다고 흐뭇하게 여겼다. 그러나 교과 성적은 부모님의 기대와는 달리 중위권 정도였다. 결국 대학교 입시에서 법학과를 기대했던 아버지와 달리 두철은 본인이 가장 흥미를 가졌던 분야인 철학과에 진학한 것이다.

이제 공모전 마감까지는 한 달 정도 남았다. 그는 소설에 도전할 예정이었다. 시간은 충분하다. 두철은 이미 머릿속에 그려 놓은 서사가 있었다. 그가 고등학교 2학년 여름 방학 때 같은 반 친구 세 명과 함께 2박 3일 캠핑을 갔던 금산 진악산에서의 경험과 추억을 소설의 소재로 계획하고 있었다. 진악산이라는 자연과 인간과의 일체감 내지 동질감에 대한 경험담이었다.

그는 6월 공모전을 위해 복학 직후인 3월 초부터 이미 소설의 전체적인 구성을 대략 그려 왔다. 1학기 중간고사와 춘계 문과 대학 체육 대회 때문에 잠시 미루었던 소설 구성을 그는 다시 정리하기 시작하였다. 기말고사 직후가 공모전 원고 제출 마감일이었기에 그는 두 가지 일에 한 달 동안 매진하였다. 동료 및 후배들과의 술자리도 당분간 피했다. 주변 학생들은 두철의 문학 공모전 준비를 전혀 눈치채지 못했다. 두철 본인이 직접 누설하지 않는 한 알 수가 없는 일이었다. 그리고 두철이가 육체적으로 감당하는 지난번 영웅 같은 사건들과 이번 문학 축제는 성격과 차원이 본질적으로 다른 것이었기에 누구도 두철의 소설 쓰기를 상상조차 할 수 없었다.

'내가 진짜 어떤 인간인지 요번에 확실히 보여주마.'

두철은 육체적 영웅뿐 아니라 정신적 영웅까지 준비하고 있었다. 어느 누구도 예상하거나 상상하지 못한 두철의 문학상 수상을 이미 그는 그의 이력서에 그려 놓았다. 이번 문학 공모전을 통해 완벽한 인간이 어떤 인간인지, 진짜 강한 인간이 어떤 인산인지 본인이 확인해 주겠노라며 굳게 다짐하였다.

'나는 강한 놈이야. 완벽히 강한 남자라구! 그래 나는 '강한넘'이라구!'

공모전 마감이 끝나고 일주일 후에 결과가 발표되었다. 소설 분야의 1등 당선작으로 강두철의 「진악산」이 선정되었다. 심사 위원장인 국문과 김억철 교수의 심사평은 강두철의 문학적 수준이 어떠한지를 알 수 있는 안내서였다.

이번 33회 '진리대학 문학상' 공모전의 가장 큰 수확은
소설 장르의 강두철 군을 만난 것입니다.
강 군의 「진악산」은 대학생이 아닌 전문 작가 수준입니다.
인간과 자연의 심오한 유대감을 도교와 불교 사상과 변증법적
철학을 융합하여 문학적 예술미로 형상화한 수작입니다.
앞으로 강 군이 전문 작가로서의 큰길을 가리라 확신하고
기쁜 마음으로 격려합니다…….

사족이 필요 없는 극찬이었다. 가장 큰 수확, 전문 작가 수준, 전문가로서의 큰길……. 김 교수의 심사평에 나오는 단어들은 글쓴이에 대한 최고의 찬사였다. 어쩌면 아부에 가까운 심사평처럼 느낄 정도였다.

강두철은 초등학교 때부터 복학생이 된 지금까지 꾸준한 독서와 습작 연습한 오늘의 결과에 만족하였다.

'드디어 해냈다. 흐흐흐……. 나는 이제 육체와 정신의 양 측면을 완벽히 성취한 강한 놈이 된 거야…….'

철학과 학생들은 강두철의 문학상 수상에 충격을 받았다. 체육 대회나 술 잘 마시는 것은 몸으로 하는 거지만, 소설 쓰기는 풍부한 정신적 상상력과 집필 능력이 필요한 것이다. 아무나 쉽게 접근할 수 없는 분야이고 대충 흉내로도 될 수가 없다. 그들은 야생마처럼 운동장을 휘젓고 100kg 이상의 거구들을 단숨에 넘겨 버린 강두철의 모습과, 심각하게 고민하며 소설을 쓰는 강두철의 이미지가 겹치면서 도무지 받아들여지지 않았다.

세상에 이런 인간이 있을 수 있는가…….
이질적인 양쪽 분야를 이토록 잘하는 인간이 있을 수 있는가…….

강두철. 그는 문학상 수상으로 철학과 학생들에게 진정한 '강한님'으로 확실한 자리 매김을 하였다. 어느 누구도 거부할 수 없는 '강한 남자'가 된 것이다.

여름 방학이 되면서 강두철은 또 다른 계획을 준비하고 있었다. 서울 광화문 앞에서 출발하여 부산역까지 자전거로 전국 종주를 할 계획이었다. 그는 철저한 사전 준비를 하였다. 서울 광화문에서 부산역까지 총 450km 정도 된다. 자전거로 하루에 90km씩 달리는 게 목표다. 그러면 5일이면 완주하는 것이다. 자전거 평균 시속이 15km 정도이므로 하루에 6시간을 꼬박 달리면 된다. 도중에 휴식과 식사 시간을 3시간 정도 감안하면 하루에 9시간이 걸린다는 계산이 나왔다. 한여름의 무더위가 변수가 되겠지만 젊은이가 도전하기에 가능성 있는 과정이었다.

식사는 편의점 도시락이나 국도변 식당에서 해결하고 잠은 캠핑을 우선으로 하되 사정을 봐서 찜질방이나 모텔을 이용하기로 했다. 빨래와 샤워가 필요했기 때문이었다. 경비 부담은 가능한 최소로 잡았다.

그는 하루 90km 목표량을 채우는 것이 이번 자전거 전국 종주의 성공 요소로 꼽았다. 첫날 광화문에서 출발하여 90km마다 다섯 개 단위로 나누어 하루 일정을 마치는 도시를 정리해 놓았다. 예비 옷과 간식거리도 달리는 자전거 무게에 부담되지 않을 정도로 챙겼다.

그의 자전거 전국 종주 계획이 소문이 나자 2학년 후배와 1학년 후배 등 남학생 두 명이 두철에게 합류시켜 달라고 요청이 왔다. 그들은 강한님의 동반자라는 영광을 얻고 싶다고 했다. 강두철은 원래 혼자서 할 계획이었지만 두 명과 함께 달리면 지루하지도 않고 만약의 사태에도 도움이 될 거란 판단에 기꺼이 받아 주었다. 더구나 이번 자전거 전국 종주를 통해 본인의 진짜 강한 모습을 현장에서 함께 경험한 그들이 증언자가 되리라는 생각에 오히려 잘됐다 싶었다.

'5일이면 끝난다. 5일 동안 내 모든 것을 건다!'

강두철은 속으로 다짐하면서 의지를 불태웠다.

드디어 서울 광화문 앞에서 세 명은 출발하였다.

첫날의 목표는 천안시청까지였다. 여름날의 무더위는 올해 특히 대단했다. 지구 온난화 영향이라는 방송 뉴스처럼 작년보다 3~4도나 더 높았다. 붉은 수은주가 35도를 치닫고 있었다. 아스팔트의 복사열까지 더하여서 안전모를 쓰고 달리는 세 사람의 숨은 칵칵 막혔다. 다만 자전거의 속도에 의해 일어난 작은 바람이 그들을 위로해 줄 뿐이었다. 국도 오른쪽 아스팔트 가장자리를 일렬로 달리는 세 명의 라이더들은 젊음의 투지와 자존심으로 버텼다.

그렇게 깡으로 버틴 첫날, 그들은 오후 5시 30분에 목표 지점에 도착하였다. 한 명의 낙오자 없이 첫 관문을 통과하자 세 명은 지친 가운데에서도 뿌듯한 보람을 느꼈다.

"강한넘 선배님! 정말 죽는 맛이었어요. 선배님 뒤만 보고 무조건 달려서 그나마 버틴 것 같아요."

"저는 비몽사몽이었어요……. 저도 강한넘 선배처럼 강해지고 싶어서 이를 악물고 페달을 밟았어요……."

후배들의 쓴 기운이 모텔 방안에 쏟아져 나왔다.

"그래, 내일도 화끈하게 달려 보자! 끝까지 가보는 거야!"

피곤하면서도 두철은 의연하게 말하며 후배들을 다독였다.

"네엡!"

세 명은 그대로 잠에 떨어졌다. 첫 일정의 밤은 깊어만 갔다.

둘째 날의 목적지는 충북 옥천이었다. 태양은 어제보다 더 이글거렸다. 이들에게 국도변의 농촌 풍경은 눈에 들어오지 않았다. 뜨거운 햇살과 흐르는 땀과 거친 숨소리만이 그들의 감각을 일깨웠다.

20km쯤 지났을 즈음 가장 뒤에서 달리던 1학년 후배가 결국 포기했다. 두철은 약간 실망했지만 약골인 녀석이라 어쩔 수 없다는 속생각을 숨기고 그를 이제는 보내기로 했다. 억지로 동행하다가 무슨 일이라도 생기면 자신의 종주 계획에 방해물이 될 거라는 생각에 이르자 오히려 잘됐다 싶었다. 그래도 든든한 2학년 후배 녀석이 버티고 있어서 전체 일정에 큰 무리는 없을 듯했다.

악으로 깡으로 버틴 두 사람은 저녁 6시쯤 되어 옥천역 앞에 도착하였다. 두 명은 지쳐 있었다. 한여름의 열 도가니 속에서 자전거로 옥천까지 달렸다는 사실이 어쩌면 극한 상황을 이겨낸 용사였는지 모를 일이었다.

식당에서 국밥으로 허기를 채우고 두 사람은 모텔로 갔다. 샤워를 마치고 시원한 캔맥주로 목을 축였다.

"강한님 선배님……. 저도 아무래도 내일부터는 못 할 것 같아요……."

캔맥주 한 개를 비운 2학년 후배가 조심스레 말을 열었다.

"한계점이 온 것 같아요. 저도 여기까지인 것 같아요. 죄송해요……."

"반도 못 와서 포기하는 거냐?"

"죄송합니다. 체력이 완전 바닥났어요……."

"……알았다……. 내일부터는 혼자 하마. 닌 내일 아짐에 버스 타구 집에 가……."

2학년 후배도 포기를 선언하자 두철은 실망이 컸다.

'사내 녀석이 그깟 것도 못 버티고 무슨 남자야, 남자!'

혼자 중얼거리며 두철은 요즘 젊은 남자 녀석들이 정신력이 약하다며 혀를 찼다.

셋째 날 오전 강두철은 혼자 자전거에 오르며 스스로를 채찍질하였다.

'나는 끝까지 간다. 부산역 앞에서 자전거를 들고 만세를 부를 테다. 진짜 강한 남자가 뭔지를 내가 보여 주겠다…….'

그는 페달을 밟으며 후배들에 대한 서운함과 동시에 한편으론 마음이 가벼웠다.

'이제 나 혼자 목표대로만 달리면 된다.'

처음 원래 계획도 자기 혼자 달리는 것이었다고 상기하면서 스스로 위안을 했다. 그는 오직 부산역에 최종 도착하는 순간만을 생각했다.

주변의 낯선 사람들의 함성이 귓가를 힘차게 때린다. 방송사 카메라가 자전거를 들고 만세 부르는 자신을 클로즈업한다. 기자들은 자신을 둘러싸고 인터뷰를 한다.

"이름이 어떻게 되십니까?"

"강한넘, 아니 강두철입니다."

"학생이십니까?"

"네, 진리대학교 철학과 3학년 학생입니다."

"어떤 취지로 자전거 종주를 하시게 됐습니까?"

"네, 한여름의 뜨거운 태양 속에서도 20대의 젊은 투지를 보여주고 싶어 도전하였습니다."

"아……. 네……. 대단하십니다. 전국의 시청자들에게 한말씀 부탁드립니다."

"네……. 저는 강한 남자가 무엇인지 이번 자전거 종주를 통해 확인했습니다. 포기하지 않는 의지, 목표를 향한 열정, 그리고 이를 뒷받침하는 강인한 체력. 이것들이 하나로 융합된 것이 바로 '강한 남자'라는 것을 확인했습니다. 제가 바로 그것을 직접 행동으로 보여 드려서 뿌듯합니다. 감사합니다."

최종 목적지 부산역 앞에서 방송 기자와의 인터뷰 모습이 서서히 35도의 열기 속으로 녹아 들어갔다.

강두철의 자전거는 추풍령을 거쳐 김천을 지나 구미를 5km 남긴 지점까지 왔다. 오늘의 종착지인 구미역까지 거의 도착한 셈이었다. 강두철은 여전히 힘차게 페달을 밟았다. 그러나 속도는 서서히 줄어들고 있었다. 두철의 눈동자가 전방 30m 앞을 바라보는데 아스팔트가 울렁울렁 파도치듯이 높아졌다 낮아졌다 하며 곡선의 입체물이 되고 있었다. 순간 두철은 현기증을 느끼며 자전거와 한 몸이 되면서 오른쪽 도로 난간으로 고꾸라졌다. 그가 희미한 눈동자로 마지막 본 것은 빠알간, 아니 하아얀 태양이었다.

지나가는 자동차의 신고로 10분 후 119 구급차가 도착했다. 주황색 기동복을 착용한 남녀 119 대원 세 명이 급히 구급차 뒷문을 열고 환자용 이동 철제 침대를 꺼냈다. 강두철을 조심스럽게 침대에 누이며 구급차 뒤 칸에 싣고 응급조치를 시도하였다. 눈을 감고 있는 두철에게 남자 119 대원이 물었다.

"환자님! 제 말 들리세요? 몸이 좀 어떠세요?"

"……"

"환자님! 환자님! 제 말 들리세요?"

다급한 119 대원의 목소리에 강두철은 여전히 두 눈을 감은 채 나지막이 무어라 중얼거렸다.

"예? 뭐라구요? 좀 더 크게 말씀하실 수 있으면 해 보세요!"

119 대원의 호소하는 듯한 말에도 강두철은 여전히 무어라고 혼자 중얼중얼하였다.

119 대원이 허리를 숙여 그의 귀를 두철의 머리에 가까이 댔다.

"으……. 으……. 나는 강한 놈이야. 나는 강한 놈이야……."

두철의 말에 어리둥절한 119 대원은 두철의 입 근처까지 귀를 더 가까이 대고는 신음에 가까운 두철의 말을 들었다.

“……나는…… 부산역……까지…… 가야 해……. 으으……. 내가…… 강한 놈이라는…… 것을…… 증명해야…… 한다구…….”

잠시 뜸을 들인 후 두철은 계속 중얼거렸다.

“…… 2학기 때는…… 이종 격투기로…… 깜짝 놀라게…… 해줄 거라고……. 으으……. 나는…… 강한…… 놈이야…….”

강두철을 실은 119 구급차는 구미시를 향해 사이렌을 울리며 힘차게 달렸다. 태양은 여전히 붉게 타오르고 있었다.

조금은 양심적인

강병훈. 그는 25세 대한민국 육군 병장 출신의 건강하고 건실한 청년이다. 지방 국립 대학 국문과 학생으로 3년 전 대학교 1학년을 마친 뒤 바로 군대 입대한 후 이제 제대한 지 한 달이 되었다. 군기가 세다고 소문난 2사단 전방 부대에서 군대 생활을 하면서 이전의 내성적이고 소심했던 성격이 좀 더 씩씩하고 과감한 성격으로 바뀌었다. 주변 친구들은 전방 군대 생활 덕분에 이제 강병훈이 진짜 인간이 됐다고 놀리면서도 실제로는 그의 변화를 긍정적으로 인정하였다.

지금 그는 시외버스를 타고 영운시를 가는 중이다. 고등학교 때 같은 교회를 다녔던 김지완을 만나기 위해서였다. 지완은 영운시의 국립 진리대학교 음악학과 4학년 학생이다. 공업 고등학교 기계과에 다녔던 그가 어떤 사정과 과정으로 음악학과에 입학했는지는 아무도 모른다. 병훈은 자기보다도 음악에 무지한 지완이 음대에 입학한 사실에 충격 받았다. 교회 친구들 사이에서는 지완의 음대 입학이 미스터리로 남아 있다. 지완 역시 본인의 음대 입학 과정과 관련된 미스터리의 진실을 주변 사람들에게 단 한 번도 언급한 적이 없었다.

　병훈이 제대하고 3주가 지날 때쯤 지완에게 제대 신고용 안부 전화를 했다. 이때는 핸드폰이 없었고 가정집 일반 전화와 공중전화만이 존재했던 시절이다.

　"지완아 이놈아! 나 병훈이다. 결국 안 죽고 제대했다. 흐흐……."

　늠름한 병훈의 크나큰 목소리에 지완은 적이 놀랐다. 병훈의 목소리에서 젊은이의 패기를 강하게 느꼈기 때문이었다. 확실히 병훈은 변해 있었다.

　"자아……식! 살아서 돌아왔네."

　"그럼 내가 살아서 돌아오지 군대서 죽을 줄 알았냐, 인마?"

　둘은 유치하면서도 본능적인 얘기를 전화로 주고받으며 몇 년만의 재회를 기뻐했다.

　둘은 약속한 다방에서 만났다. 3년 만이었다. 클래식 음악이 울리는 지하에 위치한 다방은 젊은이들이 많이 찾는 영운시의 명소라면서 지완이 자랑을 하였다. 주변을 둘러보니 대학생 같은 젊은 남녀들이 여기저기 테이블을 채우고 있었다.

　"인마, 지완아! 그나저나 내 제대 기념으로 사귈 만한 여자 한 명 소개해봐라. 너희 학과에 여학생들 많잖냐. 특히 착하고 예쁜 후배로……!"

　"이 자식이 만나자마자 여자 타령이네……."

　둘은 여자를 소재로 이런저런 음담패설을 하면서 그동안 못 만났던 시간을 보상이라도 받으려는 듯 농담을 주고받으며 낄낄거렸다.

　"가만……. 아! 한 명 있다. 내가 계속 눈여겨봤던 애……."

　"정말?"

　"응, 너랑 잘 맞을 것 같아서 내가 속으로 콕 찍어 놓은 애가 있어."

　"그래? 어떤 앤데?"

　"같은 과 1년 후배인데 콘트라베이스 전공이야. 있잖냐, 교향악단 맨 뒷줄 오른쪽 끝에 서 있는 큰 현악기……."

"아하……. 안다 알아. 그럼 걔도 키가 그만큼 크냐?"

"인마, 그건 아니고. 오히려 그 학생은 키가 작아. 그래서 모두가 놀래. 그 큰 콘트라베이스를 키 작은 여학생이 붙들고 서서 연주한다는 것에……."

"그래……?"

지완은 여학생에 대해 설명하면서 그녀의 콘트라베이스 연주 모습을 생각이라도 하듯 눈동자는 다방 천장을 향했다.

"신기하네……. 그나저나 예쁘냐?"

"응, 귀여운 얼굴이야. 성격도 차분하고 순하구……."

"오케이! 완전 내 타입. 합격! 넌 역시 내 친구야! 호호호……."

둘은 지하 다방을 나와 옆 건물에 있는 식당에 들어갔다. 식당 입구 도로변의 입간판이 병훈의 입맛을 돋우었다. '김치찌개 전문 목포식당.' 늙은 주인 아줌마가 혼자서 조리와 서빙을 하는 작은 한식 식당이었다. 세 개의 테이블만이 그들을 기다리고 있었다.

"이 집 김치찌개가 끝내줘!"

"그래? 역시 너는 내 취향을 잘 알고 있구먼 자식……. 호호호."

김치찌개 맛은 지완의 자랑처럼 병훈의 입맛에 딱 맞았다. 토막 내지 않은 신 묵은지 줄기와 잎사귀, 고추장과 양파와 대파가 어우러진 매콤하면서도 진득한 맛이 혀 안을 황홀케 했다. 그런데 식사가 시작되면서 병훈의 귀에 거슬린 것이 있었다. 식당 주인 아줌마가 틀어 놓은 카세트에서 흘러나오는 박자 빠른 음악이 그를 불편하게 하였다. 뽕짝 뽕짝 울리는 8분의 6박자 음악은 당시 최고 인기를 몰던 가수 나미의 〈빙글빙글〉이었다.

그저 바라만 보고 있지.

그저 눈치만 보고 있지.

늘 속삭이면서도 사랑한다는 그 말 못해…….

원래 발라드 음악인 이 곡을 빠른 템포로 편곡한 카세트 테이프 음악이었다. 노래 박자의 속도가 병훈의 밥 먹는 속도보다 세 배는 빠르게 흘러가고 있었다. 그런데 묘하게도 그 노래 박자 속도가 병훈의 밥 먹는 속도를 이끌었다. 노래 박자가 '뽕짝 뽕짝' 할 때마다 병훈도 '쩝쩝 쩝쩝' 하며 자신도 모르게 음악 속도에 맞춰 가며 밥을 씹는 것이었다. 노래의 빠른 박자가 마치 전쟁터의 사령관처럼 앞에서 이끌어가면 병훈은 그의 명령에 뒤따라가는 충성스러운 병사가 되었다. 허스키한 여가수의 목소리는 돌진하는 사령관의 목소리로 들렸다. 푹 익은 김치와 국물을 밥과 섞어서 천천히 씹으며 음미하고자 했던 그는 뽕짝거리는 빠른 속도의 박자를 도저히 따라갈 수 없었다. 아니, 따라가고 싶지도 않았다.

"주인아줌마! 저 카세트 음악 좀 꺼 주세요. 밥 먹다 체하겠어요!"

"웬 트집이시댜……? 요즘 최고로 뜨는 노랜데……."

불만스러운 목소리로 뒤 받아치며 그녀는 카세트 음악을 껐다.

"자식, 성질머리 고약하기는……."

지완은 병훈에게 악의 없는 표정을 하며 한마디 거들었다.

"노래 제목처럼 빙글빙글 돌아서 그 여학생이나 빨리 소개해 줘 인마……!"

그럴듯한 병훈의 억지 핑계에 지완도 낄낄거리며 웃고 말았다.

그녀와의 첫 만남 장소도 지완과 일주일 전에 만났던 지하 다방이었다. 병훈이 다방 문을 열고 들어서자 지완은 이전에 앉았던 그 소파에서 손을 흔들며 반갑게 맞이했다. 그녀는 아직 오지 않았다.

지완은 병훈에 대한 기본 정보를 그녀에게 이미 알렸노라고 했다. 또한 그녀에 대해 자기가 아는 가장 확실한 정보는, 그녀는 대학 입학 후 지금까지 남자를 사귄 적이 전혀 없다는 것이다.

"왜? 수녀님 되려구? 아니면 비구니 스님 되려구 한다냐?"

병훈의 치기스러운 농담에 지완도 손사래를 치며 함께 웃었다.

약속 시간 정각에 그녀가 왔다. 지완 말대로 그녀는 조용한 분위기를 주는 여자였다. 대학교 3학년이라는 나이가 거짓말이라 할 정도로 고등학교 2학년의 앳되고 순진한 얼굴이었다. 갸름하고 핏기 없는 작은 얼굴이 더욱 그녀를 나이 어린 소녀로 만들었다. 길게 자란 생머리가 얼굴 이미지와 잘 어울렸다.

"둘이 잘해봐."

지완은 의례적인 양쪽 소개를 간단히 하고 얼른 자리를 떴다.

김정애. 나이 22세. 국립 진리대학교 음악학과 3학년 재학 중. 진리대학교 교향악단 콘트라베이스 연주자. 본집은 영운시. 어머니와 함께 거주 중. 오빠 세 명은 서울에서 직장 다님. 아버지에 대한 언급은 없음. 어머니는 인근 도시인 도곡시의 도곡여고 영어 선생님. 영운시와 도곡시를 매일 시외버스로 출퇴근함…… 이것이 그녀의 간단한 자기소개이다.

그녀는 병훈의 질문에만 간략히 대답을 하며 말을 아꼈다. 원래 성격 탓인지, 처음 소개 받는 남자 앞에서 조심하는 건지, 아니면 병훈의 첫인상이 마음에 안 들었는지 그녀는 무표정하게 말없이 얌전히 앉아 있었다.

나방에서는 베토벤의 〈에그먼트 서곡〉이 흘러나왔다. 웅장하면서도 비극적인 분위기를 지닌 음악이었다.

"저 서곡의 배경을 말해 드릴까요?"

"……네……."

고등학교 때부터 클래식 음악에 심취하여 많은 클래식 장르의 곡들을 섭렵한 병훈에게는, 지금의 어색한 분위기를 바꿀 수 있는 좋은 대화 소재라 생각했다. 더구나 상대방도 음악학과 학생 아닌가?

"괴테의 에그먼트 백작에 대한 작품을 베토벤이 음악으로 승화시킨 겁니다."

"……네……."

"에그먼트 백작의 애인 클레르헨이 에그먼트 백작을 구하지 못하자 자살한 이야깁니다."

"……네……."

"정말 비극적이면서 감동이지요?"

"……네……."

그녀의 대답은 오직 하나 '……네…….'였다.

"혹시 소설 읽는 것 좋아하세요?"

"……네……."

"그럼 혹시 공감한 작품으로는……."

"네, 귄터 그라스의 『양철북』이 인상 깊었어요."

그녀가 '……네…….'라고만 대답하지 않고 길게 말하기 시작했다. 두 사람은 『양철북』에 대해 이야기를 나누었다. 충격과 감명을 동시에 느꼈다는 그 책에 대한 장황한 설명과 감동을 그녀는 신나게 설명하였다.

병훈은 그녀의 성격을 대략 파악할 수 있었다. 타고난 심성과 그것이 표출된 얼굴. 이 두 가지가 모두 조용하고 수동적인 그녀이다. 그러나 본인이 관심이 있거나 직접 경험하고 느낀 소회는 가감 없이 표출하고 자연스럽게 이야기한다는 것을 그는 금방 알아차렸다. 그리고 그녀는 음대생이면서도 문학에 관심과 흥미를 갖고 있으며, 작품에 대하여 다른 사람과의 토의도 거북스러워하지 않고 자연스럽게 나눌 수 있는 성격이었다. 병훈은 본인이 국문학도였기에 정애와의 만남이 무난하게 계속 이어져서 잘될 것만 같은 예감이 들었다. 두 사람의 전공과 취미가 서로에게 딱 들어맞았기 때문이었다,

음악과 문학. 그에 파생되는 클래식 음악과 문학 작품. 클래식 음악 작품의 창작 배경과 음악적 선율. 문학 작품 속의 다양한 삶의 이야기. 그리고 감동과 공감의 대화…….

아무튼 오늘 펼쳐진 음악과 문학 작품과 관련된 대화의 모든 요소들이 하

나의 앙상블이 되어 두 사람의 첫 만남이 왠지 하나의 완성된 음악이나 문학 작품으로 승화될 거라는 기대감과 자신감이 병훈에게 강하게 밀려왔다.

두 사람은 두 시간을 더 보낸 후 클래식 지하 다방을 나왔다. 병훈의 요청에 정애는 자기의 집 전화번호를 그에게 쪽지에 적어 넘겨줬다.

"다음 주에 연락할게요. 오늘 즐거웠습니다."

"……네……."

아쉬움은 있지만 첫 만남치고는 좋은 분위기였노라고 위안을 하며 병훈은 집으로 돌아가기 위해 덕산행 시외버스에 올랐다.

병훈과 정애와의 만남은 일주일마다 계속 이어졌다. 병훈이 정애 집에 전화하여 그녀와의 만남 약속을 잡는 식이었다. 두 사람이 처음 만난 지 어언 5개월이 지났다. 그동안 정애가 있는 영운시와 병훈이 있는 덕산시를 교차하며 서로 오가며 만났다. 병훈은 직접 만나는 것과는 별도로 정애에게 편지를 보내며 사랑을 키워 나갔다. 특히 병훈의 편지글 쓰기 솜씨는 수준 이상이었다. 국문학도로서 문학적 소양도 바탕이 되었지만 고교 때부터 워낙 글쓰기를 좋아하는 그로서는 글 쓰는 일이 행복 자체였다. 그는 시, 소설, 수필 등의 문학적 장르보다도 친구들에게 편지 쓰기를 특히 좋아했다.

"막연한 나 혼자만의 감정을 글로 드러내는 것보다 인간 그 누군가에게 느낀 그에 대한 감정 및 사연을 글로 직접 보내는 편지가 훨씬 인간적 행위인 거야!"

병훈은 주변 친구들에게 늘 이렇게 편지 예찬을 늘어놓았다. 심지어 병훈의 편지 쓰기 능력은 그가 30개월간 복무했던 군대 생활에서도 유감없이 발휘되었다.

그가 군대 밖의 친구들에게 편지를 쓸 때마다 한 번에 최소한 열 장 이상 쓴 것을 본 부대원들이 그를 편지 박사로 인정하였다. 이는 연애편지 대필자의 임무로 이어졌다. 고참들의 연애편지를 병훈이 대신 써주는 것이 부대 내에 소문이 나면서 중대장부터 분대장까지 그들의 연애편지를 병훈이 대 필하였다.

신기한 것은 병훈이 쓴 편지를 받은 상대편 여자는 반드시 답장을 보낸다 는 것이다. 고참들은 제대하기 직전까지 병훈에게 편지 대필을 국방의 의무 인 양 계속 맡겼으며 당연히 여자들로부터의 답장 또한 빠짐없이 도착하였 다. 여러 고참들의 편지 대필이 그에겐 고역이었지만 한편으론 보람된 일이 었다. 고참과 그가 좋아하는 여자를 이어주는 사랑의 징검다리 역할을 지금 자기가 하고 있다고 병훈은 스스로 믿으며 만족하였다. 병훈은 군대 내무반 동료들에게 큰소리쳤다.

"내 편지를 영화배우 김태희가 받으면 나한테 홀딱 반할걸!"

편지에 대한 병훈의 자신감과 교만함도 극에 달했다.

이러한 병훈이었으니 그가 정애를 만난 이후 얼마나 지극정성으로 그녀 에게 편지를 보냈겠는가. 인간미 가득한 내용으로 여자의 감성을 자극하는 그의 서정적 문체는 빛을 발했다. 클래식 음악에 대한 깊은 이해와 작품 배 경 설명, 자신의 전공인 국문학적 소양까지 곁들였으니 감성으로 가득한 정 애의 성격에 그의 편지는 기막힌 촉매 역할을 하였다. 정애를 만난 지 5개월 된 시점까지 그는 벌써 20여 통의 편지를 보내며 그녀의 마음을 흔들고 있 었다.

언젠가 정애를 만났을 때였다.

"오빠는 사람의 마음을 정말 잘 표현하는 것 같아요. 오빠의 편지를 읽다 보면 가끔 눈물이 나려고 해요……."

"그래? 나도 그건 인정해. 그렇다고 내 편지 읽으며 울지는 말아라. 흐 흐……."

"……그리고 오빠한테 솔직히 고백할 게 있는데요. 사실은 오빠가 보낸 대부분 편지들을 엄마한테 보여 드렸어요."

"뭐……어……?"

병훈은 당혹스러우면서도 자신의 정애에 대한 마음의 표현을 그녀의 엄마한테 들켰다는 생각에 묘한 기분이 들었다. 자기의 편지를 보고 혹시나 여자의 마음을 훔치는 감정 표현을 이상하게 여기지는 않을까 신경도 쓰였다.

"내 편지 읽으시고 너의 엄마도 눈물 흘리셨니?"

병훈은 슬쩍 농담을 던졌다. 정애는 눈을 찡긋하며 단호한 목소리로 말했다.

"우리 엄마가 오빠 편지를 읽어 보고는 정말 괜찮은 청년이라구 칭찬했어요. 그리고 사랑의 감정을 솔직하게 잘 표현한 것도 대단하다고 하시던데요……."

"정말?"

"네."

"아이구, 다행이네. 나는 혹시 하는 마음에 걱정했는데……."

"언젠가 제가 오빠를 정식으로 엄마한테 소개하기로 엄마하고 약속했어요. 이왕이면 저희 집으로 초대하기로 했고요. 엄마도 은근히 오빠를 빨리 만나고 싶으신 눈치예요."

날벼락이 아닌 날횡재 같은 이야기에 병훈은 자기 몸이 지금 공중에 날아가고 있디고 믿고 싶었다.

"아하……. 정말 고마운 얘기들이다. 암튼 어머니께 감사하다는 말씀 전해 드려. 그리고 가능한 빨리 나를 너희 집으로 초대해 줘. 우선 네 방을 보고 싶어. 음대 여학생 방에는 어떤 것들로 장식되어 있는지 궁금해."

"네……. 사정 되는 대로 초대할게요."

그렇게 병훈과 정애의 교제는 순조롭게 진행되고 있었다. 덤으로 정애 엄마의 호의까지 이미 얻은 상태라 그는 초대 받을 날만을 하루하루 기대감으로 기다렸다.

그렇게 또 두 달이 지났다.

정애를 만날 때마다 병훈은 물었다.

"왜 아직도 너희 집에 초대 안 하니? 너의 엄마도 뵙고 싶은데……."

"네……. 집에 약간 사정이 있어서요. 곧 정리되면 오빠를 정식으로 초대할게요."

"무슨 곤란한 일이라도 생겼니?"

"아니에요. 별일 아니에요. 사소한 건데 곧 정리될 거예요."

"알았다. 빨리 잘 해결되길 바랄게……."

"네. 걱정하지 마세요."

정애네 집에 무슨 작은 일이 생긴 모양인데 그녀는 함구하였다. 자신의 초대를 미루는 이유도 무슨 사소한 일 때문이라는데 직접 도와줄 수 없는 그로서는 속히 해결되기를 바랄 뿐이었다.

두 달이 더 지났다. 새해가 바뀌고 2월 초순이었다. 병훈도 한 달 뒤 3월이 되면 대학교에 복학할 예정이었다. 복학하기 전까지 남은 한 달 동안 정애를 실컷 만나며 추억을 만들 생각으로 가득했다. 이날도 병훈은 정애와의 만남 약속을 위해 그녀 집으로 전화를 걸었다. 일요일 오전이었다.

"네……. 여보세요."

수화기에서 들린 목소리는 정애가 아닌 나이 든 여자의 차분한 목소리였다. 정애 엄마임에 틀림없었다. 정애가 지금 집에 있는지 없는지 알 수 없지만 아무튼 병훈의 전화에 처음으로 엄마가 받은 것이다.

"아……. 네……. 저 강병훈이라 합니다. 정애와 사귀고 있는……."

"아, 병훈 군! ……반가워요! 나 정애 엄마예요."

처음과 달리 정애 엄마의 목소리는 약간 높으며 밝았다.

"네, 어머님! 안녕하세요. 전화로 처음 인사드리네요."

"네, 반가워요. 정말 만나 보고 싶었는데 오늘 전화로 대화하게 돼서 나도 기뻐요. 편지 잘 쓰는 우리 병훈 군을 정말 보고 싶군요……."

정애 엄마의 목소리는 인자하시면서도 기쁨과 반가움이 솔직하게 묻어 있었다. 더군다나 편지를 잘 쓴다는 말씀까지 곁들여 병훈은 마음이 더욱 편해지면서 순간 으쓱하였다.

"감사합니다, 어머님. 저도 어머님께 빨리 정식으로 인사드리고 싶습니다."

"그래요, 나도 그래요. 그래서 정애한테 빨리 집으로 정식 초대하자구 했는데 아직 걔가 얘기를 안 하고 있네요……."

"네……. 저도 그 얘기 들었습니다. 그래서 저도 그날만을 기다리고 있는 중입니다."

"네……. 그렇군요. 오늘 정애가 대학교에서 교향악단 연주 연습이 있다고 아침밥 먹고 나갔는데, 이따가 귀가하면 그 문제를 얼른 상의해서 병훈 군을 집으로 초대할게요."

"네……. 감사합니다, 어머님."

"아니! 아니! 그러지 말고 우리 이렇게 하는 게 좋겠어요."

"네……?"

"우리 둘이 정애 몰래 미리 만나는 건 어때요?"

"네……? 그게 무슨 말씀인지……."

"아……. 정애가 무슨 핑계로 초대를 미룰지 모르니까, 정애 몰래 우리 둘이서 일단 만나사는 거예요."

"아……. 네……. 그렇군요. 좋은 생각입니다. 그런데 이 사실을 정애가 알게 되면 혹시 오해라도 생길까 염려되는데요."

"그래서 정애한테는 비밀로 하자는 거죠. 나는 빨리 우리 병훈 군을 보고 싶어서 그래요. 할 얘기도 많을 것 같구……."

"네……. 감사합니다……. 그러면 어머님 뜻대로 하시지요."

"아무튼 우리가 오늘 통화한 것부터 몰래 둘이서 만나는 것 등 모든 것을 끝까지 비밀로 해요. 약속하죠……?"

"네, 어머님."

정애 엄마의 제의는 즉흥적이었지만 나름 이해를 할 수 있었다. 빨리 만나서 이야기를 나누고 싶어 하는 그녀의 심정이 어쩌면 병훈의 마음과 똑같았다. 가정 내 사소한 일 때문에 정식 초대를 미루는 정애에 반하여 정애 엄마와 병훈은 동병상련의 입장이었다. 오히려 오늘 우연한 전화 통화로 두 사람은 동질감을 갖고 해결책을 찾은 것이 되었다.

정애 엄마를 만나기로 한 곳은 그녀가 근무하는 도곡시의 도곡여고 교문 앞이었다. 전화 통화를 한 지 3일이 지난 수요일 오후 5시 5분이 약속 시간이었다. 정애 엄마는 오후 5시 정각에 퇴근한다고 했다.

겨울 방학이 끝난 2월의 넓은 운동장엔 아무도 없었다. 늦겨울의 싸늘한 기운만이 휑한 운동장을 채울 뿐이었다. 병훈은 교문 밖에서 학교 건물 쪽으로 눈을 돌렸다. 아직 학교 건물 앞에 사람의 모습은 없고 교문과 학교 건물 사이의 넓은 운동장만이 고독하게 앉아 있었다. 정애 엄마와의 첫 만남에 나름 기대와 흥분, 초조함의 복합된 심정으로 병훈은 하늘을 쳐다봤다. 서서히 어두워지는 늦겨울의 저녁 하늘은 멀리만 느껴졌다. 회색 겨울 잠바를 입은 병훈은 입술을 지그시 깨물며 학교 건물로 시선을 옮겼다. 저쪽 학교 건물 밖 1층에서 작은 가방을 든 여자 선생님 한 분이 교문 쪽으로 몸을 움직이는 게 보였다. 정애 엄마였다. 잠시 후 병훈과 정애 엄마는 학교 교문 정문 앞에서 서로를 마주 보며 인사를 했다.

"안녕하세요, 강병훈입니다."

"네, 반가워요. 정애 엄마예요. 추운데 여기까지 직접 오느라 고생했네요."

"아닙니다, 별로 춥지 않아서 괜찮습니다."

"그래요, 우선 저 건너편 다방으로 가지요. 따뜻한 커피를 마시면서 몸을 녹이며 얘기해요."

정애 엄마는 반가운 미소를 띠며 병훈을 학교 정문 맞은편에 있는 2층 다방으로 안내했다. 다방 계단을 오르면서 병훈은 오히려 담담했다. 자신을 편지를 잘 쓰는 인간적인 젊은이라고 칭찬해 준 정애 엄마였기에 처음부터 인정을 받고 시작한 기분이었다. 그렇지만 사귀고 있는 여자 친구의 엄마이고 첫 만남이었기에 그는 조심스러운 마음으로 질문에 대한 대답을 잘 하리라 다짐을 하였다.

다방 안에는 손님들이 없었다. 두 사람은 창가 쪽 테이블에 자리를 잡고 커피를 주문했다. 정애 엄마는 짙은 갈색 외투를 벗은 후 앉자마자 반가운 미소를 띠며 병훈에게 말했다.

"아이구, 병훈 군은 의대생이면서도 어쩌면 그렇게 편지를 잘 써요? 정말 감동이에요……."

순간 병훈은 자신의 귀를 의심했다. 그리고 큰 망치로 뒤통수를 일격 당한 기분으로 갑자기 머리가 땅하였다.

"네? 의대생이라니요? 저는 의대생이 아닙니다!"

"네에……?"

더욱 놀란 건 병훈보다 정애 엄마였다.

"아, 아니. 병훈 군은 의대생이 아니에요?"

사실을 확인하려는 듯 그녀가 재차 물었다.

"네! 저는 국문과 학생입니다."

병훈의 대답에 정애 엄마는 얼굴빛이 붉으락푸르락하며 표정이 어둡게 바뀌었다. 잠시 침묵이 흘렀다. 이미 서로가 상황을 파악한 것이다. 두 사람은 똑같이 놀라고, 똑같이 상황 분석을 끝내고, 똑같이 분노가 내면에서 꿈틀거렸다. 그러나 정애 엄마는 잠시 진정을 하고는 차분함을 가능한 유지하면서 병훈에게 말을 이어갔다.

"그러면 국문학과 졸업하면 무엇을 할 예정인가요?"

"네! 저는 조금은 양심적이고 인간적인 글을 쓰는 사람이 되려고 합니다."

"글 쓰면서 살면 배고플 텐데……."

"네! 저는 괜찮습니다. 저희 집 갑부입니다. 덕산시에서 제일 부잡니다. 우리 아버지 재산이 500억 원 정도 됩니다. 그래서 돈 걱정 안 합니다!"

병훈은 누구나 들으면 알아차릴 과장된 거짓말을 당당한 목소리로 대답했다.

"아……. 그래요……?"

더 이상의 대화는 없었다. 두 사람은 커피를 마시는 둥 마는 둥 하고는 그냥 잠시 앉아 있다가 다방에서 일어났다. 그래도 오늘 처음 만났고 저녁 식사 시간이 되었으니 저녁밥을 사겠다고 정애 엄마가 말했다. 아마 병훈에 대한 최소한의 예의만은 지키려고 하는 속셈이라고 병훈은 판단했다.

다방에서 조금 떨어진 국밥집에서 둘은 갈비탕을 시켰다. 식사가 끝날 때까지 서로가 아무런 대화를 시도하지 않았다. 병훈은 정애 엄마의 식사하는 숟가락질과 국물을 떠먹는 행동과 얼핏 보이는 얼굴 표정에서 그녀의 심정을 읽었다. 정애 엄마도 병훈의 밥 먹는 모습과 태도에서 그의 심정을 동시에 읽었을 것이다.

두 사람은 도곡시 시외버스 터미널까지 5분간 함께 걸어왔다. 정애 엄마는 영운시로, 병훈은 덕산시로 가는 시외버스를 타야 했기 때문이었다. 정애 엄마의 버스가 10분 먼저 출발이었다.

"어머님! 오늘 처음 만나 뵈어 반가웠습니다. 커피와 갈비탕도 감사했습니다. 조심하여 가십시오."

정중하게 배웅 인사를 하는 병훈에게 그녀도 한마디했다.

"네, 반가웠어요. 앞으로 정애랑 잘 사귀어 보세요. 잘 가요."

그녀의 힘없는 목소리를 마지막으로 둘은 각자의 버스에 올랐다. 병훈은 맨 뒷자리 오른쪽 구석에 자리를 잡았다. 한 시간여 동안 덕산시로 오는 도중에도 그는 깜깜한 차창 밖만 응시하였다. 바깥 풍경은 아무것도 보이지 않고 차창에 자기의 얼굴 윤곽만 희미하게 반사될 뿐이었다.

정애 엄마의 심정을 이해할 만하다. 막내딸이 의대생과 사귀고 있으니 얼마나 기특하겠는가. 더구나 감성적인 글을 풍부한 인간성으로 잘 표현하는 의대생이라니……. 그러니 얼마나 만나 보고 싶었겠는가. 오죽했으면 딸 몰래 그 의대생을 미리 만나려 했겠는가. 예비 장모와 예비 사위로서 서로의 관계 설정을 빨리 확정하고 싶었을 거다. 그러나 동시에 그가 의대생이 아니라 국문과 학생이었으니 얼마나 날벼락이었겠는가. 감성적이고 인간미 넘쳐 보이던 그 의대생이 까칠한 국문과 학생으로 바뀌었으니 얼마나 실망이었겠는가…….

3주가 흘렀다. 2월 말이다. 다음 주에는 병훈이 대학교에 복학 신청을 할 예정이었다. 그는 정애 엄마를 만난 이후 정애에게 일절 연락하지 않았다. 전화도 하지 않고 편지도 보내지 않았다. 그 사이 정애로부터 한 통의 편지가 왔지만 겉봉을 뜯어보지도 않았다.

병훈은 그간 3주 동안 고민하였다. 정애와 앞으로 어떤 대화를 할 것인가와 그녀와의 관계 설정을 어떻게 할지 정리가 되지 않았다. 복잡한 머릿속은 수학의 고차 방정식처럼 얽혀 더욱 해법을 찾을 수 없을 것만 같았다. 그래도 그는 뭔가는 결정을 내려야겠다는 생각으로 가득했다. 병훈은 수화기를 들어 정애에게 전화를 했다.

"오빠 오랜만이에요……. 왜 그동안 연락 안 했어요? 무슨 일 있었어요?"

오랜만에 들어보는 그녀의 목소리는 평소와 달리 여러 가지를 한꺼번에 말하면서 자신의 염려를 병훈에게 전달하였다.

"……응. 무슨 일이 있어서 연락 못 했어."

"그랬어요……? 그나저나 우리 만나야지요."

"……응……."

밋밋한 병훈의 대답에 정애는 심란함을 느꼈다. 그리고 왠지 불안한 기운이 감돌았다.

병훈과 정애는 그들이 처음 만났던 영운시의 지하 클래식 다방에서 마주 앉았다. 한 달 만의 만남이었다. 다방에는 텔레비전의 커피 광고 음악으로 사용되고 있는 베토벤의 〈열정 소나타〉 3악장이 울렸다.

"오빠 담 주에는 복학이네요. 기분이 어떠세요? 3년 만의 대학교 복학일 텐데요……."

정애는 병훈의 눈치를 살피며 안부를 물었다. 병훈은 아무 대답도 하지 않았다. 그렇게 잠시 시간이 지났다. 왠지 심상치 않은 분위기를 감지한 정애가 조심스럽게 말했다.

"……오빠……. 왜 그래요? 무슨 일 있어요?"

그동안 침묵했던 병훈은 무언가를 다짐했다는 표정을 지으며 나지막하게 그러나 단호하게 말했다.

"정애야! 왜 나를 의대생이라고 네 엄마한테 얘기했니? 네 엄마를 3주 전에 만났는데 나를 의대생으로 알고 계시더라……."

순간 정애는 기절할 뻔했다. 첫째는 엄마와 병훈이 자기 몰래 만난 것에 놀랐다. 둘째는 자신이 병훈을 의대생이라고 엄마에게 얘기한 것이 탄로 나서 움찔하였다.

"내가 정식으로 초대할 때 우리 엄마를 만나지, 왜 나 몰래 둘이 만났어요?"

오히려 그녀는 병훈에게 따졌다.

"나도 그러고 싶었어. 그런데 너는 계속 무슨 일이 있다며 정식 초대를 미루고 너의 엄마도 네가 초대를 미루는 것에 불만이라구 나한테 말씀하시더라."

"언제 둘이 약속한 거예요?"

"2월 초 너네 집에 전화했는데 그때 너는 대학교에 연주 연습 가고 우연히 네 엄마랑 통화하면서 너의 엄마 제안으로 며칠 후에 만났다."

정애는 이제는 모든 과정을 알았다는 듯 더 이상 병훈에게 말하지 않고 고개를 떨구었다.

"너한테 딱 하나만 묻겠다. 솔직히 대답해 줘. 왜 나를 국문과 학생으로 얘기 안 하고 의대생이라고 했니?"

병훈은 딱 그 점을 알고 싶었다. 그동안 여러 가지로 추측을 해봤지만 도무지 그녀의 속마음을 알 길이 없었다. 이번 만남도 이 질문에 대한 그녀의 솔직한 대답을 듣는 게 목적이었다. 병훈은 정애의 진실을 알고 싶었다. 왜 자신을 의대생이라고 얘기했는지를. 떳떳하게 국문과 학생이라고 말할 수 없는 사정이라도 있었는가? 그러나 아무리 혼자서 생각하면 할수록 화만 치밀어 오를 뿐이었다. 당사자에게 진짜 이유를 꼭 듣고 싶었다. 그리고 대답을 듣고 나서 둘의 앞으로 만남에 대해 분명한 선택을 할 예정이었다. 정애가 모든 것을 솔직히 밝히며 사과를 하면 이번 일을 딱 잊고 그녀와 다시 시작할 생각이었다. 그게 아니면 이대로 오늘 끝낼 작정이었다. 그의 마음은 외나무다리를 건너고 있었다.

병훈의 질문에 정애는 고개를 숙인 채 아무 대답을 하지 않았다. 밑으로 축 늘어진 그녀의 생머리카락이 푹 숙인 얼굴을 가리고 있었다.

"빨리 얘기해 봐! 왜 나를 의대생이라고 한 거야?"

목소리를 높이며 병훈이 또 물었다. 그러나 병훈의 거듭된 질문에도 정애는 요지부동 그대로였다. 잠깐잠깐 상체만을 조금 움직인 채 조용하였다. 어쩌면 머리카락으로 가려진 눈동자에 눈물이 머금었는지도 모를 일이었다.

"왜? 자신이 없냐? 진실을 말할 자신이 없냐구!"

어떠한 대답도 하지 않는 정애의 모습에 병훈은 더욱 화가 났다. 이렇게 저렇게 변명이라도 들었으면 좋을 셈이었다. 병훈이 다짐하고 물어본 계속된 질문에도 아무런 대답을 하지 않는 정애에게 그는 무언가를 다짐하듯 단호히 말했다.

"너, 내가 인생의 선배로서 마지막으로 충고하마! 남자에게 탱자 같은 불알 두 쪽보다 더 중요한 게 뭔지 아니? 응?"

"……."

"그건 자존심이야, 자존심! 너는 내 자존심을 짓밟았어! 너는 전국 모든 대학교의 국문과 학생들 자존심까지 짓밟았어! 그리고 앞으로 국문과를 지망할 예비 국문학도까지 무시한 거라구! 중학교·고등학교 국어 선생님들의 자존심까지 네가 무시하고 짓밟은 거라고 말하면 나의 과도한 비약일까? 응? 대답해 봐!"

"……."

"떳떳한 설명이든 구차한 변명이든 어떤 것도 말하지 않는 너를 도저히 이해할 수 없고 용서할 수 없어. 우리 이대로 끝내자! 잘 있어!"

그는 벌떡 일어났다. 여전히 고개를 푹 숙이고 아무 말도 안 하는 정애를 남긴 채 그는 뒤돌아보지 않고 다방 문을 밀쳤다.

이젠 왜 그녀가 나를 의대생으로 속였는지 알고 싶지 않다. 다만 김정애라는 여자와의 교제가 오늘로 끝난 것일 뿐이다. 그래, 나는 담 주에 복학한다. 또 다른 생활이 시작한다. 새로운 인물들이 나를 기다리고 있다. 아마도 대학교 복학 생활은 더 흥미로울 것이다. 그래, 내 인생은 내가 산다. 내가 내 인생의 주인이다!

이런저런 생각들이 얽혀 나왔다. 그러면서도 쓸쓸한 뒷맛을 느끼며 지하 다방 계단을 나와 시외버스 터미널 쪽을 향했다. 그때 다방 옆 건물에 있는 식당 입간판이 병훈 눈에 들어왔다.

'김치찌개 전문 목포식당'

지완과 함께 식사했던 식당이었다. 순간, 나미의 허스키한 목소리와 함께 〈빙글빙글〉 빠른 곡조가 병훈의 머릿속에 돌기 시작했다. 그리고 정애와 9개월간 만났던 순간순간의 영상들이 그의 눈앞에 희미하게 돌았다. 하나씩 하나씩…… 그는 갑자기 빙글빙글 어지러움을 느꼈다.

빙글빙글…… . 빙글빙글…… . 빙글빙글…… .

그저 바라만 보고 있지.

그저 눈치만 보고 있지.

늘 속삭이면서도 사랑한다는 그 말을 못해…… .

버스 출발 1분 전. 이번에도 맨 뒷자리 오른쪽 구석에 몸을 던지며 병훈은 조용히 중얼거렸다.

"그래, 괜찮아…… . 나는 괜찮아…… . 앞으로 나는 조금은 양심적인 글을 쓸 거다. 조금은 양심적인…… . 나는 의대생이 아냐. 나는 국문과 학생이야. 조금은 양심적인 글을 쓰는 국문과 학생이라구…… . 흐흐…… ."

버스는 병훈의 중얼거리는 소리를 알아들었다는 듯 앞을 향해 힘차게 달렸다. 차창 밖에 보이는 영운시의 풍경이 점차 멀어져 갔다.

상처

그날도 윤 원장은 마지막 시간의 수업에 열강 중이었다.

윤 원장은 입시 학원을 운영하면서 직접 강의를 하는 1인 2역의 유명 강사이다. 그는 원래 사립 최고고등학교 국어 선생 출신이었다. 지방 국립 대학교를 졸업하던 해 사립 최고고등학교 공채에 합격하여 총각 때부터 고등학생들을 가르쳤던 평범한 선생이었다. 성격이 무난하고 감수성이 풍부하여 부임 첫해부터 학생들의 인기가 많았다. 교안 준비도 철저히 하며 실력적으로도 학생들과 주변 선생들로부터 인정을 받았다. 그러나 종교 재단의 최고고등학교는 여러 가지 학교 운영 비리가 터지면서 그는 교사 생활 5년만에 사립 학교의 한계성에 회의를 느꼈다. 결국 과감히 교사직을 사퇴하고 입시 학원계에 발을 디딘 그였다. 공교육에서 사교육으로 갈아탄 모습이었다. 당시 그를 아끼는 주변 사람들의 염려와 안타까움이 쏟아졌다. 안정된 교사직을 젊어서 사퇴하고 굳이 살벌한 학원계 쪽으로 왜 가느냐 하는 것이 주변 대다수의 주장이었다. 그러나 윤 원장은 사교육에 들어와 공교육 선생때보다 몇 배 이상의 노력을 하였다. 교재 연구 및 교안 작성 등 학생들을 가르치는 기본적인 것 이외에도 학생들과의 소통을 통하여 강사로서의 노력과 열정이 열매를 맺고 있음을 확인하게 되었다.

그렇게 입시 학원계에 첫발을 디딘 지 3년 만에 지역에서는 누구나 인정하는 대입 국어 일타 강사가 되었다. 그의 실력과 성실함과 치열함이 약육강식의 사교육 현장에서도 통한 것이다. 그리고 강사로서뿐만 아니라 입시 학원까지 설립하여 국어 과목은 본인이 직접 강의하고, 기타 과목은 그와 절친한 유명 강사들을 채용하여 한마디로 그는 최고로 잘나가는 강사요 입시 학원 원장님이 된 것이다.

그날도 윤 원장은 마지막 시간의 수업이 있었다. 밤 10시 30분부터 자정까지가 마지막 시간이다. 상담 실장만 사무실을 지키고 다른 과목 강사들은 모두 퇴근한 시간이었다.

이날은 소망고등학교 2학년 학생들 열다섯 명을 가르치는 수업이었다. 학교에서 야간 자율 학습까지 마치고 학원으로 온 학생들은 피곤해 보였다. 그러한 학생들의 일과를 잘 이해하는 윤 원장이었기에 특히 마지막 시간의 수업엔 더욱 집중해야만 했다. 자신의 수업을 듣기 위해, 소위 명강의를 듣기 위해 밤늦게까지 자신을 찾아온 학생들과 그의 학부모를 생각하면 최선을 다해주는 것이 그의 의무라 여기며 그는 늘 최선을 다했다. 그의 강의 목표는 두 가지다. 학생들이 졸지 않고 자신의 수업을 듣는 것이 일차 목표이고, 당일 강의의 핵심 내용이 무언가를 학생들이 확실하게 아는 게 이차 목표이다.

이날 수업은 문법 수업으로 접미사와 용언의 어미에 대한 내용이었다. 마지막 시간의 수업이라는 시간적 성격과, 내용이 까다로운 문법이었기에 윤 원장은 평소보다 더욱 집중하고 목소리를 높이며 열강을 하였다. 학생들도 한 명의 누락도 없이 윤 원장의 수업에 잘 호응하며 집중하였다. 그런데 윤 원장이 접미사와 용언의 어미에 대한 개념 설명을 시작할 때였다. 갑자기 교실 출입문을 누군가 크게 두드렸다. 보통 강의 중에는 절대 교실 출입문을 열거나 두드리지 않는 것이 원칙이다. 수업을 방해하고 집중력을 흐리게 하기 때문이다. 이는 학원에 다니는 학생들과 강사, 직원들, 상담하러 온 학부모들도 이미 알고 있는 기본 예의였다.

윤 원장은 급히 교실 출입문 쪽으로 걸어가더니 신경질적으로 문을 열었다. 문밖에는 상담 실장이 당황하면서도 난처한 듯이 서 있었다.

"무슨 일입니까?"

윤 원장은 경멸의 눈초리로 상담 실장에게 공격적으로 물었다.

"죄송합니다……. 근데, 저…….."

"뭡니까?"

윤 원장의 계속된 공격적 말투에 수세적 얼굴 표정을 짓던 상담 실장은 대답 대신 학원 출입문 쪽을 힐끗 쳐다보았다. 거기에는 세 명이 짐승처럼 우두커니 서 있었다. 그쪽으로 고개를 돌린 윤 원장은 하나의 풍경화, 아니 인물화처럼 세 명의 인물이 한꺼번에 눈동자 안에 쏙 들어왔다. 아버지와 어머니와 딸이었다. 딸은 고등학교 교복을 입고 있었다. 그러나 어느 학교인지 윤 원장도 처음 보는 교복이었다. 책가방은 들지 않은 빈손이었다. 키는 작고 둥그런 얼굴에 머리가 덥수룩하고 핏기 없는 얼굴이어서 금방 가난한 학생 티가 났다. 엄마는 착하고 순한 이미지여서 부담을 주지 않는 분위기였다. 옷은 방금 집에서 입은 그대로이었던지 저녁밥 먹고 동네 마을 사람들 집에 마실 온 듯한 편한 복장이었다. 그런데 아버지라는 사람은 좀 더 특이했다. 나이는 40대 중반으로 고생을 많이 한 분위기가 물씬 풍겼다. 키는 꽤 컸고 얼굴은 마르고 까맣게 탄 피부였는데 그 검은 피부가 건강하다고 느끼기는커녕, 마치 술을 많이 마셔서 간이 손상되어 얼굴이 까맣게 된 것처럼 보였다. 쭈글쭈글한 주름이 뚜렷한 곡선으로 얼굴 곳곳에 자리 잡았다. 옷차림도 방금 건설 노동 현장에서 일하다 온 사람이었는지 상하의가 일체로 연결된 작업복이었다.

“아……. 상담하러 오셨군요?”

윤 원장은 평상시의 습관처럼 처음 보는 학부모와 학생이기에 최대한 부드럽고 친절하게 말을 건넸다.

“네…….”

어머니가 엷은 미소를 띠며 대답했다.

“저는 지금 수업 중이라서 여기 계신 상담 실장님과 상담하시면 되는데요…….”

윤 원장은 본인이 수업 중이라는 사실과 상담을 담당할 사람인 상담 실장이 지금 이 자리에 있다는 사실을 상대방에게 인지시키려 설명하였다.

“네……. 알고 있어요. 그래도 저희는 원장님과 직접 상담하고 싶어서 실례가 되지만 이렇게 부탁합니다.”

학생 어머니는 상담 실장과의 형식적이고 사무적인 상담보다는 자신의 딸을 직접 가르칠 윤 원장과의 상담을 원했다. 그래서 상담 실장의 만류에도 결국 수업 중인 교실 출입문을 두드리게끔 고집을 부리고 버티면서 십여 분을 그 자리에서 고수하고 있었던 것이다.

“제 딸이 변두리에 있는 동양고등학교 2학년인데요, 전교 1등이에요. 다만 국어 과목이 다소 불안해서 수소문 끝에 원장님을 소개 받았어요. 오늘도 제 남편과 제가 일을 모두 끝낸 뒤 얼른 왔는데도 결국 이 시간이 됐네요…….”

“아…… 네…… 그런데…….”

“여기 오는데 한 시간 걸렸어요. 제발 단 십 분이라도 좋으니까 원장님이 지금 시간 좀 내주세요. 궁금한 거 몇 가지만 여쭤보고 갈게요.”

자세히는 말을 못해도 곤란한 듯한 대답을 짧게 한 윤 원장에게 학생 어머니는 애원하듯이 말하고 있었다. 남편과 딸은 그런 상황을 지켜볼 뿐 아무 말이 없었다.

“사정은 충분히 이해합니다. 그러나 지금 교실에서 수업하다가 갑자기 나온 겁니다. 교실에는 수업 받던 학생들이 저를 기다리고 있어서요."

윤 원장은 난처한 자신의 입장을 상대방에게 가능한 공손한 어투로 말했다.

"그래도 원장님! 밤늦게 멀리 변두리에서 한 시간 걸쳐 찾아온 저희 입장을 생각해 주세요. 네……? 더구나 제 딸은 원장님 수업을 꼭 받아야만 돼서요. 제발 부탁드립니다. 십 분만이라도 상담해 주세요!"

"아…… 그러면 이렇게 하시지요. 저는 바로 교실에 들어가야 합니다. 더 이상 대화할 시간이 없습니다. 그 대신 내일 오후에 오실 수 있는 시간을 미리 알려 주시면 제가 무조건 일차로 직접 상담에 응하겠습니다."

윤 원장은 더 지체할 수 없음을 깨닫고 학생 어머니에게 학원 광고지를 건네주었다. 거기에는 학원의 과목당 수업 시간 안내와 각 선생님들의 사진과 경력, 휴대폰 번호가 기록되어 있는 학원 정보 안내서였다. 물론 윤 원장 핸드폰 번호도 인쇄되어 있었다.

"아무튼 더 이상 대화할 시간이 없어서 죄송합니다. 교실에 학생들이 저를 기다립니다. 내일 상담할 시간을 꼭 메시지로 남겨주세요. 안녕히 가십시오……."

"아니…… 원장님! 원장님! 그러지 마시고……."

윤 원장은 여인의 애절한 마지막 목소리를 뒤로한 채 그들 세 명에게 죄송스럽다는 표정을 지으며 목례로써 인사를 하고는 교실로 들어왔다. 교실로 들어오기 직전 윤 원장 눈에 보인 상대방들은 무표정하지만 왠지 아쉬움이 가득한 모습이었다. 더군다나 그들 중에서 학생 어머니하고만 대화를 했을 뿐이지 여학생과 그의 아버지 목소리는 일절 듣지 않은 짧은 대화이었기에 왠지 기묘한 분위기를 순간 느꼈다.

교실에 들어온 윤 원장은 강사 및 학원장 경력에서 처음으로 경험한 상황이라서 약간 뒷맛이 씁쓸했다. 수업 중에 교실 문을 두드린 것도, 늦은 밤 11시에 부모님과 학생이 상담하러 온 것도, 상담 담당자인 실무자가 따로 있건만 굳이 수업하는 선생을 불러내서 상담해 달라는 것도 모두가 처음 경험하는 것들이었다.

'사람들이 순박한 것 같은데 왠지 예의가 없군.'

이렇게 생각하면서 그 상황을 얼른 잊기로 했다. 다시 수업을 해야 했기 때문이었다. 윤 원장은 교실에서 기다린 학생들에게는 밖에 피치 못할 상황이 생겨서 짧게 대화만 하고 왔다고 변명하면서 문법 강의를 이어갔다. 그날 접미사와 용언의 어미 강의는 다행히 목표한 수업을 달성하였다. 갑작스러운 상황으로 2~3분의 수업이 도중에 단절되었지만 노련한 윤 원장의 수업은 그것을 무마하기에 충분하였다.

자정이 넘은 시간에 학원 출입문을 닫고 윤 원장과 상담 실장은 학원 건물 밖으로 나왔다. 늦은 시간이었음에도 많은 사람들이 도시의 거리를 활보하고 있었다. 술집 및 식당 간판의 불빛은 검은 밤을 더욱 밝게 빛냈다.

"배가 출출한데 어묵하고 떡볶이라도 먹고 갈까요?"

함께 따라 나온 상담 실장에게 윤 원장이 제안했다. 학원 건물 앞 인도에 포장마차가 있는데 이곳엔 술은 안 팔고 간단한 먹거리만 파는 곳이었다. 주변이 학원이 많은 환경이라서 밤늦도록 수업을 마친 학원생들이 귀가하기 전에 배고픔을 달래는 명소였다. 특히 이 포장마차에서 파는 어묵과 떡볶이가 최고의 맛으로 학생들로부터 인정받았다.

떡볶이의 고추장 양념에 어떤 비법이 숨어있는지 한번 먹어본 사람은 절대 잊지 못하고 다시 찾는다고 포장마차 사장은 자부심 가득한 목소리로 말하곤 했다. 이날도 포장마차에는 다섯 명의 고등학교 학생들이 떡볶이와 어묵을 먹고 있었다. 세 명의 남학생과 두 명의 여학생들은 같은 학원 수업을 마치고 함께 온 듯했다.

"저희도 떡볶이 3인분과 어묵 3인분 주세요."

윤 원장과 상담 실장은 가끔 포장마차에 올 때마다 자신의 몫에서 1인분을 추가로 먹었던 기억이 있다. 그래서 미리 추가분까지 주문하는 것이 편하고 푸짐한 양에 시각적으로 먼저 행복감을 느끼게 해주는 것이 좋았다.

넓은 하얀 접시에 떡볶이 3인분이 먼저 담겨 나왔다. 불그스름한 고추장 양념에 온몸을 덮은 대파 조각이 뒤섞여 있었다. 곧이어 넓은 대접에 어묵 조각들이 국물과 함께 푸짐하게 나왔다.

"정말 마약이라도 넣는 겁니까? 정말 중독되는 음식입니다."

"이것은 말로써 설명할 수 없는 맛입니다."

윤 원장과 상담 실장은 떡볶이를 목구멍에 넘기며 덕담인지 악담인지 구분 못 할 이야기처럼 포장마차 주인에게 건넸다.

"흐흐……. 맛있다구 하시니 고맙습니다."

"이 집 포장마차 때문에 매일 야식 먹는 꼴이라니까……."

"저도 아침에 일어나면 밥맛이 없어요. 늦은 밤에 먹은 떡볶이와 어묵 때문에…… 허허."

마치 원망하듯이 말하는 두 사람에게 포장마차 주인은 만족스러운 표정으로 대답을 대신하였다. 포장마차에 들어온 지 10여 분 지났을 때쯤 다섯 명의 학생들은 모두 자리를 떴다. 윤 원장과 상담 실장도 이제 어묵 세 조각씩만 먹으면 끝날 판이었다.

이때 새로운 손님 두 명이 포장마차에 들어왔다. 그들은 학생들이 떠난 자리에 앉았다. 윤 원장과는 1m 정도를 두고 서로 마주 보는 상황이었다. 희미한 포장마차 천장 밑 전구에서 쏟아지는 빛은 약간 흐릿했지만 도시의 밤 속에서 피어난 꽃처럼 사람들의 얼굴 표정을 충분히 비추고 남았다. 30대 후반의 키 작은 남자는 금테 안경을 썼고 그의 친구인 듯한 사람은 보통 체구에 순한 얼굴이었다. 그들도 떡볶이와 어묵을 2인분씩 주문하고는 자기네들끼리 무슨 이야기를 주고받았다. 그런데 윤 원장이 어묵을 입에 넣으려는 순간, 건너편에 있는 그들 중 안경 낀 남자가 갑자기 큰 소리로 부르짖었다.

“야! 너 오 검사지?”

그는 윤 원장을 바라보며 적개심이 가득한 눈빛으로 소리쳤다.

“야! 너 진짜 오 검사지? 응? 씨팔……..”

“……..”

“빨리 대답해! 너 오 검사지?”

윤 원장은 갑작스러운 상황에 당황했다. 금테 안경 낀 남자는 분명히 윤 원장에게 삿대질하면서 분노와 살의에 찬 눈초리로 쏘아붙이고 있었기에 더욱 그랬다. 윤 원장은 처음엔 그가 자기에게 말한 것이 아닌 줄로 알았다. 뜬금없이 나온 검사라는 단어가 자신과는 전혀 어울리지 않았기 때문이었다. 그러나 포장마차에는 지금 금테 안경 낀 남자 쪽 두 명과 윤 원장 쪽 두 명 그리고 포장마차 사장, 이렇게 다섯 명밖에 없었기에 안경 낀 남자가 지목하는 오 검사는 분명 윤 원장 자신을 지칭했음을 금방 인지했다.

“아닌데요, 사람 잘못 보신 것 같네요……..”

윤 원장은 반말로 시비를 걸듯이 하는 금테 안경 남자에게 순간 불쾌감도 느꼈지만 일단 차분하게 대답했다.

“아니야! 넌 분명 오 검사야! 5년 전 청주지검 3호실 검사실에 있었던 오 검사!”

“어허! 아니라니까요! 저는 검사인 적이 없습니다. 오 검사라는 사람과 제가 얼굴 인상이 비슷한 모양인데 착각하신 겁니다.”

“아니야! 이 새끼! 넌 오 검사가 분명해. 지금 나를 속이려구 해? 내가 너한테서 직접 심문을 받았는데 내가 왜 너를 모르겠어?”

“아니라니까 당신 왜 그래?”

윤 원장도 점차 심해진 금테 안경의 무례함에 은근히 분노가 일면서 크게 소리 지르며 반말로 대응하였다.

“너 나를 속이려구 거짓말하는데, 너 오늘 나 잘 만났다. 내가 너 때문에 얼마나 고생하고 내 인생 꼬인 줄 알아?”

“이 양반이 미쳤나 웬 헛소리야!”

“이 분은 바로 뒤에 있는 건물의 학원 원장님이십니다. 사람 잘못 보고 실
수하지 마세요!”

상담 실장도 금테 안경의 과도한 행동에 화났는지 윤 원장을 도왔다.

“아니야! 저 놈은 분명 오 검사가 맞아!”

“아니라니까 이 새꺄!”

“너! 오 검사! 너 때문에 죄 없는 내가 왕창 뒤집어쓰고 3년 동안 감방에
서 썩었었다. 이 나쁜 검사 새꺄!”

“무슨 개소리야. 이 미친놈아! 사람 똑바로 보고 지껄여 새꺄!”

윤 원장도 평소의 원만하고 차분한 성격과는 달리 금테 안경의 일방적인
몰아붙임에 약간 흥분을 하였다.

“영철아! 이 분은 네가 말한 오 검사가 아닌 것 같다! 이제 그만하자.”

금테 안경과 동행한 친구가 더는 볼 수 없다는 듯 나섰다.

“아냐! 저 새끼가 바로 5년 전 나를 심문했던 오 검사가 분명해! 나를 직
접 심문한 그놈을 내가 왜 모르겠냐? 언젠가 오 검사 새끼 만나면 죽여 버리
겠다구 매일매일 다짐하며 살았는데 지금 바로 내 앞에 있는 거여!”

“손님! 이 분은 오 검사가 아니어요! 요 뒷 건물에서 학원 운영하시는 원
장님이라구요! 제 단골이시라 제가 보증합니다!”

포장마차 사장도 금테 안경의 꼴불견에 한마디 하였다. 더군다나 포장마
차 내부가 싸울 듯이 시끄러우니 그로서도 영업상 도움이 되지 않았기에 얼
른 이 상황을 진화하려고 애쓰는 태도를 취했다.

“야! 새꺄! 내가 진짜 검사라면 좋겠다. 학원 원장 당장 때려치우고 검찰
청에 가서 검사 노릇하면 소원이 없겠다, 새꺄!”

주변 사람들의 금테 안경에 대한 만류와 함께 그에 대한 멸시감이 치밀어
오른 윤 원장도 막말로 큰소리를 쳤다. 그런데 일은 윤 원장이 큰소리친 바

로 직후에 벌어졌다. 금테 안경이 자기의 어묵 국물을 윤 원장 얼굴에 집어 던졌다.

"앗! 뜨거……!"

윤 원장의 얼굴에 뜨거운 어묵 국물이 덮쳤고 어묵 조각들과 고춧가루가 그의 양복 상의에 여기저기 뿌려진 것이다.

"이 미친 새끼가!"

윤 원장은 이성을 잃고 욕설과 함께 1m 건너편에 있는 금테 안경에게 순식간에 달려들었다. 아무도 말릴 틈도 없이 금테 안경을 바닥에 눕히고 그의 배 위에 올라타서는 주먹을 날렸다.

"아악! 사람 죽네! 검사 새끼가 서민을 패네! 사람 살려……!"

금테 안경의 단말마 같은 비명이 주변에 울려 퍼졌다. 그사이 윤 원장의 주먹은 상대방 얼굴을 몇 차례 더 오고 갔다.

사태가 수습된 것은 경찰 순찰차가 온 뒤였다. 포장마차 사장의 신고로 주변 파출소에서 긴급 출동을 한·것이다. 경찰 순찰차에 윤 원장과 금테 안경 등 두 명과 참고인으로 상담 실장과 금테 안경의 친구도 동행하였다. 포장마차 사장은 일단은 영업을 마치고 파출소에 방문하기로 양해를 받았다.

그들은 파출소에서 곧장 관할 경찰서로 이송되었다. 경찰 조사실에서의 조사는 순조롭게 진행되었다. 쌍방의 신분 확인과 간단한 기초 조사를 마치고 포장마차에서의 폭력 사태에 대한 사실 확인이 주된 내용이었다. 사건의 중심인물인 금테 안경과 윤 원장은 물론이요 현장에 함께 있었던 목격자로서 상담 실장과 금테 안경 친구의 증언 진술도 동시에 이루어졌다. 사안의 내용이 분명하고 간단한 것이라 큰 난관 없이 양측 조서가 진행되었다. 금테 안경의 윤 원장에 대한 오 검사라는 오해의 시작과 감정적 언어. 이에 처음엔 점잖게 거부했지만 점차 감정 섞인 윤 원장의 태도. 금테 안경의 오 검사 편집증에 대한 목격자들의 만류. 금테 안경의 어묵 투척이라는 폭행적

돌발 행위. 이에 격분한 윤 원장의 금테 안경에 대한 일방적 폭행. 폭행 행위 관련 두 명 모두 모든 것을 시인하였다. 목격자 두 명도 짧게 벌어진 포장마차에서의 두 사람 시비의 처음부터 끝까지 모든 구체적 상황 및 오고 간 대화들을 자세하고 솔직하고 일관성 있게 증언하였다.

　그런데 조사 도중 알게 된 것 중에서 금테 안경과 오 검사와의 관련된 내용이 흥미로웠다. 5년 전 금테 안경은 무직자로서 생활이 곤궁한 상태에 있었다. 그는 해서는 안 될 일을 저지르고 말았는데 자기네 동네 어느 빌라 2층을 새벽에 가스관을 타고 올라가 창문을 열고 절도를 시행한 것이다. 다행히 2층 빌라에 세 들어 사는 젊은 신혼부부가 금테 안경을 현장에서 붙잡고 경찰에 넘겼다. 그런데 당시 그 동네 빌라촌에는 연쇄 절도가 벌어져 있었고 피해 가정만 10여 군데가 넘은 상황이었다. 어느 다람쥐 같은 도둑놈이 쥐도 새도 모르게 고가의 금품과 현금만 귀신같이 찾아내고는 아무런 흔적과 증거도 안 남기고 사라지는 것이었다. 경찰에서는 범인의 기본 단서도 잡지 못한 상황에서 상부의 검거 압박만이 계속될 뿐이었다. 결국 상부에서는 극단적인 처방까지 내놨다. 이번 연쇄 절도범을 검거한 수훈 경찰관에게는 1계급 특진과 함께 특별 포상금 천만 원을 걸었다. 관할 경찰서에서는 골치 아픈 숙제와 더불어 행운의 기회 또한 얻을 수 있는 아이러니한 상황이 된 것이다. 이러한 때에 금테 안경이 절도범으로 잡힌 것이다. 경찰에서는 금테 안경을 연쇄 절도범으로 점차 몰아갔다. 경찰 측도 이번 금테 안경 절도 사건이 기존의 연쇄 절도 사건과 비교했을 때 유사점을 찾기 어려웠다. 어설픈 창문 넘기 수법이며, 맨손으로 침입하여 창문은 물론 집안 곳곳에 금테 안경의 지문이 채취되는 등 전문 절도범이 아닌 어설픈 초짜 절도범임이 분명했다. 금테 안경도 자기는 이번이 처음이라며 항변을 했다. 그러나 경찰 측은 금테 안경을 이제까지 계속 자행된 연쇄 절도범으로 낙인찍고 조서를 작성하여 검찰에 넘겨 버렸다.

금테 안경은 검찰에서 자신의 진실을 밝히겠노라고 마음속으로 단단히 벼뤘다. 경찰보다는 그 어렵다는 사법 고시를 합격한 검사님이 옳고 분명한 판단으로 자신의 억울함을 풀어줄 수 있는 유일한 구세주로 여겼다. 그러나 검찰 조사는 더 혹독했다. 그는 제3호 검사실로 배정되어 조사를 받으러 갔다. 젊게 보이는 오 검사라는 높은 분은 창가 한가운데 큰 책상을 두고 앉아 있었고 검사실 문안의 오른쪽 벽면에는 검찰 수사관 한 명이 책상 위에 있는 컴퓨터를 두드리고 있었다. 맞은편 벽면 쪽에는 보조원인 듯한 여자가 작은 책상 앞에 조용히 앉아 있었다.

오 검사는 금테 안경을 직접 심문하지 않았다. 50대 초반의 검찰 수사관은 경찰로부터 넘겨받은 조서를 바탕으로 금테 안경을 조사하는데, 직접 컴퓨터를 치면서 금테 안경에게 질문을 하며 조서를 작성하는 방식이었다.

"네가 그동안 빌라촌 절도 사건 십여 개 주범이지?"

"아닙니다."

"뭐가 아냐! 이 쌍……."

검찰 수사관은 정말 험악하게 시작했다. 20여 년의 노련한 경험을 자랑이라도 하듯 금테 안경을 독하게 몰아붙였다.

"네가 아니라고 해도 다 증거가 있어, 인마!"

"아닌데요."

"이 자식이 여기가 어디라고 거짓말을 해 새꺄!"

"저는 정말 이번이 처음인데요……."

"이 새끼 아직도 정신 못 차렸네 정말! 당장 인정 안 하면 너 평생 감방에서 못 나오게 해버린다 진짜!"

"내가 안 했는데 왜 인정합니까. 저는 정말 이번이 처음이에요……."

"네가 안 했다고 해도 결국엔 네가 다 저지른 일로 끝나게 되어 있어 인마. 이 도둑놈 새꺄!"

검찰 수사관은 금테 안경을 절도 피의자 정도로 생각하지 않고 무슨 내란

죄를 저지른 죄인인 양 개무시하며 몰아치며 겁을 주고 있었다. 이때 그들의 대화를 듣던 오 검사가 검찰 수사관을 향해 나지막하게 한마디 했다.

"김 수사관님! 더 길게 말할 필요 없어요. 빨리 예정된 대로 조사 마치세요!"

"네…… 오 검사님! 알겠습니다. 이 녀석에 대한 조서 작성을 계획한 대로 곧 끝내겠습니다."

금테 안경은 그들의 방금 대화가 현실 속의 얘기인지 귀가 의심스러웠다.

'지금이 어떤 시대인데 자기네들 맘대로 나를 연쇄 절도범으로 몰고 가? 이쪽 검찰 놈들은 저쪽 경찰 놈들보다 더 악질 놈들이구먼. 이 나쁜 새끼들……. 일류 대학교 나와서 사법 고시까지 합격한 젊은 검사 놈이 무슨 자격으로 지 말 한마디로 모든 것을 끝내?'

금테 안경은 미치고 환장할 노릇이었다. 그는 검찰에서 누명을 벗어나기는커녕 젊은 검사의 한마디에 조사도 금방 끝나 버리고, 검찰 수사관의 엄포와 회유로 인해 조서 서류에 정신없이 지장을 찍고 말았다.

결국 금테 안경은 재판에서 빌라 연쇄 절도죄가 인정되어 징역 3년형을 선고 받았다. 그 이후 그는 수감 생활 때부터 시작하여 교도소 출소 이후에도 오 검사의 그 말 한마디로 본인의 인생이 망쳤다고 생각하며 검사에 대한 증오심과 그에 따른 피해의식이 점차 강하게 각인되었다. 교도소 출소 후 건설 공사판을 전전하며 힘들게 살아가던 금테 안경은 우울증과 과대망상 증세가 있어서 결국 정신 병원에 진료를 받게 되었고 지금까지도 정기적으로 3개월마다 약을 타러 다닌다고 했다.

금테 안경과 오 검사와의 악연을 들은 윤 원장은 이제야 조금 금테 안경을 이해할 수 있을 것 같았다. 물론 과대망상증이 큰 원인이지만 얼마나 오 검사에 대한 증오심과 피해의식이 컸으면 그와 비슷하게 생긴 사람만 보면 오 검사라 확정하고 저렇게 흥분을 할까? 더군다나 금테 안경이 정신 병원의 약을 계속 복용하고 있다는 부분에서 마음이 아팠다.

물론 오 검사가 금테 안경에게 일방적으로 검찰 폭력을 행사했는지는 모르는 일이다. 단순히 금테 안경의 의식 속에 일방적인 피해망상일 수도 있을 것이다. 그러나 문제는 그의 의식 저변에 오 검사의 일방적 권력 횡포로 자신이 피해를 입었다는 생각이 굳어 있었다. 그렇다면 그는 언제까지 오 검사에 대한 증오심을 계속 갖게 될까? 그리고 그 증오심은 언제쯤 사그라질까? 이런 생각까지 미치자 아무래도 금테 안경의 오 검사와 사회에 대한 증오심은 앞으로도 수십 년 계속될 거라는 불안한 예감이 들었다.

그의 뇌리 속에 총알처럼 박혀 있는 피해망상 의식을 누가 해소해 줄 것인가? 그의 총알을 누가 빼줄 수 있겠는가? 그것은 오직 금테 안경 스스로 빼낼 수밖에 없는 마음의 총알이었다. 그래서 더더욱 금테 안경의 증오심은 쉽게 사라지지 않을 것이라고 윤 원장은 생각했다. 여기까지 생각이 미치자 그는 금테 안경이 참으로 딱하다고 여기며 연민의 마음이 일어났다. 오늘 같은 포장마차 유사 사건이 금테 안경에게는 앞으로도 얼마든지 계속 일어날 것이라는 생각이 들면서 윤 원장은 자신도 모르는 사이에 깊은 한숨을 내쉬었다. 포장마차 폭행 사건에 대한 조서는 한 시간 만에 끝났다. 시작이야 어떻든 동시에 폭행을 행사한 쌍방 폭행이기 때문에 경찰관은 서로가 고소를 취하하는 것이 좋은 방법이라 조언해 줬고 결국 두 사람은 사건 종결로 새벽에 경찰서를 나왔다.

새벽 3시에 아파트 입구에 도착한 윤 원장은 바로 몇 시간 전의 일들이 마치 몇 년 전에 일어났던 사건처럼 여겨졌다. 아니 5년 전 금테 안경과 오 검사와의 악연이 시작된 그때부터 지금 이 순간까지 금테 안경이 겪은 정신적 고통을 윤 원장 자신이 겪은 것처럼 느껴졌다.

새벽 공기는 시원하였다. 시원한 공기를 물로 삼아 그는 두 손으로 얼굴을 세수하듯이 몇 번 세차게 위 아래로 비비고 머리카락을 두어 차례 쓸어 넘겼다. 아파트 현관문을 열고 집안으로 들어갔다. 아내와 자식들은 윤 원장이 겪은 사건을 모른 채 깊이 잠들어 있었다. 양복과 와이셔츠를 벗고 잠옷으로 갈아입으려는 그때 윤 원장의 핸드폰에서 메시지 수신 알람이 울렸다. 그는 경찰서에서 온 알람으로 생각했다. 혹시 조서 서류에 누락된 것이 있어서 그러나? 이렇게 여기며 그는 핸드폰의 수신 메시지 함을 열었다. 거기에는 다음의 메시지가 적혀 있었다.

유명 강사이구 원장이라구 그렇게 교만하면 안 됩니다.

저희가 행색이 초라하구 가난하다구 10분도 상담을 안 해주는

당신은 정말 나쁜 사람입니다.

내가 노가다 뛴다구 무시하지 마세요.

당신한테 상담 안 갑니다. 사람 무시하지 마세요.

마지막 시간 수업 도중에 학원을 찾아왔던 학생 아버지가 보낸 메시지였다. 순간, 당황한 윤 원장은 가만히 눈을 감고 그들과 만났던 짧은 3분간의 상황을 되돌아보았다.

'나는 분명 그들에게 친절하고 공손하게 이야기했다. 상황 설명을 납득하게끔 충분히 이야기했다. 내일 꼭 일차로 상담해 주겠노라고 약속했다. 나는 교만하게 그들을 대하지 않았다……'

아무리 곱씹어 보아도 윤 원장은 메시지 내용과 학생 아버지의 윤 원장에 대한 판단에 대해 이해할 수 없었다. 한마디 말도 안 하며 자신의 아내와 윤 원장과의 대화를 지켜봤던 그 사내는 자신을 이렇게 파렴치한 인간으로 판단했다고 생각하니 씁쓸함이 느껴졌다. 그때 윤 원장의 눈앞에 학생 아버지의 주름이 깊게 팬 고단한 얼굴과 금테 안경의 분노에 찬 표정이 서서히 겹

쳐졌다. 그들은 화난 얼굴로 윤 원장을 노려보고 있었다. 그러나 자신을 일방적으로 원망하고 있지는 않다고 그는 생각했다. 과거 언젠가 누구로부터 깊은 상처를 받은 두 영혼이 오늘 엉뚱한 사람에게 화풀이한 것이라고 생각했다.

"그래……. 참 안타깝고 슬픈 일이지만, 상처 입은 사람들은 그들만의 눈물을 지니고 있군. 오랫동안 닦을 수 없는 아픔의 눈물을……."

윤 원장은 중얼거리며 무거운 몸을 침대 위에 던졌다. 정말 피곤하고 특이한 일을 겪은 어젯밤이라고 생각하며 그는 천천히 눈을 감았다.

안녕, 영아

가난하다고 해서 외로움을 모르겠는가
너와 헤어져 돌아오는
눈 쌓인 골목길에 새파랗게 달빛이 쏟아지는데.
가난하다고 해서 두려움이 없겠는가
두 점을 치는 소리
방범대원의 호각 소리 메밀묵 사려 소리에
눈을 뜨면 멀리 육중한 기계 굴러가는 소리.
가난하다고 해서 그리움을 버렸겠는가
어머님 보고 싶소 수없이 뇌어보지만
집 뒤 감나무에 까치밥으로 하나 남았을
새빨간 감 바람 소리도 그려 보지만.
가난하다고 해서 사랑을 모르겠는가
내 볼에 와 닿던 네 입술의 뜨거움
사랑한다고 사랑한다고 속삭이던 네 숨결
돌아서는 내 등 뒤에서 터지던 네 울음.

가난하다고 해서 왜 모르겠는가
가난하기 때문에 이것들을
이 모든 것들을 버려야 한다는 것을.

- 신경림, 「가난한 사랑 노래」

정수는 방안에서 이불 위에 머리를 박고 엎드려 있었다. 방안에는 그의 초라한 세간살이들이 여기저기 흩어진 채 널브러져 있었다. 한쪽 모서리에 자리 잡고 있는 조립식 비키니 옷장은 초록색 꽃무늬가 빈곤한 방을 감추려는 듯 화려하게 존재감을 드러냈다. 그러나 반쯤 열려 있는 옷장의 지퍼 때문에 옷장 안의 내용물이 거의 드러났다. 속옷과 겉옷 몇 개뿐인 초라한 조립식 옷장은 방안의 공간을 쓸데없이 차지하는 죄인 같았다.

무질서하게 벗어 던진 양말과 휴지 조각과 빈 소주병들이 주인 곁을 쓸쓸히 지키고 있을 뿐이었다. 다섯 평도 안 되는 단칸방에 어울리지 않는 큰 인켈 전축이 검은색 스피커 두 개를 양쪽 옆에 끼고 공간을 많이 차지하고 있는 것이 독특했다. 전축 옆에는 클래식 LP판 100여 장이 차곡히 쌓여 있었다.

정수는 토요일 대낮인데도 소주 두 병을 마시고 이불 위에 시체처럼 엎드린 채 뻗어 있었다. 대형 전축에서는 둥근 LP판이 돌면서 베토벤 5번 교향곡 〈운명〉이 웅장하게 흘러나왔다. 마지막 4악장의 중심 테마 멜로디가 대단원의 막을 내리기 위해 절규를 하는 듯하였다. 정수는 술에 취한 채 운명 교향곡을 들으며 비몽사몽에 빠진 상태였다. 그렇게 세 시간 동안 운명 교향곡 전 악장을 여섯 번 반복하여 듣고 있는 그의 귀에 이름을 부르는 소리가 문밖에서 들려왔다.

"정수 형!"

"정수 형, 방에 있어요?"

서로 다른 두 명의 음색이 정수를 불렀지만 그는 엎드린 채 미동도 하지 않았다. 잠시 후 방문을 열고 두 명이 스스럼없이 들어왔다. 이전에도 자주 해온 듯이 그들의 행동은 자연스러웠다.

"에그, 술 냄새……."

"대낮부터 음악 크게 틀어 놓고 술에 절어서 뻗었군요, 형!"

정수의 교회 후배인 주혁이와 선동이가 찾아온 것이다. 그들은 오늘 같은 정수의 방안 풍경에 익숙하다는 듯 방안에 흩어져 있는 지저분한 물건들을 얼른 정리하고는 엎어져 있는 정수에게 그냥 들으라고 그들의 방문 목적을 말하였다.

"형! 오늘 저녁 7시에 약속된 연습 잊지 마세요. 모든 단원들이 각자 연습한 거 오늘 전체적으로 맞춰 보며 피드백하기로 했잖아요. 이제 공연도 2주 밖에 안 남았다구요."

"형이 오늘 빠지면 전체 연습도 무효됩니다. 그러니 형, 빨리 술 깨시구 이따가 꼭 오셔야 해요. 네……?"

후배들의 간곡한 말에 정수가 몸을 천천히 뒤척이더니 누운 자세로 몸을 돌렸다. 그러고는 들릴 듯 말 듯 조용하게 말했다.

"알고 있어, 녀석들아. 총감독인 내가 빠지면 큰일 나지. 그나저나 전축에 LP판 다시 1악장으로 돌려놔다오."

후배들은 정수의 말에 안심하는 표정으로 서로의 얼굴을 마주 보고는 씩 웃었다. 주혁이가 선배의 요청대로 〈운명〉 교향곡 1악장으로 LP판 위에 스타일러스 바늘 칩을 올려놓았다. 다시 1악장의 중심 테마 음정인 "쿵쿵쿵쿵……" 소리가 방안을 울렸다. 네 개의 음인 '도·파·라·레'가 운명의 노크 소리처럼 들려왔다.

"형은 교향곡 중에서 이 운명 교향곡을 제일 좋아해요?"

연속 일곱 번째 이 곡만 듣고 있다는 정수에게 선동이가 궁금한 얼굴로 물어보았다.

"아니야, 내가 가장 좋아하는 교향곡은 차이코프스키의 6번 교향곡 〈비창〉 교향곡이다. 그런데 오늘은 그 곡을 들을 수가 없어서 안 듣는 거야."

"왜 오늘 그 음악을 들을 수 없는 거예요? 우리도 갑자기 그 교향곡에 호기심이 생기네요. 형의 최애 작품이라니까요."

"오늘 〈비창〉 교향곡을 들으면 내가 진짜 비참해질 것만 같아서……."

"네에? 왜요, 형? 무슨 일 있으세요?"

두 명의 후배는 정수의 농담 아닌 어조에 불안감을 느끼면서도 궁금해졌다.

"사실은 어제 오후에 이게 날아왔어."

정수는 이불 머리맡에 놓여 있는 편지봉투를 후배들에게 손짓하였다. 주혁과 선동은 얼른 그 편지봉투를 집어 들고 내용물을 확인하였다.

김정수 님의 합격을 축하합니다.

귀하는 ○○○○년도 한양대학교 음악학과 관악기 특기생으로

합격하였음을 알립니다.

1월 20일까지 대학교 입학 등록을 하시길 바랍니다.

한양대학교 총장

한양대학교 음악학과에 특기생으로 합격했다는 통지서였다. 두 후배는 내용을 확인하고 환호성을 질렀다.

"정수 형, 축하해요! 한양대학교에 특차로 합격한 거네요. 형, 정말 축하해요!"

"와아……. 우리 교회에 경사 났네요. 정수 형의 연주 실력을 명문인 한양대학교에서 인정했네요. 정수 형, 축하 드려요!"

정신없이 진심에 찬 합격 축하를 건넨 후배들에게 정수는 찬물을 끼얹는 말을 던졌다.

"고마운데 그만들 해라 녀석들아. 내가 가고 싶었던 한양대학교 음악학과

에 합격했어도 갈 수가 없어. 포기할 거야."

"정수 형! 한양대학교 음대는 형이 그토록 가고 싶었던 대학교 아니에요? 그래서 특차 원서도 형이 직접 낸 거구요. 근데 합격 통지서가 왔는데 왜 안 간다는 거예요?"

이해할 수 없는 표정을 짓는 후배들에게 정수는 그제야 몸을 불편하게 일으키고는 이불 위에 그대로 앉아서 말했다.

"돈이 있어야 가지, 인마! 입학금을 어디서 마련하냐? 내 형편에…… 당장 내일 아침 먹을 쌀도 없는데……"

후배들은 정수의 말에 더 이상 말을 건넬 수 없었다. 그저 멍하니 선배의 얘기를 듣는 것밖에는 그들이 할 수 있는 일이 없어져 버렸다.

"원서 낸 거는 내 실력이 어느 정도쯤인가 알고 싶어서 냈을 뿐이야. 그냥 불합격 됐으면 마음이라도 편했을 텐데 오히려 합격 통보를 받고 보니까 내 자신이 더 비참해졌지 뭐냐. 갈 수 없는 대학교의 입학 합격 통지서……. 그래서 오늘 같은 날 〈비창〉 교향곡 들으면 미쳐 버릴 것 같아서 베토벤 교향곡으로 위안 삼고 있는 거야. 〈운명〉 교향곡 들으며 내 인생의 운명이 어떻게 흘러갈지 그냥 음악 들으며 위안 삼는 거라구……."

정수는 자신의 운명을 한탄하듯 고개를 떨구었다. 인켈 전축 스피커의 검은 상자에서는 〈운명〉 교향곡 3악장이 빠르고 경쾌한 스케르초 형식으로 활기차고 유쾌한 분위기를 토해 내고 있었다. 현재 정수 마음과는 상반된 밝은 곡조는 베토벤 특유의 주제 변주 기법이 적용되었는지 반복적으로 에너지 넘치는 역동적 분위기가 넘쳐 났다.

김정수는 유복한 가정의 독자로 태어났다. 섬유 사업을 하시는 아버지와 전업주부인 어머니는 정수에게 모든 것을 쏟았다. 대학교에서 피아노 전공을 하신 어머니는 교회 성가대 피아노 반주자로서 종교 봉사 활동을 해 왔다. 어머니의 음악적 유전자를 정수는 그대로 물려받았다. 어릴 적부터 악기를 다루는 그의 솜씨는 주변을 놀라게 했다. 유치원 때부터 그의 비범한 실력이 드러났다. 어린 나이에도 불구하고 하루 연습 목표량을 두 배로 하는 욕심 많은 아이였다. 타고난 음악적 재능에 후천적 노력이라는 양날의 칼을 장착한 예비 음악 천재로 성장하였다.

일취월장한 정수의 연주 실력은 초등학생 시절 전국 단위 경연 대회에서 바이올린과 플루트 등 두 부문에서 최우수상을 수상하는 단계까지 이르렀다. 그는 경연 대회 주최 측으로부터 조기 외국 유학을 권유 받았다. 초등학생인 어린 아들을 외국으로 보낼 수 없었던 부모님은 중학생이 되면 음악의 본고장인 유럽으로 유학 보내기로 계획을 세웠다. 그때까지 유학에 대한 상세한 정보와 교육 과정을 전문 음악 기관에서 조언 받으면서 서울의 모 음악 대학 유명 교수로부터 두 악기에 대한 수준 높은 전문 교육을 개인적으로 사사하였다. 그만큼 정수네 집은 부유했고 그에게 투자할 만큼 부모님의 정수에 대한 열정과 사랑도 컸다.

그러나 정수가 열두 살이던 초등학교 5학년 때 어머니는 갑작스러운 말기 위암 판정을 받고 3개월 만에 돌아가셨다. 어머니의 죽음에 충격을 받은 정수는 그 뒤 악기를 손에서 놓았다. 음악의 원초적 스승이었던 어머니의 부재가 그에게서 꿈을 빼앗아 갔다. 더구나 악기를 멀리한 지 3년이 지난 중학교 2학년 때에 아버지의 사업이 부도가 나면서 집안은 급격히 몰락하였다. 삶의 실의와 술로 건강을 잃은 아버지는 결국 늦은 밤에 만취가 되어 귀가하던 중 동네 골목길에서 피를 토하며 쓰러지고 죽음을 피하지 못했다.

열다섯 살 김정수는 3년여 만에 부모님을 졸지에 잃고 천애 고아가 된 것이다. 친척으로도 핏줄 하나 없는 그는 이제 사막 위에 홀로 선 어린 낙타가 되었다. 풀 한 포기 없는 막막한 대지 위에 어린 낙타 정수는 이제 혹독한 운명을 맞이하는 처지가 되었다. 그에게 남겨진 아버지의 유산은 거의 없었다. 아버지의 사업체 부도로 기존의 모든 재산이 채권자에게 넘어갔고 지금 거주하고 있는 단칸방 보증금이 전부였다. 그나마 딱한 정수의 사정을 알고 있는 동네 유지들과 복지 기관의 도움으로 '소년 가장 지원금'을 국가에 신청한 것이 통과되어 매달 최소 생활비가 지급되었다. 그것이 정수의 생명줄이었다. 그러나 그것도 성년이 되는 스무 살 이전까지라는 조건이 붙었다.

아버지 사망 후 정수에게 세 가지 변화가 있었다. 우선 월세를 아끼기 위해 기존 월세방 집을 옮긴 것이다. 그는 동네 뒷산에 있는 산동네 마을 꼭대기에 위치한, 월세가 가장 저렴한 방 한 칸짜리 토막집으로 이사하였다. 그리고 새벽에 신문 배달을 시작하였다. 생활 전선에 직접 뛰어든 것이다. 중학교와 고등학교에서는 소년 가장으로서 학비가 전액 면제되면서 교육비 부담은 없었지만 생활비 보충을 위해 새벽 시간에 짬을 내어 아르바이트를 해야만 했다.

마지막 변화는 플루트를 다시 잡은 것이다. 여기에는 깊은 사연이 있었다. 어린 정수의 음악적 재능을 이전부터 알고 있었던 지역 대학교의 플루트 전공 음대 교수가 정수네 가정의 비극적 소식을 전해 듣고는 소년 가장 김정수에게 무료로 플루트를 가르치겠다고 나섰다. 거기에는 교회 목사님의 간곡한 호소가 교수에게 작용되었음이 뒤늦게 밝혀졌다. 정수의 재능이 그냥 묻히는 것을 안타까워했던 교수는 정수에게 손을 내밀었다. 부모님을 졸지에 잃고 난 청소년 정수도 삶의 새로운 빛을 찾기 위해 다시 플루트를 공부하겠다는 용기를 냈다. 일주일에 두 시간씩 교수 연구실을 방문하여 사사하기로 하였다. 3년 만에 플루트를 다시 잡은 정수의 실력은 교수의 지극한 지도로 단시간에 예전으로 회복되었다. 한양대학교 음악학과에 특차로 합격하게 된 배경에는 4년 동안 무료로 지도해주며 정수의 음악적 꿈을 다시 일으켜 준 교수의 공이 가장 컸던 것이다.

이러한 김정수의 기가 막힌 인생 역정은 이제 고등학교 졸업반 열아홉 살 청년으로서 자신의 진로를 결정해야 하는 시점까지 오게 되었다. 대학교에 입학하여 음악을 계속해야 할지, 아니면 대학교 입학을 포기하고 생활인으로서 사회에 직접 뛰어 들어가야 할지의 갈림길이 그의 앞에 놓여 있었다. 청년 김정수는 냉혹한 현실 앞에서 자기 운명을 스스로 결정해야 하는 두 가지 선택지에서 괴로울 뿐이었다. 그러나 사실 그의 갈 길은 이미 정해져 있었다. 그의 대학교 입학 자금을 도와줄 사람은 이 세상에 아무도 없었다. 정수도 현실을 인식하고 있었고 그런 현실을 원망과 탄식만으로 치부할 수도 없었다.

저녁 7시 모든 단원들이 각자의 악기로 집에서 연습한 것을 처음으로 함께 맞춰 보기 위해 교회 2층 본관 성가대 자리를 메웠다. 30여 명의 연주 단원들은 교향악단의 기본적인 악기들을 갖춘 교회 고등부 회원들이었다. 어릴 때부터 각자의 특정 악기를 취미 및 특기 활동으로 장기간 배운 단원들 중에는 음악 대학 입학을 목표로 하는 학생들도 다수 있었다. 정수와 같은 길을 걷고자 하는 꿈을 지닌 청소년 음악인들이었다. 정수는 그들에게 역할 모델이었던 셈이었다.

김정수는 교회 고등부 오케스트라의 지휘자였다. 그는 단원들 개인마다의 연주에 관여를 하며 미흡한 부분을 교정해 주었다. 전체 오케스트라 연주를 지휘 감독하는 핵심자로서 모든 단원들은 지휘봉을 잡은 그의 손끝에 따라 일사불란하게 연주하였다.

매년 교회에서는 성탄절 예배를 마치면 이어서 고등부 오케스트라단이 성탄절 축하 공연을 해온 지가 5년이 넘었다. 이제는 일 년 중 교회의 가장 중요한 행사가 되면서 교회의 자랑스러운 전통이 되었다. 유치원생부터 성인까지 교회의 모든 구성원들이 참여하는 축제로 매년 기대가 컸다. 심지어 교회 주변 동네 사람들까지 구경 오는 인기 있는 공연으로 소문나면서 고등부 오케스트라 단원들은 책임감과 자부심으로 공연 연습을 철저히 해야만 했다.

2주 남은 올해 공연의 레퍼토리는 이미 두 달 전에 결정되었다. 프란츠 그

루버가 작곡한 〈고요한 밤 거룩한 밤〉 등 성탄절 성가곡 10여 곡과 베토벤의 〈에그먼트 서곡〉, 비제의 〈아를르의 여인〉이 선곡되었다. 특히 〈아를르의 여인〉 모음곡 2번 중에서 세 번째 곡 미뉴에트가 핵심인데 그 부분을 정수가 플루트 독주로 연주하기로 하였다. 그건 당연한 일이었다. 플루트 신동 김정수의 독주 연주는 이번 공연의 절정임을 누구나 예상하였다.

공연 종합 연습은 세 시간이 지난 밤 10시쯤 끝났다. 일주일 후에 다시 연주 연습 모임을 단원들에게 예고한 정수에게 청년부 5년 선배인 임이정 누나가 그에게 다가와 잠깐의 개인 면담을 요청하였다. 이정 누나는 어릴 때부터 오랫동안 정수와 교회를 함께 다닌 정신적 멘토였다. 정수의 슬픈 가족사를 잘 알고 있었던 그녀는 정수를 항상 염려하며 진심으로 아끼는 착하고 예쁜 누나였다. 일요 오전 예배가 끝나면 자주 정수를 데리고 나가 점심 식사를 곧잘 사주며 이런저런 대화를 스스럼없이 나누곤 하였다. 정수가 외롭고 가난한 청소년기를 정신적으로 버틸 수 있게 용기를 준 특별한 존재였다. 교회 청년부실에 들어온 정수에게 이정 누나는 뜻밖의 제안을 했다.
"정수야, 누나가 너에게 진짜 좋은 애를 소개할까 하는데 괜찮겠니?"
"네? 누구를……."
"응, 우리 회사 후배인데 너랑 동갑이야. 지금 19살. 누나가 다니는 회사의 부설 야간 고등학교 3학년 학생이구."
"갑작스럽게 여자를 소개 받으려니까 조금 당황스럽네요, 누나……."
"그래 너의 지금 심정 이해해. 그런데 누나가 생각할 때 너랑 그 애가 아주 잘 어울릴 것 같아서 언젠가 두 사람을 꼭 소개해 주고 싶었거든."
"……."
"이제 너도 곧 한 달 후면 스무 살 성년이 되니까 누나 믿고 내 후배 만나 봐. 착하고 예쁜 애야. 너처럼 외로운 아이야."
"네, 고마워요 누나. 누나 믿고 한번 만나 볼게요. 그나저나 내 처지가 이러한데 괜히 그 애가 실망하지 않으려나 모르겠네요."

"정수야, 네가 어때서? 너는 맑은 영혼을 지닌 건강한 청년이야. 가난한 현실 때문에 기죽지 말고 너의 대단한 능력들을 생각해. 너야말로 최고의 청년이야. 정말 특별한 사람이라구!"

"……."

"나는 양쪽 두 사람을 너무나 잘 알아. 착하고 깨끗한 두 영혼들끼리 서로 의지하고 행복하기만을 바라며 인연을 맺어 주고 싶은 거야."

이정 누나와 약속을 하고 집을 향하는 정수에게 겨울밤의 맑은 공기가 그의 외투 속으로 깊이 스며들었다. 세상에 태어나 처음으로 여자 친구를 소개받는 설렘보다도 미래가 불투명한 자신의 처지 때문에 초라해지는 마음을 정수는 부정할 수 없었다. 그런 본인의 처지와 마음을 충분히 알면서도 용기를 주며 후배를 소개해 주려는 이정 누나의 진심에 눈물이 날 것만 같았다. 그의 주변엔 천사들만이 함께 하고 있었다.

정수는 맛나제과점에서 초조히 앉아 있었다. 약속 시간보다 10여 분 일찍 도착한 그는 이정 누나와 후배를 기다리며 제과점 창밖을 바라보았다. 아침부터 조금씩 내리던 눈은 이제 제법 가랑비 내리는 속도로 소리 없이 아스팔트와 건물 창문에 기대며 시나브로 쌓이고 있었다. 제과점에서는 크리스마스 캐럴이 어린 소녀의 밝은 음색으로 흘러나오며 연말 분위기를 돋우었다. 약속 시간 정각에 제과점 문이 열리며 두 여인이 들어왔다.

"정수야, 얘가 바로 내가 소개하는 영아야. 이영아. 우리 회사에서 제일 착하고 제일 예쁘고 제일 여성스러운 소녀."

누나는 간단히 두 사람의 이름만 알리고 자리에서 일어났다. 정수와 영아 두 사람만 어색하게 자리에 남겨졌다.

이영아. 그녀는 고아였다. 초등학교 2학년 때 부모님이 교통사고로 일찍 돌아가시고 혼자 남은 어린 소녀는 충남 부여의 할아버지 댁으로 갔다. 조부모 밑에서 시골 중학교까지 마치고 친척의 소개로 열일곱 살 때 한양산업 주식회사에 입사하였다. 이정 누나의 부서인 기획실에서 사무 보조로 3년째 다니며 회사 부설 야간 고등학교에 재학 중인 학생이었다. 회사 내 기숙사에서 숙식을 해결하며 주경야독의 성실하고 고된 삶을 살아온 소녀였다.

이정 누나가 두 사람을 소개해 준 이유는 분명했다. 두 사람은 공통점이 너무 많았다. 어린 시절 일찍 부모님을 잃었다는 것. 그래서 청소년기를 외롭게 지냈다는 것. 그렇지만 나름대로 열심히 살아왔다는 것. 성격이 조용하며 하나님을 믿는 독실한 크리스천이라는 것. 물질은 가난하다는 것. 그러나 순결한 영혼을 지녔다는 것……

두 사람은 분위기가 낯설고 어색한 듯 아무 말도 하지 않고 고개를 숙인 채 머뭇거렸다. 그러나 침묵 속에서도 두 사람은 알고 있었다. 잠깐 스쳐본 서로의 얼굴에서 짙은 외로움이 오랜 세월 동안 겹겹이 쌓여, 아무리 숨기려 해도 감출 수 없는 삶의 소박함이 그들의 외투에 조용히 자리하고 있다는 것을. 두 사람이 서로의 영혼을 어루만지며 포용할 수 있다는 것을. 두 사람은 반드시 행복해야 할 자격이 있다는 것을. 그러나 왠지 그들이 함께 가는 길에 돌부리가 시샘할지도 모른다는 것을……

제과점을 나온 두 사람은 눈으로 소복이 쌓인 인도를 걸었다. 지나쳐 가는 두 명의 중학생이 머리를 들어, 내리는 눈을 받아먹으려고 경쟁하듯 입을 크게 벌렸다. 두 손바닥을 모아 펴서 눈을 공손히 받으려는 어린 소녀들도 있었다. 깔깔거리는 소리가 멀리서 들렸다. 청소년들에겐 눈 자체가 소박한 낭만이었다.

하늘에는 여전히 눈이 비처럼 쏟아졌다. 제과점에서 가까운 음반 상점에서는 문밖으로 커다란 앰프를 내놓고 LP 음반을 홍보용으로 크게 틀어 놓았다. 애틋한 허밍 멜로디가 지나가는 행인들을 붙잡았다. 영화 〈러브 스토리〉 주제곡이었다. 눈 내리는 상황에서인지 음악 분위기가 한층 차분하면서도 아린 사랑을 느끼기에 충분하였다. '따라라라' 하면서 나오는 주제곡의 선율은 두 사람의 심장 속으로 강렬히 파고들었다. 영화 속 두 연인의 아픈 사랑의 이야기가 정수와 영아와는 이질적 상황이었지만 '힘들게 생활하는 이들에게 행복은 찾아올까'라는 영화의 주제만큼은 왠지 두 사람에게도 벗어날 수 없는 운명처럼 불안감이 밀려왔다.

두 사람은 하염없이 걷다가 정수가 침묵을 깨고 영아의 하얀 오른쪽 뺨을 바라보며 조용히 말했다.

"이번 성탄절 우리 교회에서 주최하는 성탄 축하 연주 공연에 와 줄 수 있니?"

"응, 갈 수 있어."

"내가 지휘하는 오케스트라 공연이 멋질 거야. 너에게도 좋은 추억이 될 테고……."

"응, 이정 언니한테 얘기 들었어. 네가 〈아를르의 여인〉 플루트 독주도 한다는 것도……."

"고마워, 그날 꼭 와야 해. 꼭……."

눈길을 십여 분 걷던 두 사람은 동양백화점 지하 시식 코너에 들어갔다. 사면의 벽 칸칸마다 자리한 다양한 음식 코너에는 겨울의 추위를 녹여줄 맛난 음식들이 모락모락 뜨거운 김을 내며 눈 맞은 사람들을 맞이했다. 차가운 공기 기운을 안고 들어온 손님들이 서린 입김을 내쉬며 시식 코너를 가득 메웠다. 두 사람은 칼국수와 만둣국을 주문했다. 두 명의 청춘 남녀는 오랜만에 가족과 함께 식사하는 착각에 빠지면서 행복감을 느꼈다. 남매든 친구든 연인이든 상관없었다. 오늘 서로가 처음 만난 상대방이지만 거기에는 임이정이라는 선한 사람이 공통 분모로 자리 잡아 두 사람의 인연의 양쪽 끝을 연결하고 있었고, 하나님이라는 절대자에 대한 깊은 믿음이 존재하였기에 낯설음과 두려움은 이미 사라진 상태였다.

도심의 거리에는 여전히 흰 눈이 더욱 소복이 내리고 빨간색 복장을 한 구세군 봉사자가 자선냄비 종을 울리며 세상을 구하는 사랑을 호소하고 있었다. 정수와 영아의 첫 만남은 크리스마스 캐럴과 러브스토리 주제곡과 하얀 눈과 소박한 음식과 빨간 구세군 냄비가 조화를 이룬 종합 예술의 복되고 행복한 시간이었다.

성탄절 예배는 모든 성도들이 모인 가운데 성스럽게 끝났다. 예수님의 사랑이 예배당을 가득 메운 교인들에게 전해졌다. 그리고 기독교와 관련 없는 교회당 밖에도 예수 탄생의 기쁨과 사랑이 온 누리에 충만하였다.

성탄절 예배에 이어 고등부 오케스트라단의 성탄절 축하 공연이 예정되어 예배당은 기대감으로 술렁거렸다. 매해마다 공연됐던 전통이었기에 그 감동을 익히 알고 있던 성도들은 설레는 마음으로 오케스트라의 웅장하면서도 성스럽고 아름다운 멜로디를 기다리고 있었다. 그 선율은 예수님의 목소리이며 성도들에게는 기쁨과 순결과 사랑의 메시지일 것이었다.

예배당 십자가 아래 중앙 무대에 30여 명의 고등부 오케스트라 단원들이 각자 악기의 위치에 맞춰 의자에 착석하였다. 뒤이어 지휘자 김정수가 전통 시장에서 대여한 검은색 연미복을 입고 등장했다. 예배당 안에는 박수 소리가 길게 이어졌다. 그는 관객인 성도들에게 정중히 허리를 굽혀 인사하고 곧바로 공연 연주의 시작을 알렸다. 그의 짧은 지휘봉이 허공을 가볍게 가르며 성탄절을 축하하는 성가곡 연주가 울려 퍼졌다. 〈고요한 밤 거룩한 밤〉, 〈기쁘다 구주 오셨네〉, 〈저 들 밖에 한밤중에〉, 〈오 거룩한 밤〉 등의 성가곡들이 모든 관객들을 하나로 흡수하였다. 예수님의 사랑 안으로 성도들이 하나로 모였다. 귀로 들리는 현악기와 관악기의 화음들이 심장으로는 예수님의 보편적 사랑으로 일체화되었다.

10여 곡의 성탄절 대표 성가곡 연주를 마치고, 이어서 베토벤의 〈에그먼트 서곡〉이 심각하면서도 성스러운 분위기로 바이올린의 낮은 음정부터 시작되었다. 주인공의 사랑과 죽음에 대한 비극을 장엄하고 엄숙하게 승화시킨 명곡이었다. 마지막 피날레 절정 부분에서 정수는 지휘봉을 힘껏 저으며 음악 속의 사건이 현실에서 생생하게 벌어지고 있는 듯 몰입하였다. 모든 긴장이 폭발하여 장대한 승리의 모티브가 교회당 안에 울려 퍼졌다. 작품 속 서사와 연주자들과 지휘자와 관객들이 모두 하나가 되는 거룩한 순간이었다. 정수의 지휘봉이 허공에서 멈추자 성도들은 감동에 보답하듯이 힘찬 박수로 응했다.

공연의 마지막 순서인 비제의 〈아를르의 여인〉 연주는 정수가 기획한 백미의 순간이었다. 그가 오케스트라의 관현악 연주 속에 플루트 독주를 하기 때문이었다. 듣는 이에게 낭만과 평화로움을 주는 이 곡을 정수는 지휘자가 아닌 독주 연주자로 나선 것이다. 정수의 플루트 연주 실력을 이전부터 아는 이들은 무엇보다도 성탄절 공연 때 그의 천재적인 플루트 연주를 감상할 수 있는 것을 큰 행운으로 여겼다.

정수의 플루트 독주 연주가 시작되었다. 청아한 플루트 소리는 관객들을 프랑스 프로방스 지역의 아를르 작은 마을로 이동시켰다. 그러면서 모든 이들을 사랑하는 사람과 함께 걸었던 플라타너스 가로수 길과 아득한 과거의 잊지 못할 이야기와 그리움으로 가슴 저린 사람들 속으로 감정의 깊은 소용돌이를 만들어 냈다. 그는 플루트 연주를 하는 것이 아니라 인간의 순수하고 원초적인 감정을 위로하며 감싸주는 어머니와 같았다. 바닷물이 모든 강물을 조건 없이 받아들이듯 플루트의 선율은 예배당 사람들을 사랑과 용서의 바다로 안내하였다.

정수의 연주가 끝나자 예배당은 박수와 열기와 감동과 성령으로 충만하였다. 공연의 백미답게 천재 연주자 김정수는 성도 관객들에게 깊은 에너지를 느끼게 했다. 그것은 종교와 예술의 작은 입자들이 진동으로 떨다가 예배당 안의 모든 존재들의 몸과 마음에 파동으로 퍼져 나갔다. 그 파장의 본질은 믿음과 소망과 사랑이었다.

그런데 정수의 연주가 끝나고 관객의 환호가 절정을 이루는 그때 예배당 긴 난무 의자 끝줄에서 한 소녀가 오케스트라단이 위치한 제단 중앙 앞쪽으로 천천히 걸어 나왔다. 붉은 장미와 하얀 안개꽃이 어우러진 꽃다발이 연한 보라색 종이에 둘러싸인 채 소녀의 두 손에 들려 있었다. 연한 하늘색 원피스를 입은 그녀는 지휘자 정수를 향해 다가갔다. 갑작스러운 소녀의 등장에 예배당 모든 사람들의 시선이 그녀를 향했다. 관객들에게 두 세 차례 허리를 굽히며 연주 마침을 알리는 인사를 하고 있던 정수의 눈에 꽃다발을 가슴에 파묻은 채 두 손으로 꼭 잡고 있는 영아의 모습이 보였다.

영아는 옅은 미소를 지으며 정수와 눈이 마주쳤다. 정수도 영아임을 알아차리고는 소리 없이 웃었다. 영아는 단상 위에 있는 정수에게 두 손을 뻗어 꽃다발을 공손히 내밀었다. 마치 사랑을 고백하는 님프의 요정처럼……. 하늘색 원피스의 소녀가 검은색 연미복의 청년에게 붉고 하얀 꽃을 건네는 그 순간은 한 편의 순수 로맨스 영화 장면이었다. 정수는 꽃다발을 받으며 영아를 가볍게 포옹하였다.

예배당은 예상치 못한 아름다운 장면에 모두가 입을 벌린 채 감동과 환희의 입김들이 서려 나왔다. 성탄절에 예수님의 축복을 전하러 하늘에서 천사가 내려온 모습이었다. 오케스트라 단원들도 영아의 존재를 처음 알면서 정수의 숨겨 놓은 여자 친구에 대한 부러움과 질투 섞인 눈빛을 드러냈다. 아름답고 순수한 두 사람을 인연의 끈으로 연결해 준 이정은 관객들 속에서 기쁨으로 심장이 요동치고 있었다. 예배당 안에 있는 사람들 중에서 두 청춘 남녀를 가장 사랑하고 아끼고 염려하는 그녀는, 그들의 내일이 지금 이 순간처럼 빛나는 순간만이 오랫동안 지속되길 기도하였다. 예배당 중앙 벽에 걸려있는 대형 십자가가 이정의 가슴 속으로 들어왔다. 하나님은 사랑이 시었다.

　이듬해 2월에 정수와 영아는 고등학교를 졸업하였다. 영아의 생활은 회사에 계속 근무하면서 큰 변화가 없었다. 다만 야간 고등학교의 졸업으로 퇴근 후 저녁 여유 시간이 늘어났다. 정수와 만날 수 있는 행복의 시간이었다. 그러나 정수는 인생의 갈림길에서 결국 한양대학교 음악학과 입학을 포기하고 생활 전선에 직접 뛰어들었다. 큰 고뇌와 갈등 속에서 내린 결정이었다. 교회에서는 목사님과 장로님들께서 정수의 대학교 입학금 마련을 위한 모금 행사 계획을 교회 전체 차원에서 준비했지만 정수의 강력하면서도 정중한 사양으로 취소되었다. 정수로서는 대학교 입학금이 당장 급했지만, 서울로의 대학교 유학으로 인한 생활비와 학비 등의 부대 비용을 졸업할 때까지 지속적으로 해결할 능력이 도저히 엄두가 나지 않았다. 결국 그는 천재적 재능을 포기하고 사회의 거친 황무지에 다시 홀로 서게 되었다.

　정수의 교회 윤 집사님의 소개로 대성우유 대리점에 취업하였다. 대리점에서 새벽 5시에 우유를 받아 지역 슈퍼마켓 스무 군데와 아파트 등 개인 가정집 60여 군데를 돌며 매일 새벽과 아침에 직접 배달하는 일이었다. 월급제로 계약을 하였기에 기본 생활비와 방세를 빼고 나면 조금 남는 경제 활동이었다. 스무 살 사회 초년생 정수에게는 목숨과도 같은 직장이었다. 그는 단 한 번도 실수 없이 일하는 것이 목표였다. 처음엔 배달할 곳의 상점과 가정집을 빠뜨리지 않고 익히는 게 큰 숙제였다. 메모지에 적힌 배달지를 매일 숙지하면서 최단 거리의 이동 코스를 만들어 최소의 시간으로 최대의 효율로 배달하면서 점차 일에 자신감이 붙었다. 새벽 5시에 대리점에 출근하여 모든 배달을 마치면 아침 9시쯤 되었다. 취업한 지 3개월이 지나면서 정수는 대리점 사장인 강 사장에게 신임을 받는 직원이 되고 있었다.

　정수는 플루트를 들고 월셋집 바로 뒤에 있는 산에 올라갔다. 봄날의 오후는 푸르른 졸참나무의 나뭇잎이 가벼운 봄바람에 살랑살랑 흔들리면서 따스한 햇볕과 함께 방문객을 맞이했다. 그는 그늘을 찾아 나무 아래 풀 위에 앉았다. 멀리 내려다보이는 도시의 건물들이 옅은 회색빛을 띠었다. 그는 플루트를 입술에 대고 연주를 시작하였다. 플루트 소리는 고요한 산의 정적을 깨뜨리고 풀과 나무 사이로 퍼져 나갔다.

정수가 최애하는 곡은 드뷔시의 〈시민의 여름〉이었다. 산에 올라 플루트를 불 때마다 그는 이 곡을 서너 번씩 반복하여 연주하였다. 몽환적인 분위기를 자아내는 이 작품의 플루트 소리를 그는 가장 사랑하였다. 스무 살 청년에게는 지금 자기가 처해 있는 현실 상황이 비현실적인 꿈이기를 바랐는지도 모를 일이었다. 대학교에서 플루트를 불고 있어야 할 자신이, 마을 뒷산에 올라와 플루트를 불고 있으니 어쩌면 몽환적인 플루트 소리 속에서 대리 만족을 하며 자신을 위로하고 있는 듯하였다.

정수는 오전 일을 마치면 거의 매일 빠짐없이 오후엔 뒷산에 올라 플루트 연주하는 것이 일과가 되었다. 그러나 이렇게나마 플루트 손에서 놓지 않는 것은 다행이었다. 그가 음악에 대한 열정과 꿈을 완전히 버리지 않았다는 반증이었고, 그는 힘겨우면서도 기쁜 마음으로 운명처럼 그 끄나풀을 잡고 있었다.

정수는 플루트 연주를 마치고 긴 호흡을 들이마시며 산 공기의 신선함을 느꼈다. 그리고 며칠 전 영아와의 만남에서 나눈 대화를 생각하였다. 정수의 대학교 학비와 서울 유학 생활비를 졸업할 때까지 대줄 테니 다시 음악 대학 입학을 목표로 음악에만 전념하라는 영아의 대담한 제안이었다. 오전에 우유 대리점에서 일하고 오후에 산 위에 올라가 예전에 배웠던 곡들만 연습하는 것만으로는 대학교 입학시험에 못 미친다는 충고를 영아는 몇 번이고 정수에게 강조하였다. 3년간 모아온 적금으로 정수의 레슨비와 대학교 학자금을 모두 충당할 수 있으니 음악을 절대 포기하지 말라는 간절하고 애틋한 호소였다. 그녀는 정수가 돈 때문에 음악을 포기하는 것이 너무나 슬프고 안타까웠다.

그러나 정수는 그럴 수 없었다. 영아의 헌신적인 제안은 놀랍도록 고마웠지만 그녀가 3년간 절약과 인내로 적금한 생명 같은 돈을 자기가 단 1원도 쓸 수는 없었다. 그건 죄악이라고 생각하였다. 자신의 음악에 대한 기회는 차후에도 얼마든지 가능하리라는 자신감을 가졌다. 다만 그때까지는 정수 본인이 돈을 더 버는 길만이 유일한 해결책이라고 판단하였다.

정수와 영아는 그간 5개월여 사귀면서, 이제는 서로가 서로에게 필요한 것이 무엇인지 자명해지면서 상대방에게 어깨를 기대는 존재가 되고자 하였다. 두 사람은 서로가 마주 보는 것이 아니라 둘이서 함께 같은 방향을 바라다보는 연인이 되고 싶었다. 그들은 스무 살의 젊은 나이에도 불구하고 허공처럼 무한한 마음을 가지고 있었다. 그것은 고된 현실 속에서도 빛나는 사랑과 진실이었고 미래에 대한 희망이었다.

정수가 우유 배달을 시작한 지 반년이 넘었다. 이제 그는 대리점에서는 가장 신임 받는 능력 사원이었다. 그만큼 그는 매일 치열하게 일했다. 대리점 일과를 마친 어느 날 대리점 강 사장이 정수에게 대화를 요청했다.

"정수야, 그동안 우리 대리점에 들어와서 열심히 일해준 것 고맙다. 그런데 이번 달까지만 내가 대리점 운영하고 남에게 넘길까 해서 미리 너한테 얘기하는 거야. 이미 서울 본사에는 알린 상태야."

"아니, 갑자기 왜 대리점을 그만두시게요?"

"시골 부모님이 연로하셔서 이제는 고향으로 다시 돌아갈까 해. 부모님이 사과 농장 만 평을 일궈 놓으셨는데 힘이 부치셔서 내가 나설 때가 된 것 같아. 이번 기회에 도시 생활 정리하고 귀촌을 하기로 결정했어."

"그럼 이 대리점은 앞으로 어떻게 되나요?"

"본사 측에서는 내가 다른 사람한테 대리점을 넘기라고 하는데 우리 대리점을 인수할 사람이 당장 없어서 고민 중이야."

“우리 대리점을 누군가가 인수하지 않으면……."

“본사에서는 대리점을 폐쇄한다구 하더라.”

“아니, 그럼 우리 고객들도 갑자기 우유 공급이 끊기잖아요.”

“그렇게 되는 거지. 그렇지만 고객들도 그땐 다른 회사 제품으로 바꿔서 이용하겠지.”

“이렇게 대리점 키워 놓고 갑자기 접으면 고객은 그렇다손 치더라도 사장님 입장에선 너무 아깝지 않나요? 고정 배달 고객들이 엄청난데요. 납품하는 슈퍼마켓도 이전보다 훨씬 늘었잖아요.”

“응, 그래서 얘긴데 혹시 네가 이 대리점 인수할 마음은 없겠니? 너라면 내가 믿고 마음 편히 넘겨주고 싶어. 너는 성실하고 젊어서 문제없이 잘할 거야. 너도 이제는 우리 대리점 유통망을 꿰뚫고 있어서 운영하는 데에는 큰 어려움이 없을 거야.”

“만약 제가 대리점을 인수하려면 돈이 얼마나 들죠?”

“대리점 처음 냈을 때 본사에 지불한 계약금 2천만 원만 나에게 주면 돼. 지금 납품하는 슈퍼마켓과 고정 고객들에 대한 운영권 프리미엄은 내가 안 받을 거야. 인수자 입장에서는 크게 키워 놓은 대리점을 거의 공짜로 넘겨 받는 셈이야.”

사실이었다. 정수에게는 좋은 조건이었다. 강 사장이 십여 년간 키운 대리점을 개인 사정으로 갑자기 헐값으로 넘기는 상황이었다. 현재 납품하는 슈퍼마켓과 가정집 고정 고객도 정수가 입사할 당시보다 50% 이상 늘어난 수치가 그의 마음을 흔들었다. 다만 계약금 2천만 원이 문제였다. 그의 통장엔 3백만 원 잔고가 있을 뿐이었다. 그러나 대리점 인수만이 그가 큰돈을 벌 수 있는 절호의 기회였다. 지금의 대리점 운영대로라면 2년 내로 모든 투자금을 회수하고 순수 흑자 분기점이 된다는 계산이 나왔다.

정수는 더 넓은 구도를 생각해 보았다. 그가 그동안 6개월간 성실히 우유 배달을 한 것이 차후 운영자가 되기 위한 발판이었고, 대리점 운영자가 되는 기회가 지금 눈앞에 펼쳐진 것이다. 짧은 기간에 이루어진 행운의 상황도 하나님이 그에게 선물한 것이라 믿었다. 대리점 운영권을 인수하여 몇 년만 지금처럼 꾸준히 해 나간다면 반드시 성공할 것이고 결국 음악에 몰두할 수 있는 길이 열릴 거라는 확신이 들었다. 정수는 설레는 마음에 심장이 요동쳤다. 그는 몇 년 내 음악 대학에서 플루트를 전공하여 궁극에는 세계 유명 무대에 선다는 인생 목표를 지그시 되새기며 주먹을 불끈 쥐었다.

정수는 결국 강 사장의 우유 대리점을 인수하였다. 그로서는 과감한 결단이었다. 또한 인생 전환의 분기점이 될 수 있는 기회였다. 인수 계약을 앞두고 이정 누나와 영아는 정수에게 다소 염려하는 조언을 하였다. 그러나 대리점 운영을 직접 해야만 단기간에 큰돈을 벌 수 있고 그래야만 음악을 다시 할 수 있는 지름길이 된다는 그의 설득에 두 사람은 고개를 끄덕일 수밖에 없었다.

정수는 영아가 적금 든 돈을 사업 자금으로 빌려준다는 제안을 거절하고 마을금고에서 2천만 원을 대출 받았다. 교회 장로님이신 마을금고 이사장님께서 정수의 성실성과 대리점의 최근 3년간 매출 실적을 믿고 내리신 결과였다.

대리점 사장 김정수는 모든 열정과 노력으로 운영자다운 모범을 보였다. 새벽 4시 가장 먼저 출근하여 당일 배송할 모든 거래처를 직접 확인하며 직원들을 독려하였다. 고객 관리와 회계 장부도 누락 없이 철저히 정리하였다. 본사와의 지속적인 제품에 대한 의견 교환으로 신뢰성도 더욱 돈독하게 만들었다. 일과를 마친 오후엔 인근 동네를 직접 돌며 신제품을 홍보하면서 고객 거래망도 차츰 넓혀 갔다. 이러한 그의 노력 결과 대리점 인수 한 달 만에 거래처가 5% 상승하였다. 김정수의 계획대로 차근차근 상황이 펼쳐지고 있었다. 더불어 그의 음악적 꿈이 저만치서 그를 기다리고 있는 듯하였다.

그의 귀에 서서히 남녀 합창단의 노래 소리가 들려왔다. 베토벤 9번 〈합창〉 교향곡 4악장의 〈환희의 송가〉가 점차 웅장하게 밀려오고 있었다. 희망의 노래가 정수의 가슴에 파고들었다.

악마가 정수를 시기하였다. 대리점을 인수한 지 두 달이 막 지나서였다. 전국적으로 우유 사태가 터졌다. 세균 우유 파동이 일어난 것이다. 모 대학교 미생물학과 교수가 신문에 발표한 칼럼이 문제의 발단이었다. 정수가 취급하는 대성우유 속에 세균이 정상 기준치보다 50배 많다는 충격적인 연구 논문을 요약한 칼럼 내용이 모든 매스컴에서 경쟁하듯 심각하게 다루었다. 소위 우유 괴담이 시작되었다. 이에 원유를 공급하는 낙농가에서 대성우유 회사에 원유 공급을 중단시켰다. 그리고 원유를 생산자에서 본사로 배송하는 화물운송연대에서도 운송 거부 데모가 조직적으로 이루어졌다. 더구나 시위 도중 화물 차주 한 명이 분신 사망하는 사태가 일을 더욱 키웠다.

대성우유 본사에서는 기자 회견을 열어 전국 소비자들에게 억울함을 호소하였다. 또한 자사 제품에 대한 성분 정밀 분석을 서울대학교 연구팀에 의뢰했다며 사태의 진정을 위해 노력하였다. 그러나 먹거리에 대한 사람들의 인식과 반응은 무서웠다. 사건 발생 하루 만에 대성우유 고객과 거래처는 공급 정지를 요구하는 전화가 빗발쳤고 결국 본사에서는 정확한 성분 분석이 끝날 때까지 잠정적으로 우유 공급을 정지하는 극단적 조치를 취할 수밖에 없었다.

정수처럼 소규모로 운영하는 지역 대리점은 직격탄을 맞았다. 갑작스러운 영업 중단으로 기존의 고객들에 대한 신뢰 상실은 물론이고 당장 대리점 경영에 숨 막히는 상황이 일어났다. 2주가 지나도 본사의 해명이 나오지 않자 대부분의 고객들이 떠나갔다.

언론 보도를 통한 세균 우유 파동은 전 국민의 관심으로 금방 확산되어 더 이상 가릴 수 없는 나쁜 벌거숭이가 되고 말았다. 금융가가 가장 발 빠르

고 냉혹했다. 대출 원금 전액을 상환하라는 마을금고의 독촉장이 정수에게
날아왔다. 3개월 내로 원금을 갚지 않으면 법적 조치를 취하겠다는 협박성
경고장이 정수를 숨 막히게 했다.

스무 살 청년 정수는 전혀 예상하지 않았던 삶의 소용돌이에 빠져 이러지
도 저러지도 못하는 신세가 되었다. 절망이라는 단어조차도 사치스러울 정
도로 그는 넋이 나가 있었다.

두 달 만에 인생의 깊은 파고를 겪은 정수를 바라보며 영아는 안타까움에
숨을 죽였다. 마을금고 대출금 2천만 원보다 삶의 실의에 빠져있는 정수의
마음이 더욱 염려스러웠다. 어린 시절부터 겪어온 인생 역정의 시련을 청년
인 그가 또다시 겪어야 한다는 사실에 그녀는 마음 아팠다. 이 세상에서 정
수를 지켜주는 존재는 딱 셋이라고 영아는 생각했다. 하나님과 음악과 그리
고 영아 자신…….

열 살 때 부모님의 갑작스러운 사고로 고아가 된 영아도 외로움이 무엇인
지 이미 경험하였다. 이 세상에서 나 혼자뿐이라는 것을 자각할 때마다 매
순간 머리가 텅 비는 것을 느꼈다. 이 세상에 내가 의지할 사람이 없다는 것
이 얼마나 무섭고 잔인한 것인가를 그녀는 잘 알고 있었다. 그 무서운 고독
의 얼굴을 그녀는 거부하지 못하고 봐 왔었다. 영아는 정수도 자기와 같은
처지로서 오랜 세월 동안 동일한 감정을 지녀왔을 거라는 동질감을 가졌다.

영아는 정수가 존재하는 한 이제는 외롭지 않다고 마음속으로 외쳤다. 그
런 만큼 지금 정수에게도 말해 주고 싶었다. 너는 이제 혼자가 아니니까 슬
퍼하지 말라고. 너무 외로워하지 말라고. 서로 의지하고 살면 된다고…….

세균 우유 파동은 결국 한 달 만에 무혐의로 끝났다. 서울대학교 연구 팀
의 성분 분석 결과 대성우유는 기준치에 적합하다는 판정을 받았다. 처음
문제를 제기했던 모 대학 교수가 대성우유의 경쟁 업체로부터 사주를 받았

다는 경찰 발표가 나왔다. 사태는 끝났지만 정수의 대리점은 이미 폐쇄된 상태였다. 고객들은 그사이 모두 떠나 버렸고 단기간에 대리점 운영을 정상화하기에는 불가능했다. 정수는 대출금 2천만 원의 빚만 남긴 채 우유 대리점을 정리하였다. 대출금 원금 상환은 다급한 숙제로 남았다. 그는 돈과 마음에 큰 상처를 입고 집에서 칩거한 채 우울한 나날을 보내고 있었다.

진짜 비극은 이제 일어났다.

새벽에 이정 누나의 다급한 전화를 받고 정수는 대학 병원 응급실로 향했다. 영아가 어젯밤 부서 회식을 마치고 회사 기숙사로 가다가 신호등 건널목에서 음주 운전 자동차에 치이는 교통사고를 당했다는 놀라운 얘기였다.

응급실 침대에 누워있는 영아는 중상을 입었다. 얼굴만 남긴 채 몸의 대부분이 붕대에 감겨 있었다. 그녀는 힘겹게 의식을 붙잡고 있었다. 응급실 침대에 눈을 감고 누워 있는 영아를 내려다보며 이정 누나와 정수는 소리 없이 눈물을 흘렸다.

불쌍한 영아…….

열 살 때 부모님이 교통사고로 졸지에 돌아가셨는데 똑같이 교통사고로 누워 있는 그녀가 애처로웠다. 가혹한 운명이었다. 그녀는 세찬 바람에 떨어지지 않으려는 작은 꽃잎 같았다. 연보라색 제비꽃 한 잎이 생의 마지막 뿌리를 잡은 채 지금 파르르 떨고 있었다.

여러 부위의 골절과 내장 파열로 심각한 상태라고 담당 의사가 설명하였다. 영아는 긴급 수술을 마치고 중환자실로 급히 옮겨졌다. 중환자실의 면회는 하루 한 번뿐이었다. 이정과 정수는 영아의 보호자 신분으로 중환자실의 면회자 명단에 이름을 등록하였다.

영아는 중환자실에서 힘겹게 일주일을 버티고 있었다. 이정과 정수는 빠뜨리지 않고 매일 면회를 갔다. 생사의 기로에서 영아는 마지막 에너지를 소진하며 사랑하는 사람들을 맞이하였다. 그녀의 상태는 큰 변화가 없었다. 연한 주황색 빛깔의 입술은 조용히 다물고 있었다. 의식은 아직 남아 있어서 이정과 정수의 소리를 듣고 있는 듯하였다. 가끔씩 머리를 살짝 움직이기도 하였다.

중환자실로 옮긴 지 열흘째 되는 날 영아가 처음으로 입을 열었다. 그녀는 힘겨워하며 낮은 목소리로 천천히 말했다. 이정과 정수는 영아의 머리 곁으로 가까이 다가갔다.

"이정…… 언니…… 고마……웠어……요."

"응, 영아야. 빨리 일어나야지……."

"정……수야…… 작년…… 성탄절…… 공연 때…… 너의…… 모습…… 최고였어……."

"응, 영아야……."

"내…… 인생에서…… 가장…… 행복한…… 날이……었어……. 너에게…… 꽃다발…… 주며…… 포옹했던……."

"응……."

"정……수야…… 부탁……이…… 있어……."

"응, 말해 봐……."

"꼭…… 음악…… 대학에…… 들어가서…… 세계…… 최고의…… 플루트…… 연주자가…… 되어…… 줘……."

"응……."

"너는…… 플루트…… 연주……할…… 때가…… 가장…… 멋……있……어……."

세 사람은 울고 있었다. 힘겹게 말하는 영아도 눈가 옆으로 눈물이 주르르 뺨을 타고 흘러내렸다. 이정과 정수도 영아의 마지막 이야기를 들으며 가슴에 미어지는 덩어리를 꾹 참으며 눈물을 흘리고 있었다. 영아는 더 이상 이야기를 하지 않았다. 그녀의 하얀 얼굴은 따스하고 평온한 봄날의 햇빛 같았다.

영아는 그날 밤 별이 되었다. 맑고 순수한 소녀는 천사가 되어 부모님이
계시는 하늘로 떠났다. 하늘색 원피스를 입고 지휘자 정수에게 꽃다발을 한
아름 건넸던 아름다운 소녀는 잊을 수 없는 마음을 남기고 그의 곁을 영원
히 떠났다. 영아는 자신이 3년 6개월 동안 알뜰히 적금한 돈에서 반은 시골
조부모님께 드리고, 나머지 반과 교통사고 피해 보상금 전액을 정수에게 줄
것을 유언으로 남겼다.

정수는 이제 알았다. 음악이 그의 삶이고 생명이라는 것을 영아의 마지막
부탁을 통해 깨달았다. 음악만이 그의 존재를 인식해 주는 유일한 길이라는
것을 맑은 영혼의 소녀가 그를 인도해 주었다.

영아는 떠났지만 그녀의 숨결은 정수와 늘 함께할 것이다. 그가 뒷동산에
올라 석양을 바라보며 그녀를 그리워할 때에도, 음악 대학에서 플루트를 배
우며 연습하는 그 순간에도, 세계 무대에 진출하여 연주하는 그 순간에도,
그리고 숨을 쉬는 모든 순간순간마다 영아는 정수의 가슴속에서 영원히 잊
히지 않고 함께 있을 것이다……

젊은 날엔 젊음을 모르고
사랑할 땐 사랑이 보이지 않았네.
하지만 이제 뒤돌아보니
우리 젊고 서로 사랑을 했구나.

눈물 같은 시간의 강 위에
떠내려가는 건 한 다발의 추억
그렇게 이제 뒤돌아보니
젊음도 사랑도 아주 소중했구나.

언젠가는 우리 다시 만나리.

어디로 가는지 아무도 모르지만

언젠가는 우리 다시 만나리.

헤어진 모습 이대로

- 이상은, 〈언젠가는〉

소설집 『개장수』에 붙여
좋은 경험보다 다양한 경험이 더

강병호(만화가)

1981년 겨울밤 대전 원동 사거리에서 대동 사거리 쪽으로 이제 막 20대에 접어든 두 젊은이가 어깨를 걸고 걸어가고 있었다. 다리가 약간 풀린 것이 만취까지는 아니더라도 꽤 술을 마신 듯하다. 조금 더 큰 청년이 먼저 입을 열었다.

"시인고오사아아니이이 하음응차아 떠어나아아느으은 소오리이에……."

이에 호응이라도 하듯 조금 덩치가 작은 청년이 외쳤다.

"이히이잇히이……."

그랬다. 둘은 죽이 잘 맞았다. 한 명이 기타 줄을 튕기며 동물농장을 연주하면 또 한 명은 여기에 호응하여 추임새를 넣으며 동물 소리를 냈다. 개 소리, 고양이 소리, 닭 소리, 특히 까마귀 소리는 그 누구도 따라올 수가 없었는데…….

덩치가 큰 쪽이 조금 더 꿈이 특별했다. 만화가가 되겠다고 했다. 덩치가 작은 쪽은 자기가 훗날 조금은 양심적인 글을 쓰고 싶지만 우선 당장은 취직을 하는 게 좋을 것 같다고 했다.

세월이 흘렀다. 정말 한 친구는 만화가가 되었고 한 친구는 학원계에서 최고의 강사로 드날리다가 은퇴를 한 후에 자신의 말대로 글을 썼다. 조금은 양심적인…….

살아가는 데 더 필요하고 중요한 것은 좋은 경험보다 다양한 경험이라고 한다. 글도 그렇다. 특별한 경험을 이야기하는 것보다 다양한 경험에서 얻은 지식을 얼마나 전형을 잘 떠서 형상화하느냐가 관건이다. 소설집 『개장수』에 대한 내 느낌이 그랬다. 작가 오효진이 34년이라는 긴 세월 동안 교육 현장에서 만난 사람들의 이야기를 픽션이라는 옷을 입혀 소설화시켰기 때문에 무엇보다도 리얼리티가 살아 깊이 있고 읽는 데 부담이 없었다.

소설집 『개장수』는 거대 담론을 추구한 것이 아니다. 그렇다고 새로운 것을 시도하는 실험적인 것도 아니고 삶을 성찰한 것도 아니다. 등장인물들이 대부분 선생, 학생, 학원 강사, 재수생 등이지만 그렇다고 교육 소설도 아니다. 그저 오직 인간에 대한 글이다. 하지만 인간들의 민낯을 더 생생하게 볼 수 있고 읽는 이들에게 공감을 불러일으키리라고 믿는다.

친구 오효진이 소설집을 낸다고 할 때 처음엔 약간의 의구심이 들었었다. 전업 작가도 힘든 소설을 10편씩이나! 그런데 한 편 두 편 읽다 보니 그것은 괜한 기우였다. 읽는 데 아무런 저항감이 없었으니까. 이는 학생들을 가르치며 쌓인 공력도 있겠지만 그동안 마음에 담아 두었던 문학에 대한 갈망이 한꺼번에 터진 것이라고 생각한다.

친구여 큰 박수로 앞날을 기대하네.

2026년 봄 서산 한머리 작업실에서